Car un jour de vengeance

Alexandra
Julhiet

Car un jour de vengeance

CALMANN
LÉVY
NOIR

Couverture
Conception graphique : Laurent Besson / olo.éditions
Photographies : Ildiko Neer / Trevillion Images

ISBN : 978-2-7021-8575-9

« Car un jour de vengeance était dans mon cœur. »
Ésaïe 63:4

Ce qu'il y a de bien avec là où j'habite, c'est que, le temps que j'y arrive, j'ai l'impression d'avoir traversé plein de fuseaux horaires. Il y a le train, le Paris-Clermont-Ferrand, quatre heures au compteur. Puis le TER jusqu'à Issoire, et la voiture laissée sur le parking désert, une vieille Renault quasi hors d'usage avec encore un mange-cassettes, et sur le parking les mêmes jeunes qui, génération après génération, fument des joints en attendant un avenir incertain. Enfin, quarante-cinq minutes de routes sinueuses au milieu des sapins et des anciens volcans, des vaches et des prés vallonnés, parfois interrompues par un hameau aux volets fermés. Jusqu'au petit chemin de terre presque invisible, les cahots des nids-de-poule jamais réparés et la maison, tapie dans l'ombre au milieu de la végétation, seule, avec ses pierres noires et son toit d'ardoise, qui semble tourner le dos au visiteur pour l'obliger à repartir. LA maison. Ma maison. Chez moi.

J'en étais au changement à Clermont-Ferrand. Encore trente-cinq minutes à attendre la micheline, normalement à cette heure ce serait Claude qui contrôlerait les billets, toujours un mot pour rire, la jovialité faite homme, un peu lourde, pas méchante. Il me ferait un clin d'œil, me répéterait combien je suis jolie, « chic », comme une de ces femmes qu'on voit dans les magazines, me demanderait des nouvelles du monde et de Paris surtout, à moi qui ai l'habitude d'aller à la capitale.

Chic, je ne l'étais pas vraiment. Racée était le terme qui revenait parfois, avec un joli port de tête. Presque quarante ans, bien conservée, plus une menace directe pour les femmes mais pas encore totalement disparue aux yeux des hommes. Souriante, polie, attentive. Discrète surtout. Très discrète.

Je me suis assise sur un banc, à l'extérieur de la gare, à côté des derniers punks à chien de France. J'étais rincée ; je venais de finir un travail titanesque de plus d'un an sur la traduction des œuvres complètes d'un écrivain américano-ougandais quasiment inconnu chez nous, mythique aux États-Unis et persuadé d'être la réincarnation de Yeats et de Joyce réunis. J'avais conclu ce travail de fourmi par trois semaines intenses en sa compagnie à Bruxelles où, du réveil à la nuit tombée, nous avions plongé à nouveau dans ses récits, réduit en cendres certaines de mes traductions aux tournures de phrases trop évidentes, extrait ensemble la substantifique moelle de ses chefs-d'œuvre. Les échanges avec le vieil homme allaient me manquer.

J'ai regardé la grande horloge de la gare, 16 h 40. Dans deux heures, je serais chez moi, deux interminables heures avant de retrouver mon lac. Je poserais mes affaires, et j'irais ensuite dîner chez Marguerite et Félix. Marguerite, mon amie – la meilleure et l'unique –, et Félix, sa merveille de fils. À la fin du repas, après avoir débarrassé, Félix nous laisserait pour aller se coucher, et Marguerite et moi on referait le monde toutes les deux, emmitouflées dans nos parkas en admirant l'eau sombre et en buvant du vin.

16 h 42. Il faisait beau dehors et la librairie que j'affectionnais ici n'était qu'à cinq minutes à pied de la gare. J'en profiterais pour dire bonjour à la propriétaire, Chloé. Elle m'interrogerait sur mon travail, je lui poserais quelques questions sur le business, elle se plaindrait un peu, pas trop mollement. Un rituel insignifiant, comme avec Claude, le contrôleur. Des petits liens avec la vie, soigneusement compartimentés, qui ne laissent pas de trace.

J'ai aimé ces quelques minutes de marche. L'air était frais, les passants heureux, et moi aussi. J'ai compté inconsciemment les pas qui me menaient là-bas, comme d'habitude, cinq cent soixante-dix-sept exactement. J'ai croisé dans une vitrine mon reflet, je lui ai souri et il m'a souri à son tour.

La librairie, de petite taille, mais de bonne facture, était déserte, sauf une dame âgée en grande conversation avec Chloé. Cette dernière m'a fait un discret signe de tête derrière son comptoir avant de retourner à sa discussion.

Les livres s'élevaient en piles sur les tables, agencés par thèmes. J'aurais adoré être écrivain, mais c'était trop risqué. Les auteurs mettent toujours un peu d'eux-mêmes dans leurs œuvres et je ne pouvais pas me le permettre. À la place j'étais devenue traductrice, dans l'ombre, invisible, et ça me convenait.

J'ai flâné entre les sections. Il y avait les gros best-sellers d'avant Noël, quelques essais putassiers, des autobiographies sans intérêt, une saga avec une couverture bizarre. Un pamphlet écologique. Un… Je me suis arrêtée net. Coincée entre deux romans à la jaquette jaune pâle, s'élevait une petite pile de livres en équilibre précaire. Le titre : *Ils n'étaient qu'un*. Un grand format à 22,90 euros, d'un éditeur inconnu. La couverture n'était pas terrible, une photo retouchée pour faire peur, type manoir hanté un soir de pleine lune – avec des flammes dévorant l'endroit. On aurait dit une vision moche de *Rebecca*, de Daphné du Maurier – c'était sans doute le but, jouer sur le côté vintage pour attirer le chaland. Un livre insignifiant, un livre comme les autres sauf… Sauf.

Sauf que, incrusté sur la couverture, il y avait un symbole. Simple, noir, se fondant avec les branches des arbres et les feux de l'enfer. Un *C* traversé d'une croix.

J'ai remonté la manche droite de mon pull, jusqu'au coude. La cicatrice avait pâli avec les années, mais elle était toujours bien présente. Le *C* et la croix, tracés au couteau dans ma chair. Notre symbole. Chevrière. Englouti par les flammes, une nuit d'hiver, il y a presque vingt ans. Comme dans le livre. Tout comme dans le livre.

J'avais du mal à respirer. Ni Chloé ni sa cliente ne faisaient attention à moi. Je me suis appuyée à la table couverte d'ouvrages pour ne pas tomber. Inspirer. Expirer. Se concentrer sur le mouvement de l'air dans mes poumons, dans ma gorge, dans mes narines. Cinq secondes à l'inspiration, cinq secondes à l'expiration. Cohérence cardiaque, censée atténuer les crises de panique. Ça n'a pas marché, foutaises de yogi. Proche de l'évanouissement, j'ai fait chuter une pile de bouquins, ai esquissé un petit signe d'excuses à Chloé avant de m'accroupir pour les ramasser. Inspirer. Expirer. Il y avait forcément une explication à tout ça ; une explication simple, logique qui me ferait rire une fois que je l'aurais trouvée. C'était ça ; une *explication.*

J'ai remis les livres en place, puis j'ai pris un exemplaire d'*Ils n'étaient qu'un*, avec précaution, comme s'il s'agissait d'un animal sauvage prêt à mordre. La couverture était granuleuse, le papier de piètre qualité. J'ai dû faire un effort pour déchiffrer le nom de l'auteur, caché dans l'incendie. *Lola Bouscat.* L'acronyme de Lazare-Olivier-Lilas-Alice.

Je l'ai ouvert, mes mains tremblaient. À l'intérieur, il y avait une dédicace : *Aux fantômes du pensionnat. Je vous attends.*

La voix de la libraire à mes côtés m'a fait sursauter. Je l'ai brusquement refermé, comme prise en faute.

— Ça va, Lilas ?

— Oui… Oui, oui.

Je lui ai montré le livre.

— C'est bien, ça ?

Elle a fait une petite moue qui voulait tout dire.

— Franchement ? Aucune idée. Mais le type qui a fait la couverture était daltonien si tu veux mon avis.

— Tu connais la maison d'édition ?

— Non, d'ailleurs c'est un peu bizarre. Elle est sortie de nulle part, *a priori* ils sont suisses, c'est tout ce que je sais. Par contre ils ont bastonné niveau tirage.

Suisses. J'ai cru que j'allais défaillir. J'ai encore dû me retenir à la table pour ne pas tomber.

— Tu vois que ça va pas ! a dit Chloé en me rattrapant. Tu veux un verre d'eau ?

— Non, non je dois aller prendre mon train. Ça ira mieux quand je serai assise dans le wagon…

— OK…, a-t-elle dit, pas convaincue. Presse-toi ou tu vas finir par le rater. Tu passeras le bonjour à Claude.

— Je n'y manquerai pas. Je vais quand même te le prendre…

Chloé m'a regardée, surprise.

— Le polar, c'est pas trop ton truc pourtant !

— Justement, j'ai envie de changer.

Nous nous sommes dirigées vers la caisse, mon sac a cogné contre une table et trois piles de livres se sont écroulées. Décidément.

— T'inquiète pas, a dit Chloé en se retournant à peine, je les remettrai après, tu es pressée.

J'ai payé en liquide, comme toujours. Chloé n'osait plus me parler, gênée. J'ai tenté de sourire.

— Merci, je te dirai comment c'est la prochaine fois que je viens.

— OK. Et repose-toi, hein, tu n'as vraiment pas l'air dans ton assiette.

— Merci.

Le carillon de l'entrée a retenti tandis que j'ouvrais la porte. Une fois dans la rue, j'ai commencé à courir comme une folle vers la gare, empêtrée avec mes affaires, ce satané bouquin collé contre mon cœur.

La micheline était presque pleine. C'était le vendredi soir, les internes rentraient chez leurs parents, bruyants, heureux, agités. J'ai trouvé une petite place près de la fenêtre, à côté d'un groupe silencieux – les ados étaient scotchés sur leur portable comme si leur vie en dépendait, écouteurs enfoncés dans les oreilles ; on avait vraiment créé une génération de décérébrés qui ne tarderaient pas à tous devenir aveugles et sourds.

J'ai calé ma valise sous le siège. Dehors, le soleil se couchait sur les volcans, le doigt de Dieu pointait au travers des nuages. La lumière d'Auvergne, celle dont j'étais tombée amoureuse… Celle que quelqu'un venait de m'enlever. J'avais envie de pleurer – moi qui pourtant ne pleurais jamais.

J'ai posé le livre sur mes genoux. J'espérais encore trouver une explication *rationnelle* à tout ça. Marguerite m'attendait pour le dîner, elle avait certainement cuisiné des lasagnes et ouvert une bouteille de rouge. J'irais laisser mes affaires à la maison puis je traverserais le bois de nuit pour la rejoindre. La lune éclairerait mes pas, j'entendrais le bruit du lac et des branches dans les arbres.

Félix arriverait. À présent qu'il était majeur, sa mère lui proposerait un verre…

J'ai secoué la tête tellement fort que mon voisin, un ado boutonneux fan de death metal au regard de sa coupe de cheveux et de son T-shirt, a sursauté tout en émettant un petit claquement de langue réprobateur. Bien sûr, la vie allait continuer comme avant, j'allais manger des lasagnes et boire trop de vin rouge. À d'autres ! Je me racontais des histoires et je le savais. Ce satané bouquin me brûlait les genoux. OK. Toi et moi on va se parler maintenant. Tu vas me dire qui tu es vraiment et pourquoi tu es là. Mais je n'ai pas réussi à l'ouvrir : je l'ai fixé encore et encore sans que rien se passe.

« Prochain arrêt : Le Cendre-Orcet. Prenez garde à ne rien oublier à votre place. »

L'ado boutonneux s'est levé pour se diriger vers la porte au fond du wagon, suivi par d'autres jeunes. J'ai caressé la couverture du livre : le symbole avait été imprimé sur le château en flammes. En le touchant, j'avais le sentiment de frôler ma cicatrice. C'était bizarre. C'était… vertigineux.

— Alors, vous revenez d'où cette fois-ci ?

La voix de Claude le contrôleur m'a sortie de mon tourbillon. Il était pareil à lui-même, engoncé dans son uniforme, sentant le gars qui se néglige, souriant de toutes ses dents de travers. Je lui ai rendu son sourire, un sourire forcé, mais il ne s'en est pas rendu compte. Je savais qu'il était marié, qu'il avait deux enfants, qu'il était contre la réforme des retraites et qu'il votait à droite, que son grand-père avait été adjoint au maire du Puy-en-Velay et que sa femme était fonctionnaire aux impôts. Il flirtait avec moi gentiment lors de mes voyages, mais il aurait été bien embêté si j'avais répondu favorablement à ses appels du pied. Mais lui, que connaissait-il de moi ? Que depuis des années je prenais le train Clermont-Ferrand - Issoire. Que j'aimais lire et que j'avais un faible pour les bonbons chimiques. Que je n'étais pas d'ici, certainement d'une grande ville à l'origine, vu mon « allure ».

Mais Claude en savait sans doute plus que je ne le pensais. Les commérages vont vite, les gens ont toujours besoin de se comparer à leurs voisins pour se situer sur l'échelle de la vie. Si Claude avait tendu l'oreille, qu'aurait-il entendu ? Que je vivais dans une vieille bâtisse isolée et un peu délabrée qui donnait sur le lac, avec une des plus belles vues de la région. Que je traînais avec Marguerite et parfois avec les « marginaux », un groupe d'anciens citadins installés en semi-autarcie dans les collines. Que j'étais polie et réservée. Qu'on ne me connaissait pas d'histoire d'amour ou même de liaison, alors que j'étais encore presque jeune et assez jolie. Que je voyageais beaucoup. Que je m'appelais Lilas, comme la fleur de printemps qui grandit au milieu des anfractuosités rocheuses. Que le postier n'avait jamais rien pour moi dans sa besace, ni lettres, ni colis, ni paquets. Que j'avais certainement quelque chose à cacher. Mais quoi ?

Le train a redémarré. Claude me regardait, mal à l'aise, attendant ma réponse, hésitant sur la conduite à tenir. Il avait des auréoles de transpiration sous les bras. J'ai souri.

— Désolée, je suis fatiguée. Je viens de Paris. Vous avez bien du monde aujourd'hui.

— Vous connaissez le vendredi soir. On dit que les jeunes fuient la région, en réalité ils reviennent dès qu'ils peuvent. C'est chez eux !

— Ils ont raison. C'est beau ici.

Claude s'est rengorgé.

— Et puis on y mange bien ! Allez, je vous laisse lire. Bonne soirée, jolie madame !

— À bientôt. Prenez soin de vous.

Il m'a regardée, touché. Ça se voyait que c'était un bon gars.

— Vous aussi.

Claude s'est éloigné en tanguant entre les sièges. Nous étions à moins de dix minutes d'Issoire. J'ai hésité. Lire le premier chapitre ou le dernier ? Le dernier. J'ai ouvert le livre. Tourné les pages jusqu'à la fin. C'était par là qu'il fallait que je commence.

Ils n'étaient qu'un

Leurs mains étaient pleines de sang. Du sang de leur bourreau, de leur dieu. Lilas regarda ceux qui avaient été ses amis et qui avaient tué avec elle. Des adolescents à peine sortis de l'enfance, aux yeux perdus, des meurtriers. Le corps de *l'autre* gisait à leurs pieds, allongé dans la terre, son costume immaculé enfin taché, son visage méconnaissable, déformé par les coups. La neige fondue avait recommencé à tomber sans qu'ils s'en rendent compte ; à présent, elle redoublait d'intensité, les noyant dans l'obscurité.

Les jours précédents le ciel s'était déchaîné, comme pour les préparer à ce qui venait d'arriver. Bientôt, il serait impossible de retourner au pensionnat par le sentier qui serait de nouveau traversé par de violents torrents de boue.

Alice se balançait d'avant en arrière, en chantonnant une mélodie que Lilas reconnut. Il s'agissait de la musique du *Magicien d'Oz*, « *Home Sweet Home* ». Lazare prit doucement Alice dans ses bras et commença à la bercer comme une enfant. Ils étaient beaux tous les deux sous la pluie en train de se transformer en flocons, ils semblaient mimer une danse dont eux seuls maîtrisaient les pas. Lilas les jalousa, encore et toujours. Elle croisa le regard d'Olivier. Sans avoir besoin de parler, elle sut qu'il ressentait exactement la même chose qu'elle.

Quatre adolescents grelottant au milieu de la forêt, dans un paysage de glace, un homme mort à leurs pieds. Leur avenir se jouait à cet instant. Lilas commença à chantonner avec Alice. Elle était tellement fatiguée, peut-être que si elle s'allongeait un moment, près de ce corps encore tiède, elle pourrait s'endormir un peu... L'eau s'infiltrerait dans sa bouche et finirait par l'étouffer.

— Non.

C'est Olivier qui avait parlé. Olivier le timide, le maladroit, le déplacé, le *désaxé*, qui les fixait à présent, une lueur de défi dans les yeux. Ou bien Lilas avait-elle rêvé cet éclat, elle ne savait pas.

— Il le méritait, pas question qu'il nous entraîne avec lui dans sa tombe. Allez, on creuse.

Lazare se détacha à regret d'Alice et la laissa seule dans sa danse. Il avait perdu sa morgue habituelle, ce qui fit plaisir à Lilas. Au moins la mort de *l'autre* aurait servi à ça.

— Regardez, insista Olivier. C'est de la tourbe. Ça fait des semaines qu'elle se gorge d'eau, elle peut bien se nourrir de sang. Et personne ne viendra le chercher ici.

Ils observèrent autour d'eux, comme Olivier leur avait dit. Ils étaient dans un vallon caché par la montagne, au milieu de la forêt. L'abri en pierre qui servait par le passé de refuge aux bergers avait été abandonné depuis des années. Il leur avait fallu une demi-heure pour grimper parmi les sapins. Personne ne passait par là, à part quelques touristes en randonnée l'été, et ils étaient en plein hiver.

— Il a raison, dit finalement Lazare. On creuse.

Alice n'avait pas bougé, elle chantonnait toujours les yeux fermés. Olivier s'agenouilla et commença à labourer la terre avec ses mains.

— Arrête-toi ! lui dit Lilas. C'est là-bas qu'il faut l'enterrer.

Elle pointa le muret à moitié écroulé.

— Là où la gouttière déverse l'eau de pluie au printemps. Ce sera plus facile.

Dans la nuit, ils ne se voyaient presque pas. Lilas s'approchait du mur quand elle sentit une main dans la sienne : c'était celle d'Alice qui s'était déplacée sans qu'elle s'en rende compte. Alice et Lilas, meilleures amies à la vie à la mort. Alice, belle à en pleurer, porta la main de Lilas à ses lèvres.

— Allez, on y va, dit-elle de sa voix parfaite.

Ils s'arrêtèrent tous les quatre face aux pierres, juste en dessous de la croix et du *C* à peine visibles qu'ils avaient gravés des mois plus tôt sur l'une d'elles. Ils s'agenouillèrent collés les uns aux autres, et ils commencèrent à creuser avec leurs mains gelées. La nuit était loin d'être terminée, ils avaient le temps. S'ils étaient méthodiques, s'ils faisaient ça bien, demain il n'y aurait plus trace de la tombe ni de leur passage.

Il leur fallut longtemps. Ils s'arrachèrent la peau, ils se cassèrent les ongles, leurs doigts gourds refusaient d'obéir mais ils continuèrent. Chacun trouva son rôle : Lazare et Olivier creusaient, Alice et Lilas déblayaient ; ils ne disaient pas un mot. Quand enfin ils furent satisfaits, ils traînèrent le corps dans le trou.

Dans une boîte en bois trouvée dans le sac de Schmidt, Lazare mit un de ses minuscules crayons de papier. Alice, une des chaînes en or qui ornaient son cou. Olivier, le chapelet qui ne le quittait jamais. Lilas, une mèche de ses cheveux. C'était leur confession et leur absolution pour le crime qu'ils venaient de commettre. Ils posèrent la boîte sur le costume bleu puis, à bout de forces, ils rebouchèrent le trou tant bien que mal. Le soleil bientôt se lèverait et une nouvelle journée débuterait mais pour le moment l'obscurité les enveloppait encore. Les quatre adolescents observèrent leur œuvre en silence.

— On dit une prière ? demanda Olivier.

— Qu'il aille se faire foutre, répondit Lazare.

Mais ils se prirent quand même les mains et se placèrent face à la tombe. Eux seuls savaient et sauraient jamais qu'un homme, leur bourreau et leur dieu, reposait ici.

Ils revinrent vers le pensionnat par la forêt. En se dépêchant, ils pourraient y être à l'heure pour la messe du matin. Finalement, ils eurent même le temps de passer se changer dans leur zone, le « dortoir » où ils logeaient depuis des mois, derrière la chaufferie. Ils cachèrent leurs vêtements salis sous les lits puis se hâtèrent vers la chapelle. Les yeux cernés, les joues rouges, les ongles noircis par la tourbe, ils réussirent à y arriver au moment où le père Marceau saluait l'assemblée. Au nom du Père, du Fils et du Saint-Esprit.

La journée se déroula normalement, comme si rien ne s'était passé, comme si ces dernières semaines n'avaient pas existé, comme s'ils avaient juste rêvé cette nuit ensemble. Ils remplirent leurs obligations. Messe. Petit déjeuner en silence. Étude, due à l'absence inhabituelle de M. Schmidt, qui assurait leurs cours. Déjeuner en silence. À nouveau étude. Messe du soir. Toilette. Dîner en silence. Puis ils se retirèrent dans la pièce derrière la chaufferie qui était devenue leur foyer. Là non plus, ils ne parlèrent pas.

Ils étendirent les vêtements trempés de boue et de sang sur des cordes face au fourneau. Enfin ils se couchèrent, sans avoir le courage de se changer, et ils sombrèrent dans le sommeil. Ensemble, mais séparés. L'ivresse de la libération était passée. La nuit d'avant, ils avaient agi sans réfléchir, pour survivre et protéger une innocente, mais ce soir ? Ce soir ils étaient ensemble, mais ils étaient seuls.

À 1 heure Alice se réveilla en hurlant, en plein cauchemar. Un peu plus tard ce fut Lilas, et ensuite Olivier. Lazare, lui, dormit d'un sommeil sans rêves, hermétique au souvenir de ce qu'ils avaient fait.

Ils l'ignoraient, mais c'était la dernière fois qu'ils partageaient un moment, un lieu, un espace. Car à 2 h 10, leurs vêtements en train de sécher face au foyer incandescent de la chaudière s'enflammèrent. Et alors que l'aube pointait à nouveau tout s'embrasa.

Le feu et le soufre tentèrent de les dévorer. Ils prirent Alice, Olivier leur échappa de justesse. Ils épargnèrent Lilas et Lazare, car ils étaient déjà damnés.

Épilogue

Vingt ans plus tard. Le corps de Lilas pendait mollement au bout de sa corde. Un mouvement de pendule le faisait osciller de gauche à droite, revenir puis repartir. En conséquence de quoi Lilas, de ses yeux fixes et vitreux, semblait regarder tour à tour le mur et la porte, la porte et le mur de la chambre anonyme où sa vie avait pris fin. Dans la mort, la fatigue des années s'était évanouie et elle ressemblait à nouveau à l'adolescente qu'elle avait été la nuit où elle était devenue une meurtrière. Elle avait enfin rejoint Alice. Elle était la première. Olivier et Lazare suivraient peu après.

Pendant vingt ans ils avaient cru être au-dessus de tout soupçon, avoir mené leur guerre et l'avoir gagnée. Pendant vingt ans ils avaient échappé au destin mais celui-ci était tenace, il avait finalement rattrapé Lilas à l'aube de ce jour. Sur le mur gris, ses derniers mots avaient été tracés en lettres tristes : *Car un jour de vengeance était dans mon cœur.*

J'ai posé le livre sur mes genoux, sous le choc. L'auteur : *Lola Bouscat.* « Lazare, Olivier, Lilas, Alice » et le Bouscat, le lieu où nous avions enterré le corps. Mais c'était quoi ce truc ? Derrière la vitre frappée de pluie, le paysage défilait, assombri par la nuit tombante. Les volcans au loin n'étaient plus que des lignes de crête lointaines, bientôt avalées par l'obscurité. Dire que ç'aurait dû être un retour chez moi pareil à tous les autres…

Les odeurs de là-bas m'assaillaient soudain, me faisaient suffoquer. Notre « dortoir », mélange de renfermé, d'hormones et de chaleur lourde. Alice, fruitée, printanière. Le parc de Chevrière, les feuilles mortes pourrissantes, la boue, la neige. Olivier, son parfum d'adulte trop vieux pour son âge. La chapelle du pensionnat, encaustique, encens et ennui. Celle de Lazare, musquée, envoûtante, unique. Mon odeur enfin, aigre et triste.

Je me focalisais sur les sensations pour ne pas penser. Quelqu'un avait écrit… ça. Cette nuit-là, on s'était bien couchés dans nos lits superposés après avoir étendu nos vêtements près du brasier, de l'autre côté de la porte, et quand nous nous étions réveillés les flammes et la fumée avaient tout envahi. Alice avait péri dans les flammes. Olivier avait été gravement blessé, et Lazare et moi avions fui, « deux âmes déjà damnées ». Ça c'était la vérité d'un passé que je pensais à jamais enterré – un mauvais jeu de mots qui ne m'a pas fait sourire.

Mais cet épilogue ? C'était quoi ce truc ? Mon avenir ? Une vision des Parques ? Selon le livre j'allais mourir pendue vingt ans après notre crime. J'ai refait les calculs rapidement, ils ont été faciles. Je savais exactement combien de jours s'étaient écoulés depuis l'incendie : sept mille deux cent treize. Dix-neuf ans et huit mois. Pendant tout ce temps, j'avais attendu que notre passé nous rattrape, et ce jour était enfin arrivé. Vingt ans plus tard… Si ce n'était pas une figure de style mais une définition précise, ça voulait dire qu'il me restait quatre mois à vivre avant de me retrouver avec une corde autour du cou. Je ne me voyais pas développer prochainement des penchants suicidaires, j'avais surmonté trop de choses pour déclarer forfait maintenant et j'avais l'instinct de survie chevillé au corps. Donc… Donc… Quelqu'un allait me tuer. Quant à la phrase : *Car un jour de vengeance était dans mon cœur…* Cette phrase était tirée de la Bible, j'en étais certaine et ça sentait le prophète de l'Ancien Testament à plein nez, mais lequel ? Impossible de m'en souvenir. J'ai ouvert le livre au hasard.

Ils n'étaient qu'un

La salle noire était presque devenue une amie, un endroit où ils pouvaient se recueillir en silence et rentrer *en eux*. Lazare y voyait une source d'inspiration, un lieu mystique où il rencontrait Dieu – c'est-à-dire lui-même. Olivier s'était résigné. Quand il y était, il se dédoublait et son autre partait dans le Sud, au bord de la mer, où il pouvait respirer l'air salé en sentant le sable chaud sous ses pieds. Alice n'en parlait jamais. Lilas, elle, comptait les pierres sur le mur, s'oubliant dans les chiffres qui s'additionnaient un à un.

J'ai refermé le livre sèchement, je refusais de retourner dans la salle noire. J'ai tenté d'effacer l'endroit de ma mémoire en serrant fort les paupières, mais des images se télescopaient, à me donner la nausée. Les lieux, les gens, les sensations… Ce n'était *pas* possible. Je devais faire un cauchemar. J'ai appuyé ma joue contre la vitre glaciale, pour essayer de reprendre pied dans la réalité. Est-ce qu'on peut ressentir le froid dans les rêves ? Peut-être. Je me suis mordu la lèvre violemment, jusqu'à sentir le goût du sang perler sur ma langue. On dit qu'on ne peut pas éprouver la douleur dans le monde de la nuit, et qu'on ne peut pas mourir non plus. Pourtant j'avais mal et j'avais peur de mourir, là, tout de suite, maintenant. Rien de tout ce qui était en train de m'arriver n'était possible, et pourtant c'était en train d'arriver.

J'ai levé les yeux, j'étais seule dans le wagon. Nous étions arrivés au terminus et tous les passagers étaient descendus sans que je les voie. J'ai agrippé ma valise et je suis sortie à mon tour. Ma voiture était là où je l'avais laissée. Les mêmes groupes de jeunes que je croisais à chaque fois zonaient sous l'arrêt de bus du parking, l'un d'eux m'a même fait un petit signe de tête quand nos regards se sont rencontrés.

J'ai tout balancé à l'arrière de l'antique Renault et je suis partie dans la nuit. Il fallait que je me force à être rationnelle, construite. Sans ça, en plus de devenir timbrée, j'allais finir par me coller dans le fossé. *Réfléchis, ma fille, pense. Souviens-toi. Sors-toi cet épilogue de la tête et remémore-toi le chapitre précédent.* J'ai réfléchi. Et NON, ça ne s'était pas passé comme ça. Pas vraiment en tout cas. Alice et Lazare n'avaient pas dansé, deux amoureux sous la pluie, et elle n'avait jamais chanté « *Home Sweet Home* ». Ce n'était pas Olivier qui avait proposé d'enterrer *l'autre*, mais moi. On n'était pas arrivés au début de la messe, mais au milieu du sermon du père Marceau, et il nous avait remonté les bretelles. On ne s'était pas couchés en silence. Avant de nous allonger, nous avions fait un cercle dans notre cloaque immonde, nous avions joint nos mains et nous nous étions promis que même si nous avions tué nous avions fait le bien. Mais c'étaient des détails. L'essentiel – ce qui était vraiment *arrivé*, dans la neige et la nuit, au lieu-dit du Bouscat – y était.

J'ai pris la sortie habituelle, celle avec le virage dangereux ; les panneaux se sont illuminés face à mes phares. J'ai braqué avec force pour ne pas déraper sur le bitume trempé ; les pneus de la voiture étaient trop lisses, depuis des années je me disais que je devais les changer et je ne l'avais jamais fait. Ça n'avait plus d'importance à présent. J'étais seule, personne ne prenait jamais cet embranchement qui se perdait dans les bois. J'étais seule avec un livre qui racontait mon passé et prédisait mon avenir.

Dans une côte, j'ai doublé un camion comme une furie, ignorant les coups de klaxon du conducteur. *Aux fantômes du pensionnat. Je vous attends.* Nous étions quatre cette nuit-là. Alice était morte. Je n'y étais pour rien. Donc qui d'Olivier ou de Lazare avait écrit ce torchon ? Et pourquoi ?

Quand je suis arrivée devant chez moi, mes jambes chancelaient et la tête me tournait. Il pleuvait encore, un de ces crachins auvergnats qui peuvent durer des jours et finissent par vous rentrer sous la peau, mais je l'aimais cette pluie, tout comme j'aimais le crépuscule, le coassement des grenouilles et le son du vent dans les arbres, et la barrière cassée donnant sur le lac qui cognait comme un marteau fou. J'étais chez moi. Un chez moi pas chez moi puisque la maison appartenait à Marguerite, mais j'y vivais depuis si longtemps que je l'avais fait mienne.

L'odeur familière du lieu m'a saisie quand j'ai poussé la porte, un mélange d'ambre et de feu de bois. J'ai allumé la lampe au-dessus de la grande table de cuisine et sa chaleur a illuminé la pièce. Pas grand-chose en réalité – je n'étais pas douée en bibelots et en déco –, juste de vieux meubles campagnards confortables, des livres en piles un peu partout et des bouquets de fleurs séchées que Marguerite m'avait forcée à installer pour égayer l'endroit.

Quand j'étais enfant, rien n'était à moi, tout appartenait à mon père. J'en avais gardé l'habitude de ne pas m'encombrer d'objets inutiles – et peut-être par peur de devoir les abandonner en urgence lorsque je devrais fuir à nouveau.

J'ai fait chauffer de l'eau dans la bouilloire, j'ai sorti une tasse et du thé vert, des gestes mille fois répétés auxquels je ne prêtais plus attention. Mais cette fois, ils m'ont fait mal car je savais que ce serait sans doute la dernière. J'avais peur ; mais surtout j'étais triste.

Dehors, la pluie redoublait et cinglait à présent les carreaux, rythmant le silence. J'ai enlevé mon manteau et mon pull, mes doigts ont parcouru les veines de mon poignet, ont remonté mon avant-bras jusqu'à la cicatrice devenue quasiment invisible, celle du *C* traversé d'une croix. *Chevrière.*

J'ai trente-sept ans. Je m'appelle Lilas. Et quelqu'un a décidé de me pourrir la vie.

J'ai bu mon thé, les yeux fixés sur la fenêtre noire, puis j'ai traversé la véranda plongée dans l'obscurité. Quand j'ai fait coulisser la baie vitrée, une bourrasque mouillée m'a frappée au visage. Qu'est-ce que je l'aimais, cette pluie ! Elle n'avait rien à voir avec la neige d'automne de Chevrière, collante, poisseuse, gelée. Cette pluie était pure et revigorante. La quatrième latte du ponton a couiné sur mon passage, cette latte que je n'avais jamais réparée non plus, car les planches qui craquent peuvent détecter l'ennemi aussi bien que les vieux chiens.

Une fois arrivée au bout, au milieu de la tempête, j'ai fixé l'eau du lac. Personne ne savait que je vivais là. Personne ne pouvait retrouver ma trace. Je travaillais sous pseudonyme, et mon éditeur versait l'argent de mes traductions à Marguerite, en cash sur un quai de gare. Il trouvait d'ailleurs ça follement excitant. La maison était à Marguerite justement, tout comme la voiture.

Sauf que… avec les années je m'étais relâchée, je m'en rendais compte à présent. J'avais commencé à laisser des traces de moi, infinitésimales, par-ci par-là. Lorsque j'étais ivre, je parlais parfois trop et dans les collines un des gars s'était étonné, une nuit, de petites incohérences – je m'étais arrangée pour ne pas le recroiser depuis. Mon éditeur, bien que content que je lui coûte moins cher que les autres traducteurs tout en fournissant un boulot impeccable, m'avait ces dernières semaines posé deux ou trois questions plus intrusives qu'à l'accoutumée, questions qui n'avaient pas éveillé ma méfiance mais auraient dû le faire. Les gendarmes m'avaient contrôlée il y a deux ou trois ans à la sortie de Saint-Julien pour excès de vitesse et j'avais dû leur montrer mon permis de conduire. Quand ils l'avaient examiné, en lambeaux et tout rafistolé, surtout au niveau de la photo, ils s'étaient demandé à juste titre s'il était authentique. Il y avait aussi eu le dentiste à Clermont-Ferrand, pour une rage de dents affreuse, à qui j'avais dit que j'avais oublié ma carte Vitale, mais qui avait eu besoin de mon nom pour remplir la feuille à envoyer à la Sécurité sociale. Je lui avais donné le premier qui me venait à l'esprit, mais à son regard il ne m'avait pas crue.

Je m'étais amollie. J'avais laissé des *traces*… Des petites miettes, mais qui finiraient par former un gâteau tout entier et mèneraient droit à moi… et ça, il n'en était pas question. Je ne mourrais pas bientôt, victime de mon passé.

Une truite a sauté hors de l'eau avant de replonger aussitôt dans le lac soumis aux assauts incessants de la pluie. J'ai regardé la surface noire une dernière fois, puis je suis rentrée dans la maison, en faisant craquer exprès la quatrième latte du ponton. J'ai fermé le volet que je laissais toujours ouvert, puis je suis montée à l'étage me préparer. Dans ma chambre adorée, j'ai longtemps caressé l'édredon bronze en plume de canard qui recouvrait mon immense lit. Il n'y avait pas de chauffage dans la maison. L'hiver, j'aimais me pelotonner dans ce cocon moelleux, formant des bulles de givre avec ma respiration. Je pouvais passer des heures cachée sous ma tente de fortune, à lire mes auteurs préférés en grignotant des bonbons et des gâteaux qui laissaient des miettes partout, mais ne gênaient que moi. Je regretterais tellement ces moments !

Seuls Lazare et Olivier savaient, à part moi, quel drame s'était déroulé cette nuit-là. Donc, de nous trois, qui était le chasseur, et qui étaient les proies ? Dans l'épilogue, il était écrit que leur tour viendrait après moi. Leur tour de se venger ? D'être assassinés ?

J'ai ouvert ma penderie, et mon regard a effleuré la glace en pied intégrée à la porte intérieure. Depuis combien de temps ne m'étais-je pas regardée ? Une éternité, je ressemblais trop à mon père pour m'apprécier. J'avais ses yeux gris, son sourire fermé, son nez légèrement busqué. J'avais aussi sa manière de rejeter les épaules en arrière en forme de défi. À cause de cette ressemblance, j'avais préféré oublier mon visage. *Son* visage.

J'ai choisi avec soin mes vêtements. Un jean noir, un sweat noir, des Dr. Martens, une parka noire elle aussi. Ainsi vêtue, j'avais l'air d'une black block ou d'une ado gothique attardée. Mais je serais protégée de la pluie et du vent, je pourrais faire des kilomètres, je pourrais dormir dans la rue si nécessaire. J'ai pris sur l'étagère du dessus, cachée derrière de vieux pulls, une matraque télescopique, et je l'ai enfoncée dans une des poches de ma parka. En cas de besoin, je pourrais dormir dehors *tranquillement*. J'ai aussi embarqué une liasse de billets roulés cachée dans une basket. Piètre cachette, mais ici il n'y avait personne pour voler quoi que ce soit dans les maisons isolées, à part du bois et de la gnôle.

En redescendant l'escalier, j'ai touché du doigt les portraits de famille accrochés le long de la rampe, les seules touches intimes que j'avais ajoutées à la maison. Une succession de visages inconnus que nous avions trouvés avec Marguerite au fil du temps lors de vide-greniers dans la région et que nous avions accrochés au fur et à mesure, parce que ça nous faisait rire, sans nous poser de questions. Je me suis arrêtée devant l'avant-dernier, une peinture médiocre d'un bourgeois satisfait et de sa femme aux joues pincées et je leur ai fait un petit signe de la main. Eux aussi allaient me manquer. Dans le salon, j'ai pris mon portable – c'était un vieil appareil à carte prépayée qui servait uniquement à téléphoner – tout en balayant la pièce du regard. J'avais été très heureuse ici. Puis je suis sortie et j'ai claqué la porte derrière moi.

La tempête avait encore forci, manquant de me faire tomber sur le chemin de terre. Je me suis retournée une dernière fois vers la maison qui avait été mon chez-moi ces quinze dernières années. Je demanderais à Marguerite de faire le ménage dans deux ou trois jours, de nettoyer les maigres traces de mon existence. Elle s'exécuterait avec son zèle habituel ; ensuite il ne resterait rien. J'ai laissé la voiture là où je l'avais garée, les clés sur le contact, et je me suis enfoncée au milieu des arbres.

La maison de Marguerite et de Félix était à deux kilomètres à vol d'oiseau, deux kilomètres de forêt que je connaissais par cœur. J'aurais pu faire ce trajet les yeux fermés, comptant les pas, quatre mille cent soixante-seize en général, attentive aux dénivelés du terrain et aux tournants du chemin. Je l'avais d'ailleurs déjà parfois fait par le passé, les mains à l'horizontale des deux côtés, mes doigts frôlant les troncs, pour réveiller mes sens endormis. Pas ce soir.

Je me suis enfoncée en silence dans la pineraie, mes pieds foulant le sable détrempé. J'aimais cet endroit silencieux et isolé, où je croisais parfois des biches apeurées et quelques renards perdus, où je m'enivrais des odeurs de sève, où je contemplais la nature. Cette nuit, le sentier m'a fait penser au parc de Chevrière.

Une chouette a hululé au-dessus de moi ; là encore, la comparaison avec Chevrière a jailli. *Lola Bouscat* me poursuivait à chaque pas. Qui es-tu, Lola ? Pourquoi as-tu écrit ce livre ? Pourquoi nous « attends-tu » après toutes ces années ? Pourquoi me réserves-tu la potence ?

Quand je suis enfin arrivée, j'étais trempée comme une soupe et de la musique s'échappait de la maison basse et noire de Marguerite, une des vieilles chansons françaises qu'elle affectionnait et qui rendaient son fils cinglé. Elle a ouvert la porte alors que je n'avais pas encore frappé, et comme à chaque fois sa prescience m'a déstabilisée. Je n'avais jamais compris, elle non plus d'ailleurs, mais c'était comme ça. Elle *savait* quand j'arrivais ; parfois elle avait même le temps de faire chauffer l'eau du thé avant que je toque. Elle a ouvert grand les bras et je me suis blottie contre ses gros seins, en enfouissant ma tête dans son cou.

Avec Marguerite nous étions l'alliance de la carpe et du lapin. J'étais en général en retrait, mais soudain capable de tout casser. Elle était volubile, excessive et incapable de faire du mal à une mouche. Je tenais de mon géniteur une attitude un peu empruntée, avec un style classique et discret ; elle était une anarcho-punk assumée avec ses cheveux rouges et ses tatouages old school plus ou moins réussis – en majorité moins que plus. Nous nous étions rencontrées dans la rue, dix-huit ans pour moi, vingt-neuf ans pour elle, et nous ne nous étions plus jamais quittées. Nous avions survécu ensemble, nous nous en étions sorties ensemble, et nous avions décidé ensemble d'aller nous construire une nouvelle vie ici, chez elle, dans les lieux mêmes qu'elle avait tant désiré quitter. Moi pour continuer à fuir, la seule chose que je savais faire, elle pour s'éloigner de sa grande amie Lady Héroïne.

Alors on avait fait notre vie ici. On avait appris à cultiver des légumes et à réparer des trucs, on avait retapé les deux maisons de famille de Marguerite à coups de débrouille et de récup, on s'était faites amies avec les marginaux des collines, on avait passé des nuits à boire du rouge et à observer les étoiles. J'avais bossé comme une folle pour devenir traductrice indépendante et Marguerite, avec ses connexions bizarres, m'avait trouvé un éditeur sérieux mais pas regardant sur l'origine du boulot tant qu'il était bien fait. De son côté, elle s'était mise à la poterie et je lui avais appris à en vendre sur les marchés le week-end pour qu'elle arrête de tout donner aux gens sympas qu'elle rencontrait et qu'elle se fasse une clientèle. On avait été bien.

Quand j'ai quitté le cocon protecteur de son giron, Marguerite, pourtant d'habitude si bavarde, n'a rien dit – mais son contact physique m'avait apaisée. Cette femme avait des vertus miraculeuses.

La cuisine était à son image, foutraque et chaleureuse. Il y avait des trucs et des machins partout, des plantes débordant de leurs coupelles suspendues au plafond, des dessins et des affiches accrochés n'importe comment au mur, des chaudrons de sorcière en cuivre près du poêle, des bocaux de confiture et des piles de papiers. Nous nous sommes assises l'une en face de l'autre des deux côtés de la table en bazar, puis Marguerite a attendu que je crache la pilule.

J'ai sorti le livre et l'ai placé entre nous deux. Sous la lumière crue, la couverture était encore plus moche : les flammes étaient d'un jaune criard et la maison ressemblait à celles des livres d'épouvante pour enfants. Seul le *C* barré d'une croix faisait le job et apportait à l'ensemble une touche mystérieuse et inquiétante.

Marguerite n'a rien dit. Elle a juste doucement pris ma main et a remonté la manche le long de mon avant-bras, jusqu'à dévoiler l'ancienne cicatrice qui le marquait.

— Qui a écrit ce truc ? a-t-elle demandé, l'air de rien, avant de commencer à se rouler une cigarette.

— J'en sais rien.

— Ça raconte quoi ?

— *A priori*, ce qui s'est passé à Chevrière.

J'ai regardé le nom de l'auteur. Lola Bouscat. Lazare Olivier Lilas Alice.

— Comment on a tué *l'autre*, où on l'a enterré exactement…

Marguerite nous a servi deux verres de gnôle qu'on a avalés cul sec, avant de se lever et d'éteindre la chaîne hi-fi. Elle attendait la suite, elle me connaissait et savait que ça finirait par venir, il fallait juste me laisser le temps.

— Et ça se termine vingt ans plus tard quand on me retrouve pendue à une poutre, avec la phrase « Car un jour de vengeance était dans mon cœur » écrite sur un mur, ai-je soufflé.

— Pardon ?

— T'as bien entendu. Selon le bouquin il me reste quelques semaines avant de passer violemment de vie à trépas.

— Le livre est sorti quand ?

— Il vient d'être publié.

Marguerite a posé sa main sur la mienne. Sur ses phalanges, quatre lettres tatouées formaient le mot *LOVE* à l'encre délavée.

— C'est complètement barge. Et ça ne veut pas dire que ça va arriver. Car c'est im-pos-sible.

— Je sais bien mais... ça m'a quand même fait un petit choc.

Je me suis secouée.

— Tu as une bible ici ?

C'était le genre de choses que Marguerite pouvait avoir en stock, entre la bio de Che Guevara et un exemplaire de *Mein Kampf*. Selon elle, les mots étaient libres et leurs auteurs aussi, et tout méritait d'être lu, qu'on soit d'accord ou pas.

Elle s'est levée et est allée farfouiller dans sa bibliothèque débordante. Elle a fini par en ressortir un gros volume bordeaux usé qu'elle m'a tendu sans me poser de questions : je suppose qu'il y en avait trop pour qu'elle sache par où commencer. Je l'ai saisi et ouvert, les mots m'ont piqué les yeux car j'en connaissais trop de passages par cœur. Je n'ai pas mis longtemps à trouver celui qui m'intéressait. Je l'ai lu à haute voix :

— « Et nul homme d'entre les peuples n'était avec moi ; Je les ai foulés dans ma colère, Je les ai écrasés dans ma fureur ; leur sang a jailli sur mes vêtements, Et j'ai souillé tous mes habits. Car un jour de vengeance était dans mon cœur, et l'année de mes rachetés est venue. Je regardais, et personne pour m'aider ; J'étais étonné, et personne pour me soutenir ; Alors mon bras m'a été en aide, et ma fureur m'a servi d'appui. » Ésaïe, 63:4.

— Rien que ça…

Elle a délicatement pris *Ils n'étaient qu'un*, comme s'il s'agissait d'une fleur fragile, et a tourné les pages jusqu'à celle de la dédicace. *Aux fantômes du pensionnat. Je vous attends.*

— C'est un piège, a-t-elle dit.

— Je sais.

— C'est qui le *vous* ?

— Moi. Lazare. Olivier. Nous sommes tous les trois les futures victimes de l'épilogue, mais seul l'un de nous – et je m'exclus donc il ne reste que deux options – a pu écrire ce livre. Il est drôle, ce jeu.

— Qu'est-ce que tu vas faire ?

— Les retrouver. Pas question que je reste là, à regarder derrière mon épaule en attendant le jour où le taré qui a écrit ce truc me passera la corde au cou.

Silence. Elle a froncé le nez, elle n'était pas d'accord avec moi, mais elle n'a rien dit. J'ai hésité à me resservir un verre de gnôle avant de changer d'avis : c'était vraiment trop dégueulasse. Finalement, Marguerite a craqué.

— Tu pourrais oublier ce livre et rester avec nous. Personne ne te trouvera ici. À la place tu vas te jeter dans la gueule du loup !

Sous le coup de l'émotion elle s'est resservi un verre, elle. Les premières années, à cause des séquelles de son passé de droguée – un foie en vrac, des poumons défoncés –, je râlais chaque fois qu'elle osait porter un verre d'alcool à ses lèvres. Et puis j'avais arrêté ; elle était belle, elle était grande, elle était forte, et malgré tout mon désir je ne pouvais pas la protéger d'elle-même.

— Tu sais bien que c'est impossible, ai-je répondu. Je n'ai pas le choix. Il faut que je retrouve l'auteur… avant que ce soit l'inverse.

Et que j'empêche ma mort prochaine, ai-je pensé, mais je ne l'ai pas dit.

Marguerite a pianoté lentement sur son téléphone, fronçant les sourcils pour déchiffrer les lettres les unes après les autres. Grâce à Félix qui lui avait fait la guerre, elle s'était récemment décidée à faire installer « l'Internet » comme elle disait. Depuis, même si elle râlait contre la technologie, Google était devenu son nouveau dieu.

— C'était quoi son nom de famille à ton Lazare ?

— C'était pas *mon* Lazare.

Elle m'a lancé un regard malicieux que je n'ai pas relevé.

— Lazare Bonaventure.

Face à son air incrédule, je me suis sentie obligée de me justifier.

— Ce n'est pas une blague, il s'appelait vraiment comme ça !

— Il est noir ?

— Métis. Mais ça n'a rien à voir avec son nom de famille, il a été adopté.

— C'est marrant, tu ne me l'as jamais dit.

— Je n'y ai jamais pensé.

Et c'était vrai. Lazare était… Lazare, point. On ne pensait pas à lui en termes de couleur.

— En tout cas, je ne trouve personne de ce nom sur Google. Il n'est pas sur Facebook non plus. À l'autre ! Il s'appelle comment ?

Elle allait continuer ses recherches quand elle s'est soudain arrêtée. Elle a jeté un œil à l'affreuse horloge coucou suisse qui trônait sur le mur entre deux affiches anarchistes. Il était 22 h 20.

— Félix arrive, j'entends sa voiture, a-t-elle dit.

Il n'y avait aucun bruit de moteur au loin, mais comme avec moi, elle savait toujours quand son fils était sur le point de rentrer.

— Olivier Hinguerlot.

Elle a tapé le nom avec ses gros doigts sur les petites touches.

— Lui par contre…, a-t-elle commencé d'un ton triomphant, il est vivant et il a une galerie d'art à Paris.

Elle m'a tendu le portable.

— C'est lui ?

— Oui…

Voir Olivier sourire sur des photos m'a bouleversée. Toutes ces années, il avait été là, à portée de clic, et pourtant je ne l'avais jamais cherché. Je n'étais pas non plus allée sur la tombe d'Alice. Quant à Lazare, il avait choisi sa voie loin de moi. En les oubliant, j'avais espéré faire table rase du passé – mais évidemment ça n'avait pas marché. Je m'étais contentée de mettre un drap usé sur mes blessures.

— Donc tu en as déjà un sur deux, c'est pas trop mal.

Olivier… À Chevrière nous avions passé des centaines d'heures côte à côte en cours, à droite d'Alice et Lazare. Quatre élèves seuls dans une salle de classe face à notre unique professeur. Je me rappelais ses dissertations ; Olivier avait un style pompeux et un peu désuet. En tant que traductrice, je savais une chose : les tournures de phrase et l'utilisation des adverbes et adjectifs sont difficiles à modifier. Ce sont des tics de langage qui reviennent quand on s'y attend le moins.

— Il n'a pas pu écrire ça, pas son style, ai-je affirmé. Quant à Lazare, il écrivait en phonétique. Lui ce qu'il aimait, c'était dessiner.

— Je comprends que tu refuses d'imaginer qu'un de tes anciens amis soit à l'origine de ce truc, mais tu viens toi-même de dire que seul l'un d'eux avait pu l'écrire…

Elle avait raison. Je disais tout et son inverse. Je luttais juste contre l'évidence parce qu'elle me faisait mal, d'où le fait que je n'arrive pas à concevoir qu'Olivier ou Lazare soit l'auteur du livre. Et puis n'était-il pas écrit dans l'épilogue qu'ils étaient les suivants donc de futures victimes, comme moi ? Je me suis mis une petite claque pour me faire redescendre – une habitude que je pensais avoir perdue depuis des années. Comme si je pouvais prêter foi à cet épilogue, comme si ce qui était écrit était forcément vrai ! C'était ridicule.

Au même instant, Félix est entré dans la pièce. Félix a dix-neuf ans. Il est aussi beau qu'un astre, gentil comme un cœur, et même en cherchant je n'arrive pas à lui trouver de défaut. C'est un rayon de soleil pour tous ceux qui l'approchent. Intelligent comme il est, il pourrait faire toutes les études qu'il veut, mais ce qu'il aime, c'est la terre. Et sa mère. Et moi, sa marraine de cœur. Du coup, à l'âge où les jeunes ne rêvent que de monter à la capitale, d'aller en boîte et de se retourner la tête avec leurs potes, Félix travaille douze heures par jour avec la communauté des collines à reconstruire un monde idéal qui n'a jamais existé que dans leur imagination. C'est Félix.

Il s'est penché pour m'embrasser, me serrant un peu plus que d'habitude dans ses bras. Il est comme Marguerite, il *sent* les choses et les gens. Il a jeté un œil discret à la couverture du livre sans paraître y prêter attention, mais son regard a dérivé vers mon avant-bras pourtant masqué, là où se trouvait la cicatrice. Son cerveau reliait les points à la vitesse de l'éclair, mais il n'a rien dit.

— Mon chéri, tu pourrais emmener Lilas à Paris, s'il te plaît ? a doucement demandé Marguerite.

Je l'ai regardée, stupéfaite.

— Pas question ! Au Puy ça ira, voire à Clermont, pas à Paris !

Marguerite et Félix se sont souri, avec une complicité qui m'excluait de fait. Ils avaient pris leur décision et je n'avais rien à dire.

Le temps que Félix monte chercher deux ou trois trucs dans sa chambre, Marguerite a farfouillé au fond du vaisselier rempli à ras bord de plats et d'ustensiles. Elle a fini par en ressortir, une toile d'araignée dans ses cheveux rouges, un coupe-saucisson encore emballé dans sa boîte. Elle me l'a tendu solennellement. Mon bras surpris a plié sous le poids. Ce n'était pas le poids d'un coupe-saucisson, ça.

— Il n'y a que six balles, m'a-t-elle dit comme elle aurait parlé de saucisson, justement. Tu sauras…

— … M'en servir, oui. Mais je ne l'emporterai pas. Quand on a une arme, on finit toujours par l'utiliser. Il vient d'où ?

Marguerite n'a pas répondu ; à la place elle a pris à regret la boîte et l'a rangée à sa place.

— Tu feras attention à toi ? m'a-t-elle demandé.

— Bien sûr.

— Et tu nous reviendras vite ?

— Évidemment. Et tout sera comme avant.

C'était faux. Quelle que soit l'identité de la personne derrière tout ça, elle avait mis un sacré paquet d'énergie et de fric pour m'atteindre, et ça ne se terminerait ni bien ni facilement : plus rien ne pourrait redevenir comme avant.

Marguerite a accepté mon mensonge d'un sourire, puis elle est montée parler avec Félix. Ça pouvait prendre des heures, ils n'avaient ni l'un ni l'autre la notion du temps. En attendant leur retour, j'ai repris *Ils n'étaient qu'un*. Il était temps que je m'y attaque. J'ai écarté sans ménagement Chouquette, la chatte obèse de la maison, du rocking-chair où elle s'était installée et j'ai commencé à lire.

Ils n'étaient qu'un

3 septembre 2001. Les quatre adolescents, uniques passagers du van qui les ramenait de la gare, regardaient, silencieux, l'immense parc du pensionnat de Chevrière défiler devant leurs yeux. Ils avaient franchi les grilles de l'entrée majestueuse puis dépassé un parking en gravier désert où étaient garées quatre voitures, et s'étaient engagés sur l'unique chemin sans croiser âme qui vive. Depuis, ils naviguaient au milieu d'un paysage bucolique de pelouses d'un vert vif et de bosquets touffus. De lourdes gouttes de pluie s'écrasaient sur le toit de l'habitacle et glissaient le long des vitres, brouillant le paysage. Enfin, le bâtiment principal apparut au loin, un château massif de trois étages, à l'architecture chargée, avec des tourelles et d'étranges gargouilles posées sur les gouttières.

Le chauffeur arrêta brutalement le véhicule face aux larges marches du perron. Les quatre adolescents ne bougèrent pas, hésitants, personne ne voulant effectuer le premier mouvement, jusqu'à ce que l'homme leur dise d'une voix agacée : « Vous êtes arrivés. N'oubliez rien dans la voiture, je fais pas le service après-vente. »

Olivier descendit le premier du véhicule. Brun, mince, élancé, il portait une gabardine coûteuse et des bottines de marque. L'air blasé, il se dirigea nonchalamment vers le coffre pour y récupérer sa lourde valise Lancel, sans jeter un œil à ses futurs camarades.

Lazare suivit avec le sourire, son fameux sourire de guingois qui hanterait les fantasmes de tous dans les mois à venir. Les trois autres ados l'avaient déjà repéré, l'observant à la dérobée durant le trajet de la gare au pensionnat. Ce n'était pas que Lazare était exceptionnellement beau, mais il dégageait une énergie... particulière. Un supplément d'existence, un drôle de je ne sais quoi de différent. De *vital*. Le garçon récupéra son sac militaire informe et s'alluma une cigarette, alors que la consigne INTERDICTION DE FUMER était visible de tous, clouée plus loin sur un panneau en bois.

Alice et Lilas attendirent pour sortir à leur tour, en pouffant comme deux vieilles amies. Pourtant, quelques heures auparavant, à la gare de Lyon, elles ne se connaissaient pas. Elles s'étaient rencontrées en montant dans le train. Le signal sonore avait retenti, et les deux adolescentes s'étaient trouvées face au range-bagages déjà plein, encombrées de leurs valises impossibles à caser. Alice avait souri. Lilas aussi. « Tu vas à Chevrière ? Moi aussi », avait dit Alice comme si c'était une évidence.

Et voilà qu'après sept heures de train et deux heures de route, les adolescentes avaient l'impression grisante de se connaître depuis toujours, et d'arriver en force dans un environnement hostile. Deux jolies filles à l'aube de leur futur, excitées et intimidées.

Le van repartit et seul resta le silence. Les quatre adolescents se retrouvèrent livrés à eux-mêmes, indécis sur la conduite à tenir. Où étaient tous les autres élèves ? N'était-on pas censé venir les chercher, leur dire quoi faire, où aller ? La pluie redoubla d'intensité, en deux minutes ils furent trempés – sauf Olivier sous son parapluie, qu'il ne semblait pas vouloir partager.

— Bon, on joue à quoi ? demanda Lazare.

Il sourit et les cœurs de Lilas, d'Alice et d'Olivier explosèrent à l'unisson. Sa chemise mouillée collait à son torse maigre et musclé. Ce type était juste... trop beau.

— OK, alors jouons, répondit Alice. Moqueuse, elle ajouta : Cache-cache ? Chat ballon ? Action vérité ?

— Action vérité, nickel. Alors on commence... Toi ! dit Lazare en pointant Olivier du doigt.

Olivier le fixa, inquiet. Il n'avait pas envie de participer à un jeu ridicule, et surtout pas d'être le centre de l'attention dès son arrivée.

— OK... vérité, finit-il par lâcher, ne sachant quoi dire d'autre.

— Qui es-tu ?

— Je m'appelle Olivier Hinguerlot. J'ai seize ans. Je... viens de Paris. Je rentre en première scientifique. Je...

— Non. C'est pas ton CV qu'on veut. C'est pas le jeu. Qui es-tu *vraiment* ?

Les yeux de Lazare étaient comme deux brasiers, fixés sur lui. Des yeux dans lesquels Olivier aurait pu se noyer... Alors, sans savoir pourquoi ni comment, Olivier le discret, Olivier le dédaigneux, Olivier le menteur répondit sincèrement.

— Je suis... Je ne sais pas qui je suis. Il y a la personne que mes parents, enfin plutôt mon père, veut que je sois. Un type de la haute catho intégriste (que ça lui faisait du bien d'avouer cette honte familiale à haute voix !) avec tout pour lui : le physique, le mental, l'assurance. Le jeu parfait au tennis, le chamois d'or au ski alors que moi, j'ai le vertige !

Le sourire d'Olivier se tordit à gauche en un rictus. Il avait tenté de faire un trait d'humour, mais ça n'avait pas marché et il se serait donné des claques pour avoir même essayé. Alice et Lilas le regardaient. Lazare attendait la suite. Les yeux de Lazare le forçaient à continuer. Alors Olivier continua.

— Plus tard : un beau mariage, en latin s'il vous plaît, une brillante carrière, haut fonctionnaire ou notable comme tous les connards de ma famille. Trois gamins au moins, blonds aux yeux bleus, des petits Aryens en culottes courtes prêts à diriger le monde...

— Tu ne réponds pas à la question.

Olivier ne savait plus quoi dire. La vérité ? Mais c'était la vérité ! Il avait répondu plus honnêtement qu'il ne l'avait fait durant les seize années précédentes ! Qu'est-ce que ce type aux yeux de chat voulait de plus ?

— À mon tour de choisir, dit-il pour se défausser. Toi ! dit-il en pointant Alice du doigt. Comment tu t'appelles ?

— Alice.

— Action ou vérité ?

— Action.

— Euh...

Olivier se sentit con. Il n'avait aucune idée de ce qu'il allait pouvoir faire faire à cette ravissante fille qui le fixait, effrontée, dégoulinante de pluie, prête à tout.

— Touche ton nez avec ta langue.

— Il est pourri ton challenge ! s'esclaffa Lazare.

— Peut-être, mais j'ai pas d'idée.

— Et puis en plus il va falloir en trouver un autre parce que je ne sais pas le faire, rigola Alice en essayant tant bien que mal d'avancer sa langue vers son nez en trompette. Pas ma faute, mon nez il est trop court ! Mais je préviens, je ne montre pas mes seins.

Lilas pouffa, impressionnée et jalouse de l'aisance de sa nouvelle amie. Alice secoua ses cheveux dans tous les sens, riant des gouttes qui s'en échappaient joyeusement.

— Et puis on s'en fout de l'action ! déclara-t-elle finalement. Vérité ! Y a que ça qui compte, non ? Alors qui je suis vraiment ?

— Non, coupa Lazare.

— C'est pas ton tour de poser les questions.

— C'est pas grave j'aide mon camarade. Cette fois-ci la question est : pourquoi tes parents t'ont envoyée ici ?

— C'est pas mes parents, ils sont morts, mon frère aussi. J'ai plus personne. C'est ma tante, enfin un truc comme ça, qui a trouvé ici... pour se débarrasser de moi. Ou parce que je suis folle. Mais comme tout le monde, non ?

Les ados se regardèrent, gênés, puis Lazare finit par hocher la tête en signe d'acquiescement. Lilas et Olivier suivirent le mouvement. Oui, tout le monde était fou – du moins ces quatre-là l'étaient. Olivier ferma son parapluie et laissa les gouttes de pluie s'écraser sur son visage, se sentant libéré. Il avait le sentiment qu'il n'aurait pas besoin de se cacher sous un parapluie ou sous autre chose ici, de faire semblant, de s'isoler, d'avoir peur. Ils étaient tous les quatre dans la même galère.

Lilas avait le même sentiment grisant. Était-ce dû à ce Lazare et à sa supra coolitude ? À Alice, qu'elle avait l'impression d'avoir toujours connue ? À cet étrange Olivier et à sa sincérité ? À la pluie qui la purifiait de son passé et de ses angoisses ? Lilas n'en savait rien. Mais ce qu'elle savait au plus profond d'elle, c'est qu'elle ne serait pas seule à Chevrière. Pour la première fois de sa vie elle ne serait plus seule.

Elle soupira de soulagement en voyant quelqu'un ouvrir la porte du bâtiment, un jeune homme aux cheveux roux et à l'allure dégingandée qui semblait être à peine plus vieux qu'eux. Elle avait été sauvée par le gong, elle n'aurait pas à parler d'elle, leur dire qui elle était ou pourquoi elle avait choisi de venir à Chevrière.

Quant à Lazare que pensait-il à cet instant ? Personne ne savait ce que pensait vraiment Lazare. Même pas lui, peut-être.

Marguerite et Félix descendaient l'escalier. Je me suis levée, il fallait partir. J'étais pétrifiée : mon passé défilait devant mes yeux avec l'acuité d'un voyage dans le temps. Les questions se bousculaient dans ma tête : qui, quoi, quand, comment, pourquoi ? Beaucoup trop de questions, et aucune réponse. Marguerite nous a accompagnés à la porte en silence. Félix a embrassé sa mère et j'ai fait de même.

— Quand tu auras retrouvé l'auteur... fais-lui bouffer ses couilles, a-t-elle chuchoté à mon oreille.

J'ai hoché la tête en silence. Elle avait peur pour moi – et moi aussi j'avais peur pour moi. Dehors, le gros temps s'était calmé et un croissant de lune blanc apparaissait à présent au-dessus de la frondaison des arbres. Avant de monter dans la voiture, je me suis retournée vers Marguerite, ma vieille punk à chien sans chien, dont la silhouette se découpait dans l'obscurité.

— Tu nettoieras la maison du lac ? ai-je demandé. Je n'ai pas eu le temps de le faire.

— Pas de problème. Je la briquerai comme un sou neuf, et je la préparerai pour ton retour.

— Je t'aime, ai-je dit, bouleversée à l'idée que je ne la reverrais peut-être plus.

— Moi aussi, a-t-elle murmuré. Moi aussi.

J'ai failli éclater de rire. À cause de ce stupide bouquin, nous prenions des voix graves pour nous faire des serments définitifs, et tout ça était ridicule.

Nous avons roulé jusqu'à l'autoroute. Félix conduisait en silence, sûr de lui malgré le « A » collé aux fesses de sa Clio. J'admirais son reflet sombre dans la vitre : ce môme était un miracle. Grâce à l'éducation de Marguerite, grâce à tout l'amour dont nous l'avions entouré elle et moi, grâce à lui bêtement, c'était un miracle.

J'ai laissé mon regard dériver dans l'obscurité, la tête tournée vers la vitre côté passager. Félix roulait consciencieusement sur la voie du milieu, respectant les limitations de vitesse.

— Ça t'ennuie si je mets un peu de musique ? a-t-il demandé, de sa voix grave qui me surprenait toujours.

— Pas du tout.

Un funk joyeux a envahi l'habitacle, et j'ai replongé dans mes souvenirs amers. Avant Chevrière, je n'avais jamais eu d'amis de ma vie, à part la petite Atsou quand j'avais huit ans et que mon père avait fait disparaître du paysage quand il s'était rendu compte que nous jouions ensemble. Mes gouvernantes successives avaient été à sa botte, terrorisées par son sourire cannibale et ses accès de violence. Il y avait bien eu les précepteurs chargés de mon éducation, mais leur but était de me garder plus que de m'élever, dans cette immensité de sable où nous évoluions. Il y avait eu les domestiques, mais ils avaient interdiction de me parler, et même de me regarder dans les yeux. Sans parler du manoir des Biches, ensuite, en Sologne, lorsque j'étais adolescente et qu'il n'y avait même plus eu d'ombres entre mon père et moi. J'avais été seule, complètement seule, jusqu'à Chevrière, au moment où je les avais rencontrés. Mes amis, mes frères et sœur, mon âme. Unis comme les doigts de la main.

Un camion nous a brusquement dépassés et Félix, surpris, a fait un écart.

— Désolé ! a-t-il dit en redressant le volant, sans embardée, maître de sa petite voiture.

— Pas de souci. Ce n'était pas ta faute, mais la sienne. Tu t'en es très bien sorti.

Il n'a rien dit, mais j'ai vu ses longs doigts raffermir leur prise autour du volant. Félix restait un enfant, sensible aux compliments de sa tata. Il avait grandi sans que je m'en rende compte, et pourtant je l'avais regardé tous les jours, sensible au temps qui passait, consciente qu'un jour il serait ce jeune homme à mes côtés. Je me souvenais de lui à onze ans, quand il construisait des barrages en brindilles sur le cours d'eau à côté de la maison. L'été, nous jouions des heures dans le lac, et il était déjà capable de le traverser sans que nous ayons peur qu'il se noie. Moi, à onze ans, je voyais un homme mourir pour la première fois. Et à dix-sept, j'en tuais un.

— Ça t'ennuie si j'allume le plafonnier ? ai-je demandé à Félix. Si ça gêne ta conduite…

— Pas du tout.

La faible lumière jaune a éclairé l'habitacle. J'ai ouvert le livre. J'avais plusieurs heures devant moi, et le bouquin n'était pas très épais. J'aurais fini en arrivant à Paris.

Ils n'étaient qu'un

Qu'y a-t-il de plus beau que l'amitié quand on a seize ans ? Rien. Lilas en était bouleversée. Avec Alice, elle avait rencontré son double et pourtant son inverse. Lilas avait toujours été une jeune fille timide, effacée. Elle préférait écouter plutôt que parler – son sentiment d'insignifiance l'avait toujours empêchée de s'exprimer. Alors qu'avec Alice elle avait l'impression d'être... passionnante. Alice qui riait aux éclats quand Lilas tentait une blague, qui était impressionnée par son intelligence et sa culture, qui lui caressait la joue en l'appelant *ma chérie* et *ma belle* à tout bout de champ.

Lilas se regarda dans le miroir des toilettes communes du premier étage du pensionnat. Pourtant, belle, elle ne l'était pas. Du charme peut-être dans ses yeux gris, dans le tracé racé de ses sourcils, dans son demi-sourire. Mais belle... Alors qu'Alice, elle, l'était. Elle dévorait l'espace par sa présence, son regard effronté, sa bouche pulpeuse. Personne ne s'y était trompé, surtout pas Lazare, qui la dévorait des yeux dès qu'elle entrait dans la salle de cours. Ah ! le beau Lazare...

La sonnerie de début du repas retentit et Lilas se dépêcha de nouer ses cheveux, avant de les piquer avec une baguette, comme Alice le lui avait appris. Quinze jours qu'elles se connaissaient... Trois cent trente-six heures qui comptaient plus pour Lilas que les dizaines de milliers qui les avaient précédées. Pourtant, tout était réuni pour qu'elle déteste cet endroit, cet asile de riches déguisé en pensionnat. Un labyrinthe gigantesque de corridors vides, de salles de cours figées dans les années cinquante avec leurs tableaux noirs poussiéreux et leurs pupitres antiques, de pièces fermées à clé et d'escaliers bizarres qui semblaient ne mener nulle part. Il y avait l'aile sud, l'aile nord, les A, B, C, D... Les nouveaux passaient leur temps à se perdre dès qu'ils prenaient la mauvaise direction. Lilas avait appris que le pensionnat avait par le passé hébergé plus de six cents élèves, mais à présent il en accueillait moins d'une centaine. En conséquence, des pans entiers du château étaient laissés à l'abandon, les pièces glauques s'enchaînaient, les anciennes salles de classe transformées en débarras, les anciens dortoirs désertés. Tout partait en morceaux, les murs, les fenêtres, le mobilier. Le vent glacé s'infiltrait partout alors qu'on n'était qu'en septembre, qu'est-ce que ce serait au plus profond de l'hiver... Seuls les salons de réception de l'aile sud avaient encore belle allure, mais c'était bien les seules pièces qui tenaient vraiment debout.

Sans doute par souci d'économie, tous les élèves avaient été réunis en deux dortoirs au premier étage, un « garçons », un « filles », de chacun quarante-deux lits superposés, comme en prison, avec des draps rêches et de vieilles couvertures moisies. Tous les âges étaient mélangés, de dix à dix-huit ans. Et puis, il y avait l'uniforme, un terrible ensemble gris avec une jupe obligatoire pour les filles, quel que soit le temps. Enfin il y avait la cantine, proprement dégueu, où on ne devait pas parler pendant le repas – un « temps d'intériorité nécessaire et partagé », selon Stanislas de La Boissière, le jeune surveillant qui les avait accueillis et qui semblait tenir l'endroit.

Quatre-vingt-six élèves en tout et pour tout – Lilas se demandait où dormaient les deux en trop par rapport au nombre de lits dans les dortoirs – presque tous issus de la haute, et tous expédiés là parce qu'ils avaient des *défauts de fabrication*, comme l'avaient compris les nouveaux. On ne se retrouvait pas à Chevrière par hasard. Les parents des pensionnaires se débarrassaient de leurs enfants en les envoyant ici, espérant que l'Institut les *réparerait*... Ou alors que leur progéniture finirait par disparaître corps et âme dans une crevasse, au choix. Lilas, elle, avait *voulu* y aller, mais elle était bien la seule.

La sonnerie retentit à nouveau. Lilas accéléra le mouvement, elle allait se prendre une remontrance, mais elle n'arrivait pas à faire tenir ses cheveux. Et il n'était pas question que Lazare la voie ainsi.

Marie, une petite de onze ans, passa la tête par la porte. Marie avait la taille d'une enfant de sept ans et la maturité d'une centenaire. Elle avait déjà été pensionnaire de différents établissements avant d'atterrir à Chevrière. Elle avait montré à Lilas un article du *Monde* dans lequel ses parents – des personnalités publiques – se répandaient sur leur amour de leur fille unique, alors qu'en réalité elle ne rentrait chez eux que trois fois par an, et encore. Ses parents étaient de gros enfoirés, Marie en convenait sans problème. Ça n'empêchait pas la petite de gémir la nuit en serrant son oreiller tout en les appelant. Lilas, ça lui fendait le cœur quand elle l'entendait.

Marie regarda Lilas, paniquée, alors que cette dernière se débattait avec son chignon.

— Grouille-toi ! cria-t-elle.

— Deux minutes, j'arrive, j'arrive !

— Les deux minutes, tu les as pas ! Schmidt est revenu !

Lilas lâcha l'affaire avec ses cheveux. Tant pis.

— C'est qui, Schmidt ?

— Mais Stephen Schmidt, enfin ! Raboule, sans ça, ça va être ta fête !

Lilas emboîta le pas à Marie. Elle n'avait aucune idée de qui était ce Stephen Schmidt, mais elle faisait confiance à la petite. En arrivant au réfectoire, elle fut frappée par le silence qui y régnait. Stanislas de La Boissière jetait de petits coups d'œil inquiets à la porte principale. Les élèves étaient assis, les yeux dans leur assiette. Pas un ne levait la tête, quelques bruissements de chuchotements flottaient à peine entre les corbeilles de pain. Marie fila comme une petite souris à sa place. Lilas ne savait pas quelle était l'urgence, mais celle-ci était palpable : quelque chose allait arriver. Quelque chose, ou plutôt quelqu'un.

Elle s'assit à côté d'Alice qui lui jeta un regard complice. Encore une fois Lilas fut frappée par la perfection de sa peau. Alice semblait *briller* de l'intérieur. Comme si les tracas de l'adolescence – l'acné, les poils, les appareils dentaires – ne la concernaient pas. Alice était une princesse de conte de fées. Lilas la soupçonnait même de ne pas avoir mauvaise haleine le matin, et de ne jamais faire la grosse commission le soir – ou alors ça devait sentir la rose. En fait, ce n'était pas une princesse : c'était une reine, une impératrice. Et pour une raison qui échappait à Lilas, Alice l'avait choisie, *elle*, comme confidente. Mieux : comme meilleure amie. Comme double. Alila. Alice et Lilas, la fusion de deux êtres.

Lazare mâchonnait un bout de pain tout en gribouillant un portrait sur le carnet à dessin qui ne le quittait jamais. Deux activités strictement interdites à table, mais comme du reste Lazare s'en foutait. Lilas découvrit avec un pincement au cœur que le portrait qui émergeait des traits assurés de Lazare était celui d'Alice... Évidemment.

Olivier avait lui aussi remarqué le dessin. Depuis le premier jour, lui et Lilas n'avaient pas échangé deux mots. Sans doute parce qu'ils savaient instinctivement qu'ils chassaient la même proie – et que ni l'un ni l'autre n'aurait la moindre chance de l'attraper. Pourtant par la force des choses – Lilas dans l'ombre d'Alice, Olivier dans celle de Lazare –, ils se côtoyaient sans interruption. Mangeaient l'un en face de l'autre. Priaient lors de la messe du matin l'un à côté de l'autre. Travaillaient côte à côte en classe. Riaient de concert aux blagues de la princesse et du roi. Mais ne se parlaient pas.

Lilas n'aimait pas Olivier. Son style d'abord : impeccable, même en uniforme. Empesé. Son visage aristocratique, tout en angles et en creux. Ses yeux ensuite, bleu très clair, perçants, qui semblaient soit absents, soit trop présents. Et puis ses manières enfin, trop précises – en fait Olivier lui faisait penser à un lévrier anglais. En sa présence, Lilas avait l'impression d'être continuellement jugée. D'un regard, il lui semblait qu'Olivier méprisait ses cheveux en désordre, son rire trop haut perché, ses sorties pompeuses sur des auteurs de philo ennuyeux à mourir, son empressement maladroit à abonder dans le sens d'Alice. En fait, elle avait le sentiment insupportable qu'il l'avait percée à jour.

Olivier, lui, observait avec fascination le visage qui prenait forme sous les traits rapides de Lazare. Ce type avait un talent fou, incroyable, merveilleux. Olivier espérait en secret qu'un jour lui aussi serait son sujet d'étude. Il n'y avait aucune chance, mais il avait le droit de rêver. Le portrait d'Alice semblait prendre vie peu à peu. Olivier espérait que bientôt Lazare se lasse et prenne comme sujet d'étude Lilas. D'un point de vue purement objectif – son objectivité à lui –, elle était plus intéressante, car elle avait une forme de... densité, de complexité inhabituelle. La manière qu'elle avait d'observer, l'air de ne pas y toucher, quand elle pensait qu'on ne la regardait pas. Son sourire bouche fermée. Ses yeux fixés sur son interlocuteur, comme s'il n'existait rien d'autre de plus important que lui à cet instant. Et puis il y avait sa conversation, parcimonieuse. Elle ne parlait pas pour ne rien dire. Elle faisait toujours attention à ne pas en rajouter pour ne pas écraser son vis-à-vis sous sa culture et son esprit, mais sa supériorité intellectuelle sautait aux yeux. Elle était *vraie*.

Olivier aurait aimé être son ami. Mais, un, sa timidité l'empêchait d'aller vers elle, deux, il sentait qu'il se ferait rembarrer. Humilier. Il n'était pas à la hauteur. C'était comme ça. Il avait déjà de la chance que Lazare ait choisi de passer tout son temps avec lui. D'un autre côté ce n'est pas comme s'il avait eu des concurrents directs – ils n'étaient que vingt-deux entre la seconde et la terminale – douze filles, dix garçons. La plupart complètement givrés, avec de vrais « défauts de fabrication », comme disait Lilas. Dépressifs, tarés, à moitié débiles, au choix.

Parmi les garçons, seuls quatre auraient pu prendre sa place : Dylan, dont le prénom trahissait l'origine sociale et qui n'avait de cesse de prouver aux autres qu'il était meilleur qu'eux en tout. Son surnom était d'ailleurs « JTPM », « Je t'ai parlé de moi ? » Il y avait aussi Victor, obsédé sexuel dont l'unique fantasme était de voir les filles du pensionnat uriner. Enfin, il y avait les frères jumeaux Brazorski, deux types bizarres qui passaient leur temps ensemble et refusaient toute interaction sociale. Lazare ne l'avait donc pas choisi, il n'avait pas eu le *choix*.

Au souvenir du premier jour, sous la pluie, et à ce qu'il avait révélé lors de cet étrange action vérité, Olivier se sentit rougir. Il s'était confessé à de parfaits inconnus et ces derniers avaient dû le trouver parfaitement ridicule. Heureusement aucun des trois ne semblait lui en avoir tenu rigueur. Mais quand même...

Soudain, un silence de mort emplit la salle. Plus personne ne bougeait. Tous les regards se tournèrent vers la porte d'entrée où se tenait une silhouette, celle de Stephen Schmidt.

J'ai fermé le livre. C'était fou, tout y était, nos actes mais aussi nos pensées intimes, nos bonheurs, nos hontes et nos chagrins. Complètement fou. Félix continuait à regarder la route, précis, attentif.

— Tu veux qu'on s'arrête pour faire une pause ?

Je me suis passé les mains sur le visage pour tenter de me reconnecter à la réalité. Je pouvais presque sentir le souffle de *l'autre* sur ma peau, entendre sa voix calme et douce. Comme Kaa, le serpent du *Livre de la jungle*. « Aie confiance… » susurrait-il. On lui avait fait confiance. Plus que ça, on lui avait confié nos vies, et il les avait piétinées.

— Ça dépend de toi, c'est toi qui conduis ! ai-je répondu en me forçant à adopter un ton enjoué. Tu es sûr que tu ne veux pas que je prenne le relais ?

— Non, je suis content, je ne roule jamais sur de longues distances. C'est cool.

Avec Félix tout était toujours cool. Nous nous sommes garés sur le parking d'une station-service à cent cinquante kilomètres de Paris. L'horloge de la voiture marquait 6 h 04. J'étais secouée par ce que je venais de lire ; tout remontait par vagues, c'était horrible. Une pause était une bonne idée.

La cafétéria de la station-service était déserte. Sous les néons blafards, au son d'une musique de synthétiseur d'un autre espace-temps, Félix a pris un café et ça m'a fait un choc : c'était un adulte à présent. Bientôt il aurait une copine, des enfants, et avec Marguerite nous serions vieilles. Puis mortes.

Il y avait une habitude que Félix n'avait pas perdue au cours des années : quand il était préoccupé, il effectuait inconsciemment des petits cercles avec le majeur sur le pouce de la même main, de tout petits ronds qui trahissaient ses inquiétudes. Et là, il était inquiet.

Comme s'il avait lu dans mes pensées, Félix a soudain arrêté son mouvement circulaire et m'a fixée de ses yeux bleus.

— Combien de vies as-tu eues avant celle-ci ? m'a-t-il demandé.

C'était une question importante : Félix était un garçon de peu de mots et chacun pesait son poids. J'ai compté sur les doigts de la main.

— Laisse-moi vérifier, ai-je dit d'un ton exagérément léger. Mmmmh... Je dirais... Cinq ?

— Tu en comptes combien en Auvergne ?

— Une seule.

— OK. Et avant, c'était où ?

— Il y a eu l'Afrique, puis une grande maison en France avec des biches, où je ne suis pas restée longtemps. Ensuite je suis partie en pensionnat en Suisse, là non plus ça n'a pas duré. Après, Paris où j'ai rencontré ta mère. Et enfin, l'Auvergne.

J'attendais des questions, des interrogations. Félix m'a simplement dit :

— Attention, il ne t'en reste que deux. Va pas les gâcher bêtement… Ça nous ferait trop de mal, à maman et moi.

— Si je suis comme les chats, il m'en reste quatre, ai-je rectifié.

— Sauf que les Grecs disent qu'ils ont sept âmes et non neuf.

Comment il savait ça, mystère, mais il avait l'air d'y tenir. J'ai renoncé à le contredire : après tout, je n'étais pas un chat.

— Donc tu n'en as plus que deux, a-t-il conclu, buté.

J'ai souri, attendrie.

— Je suis sérieux, a-t-il dit, et je m'en suis voulu d'avoir souri. Même si vous n'en parlez pas, je sais que tu l'as sauvée. Mais je ne suis pas certain que sur ce coup elle sera capable de te rendre la pareille.

Nous avons fini nos cafés et nous sommes repartis en direction de la voiture, en silence. Il m'aurait posé d'autres questions à ce moment-là, je lui aurais répondu en toute sincérité, je lui aurais raconté des choses qui auraient bouleversé son existence. Mais il ne l'a pas fait.

À la place, nous avons repris la route. J'ai appuyé ma joue contre la vitre. Le livre avait fait ressurgir le moment où nous avions rencontré Schmidt pour la première fois, au réfectoire. L'image était si vive qu'elle en était presque douloureuse.

Ils n'étaient qu'un

À vue de nez, l'homme avait la quarantaine. Grand, plus d'un mètre quatre-vingt-dix, très beau, d'une beauté classique de statue grecque, au nez droit, aux lèvres fines, aux traits bien dessinés. Ses yeux bleus étaient encore plus clairs que ceux d'Olivier, presque transparents, des yeux de chien de traîneau. À son arrivée, Stanislas de La Boissière avait inconsciemment adopté une posture presque militaire, décollé du mur, bras plaqués le long du corps.

Lilas observait Marie, de l'autre côté de la salle, où elle était assise avec les petits. L'enfant avait levé le menton et se tenait, parfaitement immobile, le regard fixé devant elle, les mains posées parallèlement des deux côtés de l'assiette. Tout comme le reste de sa table, remarqua Lilas, mal à l'aise. Par mimétisme ou par instinct de protection, elle adopta une attitude similaire et remarqua qu'Olivier venait de faire exactement la même chose. Ils échangèrent un sourire spontané avant de le réprimer aussi sec. Mais c'était fait : ils avaient partagé un mouvement inconscient de complicité.

Alice et Lazare, eux n'avaient rien remarqué. Alice observait, rêveuse, les lourds nuages noirs défiler par la fenêtre, un coude sur la table. Lazare était concentré sur le visage qui prenait forme sous ses traits de crayon, tout en récupérant les miettes de pain autour de son assiette. Quand l'homme commença à parler, la salle frémit imperceptiblement.

— Bonjour, commença-t-il d'une voix très douce. Je suis Stephen Schmidt, certains d'entre vous me connaissent des années précédentes. Je suis le responsable de cet établissement. Pour des raisons indépendantes de ma volonté, j'ai malheureusement raté le début de l'année scolaire. Mais ne vous inquiétez pas, je suis là à présent et cela ne se reproduira pas.

La cantinière, une grosse dame qui ne parlait que le suisse allemand, commença à faire le tour des tables en déposant au bout de chacune d'elles une lourde marmite emplie d'un magma gluant, avec de la viande brune et des morceaux de couleur verte qui dépassaient. La personne tout à droite de la table de huit avait pour mission de servir, tandis que son vis-à-vis devait faire passer les assiettes. Les frères Brazorski s'y employèrent, leurs gestes en parfaite symbiose.

Le bruit des couverts raclant l'assiette emplit l'espace. Lilas goûta, c'était pas si dégueu, juste pas identifiable. Mais elle avait faim et avec du pain ça passait. Le petit déjeuner servi après la messe était tellement frugal qu'il en était ridicule – une tranche de pain, un yaourt, une demi-pomme. En conséquence, à partir de 11 h 30, Lilas ne rêvait que de manger – même si elle le cachait à tous. Elle ne voulait pas passer pour une gloutonne par rapport à Alice. Lazare se pencha vers eux et chuchota d'un ton de conspirateur.

— Il a la tête d'un nazi.

— Si ça se trouve il est sympa, murmura Alice en retour.

Le dénommé Stephen Schmidt avait commencé à faire le tour des tables, sans un mot, les mains derrière le dos. Il s'approchait à présent de la leur, l'air impassible.

Olivier émit un *chut* entre ses dents, quasi imperceptible. Lazare l'ignora et continua à parler tout en faisant une boulette de pain avec ses doigts.

— C'est quoi comme viande ? C'est plutôt fort. De la biche ?

Il s'apprêtait à continuer quand il remarqua la présence de Stephen Schmidt au bout de la table. Ils se toisèrent du regard.

— Cher monsieur... ?

— Lazare. Lazare Bonaventure, répondit Lazare sans se démonter, en le regardant droit dans les yeux.

— Monsieur Bonaventure. Ah oui, j'ai lu votre dossier. Forte tête, problème avec l'autorité, renvoyé de plusieurs internats... Selon ce qu'ont écrit vos parents, ils ont jeté l'éponge. Cet établissement est votre dernière chance.

— Dernière chance de quoi ?

— Nous aurons tout le temps d'avoir cette discussion, vous et moi, plus tard. En attendant, j'ai le désagréable sentiment que vous n'avez pas bien compris les règles de cet endroit, règles que pourtant notre surveillant (il fit un geste en direction de la silhouette immobile de l'autre côté du réfectoire), M. Stanislas de La Boissière, vous a certainement expliquées avec précision, comme à son habitude.

— De quelle règle exactement parlez-vous ?

— Du silence à table. C'est un espace de...

— ... d'intériorité obligée, ah ouais c'est vrai ! le coupa Lazare, railleur.

— Intériorité nécessaire et partagée. D'ailleurs, notre conversation va s'arrêter là, nous dérangeons vos camarades.

Le regard coupant de Schmidt survola la table, s'arrêtant sur chacun des adolescents présents. Personne ne bougeait. Personne ne voulait croiser son regard. S'ils avaient pu entrer dans un trou de souris, à cet instant précis, ils l'auraient fait. Sauf Lazare évidemment.

Depuis son plus jeune âge, Lazare avait, d'après le diagnostic des psys successifs qu'il avait consultés, des « troubles comportementaux sérieux », qu'ils associaient au traumatisme de son enfance. Lazare avait été adopté à Haïti officiellement quand il avait deux ans, mais les médecins soupçonnaient qu'il en avait plutôt quatre. À l'époque, son développement psychomoteur était celui d'un bébé qui avait survécu sans amour et presque sans nourriture. Pour Lazare, tout ça, c'était du passé, un passé dont il ne se souvenait pas et qui donc n'existait pas. La seule chose qu'il avait retenue de toutes ces séances de psy était que puisqu'il allait se faire reprendre, gronder ou punir quoi qu'il fasse, autant qu'il n'en fasse, justement, qu'à sa tête.

Et là, dans le réfectoire, Lazare ne voyait pas pourquoi il accepterait les règles stupides d'un type qu'il ne connaissait ni d'Ève ni d'Adam. Il sentit qu'Alice lui donnait un coup de pied sous la table, elle avait flairé le danger et lui enjoignait de faire profil bas. Mais même si Lazare l'avait voulu, il en aurait été incapable. Selon les psys, ce trait de caractère était aussi dû à ce qui lui était arrivé avant qu'il soit adopté.

Lazare se mit à fredonner, tout bas, bouche fermée. Sur le coup, c'était un son si faible que personne ne l'entendit. Schmidt avait déjà tourné les talons quand Lazare monta un peu le volume. Schmidt se figea. Alice balança un nouveau coup de pied dans le tibia de Lazare, mais ça ne l'interrompit pas, bien au contraire. Il attaqua le couplet de la *Marseillaise*. Schmidt se retourna vers leur table. Lilas et Olivier se fixèrent, inquiets. Un « Contre nous de la tyrannie... » bourdonnait bizarrement au-dessus de la table, comme si une vieille radio émettait de chez les voisins.

Schmidt fit le tour de la table et se plaça juste en face de Lazare, au-dessus de la tête d'Olivier. Tout le monde était immobile. Le bourdonnement s'arrêta. Et reprit dès que Schmidt commença à partir. S'arrêta de nouveau. Recommença. Cette fois il venait d'Alice.

La jeune fille avait pris cette décision spontanément, sans réfléchir. Schmidt fit un pas, deux. Il les fixa l'un après l'autre. Le cœur de Lilas battait à tout rompre. Elle hésitait sur la conduite à tenir. C'était la décision d'Alice, pas la sienne, de suivre Lazare dans ses conneries. D'un autre côté, elle se devait d'être solidaire avec eux si elle voulait continuer à appartenir au groupe. La peur au ventre elle commença à fredonner elle aussi.

Restait Olivier, qui suivit sans le savoir le même raisonnement que Lilas. Lazare était son ami. S'il ne faisait pas corps avec lui, avec eux, il serait exclu et il devrait passer le reste de l'année avec Victor l'obsédé sexuel ou avec JTPM. Il n'avait pas le choix. À contrecœur, il commença donc à fredonner à son tour.

Tous les regards étaient rivés à leur table. Même le surveillant, La Boissière, avait quitté son poste d'observation pour s'approcher. Calme et intrigué, Schmidt observait les quatre adolescents. Le retour de la cantinière pour récupérer le plat remit le temps en marche. Schmidt esquissa un sourire.

— Bon... Même si vous faites preuve d'indiscipline, j'apprécie l'esprit de corps. Vous en aurez besoin ici. Venez me voir tous les quatre après les cours et nous en discuterons.

Il s'éloigna. Quand sa silhouette disparut dans le couloir, Olivier expulsa bruyamment tout l'air qu'il gardait stocké dans ses poumons ; il ne s'était même pas rendu compte qu'il avait arrêté de respirer. Lilas, elle, se retenait pour ne pas éclater de rire – un rire nerveux, proche de l'hystérie. Alice fit discrètement le signe de la victoire. Lazare, détaché, attaqua son assiette.

— Vous êtes de grands malades. Vous n'avez aucune idée de ce que vous venez de faire, commenta simplement un des jumeaux Brazorski.

Nous sommes arrivés aux portes de Paris au petit matin. Sur le périphérique c'étaient déjà les embouteillages. Le soleil se levait au loin sur la tour Eiffel, nimbant l'atmosphère d'une lumière dorée, rendue poudreuse par la pollution. Je ne connaissais presque pas la ville, je ne me repérais que dans les gares, les aéroports et bien sûr les Orgues de Flandre, ensemble d'immeubles du nord de Paris, là où j'avais vécu ma quatrième vie. Mais pour moi ça restait et ça resterait l'Ogre, l'Ogre de Flandre car il avale ses enfants junkies et ne les recrache jamais.

La Petite Marie du pensionnat... Je n'avais pas pensé à elle depuis des années. Je me demandais ce qu'elle était devenue, si elle avait réussi à se construire une vie. Peut-être avait-elle un mari, des enfants, ou rien du tout. Peut-être était-elle morte. J'essayais de me rappeler son nom de famille, sans succès. Olivier le saurait peut-être. Ce ne pouvait être que lui, l'auteur, Lazare n'écrivait pas, et pourtant je n'arrivais pas à l'imaginer se donner tout ce mal pour me retrouver, me terrifier... On verrait bien.

J'avais demandé à Félix de me déposer devant la galerie Hinguerlot, rue Mazarine, Rive gauche. Olivier et moi ne nous étions pas vus depuis vingt ans, depuis que Lazare et moi l'avions laissé à l'hôpital, gravement brûlé après l'incendie. Je me demandais comment se passeraient nos retrouvailles. Je ne voyais pas de bonne entrée en matière : que dit-on à quelqu'un avec qui on a tout partagé, avec qui on a fini par tuer, puis qu'on a abandonné ?

Félix s'est débrouillé comme un chef dans les méandres de la capitale, slalomant entre les travaux, les sens interdits, les vélos et les trottinettes. Nous n'avions pas échangé deux mots depuis la station-service et je voyais à ses doigts que nous n'en échangerions pas plus.

Il s'est garé en double file boulevard Saint-Germain, il avait vu sur son GPS que la rue Mazarine était juste à côté. Il était 8 h 36 sur l'horloge de l'antique autoradio. Félix m'a souri, d'un sourire forcé qui m'a fait un peu mal au cœur. Il avait peur de me perdre, mais il avait plus peur encore que sa mère ait mal si je disparaissais. Je lui ai maladroitement tendu deux billets de cent euros qu'il n'a pas pris.

— C'est pour que tu ailles à l'hôtel, ai-je glissé, mal à l'aise. Tu ne peux pas repartir maintenant, ce serait dangereux…

Il a indiqué un endroit un peu plus loin que je n'ai pas réussi à distinguer.

— Je vais me faire deux trois cinés, a-t-il dit, je dormirai pendant les séances.

— OK… Pour le dérangement alors ?

J'étais là, bêtement, avec mes billets dans la main. Il a finalement eu pitié de moi et les a fourrés dans sa poche.

— Bon…, a-t-il dit, c'est le moment, tu dois y aller. Je ne sais pas ce que tu vas faire, mais fais attention à toi, d'accord ?

Les rôles s'étaient inversés, il était l'adulte et j'étais l'enfant. Comme s'il en avait trop dit, il a émis un petit rire nerveux. J'ai souri.

— Ne t'inquiète pas pour moi, je serai bientôt de retour. Je…

Je n'ai pas fini ma phrase. Il n'y avait rien à rajouter. Félix m'a fait une accolade maladroite, il n'avait même pas enlevé sa ceinture de sécurité. J'ai réfréné l'envie de lui faire un câlin et je suis sortie.

Une fois seule, j'ai regardé autour de moi, un peu étourdie. Un incendie avait été rallumé avec vingt ans de retard et, même si je ne sentais pas encore sa chaleur, il n'allait pas tarder à venir me chatouiller ; mon seul salut était de le prendre de court.

La galerie d'Olivier était encore fermée – sur la page Internet que m'avait montrée Marguerite, il était noté qu'elle ouvrait à 11 heures, a priori les galeristes n'étaient pas des lève-tôt. Je me suis assise sur un banc et j'ai rouvert le livre.

Ils n'étaient qu'un

L'après-midi avait été interminable. Autant Lazare et Alice semblaient détendus, autant Lilas avait le ventre noué à l'idée d'aller dans le bureau de Schmidt à 18 h 30. Pourtant elle n'avait rien à craindre, une punition peut-être, des travaux d'intérêt général du genre nettoyer le parc ou aider à rapporter les plats à la cuisine. Mais elle ne pouvait s'enlever de la tête les réflexions des uns et des autres. Le jumeau Brazorski : « Vous êtes de grands malades. » Et surtout le regard de Marie quand elle avait dit : « Schmidt est revenu ! » Lilas avait bien tenté de croiser la petite au détour d'un couloir pour qu'elle lui en dise davantage, mais c'est comme si cette dernière s'était volatilisée. Lilas était sûre que l'enfant la fuyait, et c'était mauvais signe.

Le surveillant leur avait donné les instructions pour accéder au bureau de Schmidt, situé au troisième étage du bâtiment principal. Ils devaient prendre l'escalier de l'aile sud, puis au premier étage suivre le couloir pendant cinq portes, puis tourner à droite, compter quatre portes, prendre à nouveau un escalier et cette fois tourner à gauche jusqu'au bout et enfin attendre face au Graal, la porte de bois massif qui leur ferait face. Ils n'avaient pas intérêt à être en retard, avait rajouté La Boissière en clignant de l'œil, un de ses tics les plus agaçants.

À 18 h 10, ils s'étaient mis en route à la recherche du bureau. Ils n'avaient failli se perdre qu'une fois, au premier étage, au milieu de couloirs déserts et de portes branlantes fermées à clé ; heureusement Olivier avait pris les rênes et les avait guidés – le sens de l'orientation dû à son passé de scout, avait lancé Alice, mais ça n'avait pas fait rire le groupe.

Quand enfin ils étaient arrivés à destination, ils s'étaient rendu compte avec stupéfaction que s'ils avaient pris les escaliers de l'aile ouest, ils seraient tombés directement sur ledit bureau – et qu'en plus un ascenseur de bois et de velours rouge y menait aussi. Soit il s'agissait d'une blague de mauvais goût de La Boissière, soit cet accès était réservé aux membres du corps enseignant et de l'administration qui partageaient cet étage. Dans tous les cas, à 18 h 29, les quatre adolescents étaient face à la porte fermée du bureau de Stephen Schmidt. Stanislas de La Boissière passa une tête inquiète par la porte du bureau d'à côté. Malgré son costume cravate, c'était encore presqu'un gamin, un échalas poussé trop vite qui avait l'air de se demander ce qu'il faisait là. Lilas avait appris par Petite Marie que c'était le fils du propriétaire des lieux, un des fondateurs même puisque nombre de La Boissière étaient enterrés dans la chapelle. Il avait filé le poste à son rejeton de fils pour s'en débarrasser.

— Tout va bien ? demanda-t-il.

— Oui, on a rendez-vous avec Sch… M. Schmidt, répondit Lazare.

— Parfait. Eh bien… Bonne chance.

Stanislas s'apprêtait à refermer la porte de son bureau quand Alice le héla avec son air d'ange innocent.

— Pourquoi on a fait le tour de tout le château alors qu'on aurait pu prendre l'ascenseur ? demanda-t-elle en battant des cils.

La Boissière hésita, sous le charme d'Alice. Il s'apprêtait à répondre quand la cloche de la chapelle se fit entendre au loin. Un simple coup pour signifier la demi-heure, et la fin de la conversation.

— Bonne chance, répéta-t-il simplement, puis il referma doucement sa porte.

De la chance. Pourquoi aurions-nous besoin de chance ? se demanda Lilas tandis que Lazare toquait fermement à la porte du bureau de Schmidt.

— Entrez, répondit la voix grave de l'autre côté.

Le bureau était vaste, cinquante mètres carrés au bas mot, et la vue qu'il avait sur le parc était magnifique, on ne voyait qu'une infinité de vert ondulant dans la lumière orangée de l'été indien. À l'entrée, sur une console vide, se trouvait une magnifique menora, avec ses sept grands cierges blancs allumés. Tout était parfaitement ordonné, les livres dans la bibliothèque, les dossiers dans les casiers, jusqu'aux stylos alignés sur le sous-main en cuir. La pièce reflétait la perfection, comme son propriétaire.

Une porte au fond à droite était entrouverte. Les adolescents se demandèrent dans un même élan pourquoi elle était plongée dans l'obscurité alors qu'elle aussi donnait sur le parc. C'était la salle noire et ils la découvriraient tour à tour, mais ça ils l'ignoraient encore.

Schmidt se leva à leur entrée, les toisa un à un tandis qu'ils se plaçaient en rang d'oignons face à lui. Alice n'avait pas osé le détailler jusqu'alors. Là, elle osait enfin le faire alors qu'il examinait Olivier. Schmidt était très bel homme. Alice ignorait quel âge il pouvait avoir. Au-delà de la petite vingtaine, elle avait toujours du mal à donner un âge aux adultes, mais elle aurait dit la quarantaine. Schmidt la survola rapidement puis il fit le tour du bureau.

— Alors voilà donc nos fortes têtes.

Il sourit d'un beau sourire. Un sourire… christique ? Un sourire doux, gentil, bienveillant. Alice se détendit. Tout allait bien se passer. Tout irait bien. C'était un homme bon, elle pouvait le sentir.

— Vous êtes… différents. Différents de ceux qui passent habituellement par les murs de cet institut. De fortes têtes. Ce qui fait votre force, c'est votre union, une union exceptionnellement rapide, remarquable et… potentiellement dangereuse.

Alice jeta un regard en coin à ses camarades. Ils étaient au garde-à-vous, même Lazare. Attentifs. Fascinés par cet adulte qui leur parlait comme à des adultes. Tout irait bien.

— Pourquoi dangereuse ? demanda finalement Lilas.

— Parce que vous pensez pouvoir vous faire confiance mutuellement.

Silence. Ses mots résonnaient au-dessus de leur tête comme une prophétie. Pourtant, Alice n'avait pas envie de le croire. Elle voulait penser que leur acte de bravoure commun augurait d'un avenir radieux, un avenir où elle resterait avec ses amis pour toujours, elle qui n'avait plus de famille. À ce moment-là, le regard de Schmidt se fixa sur Alice justement. La scruta longuement. *Lut dans son âme.*

— Je ne cherche qu'à vous protéger de futures déconvenues, dit-il d'une voix douce. À vous aider à devenir adultes. C'est ma tâche ici. C'est pour ça que vos parents vous ont confiés à moi.

Lazare lâcha un ricanement bref.

— Personne n'a été *confié*. On nous a largués ici. Pour nous faire disparaître.

Schmidt lui sourit gentiment.

— C'est peut-être ton ressenti, mais ce n'est pas le mien. Je suis là pour prendre soin de vous. Chacun.

Séparément. Ou ensemble. Et vous prémunir dès maintenant de la déception et de la trahison qui ne manquera pas d'arriver dans votre groupe.

— Vous vous trompez, répondit Lazare d'une voix un peu moins assurée. Nous faisons corps. Tous les quatre, nous ne sommes qu'un.

— Déjà ? Alors que vous n'êtes ici que depuis quelques jours ? (Il sembla réfléchir.) Vraiment... Qu'en pensez-vous ? demanda-t-il enfin aux autres.

Alice fut la première à briser le silence.

— Je suis d'accord, dit-elle d'une voix chantante.

Et elle croyait à ce qu'elle venait de dire.

— Moi aussi, enchaîna Olivier, trop rapidement.

Schmidt se tourna vers Lilas, la seule à n'avoir pas encore ouvert la bouche. Il lui sourit. À son propre étonnement, elle lui sourit en retour.

— À quatre, on peut être une armée, dit-elle calmement, en détachant bien les syllabes.

Schmidt les observa pendant un temps qui leur sembla infini avant d'éclater de rire. Un rire énorme, tonitruant, un rire étrange venant de lui, un rire... *sincère*.

— Décidément vous êtes... spéciaux, dit-il après avoir repris son sérieux. Et tellement naïfs. J'aime ça. Nous allons avoir l'occasion de mieux nous connaître ces prochains mois. Et je suis sûr que ce sera... fascinant.

Schmidt les détailla à nouveau un à un, en prenant tout son temps, avant de leur tourner le dos, le regard attiré par le parc.

— Vous avez tous les quatre une bonne raison d'être là – comme tous les autres pensionnaires d'ailleurs. L'avez-vous donnée à vos camarades ?

Personne ne répondit. Les adolescents auraient pu profiter du fait que Schmidt était de dos pour se parler à mi-voix, mais ils restèrent là, le regard fixe, à attendre ils ne savaient quoi.

— C'est pourtant la règle si vous pensez être une entité, dit-il doucement. Se confier, se dévoiler, offrir aux autres vos plus grands secrets.

À ce moment-là, Alice sourit à Lilas, lui passa imperceptiblement la main dans le dos. Elles savaient tout l'une de l'autre, elles n'avaient pas de secret.

Ce n'était qu'à moitié vrai. Alice m'avait bien tout raconté de sa vie. Ses parents et son frère, famille heureuse en banlieue parisienne, et ce dimanche quand elle avait quinze ans où elle avait fait un caprice idiot pour ne pas les accompagner se balader en forêt, juste parce qu'elle préférait regarder la télé. Sur le chemin du retour, la voiture familiale s'était encastrée dans un pilier sur la Nationale. Son père et son frère étaient morts sur le coup, sa mère avait tenu dix jours avant de déclarer forfait à l'hôpital. En un crissement de pneus, Alice avait perdu tous ceux qu'elle aimait.

Alors que moi, j'avais fait semblant. J'avais menti en professionnelle sur mon passé, m'inventant une vie normale en province avec des parents, des frères et sœurs et même un chien. Je ne l'avais pas fait par défiance, mais pour la protéger, parce que je l'aurais mise en danger si je m'étais confiée. Je n'aurais jamais l'occasion de lui dire la vérité et soudain là, assise sur ce banc, cette pensée m'a fait mal.

Des pigeons se disputaient des miettes de pain à mes pieds, le soleil commençait à caresser les pavés au bout de la rue, les branches effeuillées remuaient lentement au-dessus de ma tête ; le tout formait un joli matin d'automne à Paris. Le monde continuait à vivre autour de moi. La galerie serait encore fermée une bonne heure et demie. J'ai rouvert le livre.

Ils n'étaient qu'un

— Alors ? demanda Schmidt. Quelles sont les raisons pour lesquelles vous êtes ici ?

Aucun des adolescents ne répondit. Schmidt soupira et retourna s'asseoir derrière son bureau. La conversation était presque terminée.

— Vous pensez être les plus forts, dit-il en ne les regardant plus. Bien. Mais vous comprendrez que je dois vous punir pour ce qui s'est passé. Ce n'est pas de gaieté de cœur, mais je dois assurer le bon maintien de cet établissement. Vous resterez donc en colle ce week-end, samedi toute la journée. C'est moi qui assurerai la supervision. Cela nous donnera l'occasion de mieux nous découvrir. Rompez.

Les adolescents poussèrent un soupir de soulagement généralisé, ils s'étaient attendus à pire. Comme s'il avait encore une fois lu en eux, Schmidt continua :

— Ne dites rien à vos camarades. Rien. Habituellement, mes punitions sont bien plus sévères, je ne voudrais pas qu'ils aient le sentiment que vous êtes des privilégiés.

Il les congédia d'un petit geste de la main. Lilas se sentait prête à prendre ses jambes à son cou, mais elle se força à adopter le même rythme lent que ses camarades en direction de la sortie. Elle ne pouvait s'empêcher de se demander ce qu'il y avait derrière la porte obscure entrouverte. Ils passaient l'entrée quand ils furent interrompus par la voix de Schmidt dans leur dos.

— Mais ne me refaites pas la scène du réfectoire, d'accord ? Après la faveur que je viens de vous offrir, ce serait... malvenu.

Les quatre adolescents étaient entrés dans le bureau plein de craintes, ils en ressortirent emplis de morgue. Ils étaient différents, spéciaux. Porteurs d'un secret qu'ils devaient respecter. Alors quand ils s'assirent au réfectoire sous l'œil inquisiteur de leurs camarades, ils adoptèrent une attitude de soumission, tête basse, mine triste, et personne n'osa poser de questions.

Le soir, seule la Petite Marie ne put s'empêcher d'y aller, poussée par la curiosité. Dans le dortoir, toutes les filles faisaient semblant d'être occupées. Toutes sauf Marie, qui vint s'asseoir à côté d'Alice sur son lit et lui prit naturellement la main, comme une petite sœur le ferait avec son aînée pour tenter de la consoler de son chagrin. Lilas n'était pas encore revenue des lavabos. Alice joua le jeu, même si elle s'en voulait de porter un masque, c'était tout à fait contraire à sa nature. Marie ne disait rien. Elle se contentait de lui caresser la main de ses petits doigts. Le silence laissa peu à peu la place au brouhaha habituel de l'endroit. Discussions, chuchotements, activités... Marie attendit encore quelques minutes avant d'ouvrir la bouche. Elle n'était pas pressée.

— Je suis arrivée ici l'année dernière, dit-elle enfin.

Alice le savait, Marie le lui avait déjà dit, mais l'idée qu'une fille si jeune se soit retrouvée seule ici, à cet âge, après d'autres établissements du même genre lui fendait le cœur.

— Schmidt était là, évidemment, continua Marie. Tu sais comment les grands l'appelaient ? *L'autre.* Moi, je n'ai jamais été dans son viseur. Ce qu'il aime, c'est les fortes têtes.

À nouveau l'esprit d'Alice dériva. C'était exactement les mots utilisés par Schmidt dans le bureau, pourtant elle ne se serait jamais définie comme telle. Ça devait être la magie du groupe.

— Il y avait un gars, Titouan, je me rappelle.

Marie baissa d'un ton, sa voix n'était plus qu'un murmure.

— Schmidt l'a immédiatement repéré. Même s'il n'avait que quatorze ans, il était vachement costaud et super grand. Il portait toujours des sweats qu'il s'arrangeait pour faire dépasser de son uniforme. Et il avait ce regard... genre rien ne me fait peur.

Marie s'arrêta, comme prise dans ses souvenirs. Alice attendait la suite, attentive.

— Et bon... Ça s'est mal passé avec *l'autre*. Schmidt arrêtait pas de le faire venir dans son bureau. Personne sait ce qui s'y passait, mais en janvier ils l'ont retrouvé pendu au chêne du parc.

La sonnerie retentit. Les filles s'agitèrent d'un coup, c'était l'extinction des feux. Lilas arriva en courant et se jeta sur le lit en riant, Marie bondit, prise en faute.

— Tout ça pour te dire, a-t-elle dit avant de filer, faites gaffe.

Alice resta seule. Cette histoire ne les concernait pas. Eux étaient différents. Spéciaux. Unis comme les doigts de la main. Elle qui avait perdu sa famille en avait retrouvé une autre. Tout irait bien.

J'ai pris une immense bouffée d'air, comme si je ressortais la tête de l'eau après une trop longue apnée. La voix d'Alice résonnait dans ma tête, sa voix douce et précieuse comme celle d'une fée ou d'une enfant, son rire cristallin, pur, merveilleux. Son regard adorable et cruel. Alice.

La deuxième lecture était encore plus dure que la première. Je me suis ébrouée, tel le vieux labrador de mes lointains voisins quand il sortait du lac. La galerie n'ouvrirait pas tout de suite, ça me laissait le temps d'effectuer quelques recherches. Je n'avais pas voulu les faire dans la voiture avec le smartphone de Félix, les connexions Internet laissent des traces et il n'était pas question que je le mette en danger sans le vouloir. L'idée même qu'on puisse remonter ma trace en passant par lui me collait des frissons. J'étais certainement paranoïaque, mais j'avais toujours considéré que c'était une vertu, le genre de qualité qui fait qu'on reste en vie longtemps. En Auvergne, lorsque j'avais besoin d'Internet, j'allais squatter la connexion de Marguerite, et quand j'étais en déplacement je trouvais toujours un moyen de me débrouiller, même si ces dernières années les cybercafés avaient peu à peu disparu. En général je privilégiais des quartiers populaires, où les boutiques de téléphonie mobile fleurissaient encore, mais ici, en plein 6e arrondissement, je doutais qu'il y en ait.

Lorsque nous tournions en voiture avec Félix, nous avions dépassé un Starbucks sur le boulevard, au bout de la rue. Je suis arrivée devant. En vitrine et malgré l'heure matinale, une flopée d'étudiants tapaient sur leur MacBook, l'air concentré. J'ai commandé le café le plus simple possible – le serveur m'a regardée avec dédain avant de noter mon prénom sur le gobelet avec un smiley – et j'ai ensuite embrassé la salle du regard.

J'ai choisi le jeune homme le plus au fond, isolé, sans voisin, *Trois Essais sur la théorie sexuelle* de Freud posé ouvert à sa droite. De loin, il avait l'air d'avoir dix-sept ans, de près je lui en aurais donné quinze. Il tentait, malgré les évidentes lois de la biologie, de se faire pousser un bouc, et ce n'était pas joli à voir. Il a levé les yeux, surpris, quand je me suis assise sur le tabouret à côté de lui et que j'ai posé sur son clavier un billet de vingt. Je lui ai fait mon plus beau sourire. Il m'a fixée en retour, un peu inquiet.

— Pour utiliser ton ordi un quart d'heure. Salut, au fait, ai-je dit.

— Euh oui, mais je crois que… Ça va pas être possible parce que… Je bosse là et c'est super urgent…

J'ai posé un deuxième billet. Il a lentement approché la main des deux billets en faisant semblant d'hésiter. Je ne lui en ai pas laissé l'option.

— Je comprends, mais en fait j'ai pas trop le temps, ai-je répondu gentiment. Je ne vais pas te flinguer ton ordi, tu peux même rester à côté de moi pour vérifier ce que je fais. C'est juste que mon téléphone est cassé et que je dois vraiment regarder deux trois trucs, sur des sites légaux hein. Je suis étudiante à la Sorbonne et je suis dans la mouise…

— OK…

Il n'était pas convaincu – c'est clair que j'avais l'air un peu vieille pour être étudiante –, mais d'un autre côté 40 euros si facilement… Il s'est laissé tenter.

Ils n'étaient qu'un avait été publié par une maison d'édition suisse nommée Les Lettres poudrées. Une petite maison qui publiait à compte d'auteur, essentiellement des romans d'amour et des recueils de poésie vaudoise. J'ai noté leur numéro de téléphone. Le nom de Lola Bouscat sortait sur deux blogs de lecteurs. Sans ça, RAS.

J'ai ensuite tapé « Stephen Schmidt ». Mes doigts tremblaient. Plusieurs homonymes souriants sont apparus sous mes yeux, mais aucun qui ressemble de près ou de loin à *l'autre*. Et rien sur sa brusque disparition.

Après j'ai pianoté « Chevrière ». Il y avait trop de réponses, je suis passée à « Institut de Chevrière ». Là, plusieurs liens sont apparus. L'étudiant à côté de moi n'en perdait pas une miette tout en faisant mine de regarder ses ongles. J'ai commencé par l'onglet images.

Les quelques photos en ligne montraient le pensionnat tel qu'il m'était apparu le jour où j'étais arrivée mais elles semblaient relativement récentes. Le château avait donc été reconstruit à l'identique après l'incendie. Sur deux d'entre elles, on voyait des adolescents souriant maladroitement face à l'objectif, affublés du même uniforme que celui que nous avions porté. Ça m'a fait un choc ; ç'aurait pu être nous.

Je suis passée aux liens. Le premier renvoyait vers le site Internet de l'établissement, mais il n'était plus actif. Le second menait vers un PDF décrivant le pensionnat. J'ai parcouru en diagonale ce ramassis de conneries.

Institut de Chevrière

« À un enfant de bonne famille,
qui s'adonne à l'étude,
je voudrais que l'on prenne
soin de choisir un guide
qui eût plutôt la tête bien
faite que la tête bien pleine.
Et qu'on exige de lui
ces deux qualités, mais plus encore
la valeur morale et
l'intelligence que le savoir. »

Montaigne, *Essais*,
« De l'institution des enfants ».

Créé en 1949 au cœur de la Suisse, patrie des internats de prestige, l'Institut de Chevrière accueille des enfants et des adolescents à partir de l'âge de dix ans jusqu'à la fin de leur scolarité. Les cours sont assurés par des professeurs qualifiés et passionnés par leur métier. Les classes sont très peu nombreuses, entre cinq et quinze élèves, ce qui permet aux professeurs de suivre personnellement chacun.

Bien grandir nécessite un lieu calme dont les limites géographiques sont imperceptibles. C'est pourquoi le château de Chevrière est situé au milieu d'un parc centenaire de trente-quatre hectares. Les élèves évoluent dans un espace privilégié, au contact quotidien de la nature.

Pour s'élever et pour développer sa volonté, l'élève a besoin d'un cadre solide et de règles et lois indiscutables. La liberté est un luxe que seuls la discipline et l'ordre rendent possible.

L'éducation intellectuelle et morale est au cœur de notre projet éducatif. L'Institut est fier de fonder ses méthodes d'éducation sur un code de l'honneur hérité de ses aînés. Le voussoiement est de rigueur, les élèves portent l'uniforme, et la pratique des sports de montagne leur permet de développer un esprit sain dans un corps sain.

D'abord travailler, puis se dépasser. Pour réussir, il faut se fixer des objectifs et travailler dur à les atteindre. Au-delà de la connaissance brute, il faut savoir l'articuler et hisser sa réflexion jusqu'à l'excellence.

L'institut de Chevrière est un lieu d'exception : chaque élève y devient un adulte épanoui, éduqué et responsable.

Le lien suivant conduisait à un article du *Temps*, le journal de référence suisse. Il était daté du 18 février 2004. Le jour de l'incendie… Malheureusement une erreur 404 est apparue quand j'ai cliqué dessus. J'ai continué à taper rageusement sur les touches, sous l'œil inquiet du propriétaire de l'ordinateur.

— Euh ça veut dire que le lien n'existe plus, a-t-il risqué pour que j'arrête de maltraiter son clavier.

— Je sais merci, ai-je répondu sèchement en me réfrénant pour ne pas rafraîchir la page une nouvelle fois.

Le lien d'après menait à un article paru trois semaines auparavant, il provenait d'une gazette de Lausanne.

Un think tank à Schlamenshluff

La municipalité de Schlamenshluff a donné son accord pour la construction d'un complexe haut de gamme, groupe de réflexion privé, en lieu et place de l'ancien pensionnat de Chevrière fermé depuis 2020. D'une surface de trente-quatre hectares, ce centre accueillera, outre des salles de réception et des lieux de rencontre, un hôtel cinq étoiles, un héliport et un haras. Les travaux doivent débuter au début de l'année prochaine. Le coût sera intégralement pris en charge par le groupe Eisenberg, propriétaire des lieux.

J'en ai eu le souffle coupé.

— Vous trouvez ce que vous cherchez ? m'a demandé l'étudiant en fixant l'horloge murale, rassuré de me voir plus civile avec les touches de son clavier et avide de multiplier son pécule.

Je lui ai fait un vague signe de la main, sans lui répondre. Des travaux. Donc… Des tractopelles. Un haras, qui allait certainement devoir utiliser la source de Chevrière pour nourrir ses canassons. Et elle était où la source ? Au lieu-dit le Bouscat, à une demi-heure de marche du château, où se trouvaient, ensevelis sous une pierre marquée d'un *C* et d'une croix, les ossements de Schmidt… On était en novembre. Au début de l'année prochaine les travaux allaient commencer. Et là… Ils trouveraient un corps qu'ils n'auraient aucun mal à identifier. Avec posé dessus une boîte contenant une trace de chacun de nous. Un bijou. Un crayon. Un chapelet. Une mèche de cheveux. Notre signature. Nos ADN. Et ce serait la fin. Si mon assassin ne me pendait pas avant, la police finirait par me retrouver et j'en prendrais pour vingt ans.

C'était n'importe quoi. Et comme s'il n'y en avait pas déjà assez, ça posait encore de nouvelles questions : pourquoi quelqu'un avait-il écrit ce livre ? Était-ce un piège comme je le pensais, ou une mise en garde, l'auteur nous donnant une chance d'effacer nos traces avant qu'il soit trop tard et écrivant cet épilogue pour être complètement sûr de nous faire réagir ? Dans les deux cas c'était dingo.

J'ai relu rapidement l'entrefilet. Eisenberg. Ce nom me disait quelque chose, mais je n'arrivais pas à me rappeler quoi. En avais-je entendu parler à l'époque, dans les bruits de couloir du pensionnat ? Sans doute vu que c'était le groupe propriétaire. Eisenberg…

— Si vous voulez utiliser plus longtemps mon ordinateur…, a commencé l'étudiant.

J'ai tapé « Eisenberg » dans le moteur de recherche. 51 400 000 occurrences sont apparues. Une aiguille dans une botte de foin.

— Non, ça ira, ai-je répondu, sans me donner la peine de le regarder.

Il était 10 h 45. Je me suis levée, j'avais la tête qui tournait, les jambes lourdes, le cœur épais. Il était temps que je retrouve Olivier.

Ce dernier avait bien réussi : la galerie était immense, trois larges baies vitrées, et les prix affichés donnaient le vertige. J'ai poussé la porte d'entrée, mais elle était fermée – la ponctualité n'était sans doute pas non plus le fort des galeristes. Je m'apprêtais à faire le tour du pâté de maisons en attendant quand la feuille de papier scotchée à la porte a enfin retenu mon attention. *La galerie sera exceptionnellement fermée jusqu'au 28.* Pourquoi avait-il fermé sa galerie ? Est-ce que ça avait un lien avec le livre ?

Le serveur du café d'à côté m'observait, je me suis dirigée d'un pas décidé vers lui. Quarante ans, pas mal, l'air supérieur typique du parigot à qui en temps normal j'aurais eu envie de coller des claques. Mais à la place, j'ai affiché mon plus beau sourire, celui de la femme fragile et inquiète qu'un mâle alpha va pouvoir arracher à ses angoisses. Malgré mes vêtements de gothico-dépressive, ça a marché. Tandis que j'approchais, je l'ai vu se détendre et arborer son air de « Que puis-je faire pour vous sauver, ma petite dame en détresse ? »

— Je suis tellement désolée de vous déranger, alors que vous êtes en plein service…, ai-je minaudé.

Plein service… La terrasse du café était déserte et le type venait de se griller deux clopes à la suite. Entre deux taffes, il avait mollement regardé les rangées de coupes de champagne impeccables que son collègue alignait sur le comptoir à l'intérieur sans bouger le petit doigt. Feignasse, va.

— Je cherche M. Olivier Hinguerlot, le propriétaire de la galerie d'à côté. C'est très important vous comprenez ? Vous auriez son numéro de téléphone portable ?

Il m'a souri – il avait des dents affreuses, le gars n'était pas qu'à la bière le week-end – et m'a touché le bras, genre « vous mettez pas dans cet état-là ».

— C'est pas maintenant qu'il va répondre à votre coup de fil…, a-t-il énoncé d'un ton docte.

Comme j'ignorais complètement de quoi il me parlait j'ai répondu au pif.

— Je me doute, mais au moins que je lui laisse un message…

— Vous avez perdu l'invitation…, m'a-t-il dit en hochant la tête.

— C'est… exactement ça. Du coup je suis désespérée… vous comprenez ?

— Vous inquiétez pas. Je vais vous aider…

Pelote-moi encore le bras comme tu le fais et c'est toi qui vas avoir besoin d'aide, ai-je pensé en souriant à m'en faire mal aux dents. *Et en plus je ne comprends rien à ce que tu me dis.*

— Je suis désolé, vu l'heure, vous avez loupé la cérémonie, a-t-il continué. Heureusement vous êtes au bon endroit, c'est ici qu'ils vont faire leur pot ensuite. Olivier et moi on est de vieux copains… Du coup c'est normal qu'il ait voulu célébrer son mariage ici. On se connaît depuis…

Le reste s'est perdu dans un brouillard. C'était une mauvaise blague. Le son de sa voix – et ses petits doigts peloteurs – m'ont ramenée à la réalité.

— … D'ici trois quarts d'heure. Est-ce que je peux vous servir un petit quelque chose en attendant ? Je peux pas ouvrir le champagne avant l'arrivée des mariés, mais je peux vous offrir un café au bar…

Je l'ai suivi à l'intérieur, en apesanteur. L'endroit était désert. Je me suis assise au comptoir, étourdie. Toute cette histoire était folle. J'ai sorti *Ils n'étaient qu'un* de mon sac.

Ils n'étaient qu'un

Les deux premières heures du jeudi étaient consacrées à l'apprentissage de la philosophie, une option choisie par le pensionnat pour préparer ses élèves de première. Quelle ne fut pas la surprise de Lazare, Olivier, Alice et Lilas quand ils entrèrent dans la salle 9B du premier étage de l'aile nord, à 9 heures précises, après la messe et le petit déjeuner : ils étaient les seuls élèves, et leur professeur, qui se tenait de dos, n'était pas Mlle Bertin. La haute silhouette qui examinait le tableau noir se retourna lentement. C'était Schmidt.

— Asseyez-vous, leur dit-il de sa voix douce.

Les quatre élèves hésitèrent. Schmidt indiqua d'un doigt impeccable les quatre pupitres qui lui faisaient face.

— Mlle Bertin a eu la gentillesse de me remplacer durant mon absence, mais c'est désormais moi qui vous ferai cours.

Lazare osa poser la question que ses camarades gardaient pour eux.

— OK mais... Et les autres ? demanda-t-il.

— Quels autres ?

— Victor, Dylan, Priscille, Laëtitia, les frères Brazorski...

— Nous avons décidé d'un commun accord, Mlle Bertin et moi, de scinder la classe en deux. L'apprentissage de la philosophie est un art délicat, qui nécessite la plus grande attention, et mérite un public choisi... Et restreint.

Il les regarda tour à tour, ses yeux translucides se fixant successivement sur leurs visages.

— Monsieur Bonaventure. Quel est le but de la philosophie selon vous ?

Lazare hésita à faire une blague, mais se retint. C'était une question sérieuse et Schmidt la leur avait posée avec honnêteté, pas comme à des enfants. Cela méritait donc une réponse sérieuse.

— De... penser ?

— Tout à fait. Mais encore ?

Schmidt sourit en regardant Olivier se trémousser sur son siège, désireux de répondre mais n'osant pas lever la main, de peur de paraître puéril.

— Monsieur Hinguerlot, dites-nous.

— C'est une recherche de la vérité ?

— Absolument. Et comment se manifeste-t-elle ?

Personne ne lui répondit.

— Par un questionnement sur le monde, la connaissance, l'homme... Et jusqu'à Dieu.

Cette fois-ci, Olivier leva une main timide.

— Excusez-moi, mais... On ne peut pas questionner Dieu.

— Pas ici en tout cas, continua Lazare en retrouvant son insolence habituelle.

— C'est un point intéressant, répliqua Schmidt, que nous aurons l'occasion d'étudier en détail cette année. Ne vous méprenez pas, je suis profondément croyant. Sans doute plus que vous quatre réunis, d'où mon implication dans cet établissement. Mon but est de vous révéler à vous-mêmes. Cela implique de partir des fondements de la réalité et pour y arriver, il faut accepter de remettre en cause toutes vos préconceptions. Jusqu'à Dieu...

Les révéler à eux-mêmes. C'était la deuxième fois que Schmidt leur disait ça. Lilas ressentit une onde d'angoisse la traverser. Elle n'avait pas besoin d'être révélée, merci ! Alice, elle, était bouleversée. Elle était arrivée ici déchirée de l'intérieur, masquant sa douleur sous ses plus beaux sourires, se raccrochant à son charme pour être aimée à nouveau. Et voilà que non seulement elle découvrait des amis extraordinaires, mais qu'en plus un adulte bon et sincère allait les guider. C'était merveilleux. Olivier, lui, était gêné. Plus que gêné, horriblement mal à l'aise : là d'où il venait, on ne s'interrogeait pas sur Dieu, point final. On le vénérait, et si on n'était pas à la hauteur, on se prenait des coups de club de golf dans les mollets, point barre. Quant à Lazare... Il trouvait ça intéressant ; au moins ça changeait du ramassis de stupidités qu'on leur serinait à longueur de journée.

— Commençons par Platon, dit Schmidt en se retournant vers le tableau, une craie soudain dans sa main. Platon part du principe que pour apprendre, il faut d'abord « désapprendre », s'affranchir de nos opinions et inclinations pour s'éveiller à la Réalité et au Vrai.

Il écrivit « Platon, Apprendre, Réalité, Vrai » au tableau. Son écriture était belle et élancée.

Quand les élèves quittèrent la salle à la fin du cours, ils étaient transportés. Ils marchèrent dans le couloir en silence, heureux, et même Lazare ne trouva rien à dire de moqueur. Pendant deux heures un adulte leur avait parlé, vraiment, il ne leur avait pas dicté son point de vue, ne les avait pas assommés de ses connaissances. Non, il les avait interrogés, avait écouté leurs idées, leurs questions et leurs doutes. Ils avaient *échangé*.

J'ai posé le livre sur le comptoir, énervée. On avait été tellement heureux après ce premier cours, puis lorsqu'il nous avait dit la semaine suivante que, la division des classes en philosophie étant une réussite, il allait l'étendre aux autres matières. Il serait dorénavant notre professeur particulier, hormis l'espagnol et le sport. Qu'est-ce qu'on avait été contents que cet homme exceptionnel daigne nous accorder autant d'attention ! Qu'est-ce qu'on avait été cons !

— Ça va ? m'a gentiment demandé le serveur. Vous êtes toute rouge.

J'ai hoché la tête, incapable de prononcer un mot. Toutes ces années après, la honte de m'être fait abuser à ce point me consumait encore.

— Un autre petit café ? Ou vous préférez peut-être un chocolat chaud ?

J'ai souri à l'ironie de sa proposition. Depuis cette époque, rien que l'odeur du chocolat chaud me donnait des haut-le-cœur.

— Avec plaisir un petit café, ai-je répondu.

J'ai attendu qu'il pose la tasse devant moi – il avait ajouté une meringue à côté – pour m'emparer à nouveau du livre. Il a allumé la chaîne hi-fi et un jazz intimiste a débuté, pas trop fort, pas trop bas.

Je n'ai pas réussi à reprendre ma lecture. Il y avait tant de choses, tant d'endroits dont je ne voulais pas me souvenir. Parfois, les lendemains de cuite en Auvergne, je me réveillais la bouche pâteuse, apitoyée sur moi-même et sur mon passé. Et puis je me souvenais que la vie est une gigantesque farce, sans logique, sans récompense ni punition, simplement une succession de faits heureux ou malheureux et le rire sardonique du hasard.

Le serveur me jetait des regards en coin, ennuyé. Je devais avoir l'air un peu folle. Je n'avais pas la tenue adéquate. Je ne savais pas où se déroulait le mariage civil. Je le sentais hésiter sur la conduite à tenir.

— Vous devez me trouver étrange..., ai-je dit d'une petite voix.

Il a fait non de la tête, un non pas vraiment assuré.

— Mais je reviens d'une mission humanitaire de gestion des ressources alimentaires au Mozambique. Une situation sanitaire déplorable, les enfants crèvent de faim et personne n'en parle. Et là le décalage entre là-bas et ici... Le mariage d'Olivier, ce bonheur, cette opulence...

J'ai montré du doigt la petite meringue restée intacte, comme si elle était le symbole de notre décadence capitaliste.

— C'est dur, ai-je continué. Mais je vais me reprendre avant leur arrivée, ça va aller... (hoquet discret, larme au coin de l'œil). Et vous qui êtes tellement gentil, tellement prévenant... Du coup je me confie à vous, alors que vous avez mille autres choses à faire et que vous prenez le temps de m'écouter, je suis tellement confuse…

Le type s'est rengorgé.

— Il faut des gens comme vous, m'a-t-il dit en posant sa main sur la mienne. C'est beau ce que vous faites. Tous ces enfants…

J'ai souri, avec le regard humide du cocker, et j'ai retiré ma main avant d'embrocher la sienne à coups de fourchette.

— Ah, les enfants…

— Z'êtes sûre que vous voulez pas un bon chocolat chaud ?

— Certaine, vraiment. Je vais aller me rafraîchir le visage, tenter d'oublier ces petits orphelins presque nus qui courent dans la poussière…

Je poussais le bouchon trop loin, mais avec ce genre de cave, plus c'était gros mieux ça passait. J'en riais encore alors que j'entrais dans les toilettes.

Je finissais de me passer de l'eau sur le visage quand j'ai entendu un brouhaha à l'extérieur : a priori, les mariés venaient de faire leur apparition. Quand je suis sortie, le serveur a surgi comme s'il m'attendait.

— Ils sont là ! a-t-il dit, réjoui. Je vous réserve la première coupe !

Il s'est penché vers moi et m'a chuchoté à l'oreille.

— Et encore merci pour les enfants…

J'ai hoché la tête, et il a filé préparer leur arrivée. Je ne savais pas si Olivier allait me reconnaître. Avais-je changé en vingt ans ? Les photos de lui trouvées sur Internet me prouvaient que lui, non. Mais moi ? J'ai observé mon reflet dans un miroir. Je n'en savais rien. À quoi ressemblais-je à dix-sept ans ? Je ne m'en souvenais plus. J'avais tellement voulu me faire oublier que j'avais disparu. J'avais disparu de ma propre vie.

Les discussions des premiers invités dans la salle principale me parvenaient par bribes. « Belle cérémonie », « Trop froid dehors », « Marianne est là ? », « Non elle n'a pas pu venir elle est à Marrakech », « La chanceuse ! », « Où tu as mis ton manteau ? », « … temps de faire la sieste avant la fête de ce soir ? »

Des bribes de conversation du quotidien, jusqu'à ce qu'une clameur accueille l'entrée des mariés. « Bravo ! Bravo ! » La tête du serveur s'est encadrée dans l'entrebâillement de la porte.

— Ben vous allez pas les féliciter ?

— Si si, j'arrive.

J'arrive… Il y avait une cinquantaine de personnes. La classe CSP++ parisienne, où tout le monde est beau et heureux. Au milieu d'un petit groupe, Olivier était magnifique dans son costume gris taillé sur mesure. Il portait beau, même si quelques kilos en plus ne lui auraient pas fait de mal. L'air maussade qu'il arborait continuellement à l'adolescence avait laissé place à une forme de mélancolie que n'arrivait pas à effacer son éclatant sourire.

Une femme un peu plus âgée, un peu moins bien habillée – une tante, une vieille cousine ou une secrétaire – que je n'avais pas remarquée m'a tendu une coupe de champagne.

— Santé !

J'ai trinqué en souriant. L'alcool avait un goût de mort.

— D'où connaissez-vous les mariés ?

— J'étais au lycée avec Olivier.

— Vraiment ? Où ?

— En Suisse.

— Merveilleux ! Olivier ne parle jamais de sa jeunesse. Vous allez pouvoir me raconter...

Rien du tout, je l'ai plantée là. J'ai attrapé au vol une seconde coupe, l'ai vidée cul sec, puis une troisième. Je me fichais des regards en coin autour de moi, il fallait que je boive pour me donner du courage, pour noyer le feu qui me consumait de l'intérieur et effacer la peur qui me vrillait les entrailles.

Quand j'ai terminé la coupe suivante, j'ai trouvé le courage d'avancer. Un pas. Deux pas. Trois pas. Olivier écoutait attentivement – il écoutait toujours comme ça, la tête penchée sur le côté – un couple qui lui racontait ses vacances en Afrique du Sud. Il semblait pleinement absorbé par la conversation – et pourtant au petit mouvement de sa mâchoire je savais que son esprit était ailleurs, loin, très loin, dans une contrée à laquelle personne n'avait accès. Ses mains portaient à peine les cicatrices discrètes de brûlures, souvenirs de l'incendie, il avait dû avoir un excellent chirurgien.

Quatre pas. J'étais juste derrière le groupe, une invitée lambda prête à féliciter le pas si jeune marié. Olivier a légèrement tourné la tête, alerté comme un animal qui sent le prédateur s'approcher... Et il m'a vue. Nos regards se sont aimantés. J'ai souri, lui non. Il est resté parfaitement immobile. Puis, comme les pièces d'un puzzle qui se remettent peu à peu en place, mues par une vie propre, son visage a recommencé à bouger. Lentement.

— Si vous voulez bien m'excuser..., a-t-il dit au couple.

Il s'est avancé vers moi, m'a prise par le bras et m'a entraînée dehors, vers la terrasse déserte. Je pensais que nous nous arrêterions là, mais il a continué son chemin en direction du coin de la rue. Nous avons dépassé sa galerie fermée. Sa pression s'était renforcée, ses doigts entraient dans ma chair.

— Lâche-moi, ai-je chuchoté alors qu'il n'y avait personne autour de nous. Tu me fais mal.

Il n'a rien répondu, a simplement accéléré le pas. Dès que nous avons été hors de vue, il m'a violemment poussée contre une porte cochère.

— Je ne sais pas ce que tu fais là ni ce que tu veux, a-t-il craché, mais je ne veux pas te voir. Je ne veux même pas te parler. Alors tu prends tes cliques et tes claques et tu disparais.

Tes cliques et tes claques… Olivier avait toujours eu des expressions désuètes. J'ai brandi le bouquin et je le lui ai agité sous le nez.

— Ça t'a amusé d'écrire ce truc ? Pauvre malade !

Il m'a regardée avec mépris, celui qu'on a face au type bourré qui fait la manche devant le supermarché, la lie de la société.

— Tu es folle, a-t-il simplement dit.

Il ne me demandait rien, ne me posait aucune question. C'était lui, l'auteur.

— C'est toi qui as écrit ça ! ai-je crié.

Sauf que quand il a enfin jeté un œil à la couverture du livre, Olivier a perdu de sa superbe. Il m'a fixée, les yeux écarquillés.

— C'est quoi ces conneries…, a-t-il balbutié.

— C'est un livre ! UN LIVRE !

Je sentais ma voix monter dans les aigus, pourtant je n'arrivais pas à la maîtriser. La fatigue, le champagne, la panique.

— Un livre qui raconte ce qui s'est passé ! Tout ! Et ce qui va arriver ! Tu veux me pendre, c'est ça ? Eh bien essaie donc !

Olivier s'est reculé comme si j'étais atteinte d'une maladie contagieuse et que je risquais de la lui refiler.

— Je ne sais pas de quoi tu parles, mais je ne veux pas le savoir. Tout ça, c'est derrière nous.

— Non. Regarde ! Mais regarde !

J'ai commencé à agripper son costume pour l'obliger à lire la quatrième de couverture.

— Lis !

— Pas question. Tu dégages, tu m'oublies, tu ne reviens jamais.

Olivier a jeté le livre dans le caniveau, et j'ai senti des larmes me brûler le visage. Nous avions été si proches... Il m'a violemment poussée contre la porte, ma tête a claqué contre le bois, soudain il a plaqué sa main sur mon cou, m'empêchant de respirer et j'ai eu peur de mourir.

— Ne. Reviens. Jamais, a-t-il craché.

— Lâche-moi ! Lâche-moi, je te dis !

— Olivier ? Ça va ?

Nous nous sommes retournés d'un coup. Un homme, inquiet, nous fixait tour à tour. Il avait une cinquantaine d'années, un style fou avec son mètre quatre-vingt-dix et sa barbe poivre et sel taillée au cordeau. Il portait un costume bleu qui allait parfaitement avec ses grands yeux clairs. *Le roi Hérode*, ai-je pensé tandis qu'il attendait une explication.

— Oui, tout va bien, a enfin répondu Olivier en me lâchant.

L'homme nous regardait, passant de l'un à l'autre, tentant de comprendre. J'ai remarqué qu'il portait à la boutonnière la même rose blanche qu'Olivier.

— C'est ton témoin ? ai-je bêtement demandé.

— Non, c'est mon mari. Maintenant disparais, je ne veux plus jamais te revoir.

Olivier s'est avancé vers l'homme, ce dernier lui a tendu la main. Avant de la prendre, Olivier s'est retourné vers moi. Il s'est penché, j'ai eu un mouvement de recul. Il a remonté sa manche de chemise et m'a collé son avant-bras sous le nez. Le signe était presque invisible sous les cicatrices des anciennes brûlures. Le *C* traversé d'une croix. Notre symbole.

— Tu m'avais promis, a-t-il chuchoté. Tu m'as abandonné. Tu n'as pas idée de ce que j'ai vécu après. Comment as-tu pu faire ça ?

Ils sont partis. Je suis restée seule.

Ils n'étaient qu'un

Ils n'auraient pas pu être plus heureux. Depuis que Schmidt leur faisait cours, ils n'avaient plus d'interaction avec les autres élèves, sauf au réfectoire et dans les dortoirs, et ça leur allait très bien. Ils se suffisaient à eux-mêmes, et ils avaient l'impression de grandir jour après jour grâce à leur maître, de s'élever. Une aura de mystère les entourait à présent, comme il le leur avait promis. Il avait eu raison, évidemment.

Même les enseignants les traitaient avec respect, y compris la professeure de théâtre, de français, et de philosophie, Mlle Bertin. Mlle Bertin avait deux passions dans la vie : Jésus et le théâtre. Pas le théâtre classique, non, des pièces qu'elle écrivait elle-même et qu'elle faisait jouer aux élèves en vue des cinq spectacles qu'elle organisait à Chevrière, un pour toutes les vacances, à la Toussaint, Noël, février, Pâques et juin. Elle reprenait des thèmes de la Bible, Ancien et Nouveau Testament mêlés, et les actualisait à sa sauce. Ça donnait un mélange bizarre et mauvais, mais elle se délectait d'entendre réciter ses mots et n'hésitait pas à reprendre encore et encore ses « acteurs » lorsqu'elle estimait qu'ils ne lui rendaient pas assez hommage. Peut-être espérait-elle approcher de plus près le Seigneur grâce à ses créations.

La première pièce de l'année était consacrée à saint Philippe, cinquième apôtre, et l'apogée de la représentation était quand Jésus s'adressait à lui avant la première multiplication des pains en lui demandant combien il en fallait pour nourrir la foule.

Après les auditions, c'est évidemment Lazare qui avait été choisi pour jouer saint Philippe. Alice jouait la femme de Philippe. Olivier était premier assistant mise en scène et avait un petit rôle, celui de Nathanaël. En revanche, Lilas n'avait rien eu, à part la création des décors avec Priscille et Laëtitia. Ses amis l'avaient félicitée, au moins elle s'épargnait les répétitions du soir et du samedi, mais Lilas en avait été malade. Elle était *exclue*. Même Olivier avait eu quelque chose.

Lilas avait assisté aux premières répétitions, discrètement assise dans l'ombre, mais elle avait le sentiment d'être de trop, une mendiante solitaire, elle avait arrêté. La situation lui brisait le cœur. Mlle Bertin les avait *séparés*. Pire, elle n'avait isolé qu'elle. En conséquence, Lilas avait décidé d'employer le temps dévolu aux répétitions dont elle était exclue à « marcher » dans le parc.

Elle avait raconté à ses camarades que ça lui permettait de réfléchir en paix, mais en réalité elle avait décidé de faire de l'exercice, cachée derrière un des bosquets. Elle voulait obtenir le corps qu'Alice avait reçu naturellement. Au moins ces moments ne seraient pas perdus, pas complètement en tout cas. Lilas se rassurait en se disant que ça ne durerait que jusqu'à la Toussaint. Après, tout redeviendrait comme avant.

C'était le 1er octobre, jour important à Chevrière, car on y célébrait sainte Thérèse de Lisieux, qui avait amené à « la théologie de la petite voie ». « Thérèse de l'Enfant Jésus », dont le décès leur avait offert une messe matinale de trois heures agenouillés. Thérèse dont la voie était mystérieuse et inspirante. Lilas pensait à elle en redoublant d'efforts derrière les arbres.

C'est comme ça que Schmidt la surprit, transpirante, en train d'effectuer ses exercices. Il était apparu d'un coup, son visage étrangement éclairé, et Lilas avait manqué s'étaler dans la boue de surprise.

— Il est temps de rentrer, tu vas prendre froid, tu ne crois pas ? dit-il d'une voix douce, et Lilas ne put que hocher la tête, mortifiée à l'idée de s'être fait prendre dans une telle posture.

Une fois à l'intérieur, Schmidt la guida jusque dans l'arrière-cuisine de la cantine, déserte à cette heure. Il restait encore quarante minutes avant que la répétition de théâtre se termine. À ce moment, si elle n'avait pas eu le temps de se doucher et de se changer, ses amis découvriraient ce qu'elle faisait vraiment dans le parc : de la gymnastique. Elle en mourrait de honte. Schmidt lui tournait le dos. Il avait sorti une tasse et y versait de la poudre de chocolat. Lilas ne savait pas quoi faire – rester debout ? s'asseoir ? – et elle grelottait. Schmidt rajouta du lait dans la tasse.

— J'admire ta détermination, dit-il, toujours de dos. À chaque répétition le même rituel, même quand il pleut... C'est bien. *Mens sana in corpore sano.*

Il mit la tasse dans le micro-ondes.

— Tu as été déçue de ne pas faire partie de la pièce de Mlle Bertin ?

— Non, répondit Lilas, mais sa voix sonnait faux, même à ses propres oreilles.

— Pourtant, entre nous, ce n'est pas terrible...

Le ding du micro-ondes se fit entendre, Schmidt sortit la tasse avec précaution et se retourna vers Lilas. Mais il ne la lui tendit pas.

— Tu aimes le théâtre ? lui demanda-t-il d'un air détaché.

— Oui.

— Ça ne m'étonne pas. Tu es un esprit brillant, iconoclaste... Quels auteurs apprécies-tu particulièrement ?

— Je... J'aime Sartre. Surtout *Les Séquestrés d'Altona*.

Schmidt émit un sifflement appréciateur.

— Je ne m'étais pas trompé. Peu de gens la connaissent alors qu'il s'agit d'une pièce originale et complexe... Comme toi.

Lilas ne savait pas quoi répondre. Schmidt tendit la tasse, elle allait s'en emparer quand il suspendit son geste.

— D'un autre côté, dit-il comme s'il venait d'y penser, boire ce chocolat après tous les efforts que tu as faits, ce serait dommage... Surtout vu le travail qu'il te reste à accomplir... Tout le monde n'a pas le même potentiel génétique au départ.

Il détailla ses hanches d'un air navré. Lilas sentit son bras retomber le long de son corps comme une enclume sous le poids de son regard.

— Passons, dit finalement Schmidt en jetant le chocolat chaud dans l'évier. Donc Sartre... Tu as déjà joué au théâtre ?

— Non.

— Tu aurais voulu ?

— Non... Oui.

Schmidt voyait tout, savait tout, il était inutile de lui mentir.

— Je suis sûr que tu as du potentiel. Ça te dirait d'essayer ? Comme ça, au moment de la distribution de la prochaine pièce de Mlle Bertin, tu auras une chance de remporter les auditions ?

— Je... Oui. Merci monsieur.

— Bien. Va te changer avant que tout le monde te découvre dans cet état. Et demain durant les répétitions tu viendras dans mon bureau. Je commencerai à t'aider.

Lilas avait tant voulu le remercier. Schmidt lui épargnait l'humiliation de dévoiler ses efforts vains pour ressembler à quelque chose, et en plus il la prenait sous son aile. Pas eux, non, elle toute seule.

Est-ce que j'avais parlé de cet épisode à quelqu'un ? Non, j'avais eu trop honte. De ça et de la suite… Mais en étais-je vraiment sûre ?

La nuit était tombée sans que je m'en rende compte. À cette heure, le restaurant où je m'étais assise était bondé ; c'était une brasserie de bonne facture, avec une musique de fond agréable et des clients éduqués, qui ne hurlaient pas comme des forcenés. La pluie cinglait les baies vitrées, dehors les gens se pressaient dans la rue, se battant contre les bourrasques, espérant retrouver au plus vite la chaleur de leur foyer. J'ai songé qu'il faudrait que j'appelle Marguerite, mais je ne savais pas ce que j'aurais pu lui dire alors je ne l'ai pas fait. À la place j'ai commandé un troisième verre de sancerre au serveur d'un geste de la main, dans l'espoir que l'alcool adoucisse l'instant. J'étais emplie de rage et de violence.

Quand nous étions revenus à Chevrière après avoir enterré *l'autre* dans son trou, nous avions regagné nos pénates à côté de la chaufferie. Nous nous étions couchés comme des animaux blessés. Les derniers mots de Lazare avaient été : « Demain est un autre jour. »

C'est la fumée qui m'avait réveillée. Pendant que j'essayais de soulever Lazare, totalement dans les vapes,

Alice et Olivier étaient allés chercher du secours et avaient fermé la porte sur nous. Cette porte avait été notre salut. Elle avait résisté aux flammes, notre cachot s'était transformé en sanctuaire. Alice était morte en voulant nous sauver. Olivier avait été gravement brûlé et Lazare et moi avions été épargnés. Parce que nos âmes étaient déjà damnées, comme c'était écrit ? Si c'était de ça qu'Olivier avait voulu se venger après toutes ces années, était-ce parce qu'il était totalement taré… ou en quête de rédemption ? Il avait de quoi en même temps : le chapitre qui lui était consacré m'avait fait me décrocher la mâchoire. Nous pensions être unis comme les doigts de la main, et pourtant nous nous étions soigneusement caché nos hontes et nos humiliations.

À l'extérieur, deux amoureux sont sortis du restaurant d'en face en tenue de soirée. Ils riaient, leurs verres à la main, prêts à se battre contre les éléments pour fumer une cigarette… Avant de retourner participer aux festivités du mariage de leur ami Olivier. Car la brasserie que j'avais choisie donnait directement sur le lieu que les nouveaux mariés avaient privatisé pour le dîner, le *Marco Polo*.

J'ai fait un signe discret au serveur qui, surpris par ma rapidité, est revenu aussi sec avec un nouveau verre. Tandis qu'il me l'apportait, je gardais les yeux rivés sur le couple qui riait dehors…

Quelqu'un s'est brusquement assis en face de moi. Tellement beau et chic, on aurait dit un mannequin de défilé. Je ne l'avais pas vu sortir du *Marco Polo* ni traverser la rue. Il m'a fixée en silence. J'aurais voulu lui dire que j'étais heureuse pour Olivier qu'il ait trouvé l'amour, qu'il soit enfin heureux mais je n'en pensais rien alors je l'ai fermée.

— Je vous rencontre enfin, a-t-il dit en m'observant attentivement.

Il avait un très léger accent, allemand ou autrichien, que je n'avais pas remarqué auparavant. Il sentait le vétiver et la cigarette. Le serveur a posé devant moi une tarte Tatin que je ne me rappelais pas avoir commandée et qui m'a fait penser à un animal écrasé. J'ai attendu qu'il reparte pour parler. J'avais des tessons de verre dans la gorge.

— Pourquoi enfin ?

— Je vais *enfin* en savoir plus sur les inconnus qui partagent mes nuits depuis que j'ai rencontré Olivier.

— Je ne comprends pas.

— Pourquoi ? Vos anciens amis ne partagent pas les vôtres ?

Son ton était railleur, j'ai eu envie de lui balancer l'animal mort à la figure, mais je n'en ai pas eu le temps, car le mari s'est levé.

— Venez, a-t-il simplement dit.

Il a négligemment laissé tomber un billet de cinquante sur la table, impatient que je le suive. C'était un homme habitué à ce qu'on lui obéisse.

— Venez ! a-t-il répété, agacé. Je ne peux pas m'absenter longtemps. C'est quand même mon mariage !

Je lui ai emboîté le pas, sous l'œil rond du serveur. La pluie m'a fait frissonner tandis que j'enfilais ma parka à la hâte.

— Où allons-nous ? ai-je haleté en tentant de me maintenir à sa hauteur.

Pas de réponse. Gauche, gauche, droite, nous étions de retour devant le café où ils avaient fait leur vin d'honneur. À l'intérieur, le serveur peloteur s'agitait au milieu des clients ; un instant j'ai pensé que nous allions y entrer, mais le mari a poursuivi sa route.

Devant la galerie Hinguerlot, il a sorti une clé. Il a désactivé l'alarme, allumé la lumière et le lieu a pris vie. Olivier avait du goût : les œuvres accrochées au mur, des estampes japonaises représentant des femmes nues, dégageaient une sensualité presque palpable. L'artiste était talentueux et Olivier avait réussi à transcender son art dans la scénographie : les dessins semblaient se répondre, les femmes discuter secrètement entre elles dans un gynécée inaccessible. Le mari s'est dirigé vers le fond de la galerie d'un pas impérieux. Il y avait une petite porte avec un discret panneau annonçant *PRIVÉ*. Il l'a poussée, je l'ai suivi.

Le bureau d'Olivier était tel que j'aurais pu l'imaginer : classique, ordonné, meublé avec goût. Des estampes japonaises, là aussi, décoraient l'espace, mais je n'ai pas eu le temps de les observer, car l'homme au costume poursuivait sa course. Autre porte. Autre clé. La réserve.

Là il n'y avait plus de décorum, seuls des néons grésillants éclairaient la pièce. Des étagères en métal se succédaient, emplies de cartons et de malles. Des cadres étaient posés au sol. Nous avons contourné une imposante sculpture d'acier pour nous retrouver face… à une nouvelle porte. Ça faisait un paquet de portes, si ça continuait on allait finir dans la Seine. La dernière était fermée par un digicode sur lequel le mari a rapidement pianoté : 180204. La date du jour de l'incendie…

Olivier avait toujours eu le sens de l'humour. Nous sommes entrés.

C'était une pièce d'une douzaine de mètres carrés. Une pièce vide, à part un fauteuil en cuir posé au milieu et des spots intelligemment orientés vers les dessins qui occupaient les murs. Et là... sur chaque centimètre carré étaient accrochés des centaines de dessins, tous reprenant les mêmes modèles. Nous quatre, adolescents. Nos visages torturés, reproduits à l'infini, au milieu des flammes.

Lazare, Olivier, Alice, Lilas. Olivier, Alice, Lilas, Lazare. Lilas, Alice, Olivier, Lazare. Criant à l'infini, se répercutant sur les murs comme des créatures tout droit sorties de l'enfer.

Je me suis assise là où Olivier avait dû s'asseoir des milliers de fois, dans l'unique fauteuil. J'ai humé l'odeur du cuir mêlée à celle de son parfum et de sa transpiration. Et j'ai *regardé*.

Tous ces dessins avaient été exécutés par Lazare. J'aurais reconnu entre mille son trait irrégulier, sa manière de tracer les ombres en hachures profondes, sa volonté de laisser transparaître nos personnalités, qui nous étions vraiment, à travers un regard, une moue, un mouvement.

Le mari s'est placé derrière moi, les mains sur le dossier du fauteuil en signe de possession. Sauf que c'était moi qui avais le pouvoir, pas lui. Car je *savais*, lui non. J'ai continué mon observation des dessins : les flammes nous dévoraient, encore et encore. Il a commencé à me parler de sa voix désincarnée.

— Olivier ne passe presque plus de temps ici. Quand je l'ai rencontré, il pouvait s'y enfermer des heures. J'ai mis quasiment deux ans avant qu'il me laisse découvrir ce qu'il y avait à l'intérieur de cette pièce...

Tu m'étonnes, ai-je pensé. *Normal qu'il n'ait pas eu envie de partager son petit passe-temps flippant avec son amoureux.*

— Il n'a jamais voulu m'en parler, a continué la voix.

Blablabla. La seule chose qui comptait était que Lazare et Olivier s'étaient revus après l'incendie. Le premier avait donné ses dessins au second : ils étaient de mèche. La jalousie me tordait le ventre. La jalousie et la fureur : ils avaient orchestré tout ça ensemble.

— Ces dessins pourraient se vendre une petite fortune. L'artiste a un talent fou, a poursuivi le mari.

— Vous le connaissez ? Vous savez qui il est ? Où il vit ?

— Non.

Il avait hésité. Pas longtemps, mais suffisamment pour que je comprenne qu'il mentait.

— Il ne dessine que ça ?

— Oui. Et les flammes reviennent toujours.

— « Mais pour les lâches, les incrédules, les abominables, les meurtriers, les impudiques, les enchanteurs, les idolâtres, et tous les menteurs, leur part sera dans l'étang ardent de feu et de soufre, ce qui est la seconde mort », ai-je récité.

L'homme m'a regardée sans comprendre. Mécréant, va. L'idée qu'Olivier et Lazare aient pu continuer à se voir me bouleversait. La voix du mari s'est à nouveau élevée ; elle était triste et nostalgique.

— Quand j'ai rencontré Olivier... ç'a été un véritable coup de foudre. Nous étions à la foire de Bâle, il tenait un stand pour sa galerie, j'exposais pour la mienne, j'en ai une à Hambourg. Nos regards se sont croisés…

— Venez-en au fait, l'ai-je coupé.

Je n'étais pas d'humeur à entendre leur conte de fées, où ils vécurent heureux et eurent beaucoup de galeries.

— Olivier est merveilleux, mais parfois il a de brusques accès de… mélancolie. Dans ces cas-là, il s'enferme à l'intérieur de lui-même, et revient dans cette pièce, où il… vous regarde. Je ne sais pas pourquoi, mais la clé de son malheur est ici, parmi vous. Et j'ai *besoin* de savoir.

— Et moi donc, ai-je dit en me levant d'un pas lourd. Moi aussi j'ai besoin de savoir. Pourquoi votre taré de mari, avec son cinglé d'artiste maudit, a monté ce plan pour me retrouver…

… Et comment ils ont su ce qui m'était arrivé lorsqu'ils n'étaient pas là, pensais-je, *au cours de mes séances « personnelles » avec Schmidt.*

Car j'en étais sûre et certaine à présent, face à leurs visages : je n'en avais jamais parlé à personne.

Ils n'étaient qu'un

Le lendemain de l'épisode du parc, comme convenu, Lilas se présenta à 17 h 45 dans le bureau de Schmidt. La tête lui tournait ; ce jour-là elle n'avait rien avalé, à part deux pommes et un peu de salade. À chaque fois qu'elle avait essayé de porter un morceau de pain à la bouche, le regard de Schmidt, navré, fixé sur ses hanches, l'avait poursuivie. Elle était flottante, nauséeuse, mais heureuse. Elle avait rendez-vous avec lui.

Cinq minutes après, une voix lasse lui dit d'entrer, et toute la confiance qu'avait acquise Lilas depuis la veille s'évanouit aussitôt. Elle l'ennuyait, elle le sentait à sa voix. Il ne lui avait demandé de venir que parce qu'il faisait preuve de charité chrétienne, rien d'autre.

Schmidt l'attendait assis à son bureau. Il ne leva pas la tête et continua à écrire dans un cahier Moleskine, de sa belle écriture élancée. La porte mystérieuse au fond de la pièce était toujours entrouverte, plongée dans l'obscurité, et Lilas se demanda à nouveau ce qu'elle recelait.

— Lilas..., finit-il par dire comme s'il avait complètement oublié qu'ils avaient rendez-vous. Que veux-tu ?

— Vous m'aviez dit... de venir... pour le théâtre...

— Ah oui, soupira-t-il en refermant son stylo. C'est vrai.

— Je peux partir si vous voulez...

— Et aller te cacher dans les arbres pour faire de l'aérobic, en espérant un miracle ?

Son ton était moqueur, et chacun de ses mots poignarda la jeune fille.

— Bon... Puisque tu es là, nous allons essayer de te faire passer les différentes étapes des auditions de Mlle Bertin. Au moins l'avantage c'est que nous ne visons pas haut...

À nouveau ce ton railleur, méprisant. Lilas aurait voulu s'enfoncer dans le sol et ne jamais en ressortir.

— Mets-toi là-bas, dit-il en lui désignant le canapé de velours bleu collé contre le mur.

Lilas s'exécuta, mains croisées comme une pénitente. Schmidt indiqua d'un geste dédaigneux un carnet posé sur l'accoudoir du canapé. Lilas hésita, Schmidt la regarda, exaspéré, comme si elle était demeurée. Lilas le prit. Ses mains tremblaient. À l'intérieur se trouvait une page écrite de la main de Schmidt, Lilas reconnut son écriture.

— Comme tu aimes Sartre... C'est une lettre qui lui a été envoyée par Simone de Beauvoir. Nous allons commencer par ça, un monologue, car je ne pense pas que tu sois prête – ou que tu aies les capacités – pour t'attaquer à un dialogue. Étape par étape.

Lilas hocha la tête. Les lettres dansaient devant ses yeux.

— Vas-y, ordonna Schmidt.

— « Mon cher amour... », commença Lilas en essayant de maîtriser les tremblements de sa voix : « Vous me manquez tellement. »

— Plus fort.

— « Je... Je voudrais que vous sentiez mon amour aussi fort que vous humez le vôtre. »

— Plus fort je n'entends rien !

— « Hier je suis allée marcher, mais je ne sentais rien. Ni le froid ni mes pas sur le chemin imprécis. En rentrant pourtant j'avais chaud. »

— C'est moins pire. Continue.

— « Comme si votre présence m'enveloppait. Je me suis assise sur le canapé. Je pensais à vous. Je n'arrivais pas à imaginer autre chose que votre présence. J'ai fermé les yeux et je vous ai vu. Je vous ai senti. Votre souffle. Votre bouche... »

— Plus fort ! Enfin Lilas c'est trop demander que de garder au moins un ton constant ?

Lilas se concentra. Il avait raison, elle devait pouvoir y arriver.

— « Vos doigts sur mon cou qui descendent lentement et s'en vont s'égarer sur mes seins... »

Lilas s'interrompit. Elle n'avait pas envie de lire la suite mais elle ne savait pas comment s'en sortir.

— J'ai choisi exprès un texte embarrassant, dit Schmidt en s'adoucissant. Tu veux impressionner tes camarades ? Tu veux impressionner Lazare ?

Lilas se sentit rougir jusqu'à la racine des cheveux.

— Oui...

— Alors il faut que tu puisses tout jouer. La mort, l'amour, la douleur... Y compris et surtout ce qui te gêne. Tu dois t'immerger complètement dans le rôle, quel qu'il soit.

Lilas le fixa avec gratitude. Elle avait compris. Elle recommença à lire d'une voix plus assurée.

— « Quand vous jouez à les faire durcir, lentement, terriblement. Quand je sens votre désir monter en vous, tout contre moi, merveilleux chibre tendu, entravé... Quand je ne rêve que de le libérer... Mais... »

Lilas déglutit avec difficulté, avant de se forcer à continuer. Schmidt avait raison : si elle laissait tomber à la première difficulté elle n'arriverait jamais à rien.

— « Vous n'êtes pas là. Je suis assise dans notre salon vert et votre absence me dévaste. Alors je m'imagine que vous êtes présent... »

— Continue...

La voix de Schmidt n'était plus agacée. Elle était de nouveau pleinement présente, réconfortante, enveloppante. Lilas continua.

— « Je m'imagine que mes doigts sont vos doigts. Ils glissent vers mes seins et les massent doucement... »

— Non (la voix de Schmidt avait repris son ton glacial). Tu n'y es plus. Reprends.

— « Ils glissent vers mes seins et les massent doucement... »

Schmidt soupira.

— Toujours pas.

Il contourna le bureau et se plaça devant Lilas.

— Donne-moi la lettre, ordonna Schmidt.

Debout face à elle, il commença à lire.

— « Ils glissent vers mes seins et les massent doucement... »

Il lisait bien.

— « Je sens mes tétons durcir sous vos doigts, ma respiration s'accélère sous vos mouvements doux... » Enfin Lilas tu n'y es pas du tout là !

Lilas sursauta, prise en faute. Pourtant elle était tout ouïe.

— Bon on va s'arrêter là, je n'ai pas de temps à perdre. Tu peux partir.

Lilas se leva, défaite. Il lui avait donné une chance et elle n'avait pas su la saisir. Elle commença à se diriger vers la porte, quand la voix de Schmidt l'arrêta.

— À moins que...

Lilas se retourna, pleine d'espoir. Elle était prête à tout pour rester, pour ne pas le décevoir.

— Rassieds-toi.

Lilas se rassit.

— Mets-toi dans la peau de Simone de Beauvoir. Il faut que tu *sentes* le texte pour pouvoir le lire avec toute la conviction nécessaire.

Lilas posa sa main sur son sein. Le contact du tissu était bizarre, c'était à la fois ridicule et terriblement troublant. Quand elle sentit une main légère comme une plume se poser sur la sienne, guider son mouvement. La voix de Schmidt s'était à nouveau élevée dans l'air, chaude, enveloppante, hypnotique.

— « Je sens mes tétons durcir sous vos doigts... » Voilà, c'est bien Lilas... « Ma respiration s'accélère sous vos mouvements... »

Et en effet la respiration de Lilas s'était accélérée. La main de Schmidt avait pris la place de la sienne et il lui massait doucement le téton, le faisant rouler sous ses doigts.

— Voilà... À présent reprends la lecture...

Lilas prit le texte.

— « Je sais qu'ensuite vous passerez votre main sous ma jupe. »

La main de Schmidt glissa lentement. Lilas écarta légèrement les genoux.

— « Vous explorerez mon intimité jusqu'à ce que vous trouviez, en expert que vous êtes, mon bouton de rose. »

Quand nous sommes entrés dans la salle du *Marco Polo*, la fête battait son plein. Les tables avaient été poussées, le DJ mixait un tube gentiment pointu et la foule se trémoussait en rythme, avec un enthousiasme dopé au champagne et à la cocaïne. Une femme s'est précipitée vers nous en agitant les bras.

— Mais où étais-tu passé ? Nous étions tous moooorts d'inquiétude !

Elle s'est interrompue quand elle m'a vue apparaître juste derrière le mari. J'ai tendu une main solide, avec un sourire tout en dents.

— Bonjour, ai-je dit en lui broyant la main. Désolée, c'est de ma faute. Je me présente : Lilas.

La femme a récupéré ses doigts et s'est carapatée de l'autre côté de la salle. À ce moment-là, Olivier s'est approché, tanguant, les yeux embués d'alcool. Il avait l'air aussi mauvais que moi, deux taureaux blessés prêts à s'entretuer. C'est le mari qui nous a retenus. Il a posé une main douce sur le bras d'Olivier.

— Vas-y, a-t-il dit avec son accent. Parle-lui.

Olivier s'est retourné, désarçonné. Je l'étais tout autant.

— Je lui ai montré les dessins, a-t-il continué. Ce monde que tu caches…

— C'est Jézabel, a craché Olivier, en me pointant du doigt, vicieuse et malfaisante ! Elle a…

— Mais tais-toi donc, l'ai-je coupé, avant qu'il me récite l'Ancien Testament bourré. Je n'ai pas *choisi* de revenir. J'étais tranquillement à attendre la mort sans faire chier personne. Sauf que pour une raison que j'ignore tu t'es décidé à écrire cette bouse avec Lazare.

J'ai secoué devant ses yeux le roman gondolé depuis son passage dans le caniveau.

— C'est quoi, cette histoire de livre ? a demandé le mari.

— C'est ce que ton cher et tendre a décidé de publier pour m'obliger à sortir du bois, et qui se termine par une sombre histoire de vengeance et de pendaison.

— T'es complètement folle ! m'a postillonné Olivier au visage. Tu arrives avec cette histoire rocambolesque, le jour de mon mariage… T'es une grande malade…

Le mari a de nouveau posé une main apaisante sur le bras d'Olivier, mais celui-ci l'a repoussée ; le mari a reculé, blessé.

— Olivier, ai-je sifflé entre mes dents. Tu me connais par cœur. Et tu sais que je suis beaucoup de choses. Mais cinglée, non. Ce n'était pas moi, la folle, souviens-toi.

Un point. Je n'en aurais pas beaucoup d'autres, je devais pousser mon maigre avantage.

— Donc tu te tais et tu écoutes.

J'ai sorti le livre et j'ai commencé à lire la page que j'avais cornée :

« Cher Stanislas,

Je pense à toi tout le temps depuis la nuit à la chapelle. Rendez-vous ce soir là-bas à 19 heures.

A. »

— Et qui a écrit ce charmant mot doux à l'époque, mmmh ? ai-je demandé. C'est toi ! Et comment je le sais ? Parce que pour une raison que j'ignore, tu as décidé de te confesser de toutes tes vilaines actions en plus de révéler celles des autres !

Olivier m'a arraché le livre des mains. Il était blanc comme un linge.

— Qu'est-ce que c'est que ce truc... Qu'est-ce que tu as fait ?

Il avait le regard fou et terrorisé. Je me suis penchée pour couvrir le son de la musique, et aussi pour que personne d'autre n'entende ce que j'avais à dire.

— Je serais toi je me reprendrais une coupe et on va aller s'asseoir au fond de la salle, tous les deux comme deux vieux copains, ai-je dit.

Olivier s'est reculé lentement, puis il m'a indiqué une table désertée par ses convives occupés à danser. Nous nous y sommes dirigés. En chemin, il a pris deux coupes sur un plateau tenu par un serveur. Nous nous sommes assis, des invités lui faisaient de petits coucous de loin. Il a fixé le bouquin qu'il tenait dans sa main.

— Je n'aurais jamais écrit... Comment as-tu su... ? a-t-il dit. J'étais seul dans la bibliothèque. Et je n'ai jamais... raconté ça à personne...

Son menton ne tremblait pas. Or quand Olivier mentait, son menton tremblait toujours. Il m'a fixée comme si j'étais une sorcière maléfique.

— Comment as-tu découvert ça ? Tu m'as espionné ? Ou alors c'est Alice qui t'en a parlé ?

— Elle serait revenue d'entre les morts pour me souffler tes plus sombres secrets ? Non. J'ignorais toute cette histoire avant de la lire.

— Je ne te crois pas. Tu es la seule à avoir pu…

— Je te retourne le compliment, sauf que je n'y suis pour rien.

Je lui ai pris le livre des mains et je l'ai feuilleté jusqu'à ce que je trouve mon chapitre.

— Tiens, lis celui-là. Ça te convaincra que je n'ai rien à voir dans cette histoire.

— Pourquoi ?

— Parce que j'ai trop d'orgueil pour ça.

Olivier a commencé à parcourir les pages en diagonale, les répétitions du théâtre dont j'étais exclue, Schmidt, Simone et Jean-Paul. Les mains de l'autre sur moi, les doigts de l'autre en moi… Au fur et à mesure, je voyais son regard s'agrandir. De l'autre côté de la salle, le marié faisait semblant de participer à une discussion près du buffet de desserts tout en nous surveillant du coin de l'œil. Devant nous, des invités passaient en nous dévisageant, chuchotant entre eux, avant de retourner danser. J'ai fait un signe à une serveuse qui est venue remplir ma coupe. En terminant le chapitre, Olivier a levé les yeux vers moi.

— Où est le chapitre sur *Les Liaisons dangereuses* ?! a-t-il crié pour couvrir le bruit de la musique.

— Juste après. Bonne lecture. Plaisir d'offrir, joie de recevoir.

Olivier a tourné la page précautionneusement, et a commencé à lire. J'en ai relu les premières phrases avec lui, par-dessus son épaule, avant de détourner la tête. La honte n'est pas un sentiment qui se partage, surtout pas avec ses anciens amis.

Ils n'étaient qu'un

Les vacances de la Toussaint arrivèrent. Olivier avait été le seul à espérer rentrer chez lui, mais le vendredi soir, alors que ses bagages étaient prêts, Schmidt était venu lui annoncer que ses parents avaient refusé de l'accueillir. Il en avait été malade, mais il ne l'avait pas montré. À la place, il s'était résigné à rester avec Alice, qui n'avait nulle part où aller, et avec Lazare, dont les parents étaient à l'étranger. Lilas, elle, n'avait pas voulu rentrer chez elle. Elle s'était confiée à Schmidt et celui-ci avait écrit une lettre à son père, usant de sa plus belle plume pour expliquer qu'il avait besoin que Lilas reste au pensionnat durant les congés car elle devait répéter, elle avait obtenu le rôle principal dans la pièce de Noël de Mlle Bertin, ce qui était vrai. Lilas lui en avait été tellement reconnaissante !

Le mardi soir, comme tous les mardis – le seul moment où Schmidt s'absentait pour des contrées inconnues jusqu'au lendemain matin –, ils attendirent fébrilement l'extinction des feux. Quelques semaines plus tôt, Lazare avait trouvé un double de la clé de la chapelle dans l'arrière-cuisine où il était venu voler un morceau de pain, et il s'en était emparé. Depuis, ils faisaient le mur une fois par semaine grâce à une technique savamment élaborée, et se retrouvaient là-bas tous les quatre, dans leur chapelle. Un édifice gothique isolé dans le parc derrière la forêt, entouré d'un petit cimetière, avec quatre bancs seulement et un autel – les élèves s'y entassaient, agenouillés, lors des deux messes quotidiennes –, mais qui était à eux ces nuits-là. Il se murmurait qu'elle était hantée, car dix-neuf personnes y étaient enterrées, toutes des membres plus ou moins éloignés de la dynastie La Boissière.

Ce soir-là, les filles coururent comme des folles entre les arbres sans jamais dévier, grâce au sens de l'orientation exceptionnel de Lilas la nuit. Arrivées face à la porte de la chapelle, elles tentèrent de reprendre leur souffle en riant... quand elles entendirent un bruit à l'intérieur.

— J'y crois pas ! haleta Alice. Comment les garçons ont fait pour arriver avant nous ?

Elle poussa la porte en riant toujours... Et lâcha un hurlement de peur quand elle découvrit la haute silhouette de Stanislas de La Boissière les toisant. Le spectre de Chevrière, comme les élèves le surnommaient dans son dos, car il y avait fait toute sa scolarité avant que son père lui confie le poste de surveillant et qu'il y mourrait certainement.

Alice et Lilas se regardèrent, hésitantes. Lazare et Olivier n'étaient nulle part en vue. Si Stanislas en parlait à Schmidt, ç'allait être terrible. Fini les privilèges, à elles les heures passées à genoux en pénitence, les privations de dîner et les tours de parc au milieu de la nuit.

Stanislas de La Boissière les regarda, l'air dur. Il tapota du bout du pied sur une dalle, attendant une explication. Lilas poussa doucement Alice du coude. C'était tellement évident qu'il en pinçait pour elle depuis le premier jour... Il y avait une carte à jouer.

La lèvre d'Alice commença à trembler. Une larme roula le long de sa joue. C'était une sacrée comédienne. Stanislas se décomposa.

— Ne vous mettez pas dans cet état-là, chuchota-t-il. Je vous en prie…

Il leva un doigt vers la larme arrêtée sur la courbe délicate du menton d'Alice. Cette dernière saisit alors sa main et entrelaça ses doigts entre les siens. Lilas retenait son souffle. La situation était à la fois dangereuse et excitante. Car si Alice se mettait avec Stanislas… Lazare serait enfin libre.

Lazare, dont le visage venait de s'encadrer à la porte, suivi par celui d'Olivier. Il fixa tour à tour Alice et Stanislas, leurs mains jointes. Ses yeux n'exprimaient rien. Le temps suspendit son vol. Puis il leva soudain les bras en signe de victoire. Dans la main gauche, il tenait une bouteille de whisky. Dans la droite, une cartouche de clopes.

— *Party time !* hurla-t-il. Olivier a soudoyé le jardinier, regardez ce qu'il nous a dégoté !

Lilas le fixa, stupéfaite. Il était stupide ! En plus d'être punis pour avoir brisé le couvre-feu et être venus à la chapelle, ils allaient doubler leur peine pour le whisky et les cigarettes ! Elle regarda Stanislas. Celui-ci n'avait pas bougé. Sa main dans celle d'Alice, il sourit à Lazare en homme comblé.

— Fais moins de bruit, dit-il simplement. Et ferme la porte.

Cette nuit-là fut magique. Cette nuit-là ils ne furent pas quatre, mais cinq, à boire et à danser jusqu'au lever du soleil, ivres d'amitié et de liberté. Olivier se révéla drôle et enlevé. Lilas rit aux larmes, d'un rire vrai et franc que personne, elle comprise, n'avait jamais entendu sortir de sa bouche. Alice multiplia les déclarations d'amour. Lazare les dessina comme des dieux en haut de l'Olympe. Stanislas, enfin, dansa, but et fuma, heureux lui aussi de ne plus être seul. Même quand il vit Alice et Lazare enlacés, il ne se départit pas de son sourire. Quand ils s'endormirent dans les bras les uns des autres, sur les dalles glacées protégeant les morts, certains murmurèrent d'une seule voix alors qu'ils sombraient dans le sommeil : « C'est le plus beau jour de ma vie. » Et ça l'était sans doute.

Et puis il y eut le lendemain. Tous se réveillèrent avec la gueule de bois. La magie s'était envolée : Stanislas avait disparu, Lilas vomit, Alice et Lazare se disputèrent, Olivier fit la tête. Ils regagnèrent l'Institut en silence. Et quand ils arrivèrent, Schmidt les attendait sur le perron...

Qui les avait trahis ? Stanislas ; ce ne pouvait être que lui. Stanislas qui avait fait le gentil, qui avait partagé leurs agapes, qui avait tenu leurs mains, mais qui était rentré ensuite pour tout rapporter.

C'était la fin du chapitre. Olivier a relevé la tête et a fixé des yeux les invités de son propre mariage, sans les voir. Je l'ai laissé digérer ce qu'il venait de lire, l'idée qu'il ait pu en être l'auteur me semblait soudain absurde, il n'y avait aucune raison pour qu'il se soit donné tout ce mal… D'un autre côté il avait passé des centaines d'heures enfermé dans sa pièce secrète avec tous nos visages accrochés aux murs, ç'avait pu lui détraquer le cerveau.

Autant certains passages du livre étaient flous dans ma mémoire, autant je me rappelais très bien cette nuit-là. Elle avait été enchantée, mais elle avait aussi marqué le début de la fin. L'auteur s'était trompé sur un point : cet après-midi-là nous n'avions pas attendu avec impatience le départ de Schmidt pour foncer à la chapelle ; au contraire nous l'avions fait par dépit car nous souffrions de son absence. À ce moment-là, déjà, il occupait toutes nos pensées. Dès notre réveil nous avions hâte d'aller en cours, avec le sentiment exaltant que nous allions apprendre LA vérité. Il suffisait qu'il pose son regard sur nous et nous oubliions tout le reste, nous étions enfin uniques.

Grâce à Schmidt, j'avais perdu du poids (je n'en avais pas en trop, mais il m'avait convaincue du contraire) et surtout j'avais obtenu le rôle principal dans la pièce de Noël. J'oubliais sans mal les « répétitions » qu'il me faisait subir dans son bureau car j'étais persuadée que c'était pour mon bien ; le cerveau a cette capacité magnifique d'effacer ce qui ne lui convient pas et le mien était un spécialiste.

Un être normalement cortiqué aurait peut-être compris quelle toile il était en train de tisser mais nous n'étions que des ados cabossés en recherche d'amour et de reconnaissance. Avec lui, nous avions l'impression grisante que nous allions être sauvés de nous-mêmes et c'était merveilleux. Chevrière était devenu notre château, tout nous paraissait incroyable, notre amitié, l'attention que nous portait Schmidt, les cimes enneigées et la lumière du soleil d'automne sur le parc. Nous étions continuellement en transe.

Olivier continuait de parcourir du regard la salle sans la voir. Je le comprenais : à la lecture des passages qui m'étaient consacrés j'avais eu la même réaction. Si c'était lui l'auteur c'était un sacrément bon comédien – d'un autre côté s'il attendait ma venue depuis la parution du livre il avait eu tout le temps de répéter. Je ne me sortais pas de mes tergiversations. Olivier a fermé les yeux un moment puis il les a rouverts comme à contrecœur. Il a pris une grande inspiration, tel un nageur en apnée, et il a replongé.

Ils n'étaient qu'un

Olivier était terrifié. C'était lui qui avait fourni l'alcool et les cigarettes, lui le responsable de la folie de cette nuit. C'était lui qu'on allait punir. Et en effet il fut le premier à être convoqué.

Quand La Boissière lui dit, en évitant son regard, qu'il rencontrerait Schmidt non pas dans son bureau, mais à la chapelle, Olivier fut pris de tremblements : il craignait ce qui allait lui arriver là-bas, au milieu des morts, des saints et des bougies.

Ce soir-là, le jeune homme traversa le bois en frissonnant. Le soleil déclinait derrière les cimes enneigées, bientôt il ferait nuit et il avait peur du noir. De jour, il pouvait se repérer au milieu des arbres, mais si Schmidt le laissait là-bas et qu'il devait rentrer seul, il ne retrouverait pas son chemin. Cette pensée l'obsédait tandis qu'il grimpait.

Lorsqu'il arriva enfin à destination, de la lumière s'échappait de la chapelle par la porte entrouverte. Il poussa le battant timidement. Schmidt l'attendait à l'intérieur, de dos, les deux mains posées sur l'autel comme s'il conversait avec Dieu. Il se retourna brusquement et Olivier sursauta.

— Tu as péché, dit-il sans préambule.

Olivier ne dit rien. Il se contenta d'acquiescer timidement.

— Bien que je ne sois pas homme de Dieu, je suis en charge de vos âmes. Et comme tu le sais, toi, le plus croyant des quatre, il est nécessaire de se laver de ses fautes pour obtenir la rédemption.

Schmidt lui indiqua d'un geste de la main le confessionnal. Olivier s'y agenouilla, et la voix de Schmidt lui parvint bientôt à travers la cloison en bois.

— Quel est d'après toi le péché le plus grave dans cette histoire, Olivier ?

Il y avait l'embarras du choix et Olivier ne voulait pas se planter. Il risqua d'une petite voix :

— Le mensonge ?

— Oui ! Le mensonge ! En quoi as-tu menti Olivier ?

— Je... On... est sortis en dehors du couvre-feu.

— Et ?

— On a trahi votre confiance.

— Et ?

Olivier fit rapidement le tour des possibilités. Consommer de l'alcool n'était pas considéré comme un péché mortel, même Jésus avait servi du vin. La luxure n'avait pas fait partie du programme de cette nuit-là. L'orgueil non plus, pas plus que la paresse, la gourmandise ou l'avarice. Bien sûr il y avait l'envie, mais elle lui était propre. Il décida de jouer le tout pour le tout.

— Rien d'autre. Mais le mensonge est déjà un vice suffisamment terrible...

Un soupir satisfait lui répondit.

— J'apprécie à la fois ta franchise et ton intelligence. D'après toi dans cette histoire qui a le plus menti ? Qui a le plus trahi ?

— Moi.

— C'est valeureux de ta part, mais c'est faux. Alors qui ?

Olivier réfléchissait à toute allure. Il ne pouvait pas vendre ses camarades et c'était pourtant ce que Schmidt attendait de lui. Alors ? Alors il y avait peut-être une solution, une victime expiatoire toute trouvée.

— C'est Stanislas de La Boissière qui a le plus trahi, dit Olivier d'une voix précipitée. Il vous a trahi, doublement, et il nous a trahis. En pensée, en parole, par action et par omission.

Un nouveau soupir satisfait lui répondit.

— Exactement, Olivier. Exactement. En outre, le désir de luxure et l'envie sont deux péchés capitaux et il s'en est rendu coupable, continua Schmidt de sa voix hypnotique. Or « l'Éternel se venge, il est plein de fureur. L'Éternel se venge de ses adversaires, il garde rancune à ses ennemis. »

Olivier ne répondit rien, il ne comprenait pas ce que Nahum, le septième des douze petits prophètes, avait à voir là-dedans.

— Nous devons parfois être la main de l'Éternel. Tu dois être la main de l'Éternel, dit la voix. Es-tu prêt à accepter cette mission ?

— Je...

— Es-tu prêt ?! cria la voix de Schmidt.

— Oui ! cria Olivier en retour, paniqué. Oui !

— Bien. Je suis sûr que tu te montreras à la hauteur de ta tâche. Et ainsi non seulement tu te sauveras, mais tu sauveras aussi tes camarades.

Le lendemain matin, Olivier se réveilla en retard. Il rejoignit ses camarades en silence à la messe du matin, puis au réfectoire. Aucun des quatre ne parlait, chacun semblait enfermé dans sa tour d'ivoire. Il aurait voulu leur dire qu'il avait entre les mains les armes de leur rédemption, mais il n'ouvrit pas la bouche, car il ignorait s'il réussirait.

Lors du cours de philosophie, Schmidt lui demanda d'aller chercher un exemplaire des *Pensées* de Pascal dans la bibliothèque de l'établissement. C'était la première fois qu'il était chargé de cette tâche. Il fut déçu en entrant dans la pièce au rez-de-chaussée de l'aile A : il s'était attendu à une belle salle lambrissée parcourue d'immenses coursives, à la place il ne découvrit que des étagères en acier ployant sous le poids de livres d'occasion, éclairées par des néons grésillants. En prenant les *Pensées* de Pascal, il s'arrêta devant les deux livres voisins. *Les Liaisons dangereuses* et l'anthologie du Marquis de Sade. Sur une impulsion, il les mit dans les poches arrière de son pantalon de toile et rabattit sa veste d'uniforme par-dessus.

Plus tard, caché dans les toilettes, il ouvrit ses deux trésors. Il avait entendu parler de ces livres sulfureux, mais il ne les avait jamais eus entre ses mains – pour ses parents, c'étaient des livres diaboliques bons pour l'autodafé. À l'intérieur des *Liaisons dangereuses*, un brouillon de copie de français était plié en quatre. La consigne était : « En conservant le style épistolaire, imaginez une autre fin au roman ».

L'étudiant avait marqué :

Valmont ne meurt pas ?

Lettre publiée ? Lue publiquement ? Par qui ?

Merteuil et Volange s'allient pour le faire tomber ?

Merteuil utilise la déviance de Valmont pour l'humilier publiquement ?

Un verset des Colossiens lui revint en mémoire : « Il les a livrés publiquement en spectacle et sa vengeance fut accomplie. » Il continua à lire les pattes de mouche, de plus en plus frénétique, bénissant le Seigneur de lui indiquer si simplement la voie à suivre.

Merteuil se fait passer pour Cécile de Volange, donne rdv à Valmont ? Dévoiler à tous sa lubricité et sa duplicité. Lettre publique ?

C'était limpide. C'était simple. C'était efficace.

Le lendemain matin, à l'aube, Olivier monta dans les étages, la peur au ventre, et déposa une lettre sous la porte du bureau de Stanislas de La Boissière. Il avait par nature une écriture plutôt féminine et s'était exercé une bonne partie de la nuit à la transformer de façon qu'on ne puisse pas remonter jusqu'à lui, prenant exemple sur une dissertation d'Alice pour se rapprocher le plus possible de son écriture et de son style.

Cher Stanislas,
Je pense à toi tout le temps depuis la nuit à la chapelle. Rendez-vous ce soir là-bas à 19 heures.
A.

Olivier a levé les yeux du livre pour les fixer sur moi, et je me suis demandé s'il allait m'embrasser ou me gifler. Beyoncé s'époumonait dans les enceintes, les invités sautillaient en rythme, nous étions le sujet de conversation principal de la soirée mais personne n'osait s'approcher. La serveuse, lassée de nous resservir, avait laissé une bouteille entamée sur la table. Il l'a prise et a avalé de longues gorgées au goulot, sous l'œil choqué et amusé de ses convives. J'avais vu où il s'était arrêté dans sa lecture.

— Tu veux pas la suite ? ai-je demandé, intriguée.

— La suite on la connaît tous. La Boissière s'est fait choper à poil la queue en l'air dans la chapelle par le père Marceau et les collégiens, il a été tellement surpris qu'il a joui sur le sol.

Ce n'était pas exactement ce qui était raconté dans le livre, mais peu importait.

— Ensuite il y a eu les dessins pornos dans son casier, le yaourt sur son bureau, son siège, les poignées de porte... pour imiter le... le sperme...

Olivier a dégluti avec difficulté.

— Jusqu'au jour où les jumeaux...

Il n'a pas fini sa phrase. Jusqu'au jour où les jumeaux avaient éjaculé dans l'assiette de La Boissière avant son arrivée au réfectoire. Et celui-ci, sans le savoir, avait mangé devant toute la cantine.

— Sauf que…, a dit Olivier d'une voix blanche. C'est pas moi qui ai rédigé la lettre. J'en ai eu l'idée, mais je ne l'ai pas écrite. C'est Alice qui l'a fait. C'est Alice qui ensuite l'a branlé dans le noir à la chapelle, jusqu'au moment où le père Marceau est arrivé avec les mômes.

J'en suis restée bouche bée. Décidément, même quand on croyait toucher le fond de la poubelle, il y avait encore une couche plus gluante en dessous.

— Et vous ne nous en avez jamais parlé ?

— Tu nous as pas raconté tes petites séances avec Simone et Jean-Paul, je te signale.

Un quinquagénaire s'est avancé vers Olivier pour lui dire au revoir, mais ce dernier l'a stoppé d'un geste de la main et l'autre est reparti, penaud.

— C'est un con, m'a-t-il dit en le regardant s'éloigner. Un gros con empli de la certitude d'être mieux que les autres, et plus ouvert d'esprit parce qu'il a des copains pédés.

Un bref moment nous avons regardé les gens qui nous entouraient, heureux, ignorants de ce qui se jouait de ce côté de la salle.

— Depuis Chevrière, je n'ai jamais eu d'amis comme vous, a tranquillement fait remarquer Olivier en détaillant ses invités. Ces gens sont des collègues, des camarades tout au plus. Mais je n'ai plus jamais eu d'amis.

— Moi j'en ai une, Marguerite.

— Tu as de la chance…

— … Mais ce n'est pas la même chose. Vous, vous étiez… ma famille. Plus que ça : une partie de moi.

Le DJ a enchaîné avec le classique « *I Will Survive* » de mariage. Les mains se sont levées au-dessus des têtes, les hurlements hystériques ont redoublé. Sauf le marié, qui nous observait encore du fond de la salle ; mais Olivier semblait l'avoir oublié.

— Personne ne pouvait savoir ça, a-t-il dit. Le confessionnal avec Schmidt. La dissert dans *Les Liaisons dangereuses*...

— *Idem* pour le chapitre qui parle de moi, ai-je répondu.

— Tu as une explication ?

— Aucune. Je suis tombée sur le livre par hasard, en librairie.

J'ai doucement touché sa manche. Soudain, je me sentais mal d'avoir débarqué comme ça, dans cette soirée qui devait être la plus belle de son existence et que j'avais transformée en champ de bataille. Il avait la vie devant lui, il se mariait, pourquoi aurait-il écrit ça ? Pour rien. Son menton ne tremblait toujours pas. Ce n'était pas lui. Ce n'était pas moi. Alors qui ?

Olivier a refermé le livre d'un coup sec. L'a rouvert pour lire la dédicace au début. L'a refermé. Plus personne ne faisait attention à nous, même le mari venait de s'éclipser. Quand il m'a saisi le bras et s'est levé d'un coup. Il a un peu tangué avant de se redresser, avant de me pousser vers la sortie.

— On va où ? ai-je demandé.

— Écrire la fin de cette histoire, a-t-il répondu emphatique, bourré.

Une heure plus tard, nous roulions trop vite. La pluie tambourinait sur la carrosserie de la grosse Audi d'Olivier. Il conduisait en fumant cigarette sur cigarette, les vitres fermées, la mâchoire serrée. Sa grande exaltation avait disparu en même temps que son taux d'alcoolémie diminuait. Sa voix m'a fait sursauter.

— Qu'est-ce qui me prouve que tu n'as pas organisé tout ça ? Que tu n'as pas écrit ce bouquin pour… parce que tu es cinglée ?

Olivier a pris le rond-point tout droit et nous avons rebondi d'un même mouvement.

— Après tout, tu as toujours voulu devenir écrivain, a-t-il continué. Lazare dessinait, tu écrivais, Alice chantait et moi…

Il y avait de l'amertume dans sa voix. Le fait qu'on revienne à la case départ du jeu : « c'est toi / c'est moi / pourquoi » m'a gonflé.

— Comment j'aurais su, hein ? ai-je répondu, lassée. Tu l'as dit toi-même ! Et puis si tu veux le savoir, j'avais autre chose à faire que d'écrire ce truc, comme marcher dans les bois et nager dans un lac. J'avais une vie simple, mais qui me convenait très bien !

On est entrés dans un village endormi à quatre-vingt-quinze kilomètres à l'heure. J'ai prié pour qu'aucun être vivant n'ait l'idée saugrenue de traverser à ce moment-là. J'ai ouvert la fenêtre, je suffoquais dans la voiture enfumée, mais Olivier l'a refermée en utilisant la commande de son côté. Bon bon bon. Soudain, il a freiné tellement fort qu'on a failli se prendre un arrêt de bus.

— Il n'y a pas d'explication rationnelle, car c'est la vengeance… de Dieu, m'a-t-il dit, en me fixant, exalté aves ses grands yeux écarquillés.

— T'es sérieux là ?

— Tu vois une autre possibilité ?

— Non, mais celle-là n'est pas en tête de liste des options, crois-moi sur parole. Dieu n'écrit pas au passé simple, et je te jure que c'est pas lui qui nous attend là-bas…

Ça ne l'a pas fait rire. Les jointures de ses doigts étaient blanches tant elles étaient crispées sur le volant. À la lumière du lampadaire sous lequel nous nous étions arrêtés, il n'y avait d'ailleurs pas que ses mains qui étaient livides. Il était blanc comme un linge et… une étrange trace violacée ornait son col de chemise. Je me suis approchée pour mieux voir, et j'ai avancé mon index pour toucher la marque. Olivier s'est reculé d'un bond jusqu'à se coller à la vitre.

— Mais qu'est-ce que tu fais ?

— Tu mets du fond de teint maintenant ?

— De quoi je me mêle ?

— Oh ça va, après tout ce qu'on a vécu ensemble tu peux bien me dévoiler tes secrets de beauté ! Tu voulais te faire tout beau pour ton mariage ? Fais gaffe, ça marque les rides.

— Très drôle.

Il a essayé de redémarrer mais la voiture a calé. Je ne pouvais pas détacher mon regard de son cou. À présent que je regardais en détail, je remarquais d'autres petites traces pourpres sous son joli hâle factice.

— Ton gentil mari a la main un peu lourde ? ai-je tenté.

— Pff ! t'en as d'autres, des idées comme celle-là ?

— Sida alors ?

Les mains d'Olivier ont enfin lâché le volant. Il a allumé une nouvelle cigarette et m'a fixée avec dégoût.

— T'es tellement XXᵉ siècle, a-t-il enfin lâché. Je suis gay donc j'ai forcément le sida.

— Oh ça va, je demande ! Alors c'est quoi ?

— Cancer des poumons métastasé en cancer des os. Et de tout.

Je n'ai rien répondu, on ne dit rien à un condamné à mort. À la place, j'ai tendu la main et il m'a filé sa clope. Comme avant, quand on s'en partageait une, planqués dans les bois au pensionnat. Je l'ai saisie, moi qui avais arrêté depuis les lustres.

— Ça date de Chevrière, de toute la fumée que j'ai inhalée, ça m'a défoncé les poumons, a-t-il dit. Quand je passe une scintigraphie, je clignote de partout, un véritable arbre de Noël. Je n'en ai plus que pour quelques mois dans le meilleur des cas… C'est pour ça qu'on s'est mariés avec Marcus.

— Mes condoléances anticipées.

— Merci, ça me touche venant de toi. Et là, tu exploses ce qui aurait dû être le plus beau moment de ma courte existence. T'es vraiment une fouteuse de merde.

Mais il avait ébauché un sourire tout en disant ça.

— On ne change pas…, ai-je glissé. Et je suis presque vraiment désolée. Pour ton cancer. Et pour ton mariage.

— Je suppose que c'est le maximum que j'obtiendrai de toi comme oraison funèbre.

— En tout cas, ça pourrait être la raison de ce bouquin.

— Explique.

J'avais réfléchi à haute voix. Maintenant je devais organiser les pensées qui fusaient dans ma tête.

— Il y a deux options. Soit c'est à cause du cancer que tu t'es décidé à l'écrire, pour soulager ta conscience…

— Y a des prêtres pour ça. Et puis, comme toi j'ai trop de fierté pour mettre noir sur blanc nos turpitudes honteuses…

— … soit l'auteur a su que tu allais lui échapper en mourant. Mais comment ?

J'ai frappé du plat de la main sur le tableau de bord.

— Rien ne tient dans cette histoire !

Je me suis mis de petites claques pour essayer de me recentrer. Olivier a soupiré en me voyant faire.

— T'as pas perdu cette habitude de givrée…

— Si, justement, je l'avais perdue ! Mais bon, il faut croire que te revoir fait ressurgir mes vieux travers. Enfin passons. Ça fait combien de temps que tu sais ? Pour le cancer ?

— En février de l'année dernière. On était à Gstaad avec des amis, et j'ai fait une mauvaise chute. Ligaments croisés. Je voulais me faire opérer du genou, et…

— C'est pas ton dossier médical qui m'intéresse, mais *quand* tu as découvert que tu étais malade.

J'ai dit ça en rigolant, ça l'a fait sourire. On était quand même contents de se retrouver.

— Le 11 mars, a-t-il répondu.

— OK… T'en as parlé à qui ?

— À tout le monde ! C'est pas une maladie honteuse, c'est une saloperie de…

— Cancer, je sais. Quand est-ce que tu as appris qu'il était incurable ?

— Le même jour. J'ai eu double cadeau : un j'allais crever, deux ça ne prendrait pas plus d'un an. Je suis en train de faire péter leurs stats. Champagne ! Mais je ne vois toujours pas le rapport…

— Imaginons. L'auteur te suit de loin.

— Pourquoi il ferait ça ?

— Parce que tu es le seul encore à la surface. Je suis passée sous les radars. Quant à Lazare… Tu en sais plus que moi.

Il n'a rien dit. J'avais tendu une perche qu'il avait sciemment refusé de prendre. Dommage.

— Et là il apprend que tu vas mourir, ai-je continué. Soudain ça devient essentiel de nous réunir avant qu'il soit trop tard.

— Pourquoi ?

— J'en sais rien.

— Ça a encore moins de logique que les autres hypothèses.

— Quand même, c'est un cran au-dessus de l'idée selon laquelle c'est Dieu qui est derrière tout ça.

Et pour être sûr que je me bouge les fesses, il écrit cet épilogue affreux. Car il sait que ça me fera réagir. Personne ne reste insensible à sa future mort.

Cette histoire de pendaison… Il ne s'agissait que d'une manœuvre, pas d'une menace réelle ou d'une prophétie. J'essayais de m'en convaincre mais je pouvais presque sentir la corde autour de mon cou.

Un bus de nuit est passé à toute berzingue à côté de nous, klaxonnant à fond pour nous signifier que nous étions garés sur son arrêt. Olivier s'est ébroué et a redémarré. Le jour pointait à présent, un gris moche qui éclaircissait les toits des pavillons qui bordaient la rue.

— Tu m'as manqué, a-t-il dit.

— Moi aussi… Au fait qu'est-ce qu'on fout là ?

— On récupère Lazare.

— OK.

— Mais l'endroit où il est n'ouvre qu'à 8 h 30. Donc en attendant… petit déj ?

— Petit déj.

On s'est arrêtés dans un rade face à une gare de banlieue sans intérêt, un bar glauque et moche. Notre arrivée n'est pas passée inaperçue, mais personne n'a fait de commentaire. Il y avait quatre habitués, deux éboueurs au café, un type tout rabougri qui remplissait une grille de loto et un boucher en tablier ensanglanté qui terminait un verre de blanc. Nous nous sommes assis de part et d'autre d'une table collante qui gardait encore les vestiges du couscous de la veille. Le patron, un gros type avec une vieille moustache, a crié dans notre direction.

— Ce sera quoi ?!

J'ai regardé Olivier, il a haussé les épaules en signe d'interrogation. Puis il a souri, un sourire soudain et inattendu qui l'a éclairé de l'intérieur.

— Vous avez des croissants ? a-t-il demandé.

— Ouaip.

— Des pains au chocolat ? Des tartines ? Du thé en sachet genre Earl Grey ?

— Ouaip. J'en ai à la menthe aussi.

— Alors on va vous prendre deux croissants, deux pains au chocolat, des tartines avec de la confiture, du thé en sachet, et des bonbons. Vous avez des bonbons ?

Le type l'a fixé, impassible.

— Ça j'ai pas, a-t-il finalement répondu.

— Tant pis, des cacahuètes ça fera l'affaire. Un gros bol. Merci.

Olivier m'a souri. Je lui ai souri. On s'est souri avant de finalement éclater de rire. J'ai posé le roman sur la table.

— Résume-moi la suite, a-t-il dit sans toucher au manuscrit. Après Jean-Paul, Simone, Merteuil et tous leurs amis.

— Tout est raconté. La salle noire, les expéditions… Jusqu'au moment où on bute Schmidt, on l'enterre, on fait comme si de rien n'était. Il y a l'incendie, Alice meurt, tu es blessé, avec Lazare on est damnés. Bon. Et il y a un petit bonus pour la fin, un épilogue de même pas une page : vingt ans plus tard je finis pendue. Je suis la première, vous suivez peu après avec Lazare. Le tout agrémenté d'une citation d'Ésaïe.

— Sans déconner…

— À mon avis, l'épilogue c'est un petit cadeau de l'auteur qui voulait être sûr d'obtenir toute notre attention. Par contre le reste… Tout dans le bouquin est vrai. De notre arrivée à Chevrière jusqu'à la mort de Schmidt, tout est raconté, même ce qui n'a jamais été dit par aucun d'entre nous.

— C'est impossible.

— Je sais. Surtout que s'ajoute un autre problème : l'Institut de Chevrière va être prochainement détruit pour en faire un truc de riches qui se réunissent pour réfléchir à l'avenir du monde en buvant du champagne. Avec leurs travaux ils vont tout retourner… Donc ils vont finir par déterrer le corps de Schmidt. Et remonter jusqu'à nous.

Je m'attendais à ce qu'Olivier réagisse d'une manière ou d'une autre mais non, il est resté impassible. Je le connaissais assez pour savoir qu'en réalité il était sous le choc et qu'il lui faudrait un moment pour digérer les informations que je venais de lui fournir.

Le patron nous a apporté ce qu'on avait demandé. Il était fier avec son plateau débordant et il avait de quoi : les viennoiseries et la baguette étaient fraîches et sentaient bon, et il avait même fait l'effort de mettre la confiture et le beurre dans de petites assiettes presque propres. On l'a remercié et il est reparti.

— Je vais me péter le bide, a dit Olivier en empoignant un croissant.

L'horloge murale indiquait 8 h 20. Je ne l'avais pas interrogé sur l'endroit où nous allions retrouver Lazare. Je le saurais bien assez tôt. La patience était une des qualités que m'avait enseignées mon père.

On avait posé le livre négligemment sur le côté comme s'il n'existait pas, même s'il nous brûlait les yeux.

— Bon, a-t-il fait. Je suis moins dans la panade que toi, vu qu'il y a des chances que je meurs avant le dénouement, mais ça m'ennuierait que ma mémoire soit entachée par cette sordide histoire et qu'on doive m'exhumer pour effectuer une comparaison ADN.

— Je comprends. De mon côté, je préfèrerais ne pas passer les vingt prochaines années en taule ou en cavale.

— Donc on ne peut pas ignorer le bouquin.

— En effet, on ne peut pas.

— Tu as contacté la maison d'édition pour obtenir des infos ?

— Pas encore, j'ai un peu manqué de temps, je te signale.

— Eh bien tu vas te rattraper : appelle-les, tu as toujours été bonne pour emberlificoter les gens.

— OK, passe-moi ton portable.

Il a fait non de la tête.

— Pourquoi tu l'appelles pas du tien ?

— J'ai pas de forfait international.

Pour le prouver j'ai sorti de ma poche mon vieux Nokia pourri.

— T'es devenue dealeuse de drogue ? a-t-il demandé en fixant le portable comme si c'était un Minitel.

— Non, même pas.

— Alors pourquoi t'as un téléphone pareil ?

— Disons qu'après la mort de Schmidt j'ai préféré me faire discrète et ne pas laisser trop de traces…

Il y avait de ça, mais il y avait encore une autre explication : *Parce que mon père était un homme dangereux et qu'après avoir fui Chevrière je ne voulais pas qu'il puisse me retrouver.* Mais ça, je ne le lui ai pas dit.

— D'où le bouquin ? Pour te faire sortir du bois ? Parce que l'auteur n'a trouvé que ce moyen pour te « contacter » ?

— J'imagine.

En soupirant, il a sorti son portable de sa poche et l'a allumé. Les SMS et messages vocaux non lus ont sonné pendant longtemps. Il a attendu que ça se calme avant de me le tendre.

L'avantage avec la Suisse, c'est que les gens sont carrés. Et polis. Et un peu soupçonneux, mais pas trop. Je me suis fait passer pour une productrice intéressée par l'achat des droits audiovisuels avant d'attendre vingt bonnes minutes les réponses d'une secrétaire qui me posait une question, me mettait en attente cinq minutes pour vérifier, me posait une autre question, re-attente, et rebelote. Finalement sa douce voix helvète est revenue à l'autre bout du fil. J'ai mis le haut-parleur pour qu'Olivier puisse suivre la conversation.

— Le manuscrit a été envoyé par la poste.

— D'où exactement ?

— Attendez, je regarde… De Schlamenshluff.

On s'est regardés avec Olivier. Schlamenshluff était à dix minutes en voiture de Chevrière…

— Donc vous n'avez jamais rencontré l'auteur ?

— Non, tout s'est passé par email. Je vous transmets ses coordonnées : lolabouscat@gmail.com.

— À quel tirage l'avez-vous publié ?

Les Lettres poudrées étaient une maison d'édition à compte d'auteur, c'était donc un simple prestataire qui n'avait pas son mot à dire sur le style, la couverture ou la diffusion. L'auteur payait, Les Lettres poudrées délivraient. La secrétaire a un instant hésité à me répondre, cette information était en général confidentielle. Mais finalement, elle a dû se dire que ce n'était pas si confidentiel que ça.

— Soixante-dix mille exemplaires a-t-elle répondu. C'est énorme, mais l'auteur avait les moyens.

— En effet…

Lola Bouscat avait littéralement inondé le marché, pas étonnant que je sois tombée dessus.

J'ai raccroché. Olivier a roté de satisfaction après avoir englouti la moitié d'un pain au chocolat ; la maladie semblait l'avoir libéré de ses bonnes manières.

— Bon, a-t-il dit. Si ce n'est pas toi qui as écrit, si c'est pas moi – et je te garantis que c'est pas Lazare –, qui reste-t-il ?

— Personne. C'est bien le problème.

On avait presque tout mangé. Olivier a payé et nous sommes sortis, il a allumé une cigarette dès le pas de la porte franchi.

— Tu crois pas vu ton état que tu devrais réduire ta consommation ? ai-je demandé.

— Au contraire. Je fume pour toutes les années où je n'aurai pas la possibilité de le faire.

— Ça se tient.

On a commencé à avancer le long d'une rue pavillonnaire tranquille, petites maisons, petits jardinets, petites clôtures. Nous avons pris un boulevard désert qui longeait un cimetière. J'allais revoir Lazare. C'était incroyable.

— Comment t'es-tu procuré ses dessins ? ai-je demandé.

— Il me les a vendus.

J'ai essayé de rester impassible mais la confirmation de leurs liens, des années après, me faisait un mal de chien.

— Et on a vécu une folle passion, a-t-il continué, pince-sans-rire. Un truc de dingue. On se sautait dessus tout le temps, n'importe où.

— Ça ne me fait pas rire. Tu peux répondre, s'il te plaît ?

— Si je veux. Je te rappelle que je ne te dois rien ! Vous m'avez abandonné à la merci de mes psychopathes de parents pour vous enfuir ensemble alors que j'étais brûlé comme un vieux steak. Tout ça parce qu'on avait été chercher les secours pour vous sauver.

Je n'ai trouvé aucune réponse adéquate, il avait raison et j'avais honte.

Après le cimetière, on a dépassé un collège, silencieux à cette heure.

— C'était le 5 janvier 2016, a continué Olivier. Lazare est entré dans la galerie. Comme ça.

— Il était comment ?

Ma voix tremblait.

— Manifestement drogué, le visage creusé, épuisé, mais toujours aussi beau. Égal à lui-même. Il ne m'a même pas demandé comment j'allais, il m'a juste tendu un énorme sac de voyage. Dedans il y avait les dessins… Il avait besoin d'argent. Il m'a proposé… Non, il m'a *ordonné* de les lui acheter.

Olivier a émis un rire sans joie. De l'autre côté de la route, des gamins qui auraient dû être en cours s'insultaient pour de faux en se poursuivant sur des trottinettes électriques.

— Une petite fortune… Vingt mille euros ! Pour nos gueules répétées à l'infini…

— Et ensuite ?

— Ensuite il a disparu. Il est revenu cinq ans plus tard, avec un autre lot. J'ai tout acheté. Il était en piteux état, défoncé, parano. Mais il restait… Lazare.

Un grand bâtiment est apparu au bout du boulevard, le genre trop propre et trop strict pour être honnête, avec des grilles et une sécurité devant. Olivier l'a pointé du doigt.

— C'est là qu'il est. Depuis deux ans, depuis la dernière fois qu'il est venu. Il était fracassé, il hurlait, il a détruit des œuvres dans la galerie… Il m'a supplié de le sauver, ce que j'ai fait. Je l'ai fait interner.

Sa voix était devenue glaciale.

— Contre son gré ? Comment tu t'y es pris ?

— Je me suis fait passer pour son frère. Lazare n'avait aucun papier sur lui, rien, il était en plein délire paranoïaque…

— Ça t'a coûté bonbon ?

— Encore plus que tu ne l'imagines.

— Ça n'a pas dû plaire à ton chéri.

— Non.

Un frisson m'a parcourue. Un instant je me suis imaginée à la place de Lazare, emprisonnée, certes dans une clinique de luxe, même à sa demande, mais quand même. Et puis les souvenirs sont revenus à la surface, comment ça s'était terminé entre nous, comment il m'avait lâchée dans l'Ogre de Flandre. Alors, j'ai compris le ton d'Olivier.

— Tu viens le voir souvent ?

— Pas depuis… longtemps. Chaque fois il me crachait à la gueule, me traitant d'antéchrist, de Belzébuth.

Olivier a souri, d'un mauvais sourire.

— Mais j'ai continué à payer.

Pour l'avoir à ta merci, ai-je pensé. *Enfin.*

L'endroit s'appelait Les Peupliers. Un nom paisible pour un endroit qui ne l'était pas moins. Pelouses impeccables, massifs de fleurs, gazouillis d'oiseaux… Et pensionnaires zombies, regards vides, assis sur des bancs, les yeux rivés au gravier. Je comprenais mieux comment Lazare avait pu rester ici aussi longtemps. Les Peupliers étaient un joli centre pénitentiaire sous camisole chimique.

En entrant dans le bâtiment principal, je n'ai pas pu réprimer un sifflement de surprise et ce n'était dû ni aux plantes artificielles en pot ni aux canapés gris. Sur les murs pastel étaient accrochés des peintures, des collages, des fresques… Des explosions de couleur, de matières, souvent sans queue ni tête, qui offraient quand on les observait un sentiment de désespoir et de folie. C'était très bizarre d'avoir eu l'idée d'accrocher ces œuvres à cet endroit. La logique – égayer les lieux ? Montrer à tous la démence des patients ? – m'échappait. En attendant l'arrivée de quelqu'un derrière le comptoir des admissions, je me suis approchée : sur un grand format, l'artiste avait collé ses rognures d'ongle en cercles concentriques jusqu'à former un mandala impressionnant. Sur un autre, deux petites filles dessinées à la craie pleuraient des larmes de sang. Ici des silhouettes en bâtons évoquant les œuvres de Basquiat, là des mannequins découpés dans des magazines, leurs parties intimes rageusement gribouillées. Un véritable festival d'art brut. Et puis au milieu de tout ça il y avait un dessin… De nous. Nous quatre, gueules béantes, les yeux agrandis par l'effroi, engloutis par les flammes.

Olivier s'était approché sans rien dire. Nous sommes restés un moment à regarder nos visages en silence, jusqu'à l'arrivée de la fille de l'accueil. C'était une grande tige blonde habillée comme pour une sortie de messe qui nous a gratifiés d'un regard torve.

— Nous venons voir M. Lazare Bonaventure, a dit Olivier avec un sourire commercial.

La fille a émis un couinement, et son visage a soudain semblé se dissoudre. *Tiens, tiens…*

— Ah. Je vous prie de patienter. Je vais chercher le directeur.

Et avant qu'on ait pu répondre quoi que ce soit, elle avait filé vers le fond du couloir. Je me suis retournée vers Olivier, narquoise.

— Tu t'es fait niquer, ai-je dit en me retenant de rire.

— Qu'est-ce que tu racontes ?

— Il t'a baisé. Il s'est barré.

— Impossible. On m'aurait averti dans la seconde !

La porte du fond du couloir s'est rouverte et un homme imposant d'une cinquantaine d'années en costume est apparu, suivi par la secrétaire, l'air toujours aussi apeurée.

— Monsieur Hinguerlot…, a commencé le directeur d'une voix de stentor, sans se donner la peine de me jeter un regard.

— Où est-il ? a répondu Olivier.

Ses mâchoires étaient serrées, ses poings fermés. Le directeur l'a fixé sans modifier son expression.

— Je l'ignore. Il est parti depuis des mois.

— Pardon ? Combien ?

— Vanessa, ça fait quoi ? Six mois ? En même temps, d'ailleurs, qu'une aide-soignante qui s'intéressait à l'art-thérapie et qui s'occupait de lui. Il était devenu très proche d'elle au fur et à mesure des séances…

Olivier n'a pas relevé le sous-entendu, moi non plus. On attendait la suite, mais elle n'est pas venue.

— C'était qui cette aide-soignante ? ai-je enfin demandé pour relancer la conversation.

— Une certaine Marie-Laure. Une petite jeune femme, très efficace au demeurant.

— Pourquoi n'en ai-je pas été averti ? a demandé Olivier.

— Mais je l'ai fait. Je vous ai envoyé un courrier, je vous ai même laissé un message vocal.

On a échangé un regard avec Olivier. Je comprenais à présent l'infime hésitation du mari lorsque je lui avais demandé s'il savait où vivait Lazare. Bien sûr qu'il le savait, et il avait soigneusement caché à Olivier que ce dernier s'était évanoui dans la nature. Il avait peut-être eu peur que son amoureux, une fois au courant, le délaisse pour partir à la recherche de son artiste maudit.

— Cependant votre « frère » est majeur, a continué le directeur, il avait tout à fait le droit de quitter les lieux. Maintenant si vous voulez bien m'excuser…

L'homme avait déjà commencé à tourner les talons quand Olivier lui a saisi le bras avec une vivacité surprenante.

— Et l'argent que je te verse chaque mois ? a-t-il craché, tandis que la secrétaire se cachait à moitié sous son comptoir.

Le directeur s'est dégagé brusquement.

— Évitez de me tutoyer. Vous me versez de l'argent pour une chambre, eh bien je lui en ai gardé une, au cas où il reviendrait. Je le répète, il est majeur et nous savons tous deux…

Il n'a pas terminé sa phrase, il n'en avait pas besoin. « Nous savons tous deux qu'il n'est pas votre frère vu qu'il est noir et vous blanc et que ce n'est quand même pas fréquent, et que vous m'avez raconté n'importe quoi. J'ai accepté vos gros chèques sans sourciller, mais vous n'avez aucun moyen de pression sur moi car c'est vous qui avez menti, pas moi. » Certes.

— Si vous le souhaitez, il a laissé quelques affaires…, a-t-il conclu, mielleux.

Nous avons suivi le directeur à travers un dédale de couloirs gris, à la moquette mouchetée. Les étages réservés aux résidents ressemblaient à des couloirs d'hôtel cossu, à part les lucarnes et les verrous extérieurs sur les portes. Des bruits parvenaient de certaines chambres : dans l'une d'elles, une femme gémissait sans interruption tandis que dans une autre une voix d'homme traitait tout le monde de grosse pute.

Au bout d'un énième couloir nous avons atteint un escalier délabré qui menait aux anciennes chambres de bonne. Olivier, derrière moi, montait les marches avec aplomb, mais je sentais son souffle haché dans mon dos. Il ne voulait pas montrer sa faiblesse et je le comprenais. Nous sommes des animaux : si les prédateurs sentent l'odeur du sang qui coule de la blessure, ils se jettent sur la bête malade pour la déchiqueter.

Nous sommes arrivés à un petit couloir sous les toits. Il était clair que personne ne vivait là et que les lieux servaient de débarras. L'homme a poussé une porte, la troisième à droite. Elle n'avait pas de verrou à l'extérieur : il n'avait jamais été prévu qu'un pensionnaire y dorme. La pièce faisait moins de dix mètres carrés ; les murs lépreux tombaient en lambeaux et la fenêtre avait un carreau cassé. Sur un lit de camp défoncé, seul meuble de la pièce, plusieurs cartons étaient empilés. Le directeur s'est tourné vers Olivier, sourire aux lèvres.

— Voilà sa chambre. Actuelle, bien sûr. Auparavant il logeait dans une suite, comme vous me l'aviez demandé. Comme je doute que votre « frère » revienne… vous pouvez tout emporter. Pas la peine de passer me dire au revoir quand vous quitterez l'établissement…

La porte a couiné quand elle s'est refermée sur lui. On s'est retrouvés comme deux cons, avec Olivier.

— Il est bizarre ton mari, ai-je dit en commençant à fouiller les cartons.

— Il a ouvert mon courrier, il a espionné mon téléphone…, a répondu Olivier tout en essayant de reprendre son souffle.

— D'un autre côté vu comme t'étais avec lui, avec ta pièce secrète dans ta galerie…

— M'en fous. Dès qu'on aura terminé ces conneries, il va m'entendre.

J'ai explosé de rire.

— « Il va m'entendre ! » ai-je répété en imitant son accent snob. Hou à sa place je crèverais de trouille ! Attention !

— Oh, ferme là !

Mais il plaisantait en disant ça. J'ai sorti des cartons des liasses de dessins. Les mêmes, toujours les mêmes… Nos quatre visages entourés de flammes. Un instant, je me suis demandé si un dingue pareil pouvait avoir écrit le livre. Non, et même s'il avait soudain été touché par la grâce de l'écriture – et avec un excellent correcteur orthographique – il n'aurait pas eu l'argent. Nous étions toujours dans une impasse. Un instant tout m'a paru absurde et je me suis demandé ce que nous faisions là.

— Pourquoi recherchons-nous Lazare, déjà, vu que lui non plus n'est pas l'auteur de ce chef-d'œuvre ? ai-je demandé tout en parcourant les dessins.

— Parce que l'auteur *nous* attend, tous les trois. Parce qu'il t'a promis la corde, et qu'on est les suivants sur la liste. Parce qu'ils vont déterrer Schmidt et qu'on va tous finir en prison – si je ne suis pas mort avant. Parce que… Il faut qu'on sache, non ?

— Merci. J'avais juste besoin d'un petit rappel.

J'ai tendu un dessin à Olivier. Il était différent des autres, mais je ne parvenais pas à déterminer en quoi.

— T'en penses quoi ?

Il l'a longuement observé d'un œil aiguisé, comme le galeriste qu'il était.

— Ton portrait est plutôt flatteur, a-t-il enfin déclaré.

Je l'ai regardé, outrée. Sur le dessin j'avais des dents de travers et les yeux asymétriques.

— Sympa !

— Réaliste. On est vieux, on est moches, on est ridés, on va crever.

— Sur ce point t'as pris une sacrée avance.

Des dessins, encore des dessins… Le style très tremblant, avec tous les neuroleptiques qu'ils avaient dû lui filer c'était déjà un miracle qu'il ait pu tenir un crayon. Olivier m'a tendu un nouveau paquet de dessins. Le trait était plus net, plus assuré. Il avait dû commencer à baisser la posologie en douce en prévision de son évasion, pas con le Lazare.

— Regarde, ça a évolué, a-t-il dit. Derrière ce ne sont plus vraiment des flammes… C'est quoi, d'après toi ?

J'ai examiné les dessins. La plupart étaient raturés au niveau des flammes, mais Olivier avait raison, son œil exercé avait décelé d'infimes différences sous les traits de correction rageurs.

— J'en sais rien…

Il s'est assis sur le lit, qui a émis un grincement sinistre.

— Une fois que toute cette histoire sera derrière nous…

Je ne voyais pas comment ce serait possible, mais je l'ai laissé continuer.

Je me suis assise à côté de lui.

— On pourrait partir dans le Sud. Tous les deux – toi et moi. Se louer une jolie maison à Ibiza. Hors saison, c'est ravissant…

— Ce serait super. Je pourrais te voir crever à petit feu jusqu'au moment où je devrais te nourrir à la cuiller. Mais au moins je profiterais du coucher du soleil.

— Un magnifique programme. Faudra aussi que tu t'occupes de ma toilette intime.

— Évidemment. Sauf que… ton mari, tu l'intègres où dans ce joli conte de fées ?

— Je préfère t'infliger ma décrépitude plutôt qu'à lui. Je l'aime trop pour lui faire endurer ça.

J'ai repensé au bel homme aux cheveux gris qui sentait le vétiver et qui regardait Olivier avec les yeux de l'amour. J'étais sûre que lui, ce qu'il désirait, c'était passer les derniers mois avec l'amour de sa vie. J'allais lui enlever ça.

— Je suis sûre que je serais une infirmière en soins palliatifs tout à fait médiocre, ai-je donc dit tout en continuant à étudier mon visage dupliqué à l'infini. Je te propose une meilleure option : on oublie tout, tu retournes chez ton mari qui va prendre soin de toi comme d'un vase de Chine – et t'implanter un GPS où je pense pour éviter que tu fugues à nouveau –, et moi je repars chez moi tranquillement.

Il m'a souri de son sourire légèrement de travers et un fugace instant j'ai retrouvé l'adolescent rencontré sous la pluie.

— Non. Ce qu'on a commencé ensemble il y a vingt ans il faut qu'on le termine ensemble. On va y aller. Ensemble. Nous n'étions qu'un. N'est-ce pas ?

Je me suis levée. Cette pièce, ces cartons ne nous apprendraient rien. La vue était dégagée sur le parc en contrebas, le soleil d'automne adoucissait le monde. Tout au bout du bout, dans la brume, laiteuse, on voyait

Paris. Paris… Là où nous avions débarqué avec Lazare après Chevrière, là où il m'avait abandonnée. Dans le ventre de l'Ogre. Là où les couchers de soleil flamboyaient sur la ville, comme de gigantesques incendies.

Olivier était toujours assis. Il m'a fixée, les yeux ronds tandis que je fourrageais parmi les dessins que nous avions fini par jeter par terre. L'Ogre, l'Ogre, l'Ogre…

— Tu dis quoi là ? m'a-t-il demandé, un peu inquiet.

— Rien je parle toute seule. Aide-moi !

— À quoi ?

— Dans les dessins, ceux où l'arrière-plan est différent…

Olivier continuait de me fixer, l'air dépassé.

— Mais enfin, quand tu m'as dit que son style avait changé ! J'ai besoin de les retrouver !

On s'est mis à quatre pattes pour fouiller dans les monceaux de papiers qu'on avait balancés par terre. Finalement, on les a retrouvés, et j'en ai étalé plusieurs sur le sol. Nos visages, toujours. Mais le fond… Je savais maintenant ce qu'ils représentaient. Sur les derniers dessins – la chronologie se devinait aux traits plus assurés – ce n'étaient plus des flammes, mais des couchers de soleil et plus précisément ceux que par le passé on avait admirés lui et moi depuis le toit de l'Ogre de Flandre. La perfection des éléments, disait-il à l'époque, fixant le cercle rougeoyant à s'en brûler la rétine, le feu le plus pur, celui à la base de toute vie.

Sauf que Lazare n'était pas satisfait de son travail, il n'était pas arrivé à reproduire ce qu'il désirait. Presque tous les derniers dessins étaient rageusement griffonnés autour de nos visages au stylo noir, parfois jusqu'à crever le papier.

— Il n'y arrivait pas, ai-je dit.

— À quoi ?

J'ai tendu le doigt vers la fenêtre au carreau cassé, et vers les hauts immeubles de l'Ogre de Flandre qui se détachaient dans le léger brouillard du matin, au loin.

— À reproduire à la perfection les couchers de soleil de là-bas. Ses flammes à lui, la naissance et la mort de tout. Tu sais comme il est perfectionniste…

— … Il n'existe même pas de mot pour décrire ce qu'il est.

— Voilà.

— Qu'aurait-il fait selon toi, s'il avait eu son modèle sous les yeux tous les jours, mais sans pouvoir le reproduire à la perfection ?

— Il y serait allé. Par n'importe quel moyen mais il y serait allé.

L'idée était un peu folle et se basait sur un argument des plus ténus. Mais c'était la seule qu'on avait.

Ils n'étaient qu'un

Trois mois. Cela ne faisait que trois mois que Lazare, Alice, Lilas et Olivier avaient intégré l'Institut de Chevrière, et pourtant ils avaient l'impression qu'une vie était déjà passée. Ils avaient plus vécu, ri, pleuré, en quatre-vingt-dix jours que durant les milliers de ceux qui les avaient précédés. Depuis la fin des vacances de la Toussaint et l'épisode de la chapelle, les conditions de vie avaient changé. D'abord, Schmidt les avait transférés derrière la chaufferie. Une punition temporaire pour avoir bravé le couvre-feu et fait la fête dans la chapelle, mais qui s'éternisait. Les horaires de la cantine avaient été aménagés et à présent ils mangeaient seuls, en silence, à 14 heures. Leurs temps calmes du soir avaient été remplacés par des moments de recueillement religieux en plus de la deuxième messe quotidienne. Mais tout ça n'était rien à côté du principal changement, le plus douloureux : ils avaient déçu Schmidt et ça, ça leur était insupportable. Cet homme exceptionnel, le seul adulte à avoir voulu les aider – les aimer – ne les regardait plus qu'avec dédain. Il avait éteint la flamme qui les avait éclairés, il leur avait même annoncé que dès la semaine suivante ils recommenceraient les cours comme avant, avec leurs professeurs précédents. Les cours particuliers, c'était terminé. Les ados se sentaient seuls et abandonnés.

C'était le 5 décembre, après le « recueillement » à la chapelle. Il faisait froid et la nuit tombait déjà comme un linceul. Olivier marchait en silence avec Lilas et Lazare en direction du château quand Alice les rejoignit en courant.

— T'étais où ? chuchota Lilas en lui prenant la main.

— J'ai parlé avec Schmidt ! dit-elle d'une voix excitée.

Les adolescents s'arrêtèrent. Le parc était silencieux à cette heure, imposant, inquiétant. Alice les regardait, les joues en feu, un éclat brillant dans le regard.

— Je lui ai dit qu'on était désolés, vraiment, qu'il fallait qu'il nous laisse une autre chance. Je l'ai supplié. Et... Il a dit oui.

— Comment ça il a dit oui ? demanda Lazare.

— Il a dit oui. Et il nous a donné rendez-vous dans vingt minutes. Il a aussi précisé qu'il fallait qu'on s'habille chaudement.

Dix-huit minutes plus tard, ils étaient tous les quatre face à Schmidt à l'entrée de l'annexe, là où ils dormaient à présent. Ce dernier prit le temps de les détailler longuement des pieds à la tête, l'un après l'autre. Il s'arrêta sur les chaussures de ville d'Olivier, une paire en nubuck couleur corail, mais il ne dit rien. Il leur fit simplement signe de le suivre et il partit en direction de la montagne.

Les sommets enneigés étaient à peine auréolés du rose du soleil disparu. Les sapins étaient déjà noirs. Schmidt avait attaqué un petit chemin invisible au milieu des arbres qu'ils n'avaient jamais emprunté auparavant, et les quatre avaient du mal à suivre, la montée était raide. Lazare était en tête, marchant d'un bon pas, Olivier suivait avec difficulté, grimaçant au contact des rochers sous ses fines semelles de cuir, Alice avait saisi la main de Lilas et elles grimpaient côte à côte.

Ils marchèrent pendant une petite demi-heure. Olivier avait les pieds en sang, des taches brunâtres commençaient à apparaître sur ses chaussures, mais il se serait fait couper la langue plutôt que de dire quoi que ce soit. Il était terrifié à l'idée qu'on le laisse là, seul, au milieu de la forêt, à la merci des animaux et surtout du châtiment terrible de Dieu dont ses parents l'avaient menacé toute son enfance. Alice regardait autour d'elle, émerveillée par ce qu'avait créé le Seigneur. Schmidt lui avait permis de sortir de sa souffrance et d'ouvrir les yeux sur la beauté et la magie du monde, elle voyait à présent l'univers dans tous ses détails, et toutes ces créations divines lui donnaient envie de pleurer. Lazare, lui, dessinait sa fresque future dans sa tête. Elle allait être unique, grandiose, parfaite. Les lumières seraient flamboyantes, les traits purs et précis. Ce serait *extraordinaire*. Quant à Lilas, elle suivait simplement. Elle était trop fatiguée pour penser à quoi que ce soit – pour réfléchir. Elle utilisait sa concentration pour ne pas trébucher sur un caillou ou une racine.

Ils arrivèrent enfin à une ancienne chèvrerie désaffectée. C'était un petit abri en pierre entouré d'une clôture, quasiment indiscernable dans l'obscurité. Un panneau en bois indiquait : *Le Bouscat*. Un ruisseau serpentait juste à côté, ils pouvaient entendre l'eau cascader dans la nuit. S'ils disparaissaient maintenant, personne ne saurait jamais ce qui leur était arrivé. Ils se volatiliseraient. Les quatre, sans se concerter, eurent cette pensée simultanément.

La lune pleine commençait à éclairer la scène, éclipsant les premières étoiles. Schmidt sortit de son sac à dos de randonnée une large bâche qu'il étala par terre. Il y posa un dessus-de-lit aux couleurs chatoyantes, puis il disparut un moment avant de revenir avec un bidon en métal coupé à mi-hauteur qu'il installa au centre. Les quatre adolescents le regardaient faire, fascinés, en silence. Enfin, il leur fit un signe de la main les invitant à s'asseoir. Alice n'avait pas lâché la main de Lilas, tandis qu'Olivier s'était inconsciemment rapproché de Lazare.

Ils s'assirent en cercle. Schmidt était resté debout et les toisait, son ombre gigantesque se perdant au milieu des bois.

— Pourquoi sommes-nous là ? demanda-t-il de sa voix douce.

De la buée s'échappait de sa bouche. Alice fut la première à répondre.

— Vous nous offrez une seconde chance.

Schmidt rit.

— Oui et non. Vous n'avez pas besoin de chance, Alice, vous avez besoin d'une vision. D'une révélation. Et ce soir, nous allons y travailler. En symbiose, tous les cinq, avec la nature... Ce soir sera spécial. Pour nous tous.

D'un geste théâtral, il lança une allumette dans le bidon, dont le contenu s'embrasa instantanément.

Puis Schmidt se plaça derrière Alice et commença à lui caresser la tête. Lilas en ressentit une violente jalousie. C'était elle la préférée, elle avec qui Schmidt avait choisi de partager ses moments secrets et voilà qu'il caressait la tête d'Alice et pas la sienne !

— Alice... Un rayon de soleil quotidien, commença Schmidt de sa voix envoûtante. Une joie de vivre communicative, une beauté rayonnante. Un amour de Dieu qui la transcende.

Alice frissonna de plaisir sous le compliment. Schmidt se déplaça pour se positionner juste derrière Lazare. Ce dernier retint sa respiration.

— Lazare. La force, la fougue et le courage. L'impatience de la jeunesse aussi. Et le talent du trait.

Lazare ne bougea pas, impassible, mais ses yeux brillaient de plaisir. C'était à présent au tour de Lilas, elle ferma les paupières, dans l'expectative... mais Schmidt garda le silence. Soudain elle sentit l'angoisse monter en elle : il ne parlait pas, simplement parce qu'il n'y avait rien à dire sur elle. C'était affreux.

— Lilas... un nom bien trouvé pour une ravissante fleur. La plus intelligente, la plus instinctive, la plus mystérieuse... Un animal sauvage.

Lilas ouvrit les yeux. Elle voulait rester bercée par la voix de Schmidt, par les mots « mystérieuse », « intelligente »... C'était les premiers compliments qu'elle recevait de sa vie à part ceux d'Alice, mais ils ne comptaient pas, et c'était délicieux. Elle était exceptionnelle, mieux qu'Alice, et Schmidt le savait, il l'avait compris. Elle se fit le plaisir de croiser le regard d'Alice avec supériorité. Chacune son tour ! Mais Alice ne lui rendit qu'un regard empli d'amour et Lilas se sentit nulle d'avoir osé avoir ces basses pensées. Elle se promit de s'en souvenir afin de pouvoir s'en confesser le lendemain.

Enfin, Schmidt se déplaça à nouveau et se positionna derrière Olivier. Avec les flammes provenant du bidon et les ombres projetées, on aurait dit une cérémonie indienne.

— Et enfin Olivier... Olivier en retrait, qui voit tout, qui sait tout, qui protège et aime. Comme saint Olivier Plunket, l'archevêque martyr d'Armagh, dont il porte si justement le prénom, il est la sagesse dont tout groupe a besoin.

Silence. Chacun des quatre adolescents se repaissait intérieurement de sa description, avec le sentiment confus d'être sur le point de vivre une expérience hors du commun. Schmidt ouvrit son sac à dos et en sortit un thermos.

— Tenez, dit-il, c'est du chocolat chaud. Pour vous réchauffer.

Il déboucha la bouteille et la passa à Lazare qui la porta à ses lèvres.

— C'est le monde qui s'offre à toi, Lazare, dit étrangement Schmidt. Bois.

Lazare s'exécuta, puis passa le thermos à Alice, qui le passa ensuite à Olivier. Lilas fut la dernière à boire. Elle n'en voulait pas mais elle avala quand même une gorgée sous le regard attentif de Schmidt. Ce dernier murmura ensuite :

— Cette nuit, nous allons nous unir, nous relier aux éléments, jusqu'à la révélation... « Or, le jour du Seigneur viendra comme un voleur ; en ce temps-là les cieux passeront avec fracas, les éléments embrasés se dissoudront, et la terre, avec les œuvres qu'elle renferme sera consumée »...

Et la nuit fut... Il n'existe pas de mots pour décrire ce qui arriva. Ce fut un voyage dans le cosmos, dans le chaos, dans l'essence même du monde, dans chaque cellule de chaque être vivant. Une épopée. Une odyssée.

Alice partit la première, sa tête bascula soudainement en arrière jusqu'à cogner le sol avec un bruit sec qui rompit le silence. Lilas n'eut même pas le temps de se précipiter pour lui porter secours, toute jalousie oubliée, car Schmidt était déjà à ses côtés, comme s'il avait anticipé ce qui allait suivre, comme s'il en avait la prescience. Il était l'homme tout-puissant. Non, pas un homme, Dieu.

Lilas soupira d'extase. Tant qu'il restait à leurs côtés le monde leur appartiendrait. Il allait leur offrir ce dont tout être humain rêvait : un accès à l'immortalité. Ils vivraient pour toujours, et pour toujours ils ne formeraient qu'un. Elle n'était pas cassée de l'intérieur contrairement à ce qu'elle avait toujours cru. Elle habitait dans un château de conte de fées. Un lieu inquiétant, mystérieux, obscur et charmant, magique, poétique, avec de vraies licornes qui volent et un arc-en-ciel qui indique le chemin. Lilas eut soudain la certitude qu'elle avait compris le sens de la vie. C'était *elle* le jardin secret ! Elle était l'eau et le bois, la terre, le métal et le feu ! Elle était tous les éléments réunis, l'alpha et l'oméga, et la lune lui parlait dans une langue que seules elles deux comprenaient. Même si elle n'atteindrait jamais la perfection d'Alice, elle était *elle*, et c'était suffisant.

Olivier, lui, avait mal aux pieds. Mais cette douleur le transcendait, tels les stigmates du Christ, elle lui offrait la voie vers la sainteté. Ses parents allaient être fiers de lui enfin, pour la première fois, eux qui rêvaient d'avoir engendré un saint martyr. Olivier vomit beaucoup cette nuit-là, et il en fut heureux. Heureux d'expulser ses mauvaises pensées par des jets de bile acide qui lui brûlaient la gorge. Il touchait enfin à l'essence même de la vérité, il était Jésus-Christ réincarné, et il était né pour sauver ses pairs grâce à sa douleur. En Judée, il aurait été lui aussi crucifié sur la croix de la peur. Mais là il était en Suisse au XXIe siècle, et il saurait faire passer son message. Et ses parents, enfin, l'aimeraient. Maintenant qu'il voyait sa voie toute tracée, il était serein, une émotion qu'il n'avait jamais ressentie auparavant. Il serait un martyr de la cause juste. Il ignorait laquelle, ses pensées suivaient le cours des étoiles. Mais il savait que telle était sa destinée.

Lazare, lui, avait *vu* leur destin. Ils étaient les quatre cavaliers de l'Apocalypse : mort, famine, guerre et conquête mêlés. Il se devait de les dessiner dans toute leur splendeur, et surtout dans toute leur exactitude, afin qu'ils règnent pour toujours sur le royaume souterrain des ténèbres tandis que les flammes des enfers éclaireraient leurs chemins. Le royaume des ombres mortes qu'ils feraient revivre enfin. Et si les autres ne voulaient pas le suivre dans sa destinée, Lazare serait le roi des gueux, l'empereur des oubliés, et le brasier jamais ne s'éteindrait. Le feu était l'essence de tout, pur et parfait.

Alice riait. Elle dévalait un océan de lumières, une merveille colorée. Elle était le futur du monde parfait créé par le Seigneur. Avec Lazare, celui qu'elle avait choisi, elle se reproduirait à l'infini et ils repeupleraient la Terre. Elle avait la chance d'avoir été bénie par tous les dons et talents, elle se devait d'en faire partager l'humanité.

Ce fut la première de nombreuses nuits près de l'abri, où ils burent le chocolat chaud et furent transfigurés.

À midi, Olivier et moi étions dans le 19e arrondissement, avenue de Flandre. Sur un geste de ma part, il s'est garé dans une petite rue perpendiculaire. Le bruit de la ville, immense, violent, le grouillement des humains, pareils à des termites fous, m'agressait. Voilà pourquoi j'aimais l'Auvergne : le silence, le clapotis du lac et le coassement des grenouilles, le soir... Trois jours plus tôt, j'y étais encore. Il y a une éternité, comme aurait chanté Joe Dassin.

Olivier a fermé sa grosse voiture et nous nous sommes dirigés vers l'avenue. Un groupe de jeunes nous a bousculés sans faire attention à nous, nous étions sur leur territoire. J'ai pointé le doigt en direction des tours.

— Là-bas.

Il a levé les yeux pour voir ce que je montrais. Derrière les petits immeubles parisiens typiques se dressait l'Ogre.

Les tours de l'Orgue de Flandre nous toisaient, hautaines dans leur décrépitude. Un délire architectural typique des années soixante-dix, quand les politiques croyaient encore qu'entasser des milliers de personnes autour d'une dalle de béton leur assurerait joie et sérénité. Depuis, l'Ogre était devenu une ville dans la ville, avec ses codes, ses lois, où les flics ne s'aventuraient qu'en cas d'absolue nécessité, et encore.

— Donc il serait venu ici après s'être enfui, a dit Olivier. Pour y trouver le crépuscule parfait. La lumière divine.

— C'est ça. Si tu les avais vus en vrai, tu comprendrais. Du toit de la plus haute tour, les couchers de soleil étaient incroyables, on aurait dit des incendies. C'est ce qu'il a raté encore et encore sur les derniers dessins.

Nous avons traversé l'avenue en slalomant entre les bus, les Uber, les vélos et les scooters, au risque de notre vie.

— Il y a presque deux mille apparts dans les tours. Sept mille habitants, plus les squatteurs. Tu vois la plus haute ? Elle s'appelle Prélude. Un bien joli nom pour un très vilain endroit. C'est le sixième plus haut bâtiment de Paris. Trente-neuf étages. Un labyrinthe infernal. De là-haut on voit tout Paris… Et les couchers de soleil embrasent le ciel…

— Comment tu sais tout ça ?

— C'est ici qu'il m'a abandonnée, à l'époque…

Olivier m'a fixée, avant d'exploser de rire.

— Tu veux dire, après n'avoir laissé à moitié mort en Suisse en vous enfuyant ensemble ? Il t'a larguée ici comme… Comme une merde ?

— Exactement.

Son rire a redoublé avant de se transformer en quinte de toux. J'ai avancé en direction des tours.

— Tu viens de me dire que c'est un labyrinthe, tu vas le retrouver comment là-dedans ? En toquant aux portes comme des Témoins de Jéhovah ?

— Lazare n'est jamais passé inaperçu.

— Et tu crois que les dealers en bas de la tour vont gentiment nous renseigner ?

— Non, tu te feras dépouiller avant.

Un vieux monsieur avec un caddie rempli de légumes fatigués nous a gentiment dit bonjour en passant. On lui a répondu d'un signe de tête. Après tout, peut-être que l'Ogre était un village et que je ne m'en étais jamais rendu compte.

— Alors tu me racontes ? a dit Olivier en me tendant une cigarette allumée.

— Te raconter quoi ?

— Pourquoi vous êtes partis sans moi.

Les souvenirs de Chevrière ont soudain afflué par surprise. Je pouvais presque sentir l'odeur de la fumée mêlée à celle de la neige. Sa main dans la mienne, mes promesses et mes trahisons.

— Après l'incendie, on nous a embarqués tous les trois en urgence dans une clinique privée pas loin de Chevrière, le genre à gérer des liftings plutôt que des brûlures, ai-je commencé, surprise que ma voix ne tremble pas plus. Avec Lazare, on nous avait collés dans une chambre dans un autre couloir que le tien. Donc on était là… Par la fenêtre de la chambre, on pouvait voir le parking désert, la lumière des lampadaires éclairait les flocons qui tombaient dru. Lazare avait allumé la télé mais il ne la regardait pas, il griffonnait sur le carton où étaient notées les normes de sécurité… quand La Boissière a toqué à la porte. Il nous avait apporté des fringues, de la bouffe… Il voulait savoir comment on allait.

Olivier a émis un petit soupir de dédain, il n'avait jamais pu le blairer, et sa culpabilité à son égard avait dû aggraver son ressentiment – on déteste toujours ceux qui nous rappellent nos péchés.

— Ça partait d'une bonne intention, ai-je tenté de le défendre. On était sous le choc, on était tout seuls…

— Vous auriez pu rester avec moi dans ma chambre, à me veiller.

— On n'a pas eu le droit ! Ils ne voulaient pas !

Olivier m'a fixé d'un air mauvais.

— Si, vous l'aviez, le choix. Vous m'avez *abandonné.*

— Bon tu vas continuer à chouiner ou tu veux la suite ?

Silence.

— C'est bien ce que je pensais. Donc on était là avec La Boissière, dans cette chambre de luxe, il y avait même du bain moussant dans la salle de bains ! Et c'est là qu'il nous a dit qu'Alice était morte… Je te rappelle qu'on venait de buter Schmidt… Les flics n'allaient pas tarder à venir nous interroger. Lazare savait que ses parents le foutraient dans un autre internat, encore pire. Moi il n'était pas question que je retourne chez moi…

— Pourquoi ?

Parce que mon père était un homme dangereux.

— Autre dossier, pas le moment. Lazare – ou moi, je ne sais plus – a décidé qu'il fallait qu'on se barre. La Boissière nous a emmenés à la gare routière du bled d'à côté. J'ignore pourquoi il l'a fait, mais il l'a fait.

Olivier attendait la suite, tout ouïe.

— De là on a pris un bus pour Lausanne et ensuite un autre pour Paris. Une fois arrivés… on connaissait rien, on était paumés. On a rencontré des gars qui zonaient, ils nous ont emmenés ici. On a squatté quelque temps dans des apparts désaffectés. Et puis un matin je me suis réveillée et… Lazare avait disparu.

La violence des souvenirs m'a saisie à la gorge. Le bruit me réveille enfin. Le monde est hostile, je ne veux pas ouvrir les yeux, trop de souvenirs se télescopent. Je tends un bras machinal sur le matelas sale, mais il n'y a personne. Je suppose que Lazare est parti pisser, alors j'attends. Mais il ne revient pas.

Nous étions arrivés au bas de la tour Cantate, trente étages, la troisième plus haute tour après Prélude et Fugue. Une bande de jeunes zonait en s'interpellant joyeusement – ça fumait des clopes, ça vrombissait en TMax, tranquille, pépouze. Des habitants se pressaient, indifférents, femmes chargées de sacs de courses, enfants accrochés au manteau, hommes tristes sans destination, employés de restos chinois transportant des sacs de riz…

— C'est tout ? a demandé Olivier, déçu.

— C'est tout. C'était glauque, c'était infiniment triste… Et toi ? Il t'est arrivé quoi après l'hôpital ?

— Ç'a été moche. Mes parents ont attendu que je me remette et ensuite… ils m'ont envoyé en Utah. Faire un « stage de conversion », histoire d'être sûrs et certains que je n'aurais pas d'« attirance contre nature ». Ça n'a pas marché, a-t-il conclu avec un petit rire sans joie. Ils sont morts et je suis pédé. J'ai gagné.

On avait passé la dalle et l'atmosphère avait commencé à changer. Les bruits de la rue étaient comme atténués, les gens se hâtaient de rentrer chez eux, les yeux fixés au sol. Plus de bédos, plus de TMax vrombissants. Seuls quelques gamins de douze, treize ans se tenaient immobiles, juchés sur les rambardes en béton ou sur des chaises de camping, les yeux et les oreilles aux aguets.

— C'est des choufs, ai-je expliqué à Olivier, des guetteurs si tu veux.

— C'est bon, je sais, t'es pas la seule à regarder le JT.

J'ai souri.

— J'avais oublié à quel point tu peux être désagréable quand t'es malade. Je me souviens quand t'avais eu la grippe, alors un cancer…

Il a fait un petit *pfuitt* dédaigneux avec sa bouche, ce son qui à l'époque me donnait envie de le frapper, mais cette fois-ci, il m'a fait plaisir.

— Vas-y continue à faire la guide touristique, c'est fascinant.

— Pourquoi tu viens si ça te pose un problème ? T'es pas obligé, tu peux m'attendre dehors. T'en profiteras pour te faire des copains.

On se chamaillait comme un vieux couple, et c'était doux et réconfortant. On s'est dirigés à l'arrière de l'ensemble, vers la tour VI, seulement six étages, quasiment une maisonnette comparée aux monstres qui l'entouraient. Les gamins nous observaient, attentifs. Ça sentait l'huile de friture et l'essence. On a contourné la tour VI et on s'est avancés vers la porte d'entrée cassée de la tour Prélude, qui tanguait sur un seul de ses gonds. Prélude, l'impératrice des lieux du haut de ses trente-neuf étages. C'est dans cette tour-là que nous avions squatté avec Lazare. Et c'est surtout ici que Karim, dit le Roi d'Akkad, habitait à l'époque, régnant sans partage sur son domaine. Demeurait-il encore ici ? Était-il seulement en vie ? On n'allait pas tarder à le savoir.

Si Karim était mort ou s'était fait ravir sa couronne, on ferait demi-tour la queue entre les jambes et retrouver Lazare dans le ventre du monstre – si ma fragile hypothèse était la bonne, ce dont je doutais moi-même – deviendrait presque impossible. Mais le Roi d'Akkad était immortel, et vingt ans ce n'était pas si long. Je croisais les doigts.

Un grand Gaulois blond d'une vingtaine d'années, muscles apparents sous son T-shirt Supreme malgré le froid, s'est soudain interposé entre la porte et nous. Le gars avait été aussi silencieux qu'un chat, je ne l'avais pas vu approcher. J'ai senti Olivier se crisper à mes côtés.

Monsieur Supreme nous a souri. Pas un sourire méchant ni carnassier, un sourire froid et professionnel. Le mec bossait, c'était un contrôleur. Bon signe, ça. Il nous a détaillés sans gêne, lentement, placide. Les mômes s'étaient tus, au spectacle, attendant la suite. C'est vrai qu'on formait un attelage intriguant et autant je pouvais passer pour une habitante du quartier, autant Olivier avec son costume de mariage froissé faisait tache dans le décor. Sauf que c'étaient des *a priori* qui venaient de me pousser à imaginer ça, alors que c'était l'inverse en réalité. Olivier, avec son beau costume, son visage émacié et son corps décharné collait parfaitement au décor, il ressemblait à un héroïnomane des beaux quartiers en manque venu chercher sa dose. L'intrus, c'était plutôt moi.

Le regard du Gaulois s'est arrêté sur les pompes d'Olivier, des Berluti à vue de nez. Quand il a relevé la tête, mon visage se trouvait à trente centimètres du sien ; moi aussi je pouvais bouger en silence. Son regard s'est durci. J'empiétais sur son espace vital et je le déstabilisais, c'était le but.

— Quel étage ? a-t-il demandé.

— Le dernier.

— Vous êtes attendus ?

— Non. Mais dites-lui que c'est Lilas. La fleur du désert.

Il a hésité un petit instant.

— Dis à Karim, dit Sargon, roi d'Akkad, que je suis revenue.

Le gars a fait un signe à un gamin assis sur un muret ; ce dernier a filé comme une fusée à l'intérieur de l'immeuble. Donc Karim était encore en vie et il régnait toujours.

Sur un signe du Gaulois j'ai écarté les bras de mon corps, et Olivier a fait de même. Il nous a palpés lentement, l'un après l'autre. Il a sorti de la poche d'Olivier la Rolex qu'il y avait rangée, l'a examinée avant de la remettre là où il l'avait trouvée. De son autre poche, son paquet de cigarettes Dunhill et son briquet, qu'il a aussi soigneusement remis à sa place. Il n'a même pas cillé quand, après avoir sorti le livre de ma poche, il a trouvé la liasse de billets ; il a dû penser que j'étais une grosse acheteuse.

À ce moment-là, un cri s'est fait entendre dans les airs – on aurait dit le hurlement d'un singe, posté en haut de l'immeuble. Le Gaulois a écarté la main, tel un majordome nous invitant à entrer au sein d'un royaume. Et c'en était un en quelque sorte.

Par pitié pour l'état d'Olivier j'étais prête à faire un effort et à prendre le seul ascenseur qui n'était pas en panne, malgré le dégoût que ces engins m'inspirent. Mais après m'avoir jeté un bref regard, il m'a pris la main et s'est dirigé vers les escaliers. Il savait. Il partageait. Lui aussi préférait se farcir toutes les marches que de monter dans la boîte en métal. Avec le chocolat chaud, un autre petit traumatisme que nous avait laissé Schmidt.

Les souvenirs m'ont de nouveau prise aux tripes, par surprise. Je me suis revue, du haut de mes seize ans, avec mon uniforme trop léger pour la saison. Il n'y avait qu'un ascenseur à Chevrière, dans l'aile principale, qui menait aux appartements de Schmidt et aux bureaux des enseignants et du personnel administratif. Seuls les adultes avaient le droit de l'utiliser, nous devions prendre les escaliers. La première fois que Schmidt m'avait permis de prendre l'ascenseur, j'avais cru à un privilège. Quelle erreur… À ce moment-là Sartre et Beauvoir n'étaient plus que de lointains souvenirs. Il ne se donnait même plus la peine de trouver un prétexte. J'ignorais ce qu'Olivier y avait vécu mais ça ne devait pas être moins terrible.

Nous avons pris notre temps, beaucoup de temps, pour monter les étages. Un pas après l'autre, une marche après l'autre, comme de très vieux alpinistes sur une pente de neige vierge.

À partir du vingt-huitième étage, les choses ont commencé à changer. Rien ne distinguait cette partie de la cage d'escalier, à part l'odeur. Ici pas de remugle de vieille pissotière, pas de shit brûlé à la va-vite. Ça sentait presque le bon, en tout cas le propre. Olivier m'a fait un signe.

— Cancer de merde, a-t-il réussi à articuler entre deux halètements.

— Désolée.

Je lui ai touché le bras en signe de soutien. C'était nul, mais je ne savais pas quoi faire d'autre.

— Du coup qui est l'homme à qui on va rendre visite, Karim dit Sargon, roi d'Akkad ? a continué Olivier, à bout de souffle.

— Le seigneur de ces lieux. Depuis toujours il sait tout ce qui se passe ici, il a les clés du royaume. Si Lazare est passé, il sera au courant.

— Sauf que tu m'as dit qu'il y avait des milliers de personnes…

— Il le saura.

J'ai hésité un instant avant d'ajouter :

— C'est lui qui m'a recueillie quand Lazare s'est barré.

— Vous êtes restés combien de temps ensemble, ici, avec Lazare ?

— Pas longtemps.

— Pas longtemps, c'était déjà trop longtemps sans moi.

Olivier s'est essuyé le front du dos de la main, il transpirait à grosses gouttes. La maladie était en train de lui prendre ce à quoi il avait le plus tenu, son allure, sa prestance. On gagne, on perd, on meurt. Comme s'il avait lu dans mes pensées, il m'a souri.

— C'est la fin du voyage, a-t-il murmuré. Je veux qu'on le fasse ensemble. Je te le répète, je préfère le passer avec toi plutôt qu'avec un garde-malade allemand.

Il mentait, il me demandait juste cette faveur parce qu'il aimait trop son mari et qu'il refusait que ce dernier souffre sans pouvoir rien faire à le voir perdre peu à peu toute dignité en attendant une fin inéluctable. Ça m'a brisé le cœur.

— Une fois qu'on aura retrouvé Lazare…, a-t-il continué, qu'on sera allés au bout de tout ça… tu resteras avec moi. Jusqu'à la fin. À Ibiza ou ailleurs. Promets-le-moi.

Je n'ai rien répondu. Olivier s'est de nouveau essuyé le front, cette fois avec sa chemise. Il a agrippé la rampe pour entamer les derniers étages. Une marche, deux marches, trois marches… À la quatrième, il a entendu ma voix s'élever derrière lui.

— Je te le promets, ai-je dit. Je resterai avec toi jusqu'au bout, la dernière seconde, le dernier souffle. Mais pas à Ibiza. Chez moi, face au lac et aux volcans.

Olivier ne s'était pas retourné, mais je pouvais voir ses épaules secouées par un mélange de rire silencieux et de larmes. Il a monté une nouvelle marche.

— Et si Lazare veut se joindre à nous, je lui créerai un petit asile perso près de l'enclos à poules, il y a un mur gigantesque où il pourra nous dessiner autant qu'il veut.

Olivier a grimpé deux nouvelles marches.

— Et je m'en veux tellement de t'avoir laissé là-bas, à l'hôpital, alors que tu avais besoin de nous.

— Je sais.

Nous avons repris notre lente progression. Quand nous sommes arrivés au trente-huitième étage, le Graal des Graal, la porte était ouverte.

— Tu ne m'avais pas dit qu'il y avait trente-neuf étages ? a demandé Olivier.

— Si.

— Pourtant on est au…

— On s'en fout.

Un couloir vétuste nous attendait, avec au bout, le royaume d'Akkad. Le lieu était resté tel que dans mes souvenirs : moquette râpée, néons blanchâtres, portes fermées. Un corridor glauque comme tous les autres... Ou presque. Il y avait six portes, trois à gauche, trois à droite, avant d'arriver au bout. Un ignorant aurait pensé qu'il s'agissait de simples appartements. Il n'aurait pas vu que l'étage était bien plus court et ne respectait pas l'agencement des autres, car il ne comprenait que six portes et non dix. Il n'aurait pas décelé qu'aucun bruit ne provenait des salons, chambres à coucher. Mais un ignorant ne serait pas arrivé jusqu'ici. Il aurait été stoppé au rez-de-chaussée et, même s'il avait pu arriver jusque-là sans être repéré, il aurait terminé définitivement sa course au milieu de ce corridor.

Olivier s'est rapproché de moi, comme à Chevrière, lorsque nous sentions le danger approcher.

— Y a un type qui nous observe, a-t-il chuchoté alors que nous passions devant un appartement dont la porte venait de s'entrebâiller à notre passage.

— Non, il y en a deux, ai-je répondu en retour. Un de chaque côté.

— C'est quoi cet endroit ?

— Je te l'ai dit, le royaume d'Akkad.

— Et je suis censé le saluer comment l'empereur quand je le rencontrerai ?

J'ai souri malgré moi.

— Avec... déférence.

— C'est quoi ce bruit ? a demandé Olivier.

Une plainte lointaine, triste mélopée du désert, nous entraînait vers la porte du fond à droite.

— De l'oud, ai-je répondu comme si c'était normal.

— Évidemment.

Nous étions arrivés devant la porte, elle aussi était entrebâillée. J'ai poussé le battant et je suis entrée. J'ai entendu derrière moi Olivier pousser un sifflement d'admiration : en tant qu'amateur d'art, il allait être servi.

La pièce faisait plus de cent mètres carrés, réunion de quatre appartements des étages classiques, et des deux derniers niveaux, d'où une hauteur sous plafond de plus de cinq mètres. Le sol était couvert de tapis persans qui se chevauchaient, les murs ornés de gravures mésopotamiennes et de miroirs qui faisaient se refléter les œuvres, comme si elles s'entrechoquaient à l'infini. Au centre de la pièce presque vide, plusieurs poufs entouraient une gigantesque table basse en bois massif, créée avec un tronc d'arbre millénaire. Posé en son centre, un bâton d'encens brûlait, entouré de coupelles d'argent grossièrement frappées.

Nous étions seuls. Tandis que je m'asseyais sur un pouf, Olivier a commencé à faire le tour de la pièce en examinant les gravures accrochées au mur. Il avait les yeux d'un enfant émerveillé ; la beauté l'avait toujours fasciné. Il a saisi une des coupelles en argent sur la table ; l'a lentement touchée, passant avec respect son index sur ses irrégularités.

— Ton roi a de bons contacts, a-t-il dit.

— Pourquoi ?

— Parce que si je ne me trompe pas, ces coupelles funéraires viennent de tombes en Syrie. Soit volées par des pilleurs, soit revendues au marché noir par le conservateur du Musée national de Damas, qui a préféré les sauver ainsi plutôt que d'assister à leur destruction quand la guerre a débuté. Je dirai qu'elles ont… deux mille, deux mille cinq cents ans ?

— C'est un plaisir d'avoir un connaisseur dans mon musée de fortune, a fait une voix paisible dans son dos.

J'ai levé les yeux en direction de la voix. Karim n'avait pas changé. Son vieux visage sur sa silhouette d'enfant s'était encore creusé, mais on y voyait encore ses yeux noirs, moqueurs et perçants ; il avait conservé son étrange air d'innocence – innocence trompeuse, pour qui comme moi l'avait déjà vu trancher d'un geste sec et précis le doigt d'un homme avec une dague. Le Roi d'Akkad. Celui qui après que Marguerite me l'ait présenté, m'avait prise sous son aile quand Lazare avait disparu.

Il s'est approché d'Olivier et lui a tendu la main. Olivier ne s'y est pas trompé et y a cérémonieusement déposé la coupelle en s'inclinant.

— Excusez-moi, je n'ai pas pu m'empêcher de la toucher, a-t-il dit en souriant, d'un sourire sincère. C'est une merveille.

Karim a souri en retour et a reposé l'objet exactement là où il était précédemment. Puis il s'est tourné vers moi.

— Que me vaut l'honneur de ta visite, jolie fleur ? Ça fait trop longtemps que je ne t'ai pas vue.

Il y avait un soupçon de reproche dans sa voix, et j'ai senti un vent de peur souffler sur ma nuque. Si Karim m'en voulait, je ne sortirais pas vivante de la pièce.

— Je dois retrouver Lazare. Je pense qu'il est peut-être revenu ici.

— Lazare… Bonaventure, c'est ça ? Un homme métis aux yeux bleus. C'est lui qui t'a menée ici la première fois. Vous reveniez de l'enfer, d'un lieu où les flammes brûlent et où les gens meurent.

Karim se souvenait de tout. C'était son pouvoir magique.

— En effet c'est lui. Je dois le retrouver pour protéger l'enfant. Je suis partie pour cette raison, et je reviens pour la même.

À son évocation, le visage de Karim s'est éclairé de mille rides, et j'ai poussé un discret soupir de soulagement. Il avait la même faiblesse que la mienne : la famille. Je savais d'où il venait, il s'était un jour confié, nostalgique, rêveur, comme on s'adresse à une plante verte ou à un mur. Il avait été amené par les vents du désert, comme moi, jusqu'à ce que sa mère le vende à des trafiquants de chair humaine quand il avait cinq ans.

— Comment s'appelle l'enfant ? a-t-il négligemment demandé en jouant à son tour avec la coupelle.

— Félix.

Il a haussé un sourcil. Olivier ne nous lâchait pas du regard, fasciné par une histoire qu'il ne comprenait pas encore. J'ai souri, j'avais respecté la promesse que je lui avais faite en partant.

— Il a bien sûr un autre prénom : Sargon.

J'ai sorti de la poche arrière de mon pantalon quatre photos froissées et je les lui ai tendues.

La première représentait un bébé joufflu, emmitouflé dans une couverture jaune. Il n'avait pas plus de quelques semaines. Au dos, étaient marquées d'une écriture adolescente *Félix, Sargon.* La deuxième le montrait à cinq ans, près du lac, dans un ciré jaune toujours, avec des bottes trop grandes, fier de son seau empli d'herbes et de vase. Sur la troisième il riait aux éclats pour son dixième anniversaire, s'apprêtant à souffler ses bougies, sa mère, Marguerite, l'entourant de ses bras. Enfin la quatrième était une simple photo d'identité prise l'année dernière. Il y était grand, adulte, sérieux. Beau comme un astre. J'ai laissé Karim les étudier attentivement.

— Il est beau, a finalement dit Karim en me rendant les photos. Il te ressemble. Je suppose qu'il tient de son père ses beaux yeux bleus perçants…

J'ai hoché la tête, incapable de croiser le regard d'Olivier. Karim gardait le silence, pensif.

— C'est pour mon fils que je dois retrouver Lazare. Je suis en danger. Si je meurs, il souffrira et ce n'est pas possible. Je tuerais pour le protéger, ai-je continué. Je tuerais pour qu'il ignore la vérité sur sa naissance, que je ne l'ai pas désiré, qu'il est sorti comme ça de mon ventre, un jour. Je tuerais pour continuer à l'accompagner et à le voir grandir, dans l'ombre de l'autre mère du ventre duquel il croit être né.

— Marguerite ?

— Marguerite.

— L'enfant ne sait donc pas que tu es sa mère…

J'ai regardé les tapis, au sol… J'avais accouché ici même, dix-neuf ans plus tôt, un soir d'octobre, sans y avoir été préparée.

— Non, ai-je finalement chuchoté, comme une gamine avouant une bêtise commise dans d'autres temps et d'autres lieux. Il l'ignore.

Ça faisait déjà six mois que je vivais dans l'Ogre de Flandre. Quand Lazare m'y avait oubliée, je n'avais pas su où aller. Le premier jour, j'avais quitté le squat, avant que les vautours qui le partageaient avec nous ne me mettent en pièces, et j'avais erré du côté de Stalingrad. Les jours suivants, je ne m'en souvenais pas. Je me rappelais juste cette rousse incendiaire qui venait régulièrement voir les dealers de crack, les bras couverts de tatouages. Fière. Imposante. Marguerite. Elle me fascinait. Et puis un matin de juin, elle m'avait abordée. Elle était tellement belle, sûre d'elle, différente… Je n'avais jamais su pourquoi elle était venue me parler, si c'était par pitié ou par hasard. Mais elle l'avait fait et elle m'avait sauvée.

Elle aussi vivait dans la rue, mais ça ne se voyait pas. C'est elle qui m'avait fait retourner dans l'Ogre. Mais pas dans l'enfer des étages du bas, dans le paradis du haut. Comment connaissait-elle Karim ? Ça aussi je l'ignorais, mais elle avait ses entrées. Nous avions fini par vivre dans l'appartement 1951, le premier à gauche dans le couloir à six portes. Seule contrainte : être discrètes. Marguerite sortait, moi je restais cloîtrée, en sécurité, le cerveau en pause. Je ne parlais plus depuis Chevrière.

Et puis un jour Karim nous avait fait l'honneur de nous inviter à prendre le thé. Nous habitions là depuis quelques semaines ; Marguerite m'avait levée, lavée et m'avait habillée avec une robe trop grande pour moi mais qui sentait le neuf. Avec une douceur toute maternelle elle avait brossé mes cheveux emmêlés, les avait tressés, et m'avait même mis un peu de noir sous les yeux. Nous étions arrivées, belles, apprêtées, avions accepté avec gratitude le thé à la menthe qu'on nous tendait. Et quand Karim m'avait posé des questions j'avais répondu. Ce jour-là j'avais redécouvert le son de ma voix. Il ne m'avait pas interrogée sur mon passé, personne ne le fait dans ce genre de lieu. Il m'avait juste demandé ce que je pensais des œuvres qui m'entouraient et j'avais répondu avec franchise, et une certaine culture. Je m'intéressais à l'art, j'avais de bonnes manières… Peu à peu, j'avais pris l'habitude de venir discrètement, sans faire de bruit, attentive, polie. M'asseoir sur un pouf et écouter la mélopée de l'oud en buvant du thé. Écouter Karim me raconter l'histoire du royaume d'Akkad.

— Tu es de retour là-bas, a doucement dit Karim, me sortant de mes souvenirs.

— Oui…

— Restes-y un peu. Avec ton ami, nous allons faire le tour de ma petite collection, il n'arrive pas à détacher les yeux du panneau de bois près de l'entrée, ce qui me remplit de fierté.

Ils se sont levés, et je suis restée assise sur mon pouf, sonnée.

Ce jour d'octobre, il y a dix-neuf ans, au même endroit que celui où je me tenais à présent, il pleuvait, de lourdes gouttes venaient s'écraser sur les carreaux. Un sbire de Karim m'avait servi un thé noir et fort, et je l'avais bu lentement, seule dans le salon, à admirer les motifs sinueux des tapis persans empilés au sol. J'avais le temps, je n'avais ni horaires ni obligations, je n'avais rien, à part un toit, de quoi manger, et ça m'allait. Peu à peu, terriblement lentement, je me reconnectais à moi-même, avec peur et désir. Mais ce jour-là avait été différent. J'avais commencé à avoir envie de vomir et un instant j'avais eu peur que Karim ait glissé une saloperie dans mon verre, comme Schmidt l'avait fait tant de fois dans le chocolat chaud. Mais il n'aurait eu aucun intérêt à agir ainsi, s'il l'avait demandé je lui aurais offert sans sourciller ce qu'il désirait. J'avais tenté de me lever, mais j'en étais incapable. J'étais coupée en deux. Écartelée. Le visage inquiet de Karim s'était penché sur moi, me demandant quelles drogues j'avais prises. J'entendais dans un brouillard les conciliabules des uns et des autres tandis que je gisais, repliée sur moi, le nez collé sur les tapis, à me dire qu'après avoir survécu à tant de choses j'allais crever là, comme un chien, que mon corps finirait dans une benne et que jamais personne n'en saurait rien, et qu'après tout ce ne serait pas plus mal de finir ainsi. Et puis... j'avais senti une large flaque s'étaler sous moi. J'avais honte. Je venais de flinguer le tapis de Karim, il ne me le pardonnerait pas et me jetterait à la rue.

J'ignore qui s'est rendu compte le premier de ce qui arrivait, qui a eu l'idée de soulever ma jupe et de découvrir une tête entre mes jambes, qui poussait pour sortir. Mais en tout cas c'est comme ça que Félix était venu au monde. Ma merveille. Ma bataille.

— Tu as fini le tour de tes souvenirs ? m'a demandé Karim.

J'ai répondu d'un hochement timide.

— Alors explique-moi quel est le danger que tu fuis. C'est Lazare, donc ?

— Non. Un livre a prédit ma mort prochaine. Puis celle de mon ami (j'ai tourné le regard vers Olivier) et de Lazare justement. Pour en réchapper, nous devons être unis et nous battre, ensemble.

Silence. Comme le jour où Félix était arrivé, la pluie avait commencé à battre contre les carreaux. Le temps ne s'écoule pas, il se contente de faire des boucles.

Karim a levé un sourcil.

— J'entends tes motivations..., a-t-il dit enfin. Oui, j'ai revu Lazare. Nos chemins se sont en effet croisés... Peut-être sommes-nous liés tous les deux, moi le Ying et lui le Yang... L'un dirige le royaume des cieux, l'autre celui des enfers...

Je l'ai fixé, stupéfaite. J'avais compris. J'ai sorti le livre de ma poche. Karim suivait mes mouvements, intrigué. J'ai commencé à lire à haute voix :

— « Il se devait de les dessiner dans toute leur splendeur, et surtout dans toute leur exactitude, afin qu'ils règnent pour toujours sur le royaume souterrain des ténèbres tandis que les flammes des enfers éclaireraient leurs chemins. Le royaume des ombres mortes et qu'ils feraient revivre enfin. Et si les autres ne voulaient pas le suivre dans sa destinée, Lazare serait le roi des gueux, l'empereur des oubliés, et le brasier jamais ne s'éteindrait. Le feu était l'essence de tout, pur et parfait. »

Je n'en revenais pas.

— Non seulement Lazare est revenu mais en plus... il a accompli sa destinée, ai-je expliqué à Olivier. Il est devenu le roi des enfers. Lazare vit juste sous nos pieds. En ce moment même.

Karim a acquiescé d'un infime hochement de tête.

— Et l'auteur du livre le savait quand il l'a écrit..., ai-je conclu, sous le choc. Il savait où se trouvait Lazare.

Karim s'est dirigé vers la porte. Olivier s'est levé à son tour.

— Je ne comprends pas ces histoires de livre, cela ne concerne pas directement l'Ogre donc cela m'indiffère, a-t-il dit de sa voix posée. En revanche... Reviens me voir avec l'enfant et Marguerite quand tout cela sera terminé.

Ce n'était pas une invitation, mais un ordre. J'ai hoché la tête en signe d'assentiment, tout en sachant que c'était un mensonge éhonté, que jamais je n'amènerais Félix ici. Quand nous sommes arrivés à l'entrée, Karim m'a pris le bas avec une vivacité surprenante.

— N'aie pas honte de là d'où il vient. Ne lui cache pas ses origines, ou il sera mutilé d'une partie de son être et passera sa vie à la chercher. Reviens avec lui, sur le lieu de sa naissance.

Il semblait presque suppliant, et j'ai compris que son existence jonchée de morts devait être d'une terrible solitude pour qu'il me fasse cette demande.

Olivier et moi, nous descendions les escaliers sombres menant aux étages inférieurs. De la musique brésilienne s'échappait de je ne sais où, absorbée par les murs en béton nus. Nous n'avions pas échangé un mot depuis que nous avions quitté le royaume de Karim. Olivier ne m'avait posé aucune question sur Félix, mon fils, caché et révélé. Peut-être craignait-il que je ne lui réponde pas, ou peut-être était-il simplement trop occupé à respirer.

Comme s'il avait entendu les questions qui défilaient dans ma tête, il m'a posé la main sur l'épaule pour m'arrêter. Nous en étions à l'étage vingt-trois, d'ici à ce qu'on arrive en bas il avait le temps de crever dix fois. Il s'est assis sur une marche et je me suis assise à ses côtés.

— Donc tu as eu un enfant de Schmidt.

— Dit comme ça, c'est vraiment dégueu.

Il a ri, moi aussi.

— Tu es sûre qu'il n'est pas… de quelqu'un d'autre ? De…

— Lazare ? Un, je te rappelle qu'il est métis, donc je pense que je m'en serais rendu compte. Et puis… on n'a jamais couché ensemble.

Il m'a fixée, les yeux écarquillés.

— Attends… Tu as passé des semaines avec lui ici, et vous n'avez jamais… ?

— Ben non. À croire qu'il me trouvait trop moche.

J'avais dit ça sur le ton de la plaisanterie, mais ce n'en était pas une – je gardais au fond de moi la bile du rejet. Lazare savait que j'étais dingue de lui, et pourtant il n'avait jamais tenté quoi que ce soit, alors que nous avions passé des nuits et des jours ensemble, collés l'un à l'autre comme deux naufragés. Trop laide, trop insipide, pas à la hauteur. Même pas baisable. Cette violence avait fini de me miner après Chevrière.

— Moi non plus, a fait Olivier avec un petit rire. Comme ça on est deux à être trop moches. Sauf que moi en plus j'ai dépensé une fortune pour tenter de le sauver de lui-même.

— C'est normal t'es un mec. Alors que moi, j'avais même pas cette excuse-là…

On est restés un moment tous les deux, assis l'un à côté de l'autre, en silence.

— Tu as fait un déni de grossesse, a finalement dit Olivier. Je suis désolé. Ça a dû être un tel choc…

— Ne sois pas désolé. Félix est entré dans ma vie et c'est la plus belle chose qui me soit arrivée. En plus, il a une mère exceptionnelle, Marguerite, qui lui a offert tout l'amour du monde. À ce niveau-là, tout est où ça devrait être.

Il a juste serré un instant ma main avant de me lâcher, en signe de soutien à mon mensonge. Non tout n'était pas où ça devait être. Ç'aurait dû être *mon* fils, à moi, voulu, pas un paquet tombé dans un mélange de sang et de glaires sur un tapis persan.

— Bon qu'est-ce que c'est que cette histoire de royaume des ténèbres ? a demandé Olivier. Que fait Lazare dans les parkings ?

Il était gentil de changer de sujet.

— Ici il existe deux mondes. Le monde du dessus, celui que nous arpentons chaque jour, celui des magasins, des restaurants, des transports, de la vie. Celui que dirige Karim du haut de sa tour pourrie. Et puis il y a le monde du dessous. Celui qui appartient à ceux qui ne vont plus nulle part, et qui attendent.

— Mais encore ?

— Sous ce magnifique complexe architectural se trouvent mille quatre cents places de parking, réparties sur cinq niveaux. À l'époque, aux niveaux moins un, moins deux et moins trois tu pouvais encore espérer garer ta voiture si tu filais un bakchich au gardien.

— Et les deux derniers ?

— Le moins quatre était une zone de non-droit réservée aux dealers. Le dernier sous-sol, le cinquième, n'appartenait à personne. C'était là où vivaient les gens qui n'en étaient plus vraiment, des zombies défoncés au crack et à tout ce que tu veux. Certains n'avaient pas vu la lumière du jour depuis des années, et c'est pas une façon de parler. Ce sous-sol fascinait Lazare, il disait que c'est quand on a tout perdu que l'âme devient le plus pure, le plus proche de Dieu. Qu'il faut approcher la mort pour espérer la renaissance. Que ces âmes damnées formeraient le futur royaume.

Olivier a reniflé avec mépris.

— Ça, c'est l'eau glacée, quand il est tombé dans le lac après un des chocolats chauds de Schmidt. Ça lui a gelé le cerveau.

La musique brésilienne a été remplacée par un rap puissant dont les basses ont fait trembler les murs. Pauvres voisins.

— Allez, tu fais encore dix étages et je te raconte la suite.

Il m'a regardée, outré.

— Tu es sérieuse ?

— Oui, absolument. C'est une carotte comme une autre. Bon d'accord un peu moisie, la carotte, mais là c'est tout ce que j'ai sous la main.

Quand nous sommes enfin arrivés au dixième étage. Olivier s'est écroulé sur une marche – encore. Il a hésité à s'allumer une cigarette puis l'a finalement rangée dans son paquet.

— Tu crois que je ne sais plus compter ? Ça fait pas dix étages mais treize ! a-t-il grogné.

J'ai rigolé.

— Bon alors le royaume des parkings, a-t-il dit en rigolant lui aussi. Quand je pense que j'ai descendu toutes ces marches pour que tu me racontes ce merveilleux conte de fées...

— Le dernier sous-sol de l'Ogre c'est deux cent quarante places de parking fermées, à vingt-quatre mètres sous terre. Au moins cinq, la température ne change jamais. Il n'y a pas de lumière. À côté des gars qui vivent là, ceux de Stalingrad sont de vrais seigneurs. Ce sont les damnés de la...

Je me suis arrêtée d'un coup. Derrière le mur en béton, l'ascenseur venait de stopper net à notre niveau, mais il n'était pas reparti. Olivier n'avait rien entendu. Il m'a tapoté le genou pour avoir la fin de la phrase.

— Alors les damnés de la... ?

J'ai posé l'index sur ma bouche pour lui intimer le silence. Il y a eu un frottement de l'autre côté, puis un autre… Et la porte du palier s'est ouverte.

Le Gaulois se tenait face à nous. Il m'a fait un signe de la main. J'ai avancé ; au moment où Olivier me suivait, il l'a stoppé de sa gigantesque main.

— Pas lui, toi.

— OK.

Karim m'attendait dans l'ascenseur. Je me suis approchée, mais je ne suis pas entrée dans la cabine – pas question.

— Petite fleur, a-t-il commencé. J'ai oublié de te parler d'une chose tout à l'heure.

— Tu n'as pas oublié, tu n'oublies jamais rien, c'est un de tes immenses talents. Donc qu'est-ce qui t'a fait changer d'avis ?

Karim a ébauché un sourire, il acceptait mon insolence, car je l'avais complimenté. Un cabot pathétique mais dangereux dans un corps de vieux nain.

— Tu ne m'as pas confirmé que tu reviendrais avec l'enfant.

Donc il était seul à ce point, jusqu'à me courir après pour quémander une promesse. Je ne voyais pas l'intérêt à me faire de nouvelle copine à mon âge, mais j'avais besoin de son info.

— Je te promets, ai-je donc dit en me retenant pour ne pas croiser les doigts derrière mon dos. En échange de quoi… Qu'as-tu oublié de me dire tout à l'heure ?

— Quelqu'un est venu demander après vous. Toi plutôt. Un homme d'un certain âge, avec des yeux clairs. Il y a quelques mois.

— Que lui as-tu dit ?

— Que tu avais vécu ici il y a de cela vingt ans, mais que je n'avais plus de nouvelles depuis.

De nouveau son petit ton de reproche insupportable.

— Tu lui as parlé de l'enfant ?

— J'en ai peut-être fait mention.

— Pourquoi ?

Il m'a regardée comme si je l'avais offensé.

— Enfin jolie fleur… Tout a un prix dans ce monde, surtout les informations ! Maintenant souviens-toi de ta promesse… Je ne suis pas pressé mais je ne suis pas immortel…

Et il est parti. Je suis revenue dans la cage d'escalier où Olivier n'avait pas bougé.

— Je sais pourquoi l'auteur du livre sait tout de nous. Parce que c'est Schmidt. Schmidt est vivant… Et il nous attend.

C'est tout ce que j'ai trouvé à dire. Olivier n'a même pas eu l'air étonné. Il a simplement fait : « Ho ! » Ça expliquait tout : à part nous trois, lui seul savait ce qui s'était passé, nos secrets et mensonges, les pièges qu'il nous avait tendus et dans lesquels on était tombés. C'était simple, limpide, efficace. Terrifiant.

On a commencé à redescendre lorsque soudain une idée terrible m'a traversé l'esprit : aujourd'hui Schmidt devait avoir dans les soixante-cinq, soixante-dix ans. Combien d'autres vies innocentes avait-il réduites en cendre ? Combien allait-il encore en détruire si on ne l'arrêtait pas ? Quand la voix d'Olivier a résonné sur le béton.

— Qui es-tu vraiment, Lilas ?

Je me suis tournée vers lui.

— Je comprends pas ta question.

— Tout ce stratagème, ce livre… C'est pour toi. Pas moi, pas Lazare, nous ne sommes que des appâts supplémentaires pour t'obliger à refaire surface. Toi. J'ai eu le temps de réfléchir durant cette interminable descente et… Là-bas tu ne nous as jamais parlé de ta famille alors qu'on racontait tout sur la nôtre.

— Il n'y avait pas grand-chose à dire, tu sais.

Je voulais vous protéger. Quand on ne sait pas on ne risque pas de parler.

— Sauf qu'après l'incendie tu as choisi de fuir avec Lazare plutôt que retrouver les tiens.

— Mais enfin j'étais folle de lui, je l'aurais suivi sur la lune !

J'aurais préféré mourir que de retrouver mon père.

— Le livre raconte qu'à la Toussaint, Schmidt a intercédé en ta faveur parce que tu ne voulais pas rentrer chez toi. Pourquoi ?

— Je ne rêvais que de rester avec vous. On était tellement bien ensemble.

C'était une partie de la vérité. L'autre partie étant : *Parce que mon père était un homme dangereux.*

— Et là, a continué Olivier comme si je n'avais rien dit, quand je te retrouve, tu te balades avec un téléphone de vendeur de drogue et ça fait vingt ans que tu vis en marge, soi-disant à cause de la mort de Schmidt. Ça fait beaucoup de précautions, pendant trèèès longtemps, pour quelqu'un dont on était persuadés qu'on ne retrouverait jamais le corps. Donc pourquoi es-tu la cible principale ?

— Je n'en sais rien. (Et j'étais sincère en disant ça. Pourquoi moi plus qu'eux ? Peut-être simplement parce que j'étais la plus dure à localiser, justement ?)

— Que caches-tu ? Qui es-tu en réalité ?

— Mais qu'est-ce que tu vas chercher ! Tu veux que je te raconte ma vie, je vais te la raconter et tu vas voir c'est pas fou, hein !?

— Vas-y, m'a-t-il répondu d'un air bravache.

— OK, en plus avec un peu de chance ça te fera descendre ! Alors je suis née à Garches.

Je suis née à Khartoum, au Soudan, et j'ai été élevée dans un indécent palais au milieu des sables.

— Tu as des frères et sœurs ?

— Deux. Un grand frère, une petite sœur. Et des parents super.

Je suis fille unique. Ma mère, Édith, est morte quand j'avais deux ans. Je ne garde aucun souvenir d'elle, et mon père ne m'a jamais montré aucune photo – elle a été comme effacée de la surface de la Terre. La seule fois où j'ai osé lui poser des questions, j'avais huit ans. Il est entré dans une de ces rages froides dont il avait le secret et je me souviens m'être recroquevillée dans ma coquille pendant des semaines.

— Que faisaient tes parents ?

— Papa était comptable, maman assistante pharmaceutique.

Officiellement, mon père était « attaché spécial », un nom qui ne veut rien dire et que je n'ai compris que bien plus tard. Ce qu'il faisait en réalité était à la fois complexe et terriblement simple. Il servait d'entremetteur entre les pouvoirs en place, les milices, les groupes pétroliers, les États et jusqu'aux ONG. Un embargo n'a fait qu'améliorer ses affaires. Une guerre civile et des coups d'État ont renforcé son pouvoir. C'était un marchand de mort et il tenait le pays dans sa main. Mon père ne se salissait pas les mains à regret, non, il adorait plonger la tête dans la fange, il y puisait sa vitalité, son bonheur. Et là, il avait un terrain de jeu immense où il pouvait édicter les règles à sa guise.

— Vous viviez où ?

— À Guingamp. Dans une petite maison près de la place centrale. Nous quatre et le chien, Einstein.

Nous vivions tous les deux dans le sud du pays. Là-bas il n'y avait rien, à part du sable, du pétrole... Et nous. Nous deux, dans un domaine immense au milieu des dunes, avec des dizaines de pièces, des gardes armés et des hyènes dressées comme des chiens de combat. Mon père avait fait de moi sa petite princesse.

— Si c'était si idyllique, pourquoi tu n'en parlais jamais ? a demandé Olivier, pas con.

— Parce qu'ils me manquaient trop.

J'assistais, parée de robes faites sur mesure par des couturiers, à des fêtes incroyables où il n'y avait que des adultes, avec des concerts privés, des danseuses du ventre, des courses de chars en plein désert, de l'alcool à ne plus savoir qu'en faire... Ça, c'étaient les fêtes officielles. Et il y avait les autres, que j'observais du haut d'une de mes fenêtres, cachée dans l'obscurité, caressée par les vents qui rendent fous.

Nous nous sommes arrêtés au palier du premier sous-sol, sous la lumière crue du dernier néon survivant. L'odeur du crack me piquait les narines. J'avais pourtant descendu les marches une à une, mais Olivier n'arrivait plus à suivre. Un instant, j'ai eu peur qu'il ne claque là, au milieu des déchets et des excréments. Il m'a fait le signe « 2 » avec l'index et le majeur. Pour quoi ? Deux secondes ? Deux minutes ? Deux heures ? Le V de la victoire ? Au bout d'une éternité, il a dégluti avec difficulté et a grimacé – un sourire peut-être, dans une réalité parallèle. Il s'est appuyé sur mon épaule pour tenir droit et on a recommencé notre descente infernale.

— Après Chevrière tu n'as jamais revu ta famille ?

— Si, quelquefois. Mais j'étais fracassée de l'intérieur. On n'a pas réussi à renouer vraiment, on a perdu les liens peu à peu… Tout ce qui s'était passé au pensionnat, et puis ici, ça pesait trop lourd. On était quand même persuadés d'avoir tué quelqu'un…

La première fois que j'ai vu un homme mourir, j'avais onze ans. Ce soir-là il y avait une fête dans notre palais. Après m'avoir fait parader, mon père m'avait envoyée me coucher et j'avais filé sans demander mon reste, bien consciente que l'ambiance était… bizarre. Il y avait une vingtaine d'invités, tous des hommes, européens et africains. Ils fêtaient un putsch dans lequel mon père avait joué un rôle fondamental. Ça avait parlé guerre, pétrole et pouvoir, comme d'habitude. Ça s'était congratulé, ça avait ri de plus en plus fort au fur et à mesure que les bouteilles étaient débouchées, et un des messieurs présents avait commencé à me regarder avec insistance. C'est le moment où j'avais filé.

Mais une fois dans ma chambre – une suite plus grande que l'intégralité de ma maison en Auvergne –, je ne m'étais pas glissée dans mon lit. J'avais escaladé la fenêtre de ma salle de bains et j'avais fait le tour avec précaution, excitée à l'idée de me retrouver seule face aux dunes et aux étoiles. La large fenêtre au-dessus de la baignoire donnait sur une avancée du toit, à laquelle je pouvais accéder en enjambant l'embrasure. Le rebord faisait moins de cinquante centimètres de large et courait tout le long de l'aile, jusqu'au côté opposé du bâtiment. Y accéder était dangereux, le parcourir était périlleux. Il était facile de glisser sur le sable amoncelé par les vents et dans ce cas il n'y avait rien pour se rattraper, c'était la chute assurée dix mètres plus bas. Mais je n'avais pas peur : là-bas, j'étais invisible de tous, espionne et fugitive. Libre.

Cette nuit-là, le désert était illuminé par des feux des camp, quatre en tout, éloignés les uns des autres d'une dizaine de mètres, et juste en dessous de moi, contre le palais, deux rangées de sièges avaient été dressées. Les invités de mon père s'étaient assis. Je retenais mon souffle, fascinée et inquiète. Ils s'esclaffaient bruyamment, excités à l'idée du spectacle mystérieux qui s'annonçait. Je m'étais moi aussi posée, les jambes dans le vide et moi aussi j'avais attendu. Excitée comme eux sans savoir ce qui allait arriver.

Les hommes de pouvoir n'en ont jamais assez. Ils veulent assurer leur domination sur ce qui les entoure. Et quand on leur offre la possibilité d'assouvir leurs fantasmes en toute impunité… il n'y a plus de limites. Les monstres révèlent leur vrai visage et il est terrifiant. Ce soir-là, je l'avais compris pour la première fois. Ce ne serait pas la dernière mais je l'ignorais.

Il y avait le souffle du vent, le brouhaha des hommes ivres, l'odeur des torches à huile. Je m'étais demandé, impatiente, quand le spectacle commencerait, espérant qu'il s'agirait d'animaux dressés, comme au cirque. J'étais fébrile, je n'avais jamais vu de cirque en vrai. Et soudain ça avait commencé. Un homme noir était arrivé, en costume et chaussures de ville. Il était entouré de deux des gardes de mon père et tremblait, alors qu'il faisait si chaud. Les gardes l'avaient emmené au milieu de l'arène et l'avaient laissé là, seul. Et puis j'avais entendu les feulements. Les quatre hyènes tachetées de mon père, tenues en laisse par leur dresseur, un très grand homme prénommé Marki, approchaient. Marki avait placé une hyène de chaque côté du carré créé par les feux de camp, l'homme en costume était immobile au milieu. Puis, sur un ordre silencieux de mon père, son sifflement inimitable, il leur avait ordonné d'attaquer.

Nous avons plongé dans l'obscurité au tournant de l'escalier. J'ai trébuché et j'ai dû me rattraper au mur, prisonnière de ce labyrinthe et de ma mémoire.

— Pourtant, à Chevrière tu nous as dit que tu avais vécu à Bordeaux, a dit Olivier.

— On a déménagé quelques années avant que je parte au pensionnat.

Ça, c'était vrai, on avait bien « déménagé ». Mon père se croyait au-dessus des lois, grâce à ses relations et à l'argent. Il ne l'était pas finalement. Un jour la roue avait tourné.

J'avais treize ans et c'était en juillet. Notre citadelle a été attaquée, et nous avons dû fuir, cachés à l'arrière d'un camion. Les anciens amis de mon père étaient devenus ses ennemis, le retour en France a été violent : contrairement au désert où mon père avait tous les pouvoirs, nous devions soudain nous conformer aux lois d'un pays. Bien sûr il était toujours riche à millions mais ce n'était plus la même chose.

Mon père a choisi un immense manoir en Sologne. Nous n'avions plus de gardes, plus de hyènes dressées au combat, il ne pouvait plus faire disparaître quelqu'un à sa guise. Il y avait des règles. Dans cet endroit lugubre, nous nous sommes retrouvés tous les deux, face à face. Pour la première fois il me voyait, sa petite princesse du désert. Sa presque femme. Je savais que sous ses allures d'homme se cachait une bête, et que tôt ou tard il n'aurait plus de dérivatif. Comme Cronos il finirait par dévorer son enfant.

— T'as plus d'air, t'es tout gris. On va faire une petite pause, ai-je dit à Olivier d'une voix détachée.

En réalité c'était moi qui en avais besoin, engluée dans mes souvenirs. Il ne s'est pas fait prier et s'est assis. Je me suis adossée au mur, moi aussi je manquais d'air. Je pouvais sentir le sable dans ma gorge.

— Du coup si tout était si parfait, comment t'es-tu retrouvée à Chevrière ? Tu le disais toi-même là-bas, personne n'y était envoyé par hasard.

— Mon père croyait que c'était un internat normal. Il voulait que je fasse de brillantes études.

Quand nous sommes arrivés au manoir des Biches, mon père a décidé qu'il était temps de m'éduquer. Et il l'a fait : pendant trois ans il m'a dressée pour faire de moi une extension de lui. Pour survivre, je n'ai eu d'autre choix que de lui faire croire que j'avais la même âme noire. J'ai tout enduré en me faisant la promesse de m'en sortir. Et lui, il n'a rien vu. Au contraire il était fier de sa petite princesse, sa propriété, sa chose. Je lui appartenais, corps et âme.

J'étais un bon petit soldat. J'ai participé à ses dîners et à ses chasses. Il m'a présenté ses associés, des hommes aussi vicieux que lui, et j'ai ri à leurs plaisanteries tout en buvant du vin. J'ai écouté leurs conversations et j'ai retenu les chiffres, les noms, les lieux. Parmi eux, il y avait une femme. Sylvie.

Sylvie avait la cinquantaine et faisait des affaires avec mon père. Elle venait régulièrement au manoir des Biches, se prêtait avec grâce au jeu des soirées et des chasses mais elle était différente. Je l'observais, cette belle femme seule au milieu des loups, et je savais à son regard qui la trahissait par instants qu'elle les haïssait autant que moi, ces hommes gras et avides. Simplement elle n'avait pas le choix : la France avait besoin de certaines choses que mon père était le seul à pouvoir obtenir, et Sylvie travaillait pour la France.

C'était un samedi de la fin du mois d'août. J'avais seize ans. Mon père fêtait un nouveau départ : les affaires reprenaient. Bientôt nous allions déménager, un nouveau désert, un nouveau château perdu au milieu des sables. Bien sûr je ferais partie des cartons. Il y avait du champagne, de la musique, des puissants. À la piscine, Sylvie se pavanait avec sa cour.

Quand elle m'a vue au loin, cachée derrière un bosquet, elle m'a fait un petit signe. J'étais étonnée mais je me suis avancée. Sylvie s'est excusée et m'a entraînée à l'écart, naturellement, comme une tante amicale se fend d'une brève conversation avec une ado désœuvrée. Il faisait chaud, j'avais soif et j'avais peur. Ces derniers temps, je n'avais pas été à la hauteur des espérances de mon père et il m'avait punie à sa façon. J'ignorais ce qui allait m'arriver à présent.

Sylvie m'a parlé en souriant, une conversation anodine parmi tant d'autres, mais ça, c'était pour les potentiels spectateurs au loin. En réalité ses mots étaient nets et tranchants et ils allaient changer ma vie.

Tandis que nous nous éloignions discrètement dans le parc, elle m'a expliqué qu'elle faisait son boulot, même s'il était sale, car quelqu'un devait bien s'en charger. Sauf que moi je n'étais pas une raison d'État… mais une enfant innocente aux prises avec un homme pervers. Elle m'a dit qu'elle savait ce qui m'était arrivé et qu'elle voulait me sauver. Elle espérait peut-être que sa bonne action pèse dans la balance à l'heure du jugement dernier et qu'en sauvant une âme pure elle rachèterait la sienne. En tout cas elle avait convaincu mon père de m'envoyer en pension, loin de lui, pour parfaire mon éducation. Il ne voulait pas mais il n'avait pas pu refuser. On ne disait pas non à Sylvie. C'était une première étape ; elle aviserait ensuite. Je l'ai remerciée en chuchotant, consciente du risque qu'elle prenait. En échange elle ne m'a demandé qu'une chose : oublier tout ce que j'avais vu et entendu. Ne jamais rien dire, jamais.

Nous sommes arrivés au cinquième sous-sol. Le royaume de Lazare. L'antichambre de l'enfer. Olivier a émis un ricanement.

— Dis-moi, y a-t-il seulement une bribe de vérité dans ce que tu viens de me raconter ?

J'ai souri dans la pénombre.

— Non. Mais ça n'a rien à voir avec le bouquin ni avec rien de tout ce qui nous arrive, je peux te le jurer.

La porte a émis un grincement sinistre en se refermant sur nous. On y était. C'était sur ce monde que régnait à présent Lazare, sur des anges déchus condamnés à l'obscurité. Les halètements d'Olivier et l'odeur mourante de sa sueur imprégnaient ma peau. De petits bruits de raclement provenaient de notre droite. Des rats ? Des humains ? Je ne voulais pas le savoir. On marchait sur un tapis spongieux de matières inconnues.

Olivier a allumé la lampe de son téléphone pour illuminer les ténèbres, et le vide est apparu, un vide de béton lacéré de graffitis obscènes et d'ordures décomposées, à perte de vue.

— Regarde, a chuchoté Olivier en pointant un mur à ma droite.

J'ai suivi le mouvement de son téléphone. Sur le mur gris, une gigantesque fresque s'étalait : nos quatre visages adolescents répétés à l'infini, au milieu des flammes.

— Pas de doute, on est chez Lazare… Maintenant faut le trouver : je fais les travées de gauche, tu prends celles de droite ?

— Pas question. Je ne me promène pas tout seul ici.

— Toujours aussi courageux à ce que je vois.

— Je vais mourir, mais pas ici. Et puis…

— Je sais, t'as une peur panique du noir. OK, OK… Allez on reste ensemble comme Hansel et Gretel, et on commence par la fresque.

Box un, deux, trois… Sept, huit, neuf… Olivier comptait méthodiquement, moi j'ai rapidement arrêté. Ils se ressemblaient tous. Remplis de détritus… Et vides. Trente et un. Toujours rien. Une lumière fantomatique venait d'un boîtier SORTIE DE SECOURS miraculeusement encore en marche. Je m'éloignais déjà vers le box suivant quand Olivier m'a retenue en me posant la main sur le bras.

— Écoute, a-t-il murmuré.

— J'entends rien.

— Fais un effort.

Il avait raison. Quelque part, derrière un monceau d'ordures décomposées et de cartons mêlés, on pouvait entendre un petit bruit. Une… chanson. Peu à peu, en tendant l'oreille, la ritournelle a commencé à prendre forme. « Quand il me prend dans ses bras, qu'il me parle tout bas, je vois la vie en rose… »

— Y a quelqu'un ? Madame ? Monsieur ? a demandé Olivier d'une petite voix.

— T'es vraiment incroyable, ai-je chuchoté tout en m'avançant. Tu veux lui envoyer un bristol aussi ?

Je m'apprêtais à donner un coup de pied dans le bordel quand j'ai réalisé que ce qui semblait à première vue un entassement de cartons était en fait un abri soigneusement construit. C'était le *foyer* de quelqu'un, une femme vu la voix, un être humain qui avait mis un temps fou à se créer un semblant de maison dans le box 31. En y regardant bien, il y avait même des rideaux faits de lambeaux de plastiques aux fenêtres, retenus par des rubans de sacs poubelles. Il y avait d'autres détails incroyables : des feuilles de lierre séché collées entre elles, des fleurs artificielles de cimetière débordant d'un pneu de voiture faisant office de jardinière... Une forme de poésie très décalée pour qui y aurait été sensible – ce n'était pas mon cas.

« Il me prend dans ses bras, il me parle d'amour... » Quant à la propriétaire de ce charmant logis, elle ne connaissait plus très bien les paroles, elle tournait en boucle comme un vieux disque rayé. J'ai dit d'une voix forte :

— Madame ?

La chanson s'est interrompue. Derrière moi, Olivier a étouffé un rire.

— « Madame » ? Qui envoie les bristol cette fois ?

— Très drôle. J'ai répété plus fort. Madame ? On veut vous parler, c'est tout. Mais faut sortir de là parce qu'on se gèle et qu'en plus on n'est pas patients. Donc si vous ne sortez pas, on va être obligés de souffler sur votre maison en carton jusqu'à ce qu'elle s'écroule.

Silence. J'ai soupiré, avant de donner un premier coup de pied, pas trop fort, dans la masure, qui a branlé sur ses fondations. Je m'apprêtais à en balancer un deuxième plus senti quand un des cartons du bas de l'édifice a bougé, et qu'une tête toute chiffonnée s'est encadrée dans la lumière blanche projetée par le téléphone d'Olivier, au ras du sol.

Elle pouvait avoir trente comme soixante-dix ans. Forcément, édentée et avec la crasse qui lui tenait lieu de visage, c'était dur de lui donner un âge. Les cartons ont remué et elle est apparue tout entière. Elle était vêtue à l'image de son abri, d'une accumulation de couches disparates de tissu, de déchets, de plastique.

— On cherche quelqu'un, ai-je dit. Le roi des ténèbres.

— Le roi des ténèbres..., a-t-elle répété consciencieusement en zozotant.

Elle a commencé à s'agiter en jetant des coups d'œil impatients, tantôt vers la fresque nous représentant, tantôt vers le sombre fond du parking. Qu'attendait-elle ? Quand soudain, un bruit sourd a retenti, se réverbérant sur le béton nu, puis un nouveau, plus proche cette fois, qui a fait rebondir le ciment. Puis un autre, et encore un autre. L'armée de Lazare approchait.

Un homme, deux, quatre, dix nous ont entourés dans la pénombre. Une armée chancelante et en guenilles, qui marchait au rythme des tambours. L'habitante de la maison des ordures nous a regardés d'un air méchant et a refermé son rideau de plastique.

On était piégés. Évidemment. Les royaumes du ciel et de l'enfer sont connectés : l'un n'existe pas sans l'autre c'est ce qui fait qu'ils perdurent. Lucifer est un ancien ange, celui qui portait la lumière avant d'être déchu. Karim l'avait prévenu.

Nous avons suivi les hommes sans opposer de résistance. Je revivais mon enfance, lorsque avec mon père et ses gardes, nous partions en « tournée » dans le sud du pays. À ce moment-là, nous allions visiter dans le désert les plaines dévorées par les forages illégaux. Parfois, nous croisions de pauvres hères mourant de faim et de soif, la peau à vif, noircie et creusée par le pétrole, prêts à tout pour un bidon d'eau. Nous détournions le regard et poursuivions notre route, comme si de rien n'était. Les silhouettes qui nous entouraient leur ressemblaient. Lazare était, comme mon père l'avait été avant lui, un roi fou régnant sur une légion de gueux.

Nos pas résonnaient, inégaux, sur le sol brut. Et propre. Quelqu'un avait pris la peine de nettoyer les ordures et rien ne traînait ici. Un néon grésillant au lointain éclairait nos pas. D'autres murs, d'autres fresques. Seuls nos visages sur les murs nous suivaient de leurs regards accusateurs, surtout le mien, comme si mon moi adolescent me reprochait d'être si facilement tombée dans ce piège. J'aurais voulu lui parler, lui dire qu'au contraire j'étais là où je devais être, et surtout que j'allais revoir Lazare le ressuscité, celui qui nous avait à tous déchiré le cœur.

Au loin, des lumières vacillantes semblaient nous attendre. Nous sommes arrivés à l'extrémité nord du parking. Il y avait des couvertures sales sur le sol entourées de chaises rangées en cercle. Un homme dont nous ne voyions que le dos priait face à nos visages peints, les bras largement écartés en croix. Quand il s'est retourné…

… Lazare n'avait pas changé, ou si peu. Quelques rides supplémentaires au coin des yeux, une barbe qu'il n'avait pas à l'époque, le cheveu moins présent au niveau des tempes. Pour le reste… Lazare était resté Lazare. D'une beauté époustouflante de nonchalance. Ses yeux clairs au milieu de sa peau noire. Je me serais presque crue face à lui, à Chevrière, mais vingt ans plus tard… S'il n'avait pas été vêtu de ses oripeaux de roi fou. Il portait un blouson mordoré couvert de taches de peinture sur une chemise à motifs orientaux, un pantalon pachtoune avec des claquettes… et une couronne. Pas une couronne de pacotille trouvée dans une pochette surprise, ou une guirlande de papier offerte lors de la galette des Rois, non une *vraie* couronne, avec des ornements et incrustée de pierres brillantes. J'ai pensé à *L'Homme qui voulut être roi*. Peut-être finirait-il notre tête entre les mains.

Il nous a fixés longuement, les flammes dansant dans ses yeux bleus, tandis que ses hommes se tenaient autour des bidons transformés en braseros. En fait, Lazare n'avait pas créé une armée, il avait trouvé des disciples, nous étions au cœur de son église et, si j'en croyais les fresques, nous avions été ses apôtres. Mais il s'était trompé de couvre-chef : il ne voulait pas être roi, il voulait être Dieu.

Il s'est approché de moi et ses doigts, tels des plumes, se sont posés sur ma joue. Olivier a tressailli à mes côtés : entre nous deux Lazare avait choisi, et j'ai ressenti un pincement de fierté mal placée, à l'idée que ce cinglé me préférait, moi, à mon compagnon en fin de vie. D'un autre côté, Olivier l'avait enfermé dans une prison dorée certes pour tenter de le sauver de lui-même, mais il était normal qu'il lui en veuille un peu.

J'ai laissé ses doigts parcourir lentement mon visage, tracer l'arête de mon nez, d'infimes cercles sur mes pommettes, effleurer mes lèvres. Je retenais mon souffle ; et à cet instant c'est l'humanité tout entière qui s'est arrêtée. Ma main, malgré moi, s'est posée sur la sienne pour stopper son geste : c'était trop fort, trop douloureux. Lazare, mon seul, mon unique amour.

On nous a fait asseoir sur un vieux canapé défoncé que deux disciples avaient sorti d'un box. C'était lunaire. Je me demandais comment Lazare avait réussi en si peu de temps – quelques mois d'après le directeur de la « clinique » des Peupliers – à construire ce monde. Le talent de Lazare. Lucifer avait beau avoir plongé dans l'obscurité, il émanait toujours de lui cette lumière intérieure qui attirait les papillons perdus.

Olivier était livide et respirait difficilement. Un homme lui a tendu une bouteille d'eau sale et mon compagnon a bu avec avidité. Personnellement, j'aurais préféré crever que de toucher à n'importe liquide offert par un junkie, mais je n'ai rien dit ; si Olivier voulait partir dans un trip dont il risquait de ne jamais revenir, libre à lui.

Lazare était resté debout face à nous, souriant, trop souriant. *Habité.* Il faisait son show, sous l'œil égaré des morts vivants qui l'entouraient en cercle éloigné. Tous, sauf un homme minuscule à sa droite. Un garde du corps en guenilles de un mètre quarante – pourquoi pas après tout, la situation était déjà assez folle comme ça.

— Mes frères, mon âme…, a-t-il commencé d'une voix de stentor. Je me réjouis tant de vous voir ici !

Réunis à nouveau. Lilas… Tu es encore plus belle que dans mon souvenir. Quant à toi Olivier… je ne dirais pas la même chose.

Sa voix s'était fait dure. Il n'avait pas oublié son petit séjour en banlieue parisienne, gavé de médocs. La soufflerie du parking a brusquement redémarré, faisant vibrer l'air vicié.

— Vous avez rejoint mon royaume, a continué Lazare en haussant le ton pour se faire entendre. Vous avez…

Le reste s'est perdu dans mon cerveau. L'auteur d'*Ils n'étaient qu'un* savait que Lazare serait là. S'il avait aidé à l'écrire, qu'est-ce qui se jouait à présent dans ce sous-sol ? Pendant ce temps-là, Lazare continuait sa litanie.

— … « Ne craignez pas ceux qui tuent le corps, et qui ne peuvent pas tuer l'âme. Craignez plutôt celui qui peut faire périr l'âme et le corps en enfer »…

Je me suis levée avant de m'avancer vers lui, jusqu'à ce que nos visages se touchent presque. Il ne pouvait pas être à l'origine du livre, c'était impossible. Mais quel rôle avait-il endossé ?

— Un livre a été publié sur ce que nous avons fait, ensemble, il y a vingt ans, ai-je murmuré.

Un regard d'incompréhension m'a répondu. Lazare n'avait jamais été un bon acteur – sauf pour Mlle Bertin mais ce n'était pas une référence, elle ne l'avait choisi que pour son physique.

— Il révèle la mort de Schmidt.

Nouvel éclair de surprise, il ne savait pas de quoi je parlais. J'ai regardé autour de moi, tout ça n'avait ni queue ni tête. Je ne voyais pas comment il pouvait être impliqué de quelque manière que ce soit.

— D'accord, a-t-il finalement dit. Qu'attends-tu de moi ?

Que tu sois à moi. Que plus jamais on ne se sépare. Que tu m'aimes enfin.

À la place j'ai répondu :

— Que tu viennes avec nous. Quelqu'un nous attend et il faut qu'on soit réunis tous les trois.

Je veux te sauver la vie. Car si le livre dit vrai, après moi vous serez les prochains. Mais si je t'en parle, tu ne me croiras pas.

Lazare a fait un large mouvement de la main qui englobait le parking.

— Et laisser mon royaume ?

— Je t'en offrirai un plus vaste : celui de Chevrière.

Avant qu'il ait le temps de contester j'ai continué :

— C'est là-bas que tout a commencé. Nous quatre, les flammes… Chevrière est le meilleur endroit – le seul – pour peindre ta fresque car le lieu porte en lui la trace pure des origines. Quant à ton royaume… Tes disciples t'attendront.

Lazare m'a fixée, hésitant. Finalement, la curiosité l'a emporté. Je lui offrais un retour aux sources trop tentant pour être refusé.

— Action ou vérité ? a-t-il chuchoté.

Lazare était resté Lazare. Fou et joueur. Par ces trois petits mots, il recréait le cercle que nous avions brisé en nous séparant.

— Action. Viens avec nous.

— D'accord, a-t-il répondu.

Il m'a souri, le sourire de Lazare. Il m'a serrée dans ses bras et sous la puanteur de la crasse j'ai senti son odeur. Il avait simplement dit d'accord, tout naturellement, on allait sortir d'ici, aller là-bas, on allait... J'ai chancelé, étourdie.

Mais l'Ogre de Flandre n'aime pas laisser partir ses enfants. Il préfère les anéantir que de leur rendre leur liberté. En vacillant, j'ai failli tomber, Lazare a fait un pas en avant pour me retenir, un instant nos corps se sont unis... Mais ce faisant, il a heurté un des bidons transformés en brasero. Sa flamme a léché une des tentures tirées le long de la paroi... Le feu, toujours le feu. Notre destin.

Et le mur entier s'est embrasé. La fumée a été immédiate, suffocante, fatale. J'ai à peine eu le temps de tirer Lazare à moi avant qu'il ne se transforme. Nous avons trébuché tous les deux et ma tête a lourdement cogné le sol. Ma dernière pensée a été que c'était con de mourir comme ça.

Les sirènes anti-incendie hurlaient au-dessus de nous. Les flammes avaient disparu dans les tourbillons d'une fumée opaque qui allait bientôt nous engloutir. Plusieurs silhouettes couraient, désordonnées, j'ai hoqueté quand l'une d'elles m'a piétinée. Lazare n'était plus à mes côtés. J'allais crever là, seule, moi qui m'étais promis d'en sortir vivante... Quand une main d'enfant s'est posée sur ma bouche. Je voulais me débattre, frapper, mais je n'y arrivais pas, chaque inspiration m'arrachait les poumons. La main s'est posée plus fermement, puis j'ai senti la fraîcheur d'un tissu mouillé.

— Chhhut, a fait une voix aigrelette. Calme-toi. Je vais t'aider...

À travers la fumée et mes larmes, j'ai entraperçu le haut du visage du tout petit homme qui était resté aux côtés de Lazare. Un étrange visage à la fois vieux et enfantin, mangé par d'immenses yeux noirs. Un visage familier.

Il respirait par à-coups, méthodiquement, dans une écharpe. « La panique est la seconde des plus grandes bêtises humaines », avait coutume de dire mon père. « La première étant la bêtise elle-même », finissait-il ensuite de son rire gras. Je me suis forcée à calmer mon souffle. Pas question que je finisse ici, au milieu des ordures. Je mourrais quand *je* l'aurais décidé. Quand mon fils n'aurait plus besoin de moi, moi, son ange gardien et sa malédiction.

Le petit homme m'a tendu la main, je l'ai saisie, et il a commencé à me tirer vers la droite. J'ai réussi à me relever. Mes jambes étaient des piliers en béton, elles voulaient m'ancrer là, me faire crever ici, mais je ne les ai pas écoutées. Je me suis forcée à suivre le petit homme qui continuait à me traîner par le bras avec une force inattendue.

En m'éloignant j'ai entendu des râles étouffés, Olivier, mais je n'avais pas le temps de m'occuper de lui, de toute façon il était presque déjà mort. Sauf que… je ne pouvais pas le laisser là, évidemment. J'avais promis.

— On l'embarque, ai-je soufflé au petit homme.

— On n'a pas le temps ! a répondu l'étrange voix.

— Si, si. Allez.

J'ai saisi le corps inerte d'Olivier. Le cancer lui avait fait perdre le peu de gras qu'il avait pu avoir par le passé, il ne pesait pas plus lourd qu'un gros marcassin. Quant au petit homme, il avait plus de force que je ne l'avais pensé. À nous deux nous avons réussi à soulever Olivier et à le traîner, suffoquant, dans la direction indiquée par l'inconnu. Nous allions étonnamment vite, insensibles aux gémissements de douleur de notre marcassin dont les genoux raclaient le sol. J'ai pensé à son pantalon de mariage. Il était foutu.

Nous sommes arrivés près d'un escalier de secours. L'air y était plus respirable, la fumée s'échappait en grosses volutes par une grille d'aération qui devait donner sur la dalle au-dessus de nous. J'ai enlevé l'écharpe que le petit homme m'avait placée sur le visage et l'ai mise sur celui d'Olivier. On l'avait lâché et il gisait à présent à nos pieds comme un pantin désarticulé, on n'allait jamais réussir à le monter sur cinq étages. Il allait falloir qu'il y mette un peu du sien. Je l'ai secoué. Aucune réaction, même pas un râle. C'était pas gagné. À ce moment-là j'ai entendu la voix haut perchée du petit homme crier dans mon oreille :

— Je vais chercher Lazare. Il va nous aider.

Ça, je ne l'aurais pas parié, mais je n'ai pas eu le temps de le lui dire. En attendant son hypothétique retour, j'ai donc commencé une séance de réveil à ma manière. La première claque n'a rien fait. La deuxième a déclenché un petit couinement bizarre. À la troisième, Olivier a ouvert les yeux. Malgré la maladie il avait encore du répondant : mon petit sanglier n'avait pas dit son dernier mot.

— Allez, on y va ! ai-je hurlé pour me faire entendre malgré le bruit des alarmes incendie poussées à plein volume.

Olivier a réussi à se mettre à genoux, puis il a posé un pied à terre. J'ai mis mon bras autour de son torse pour le relever et nous avons commencé à monter. Nous en étions à quelques marches quand j'ai senti une brusque poussée dans mon dos. Je me suis retournée, sur le qui-vive : mais ce n'était que le petit homme qui avait mis ses deux mains sur les fesses d'Olivier et le poussait comme du bétail qu'on cherche à faire monter de force dans un camion. Lazare avait surgi de l'autre côté d'Olivier et le soutenait à son tour. Avec cet étrange attelage, les pieds d'Olivier touchaient à peine le sol.

— Action ! a hurlé Lazare d'une voix amusée.

Si j'avais pu lire dans son regard, je suis sûre que j'y aurais vu des éclairs d'excitation. Il n'avait pas peur, il ne craignait rien. Depuis qu'après être tombé dans le lac gelé il était revenu à la vie une nuit à Chevrière, Lazare se croyait immortel.

Quand nous sommes enfin arrivés sur la dalle, j'ai été étonnée de retrouver le monde réel, le jour, la vie. Les sirènes hurlaient dehors, dedans. D'épaisses volutes de fumée s'échappaient par les immenses bouches d'aération des immeubles, et je me suis demandé ce qui avait bien pu prendre feu là-dessous. À part les maigres tentures déployées autour du minuscule royaume de Lazare, il n'y avait que du béton et des amas d'ordures desséchées. C'était ça qui avait entretenu les flammes ? C'était bizarre. Des gens couraient partout comme pendant une manif après la charge des CRS. Les guetteurs avaient disparu, ils devaient être en train de retirer leur matos et la thune de chez les nourrices. Bref, c'était le bordel.

Nous avons continué à traîner Olivier en direction de l'avenue. J'étais exténuée ; Lazare, en revanche, paraissait en pleine forme même s'il avait perdu sa couronne dans le voyage. Quant au petit homme, il supportait sa charge sans broncher, tel un bon soldat. On a posé

Olivier sur un bout de gazon pelé, histoire de souffler un peu, et le petit homme étrange s'est assis à mes côtés. Il m'a souri, je lui ai souri en retour. J'avais l'impression de le connaître mais c'était peut-être à cause de sa ressemblance avec Karim, de vieux visages sur de tout petits corps. Un cousin éloigné, chargé de surveiller la part obscure du royaume ? J'ai inspiré une grande bouffée d'air et je me suis remise à tousser.

Lazare observait Olivier comme un touriste face à un phoque à moitié crevé sur une plage. Il l'a poussé du bout de sa chaussure. Un râle lui a répondu – vu son état avant l'incendie, j'étais impressionnée : Olivier avait une résistance à toute épreuve. Une dame d'une cinquantaine d'années, abîmée par la vie mais à l'œil vif, s'est approchée, prête à nous offrir son aide, mais nos regards et l'accoutrement de Lazare l'ont fait battre en retraite. À nouveau seuls, nous avons porté notre attention sur Olivier.

— Il lui faut un remontant, a conclu Lazare.

— Perso un remontant contre le cancer, je connais pas.

C'était comme si je n'avais rien dit. Bon. Lazare et le petit homme ont échangé un regard. Ce dernier a filé vers une contre-allée. Re bon. Ensuite Lazare s'est assis à côté de moi, il a allumé une cigarette puis me l'a tendue, comme Olivier l'avait fait par habitude plus tôt dans la journée, comme avant. Je l'ai prise. Sa main gauche était toujours belle, fine, précise, une main d'artiste. Sa main gauche, celle avec laquelle il avait réappris à dessiner *après*. Sa main droite restait cachée dans sa poche.

Ils n'étaient qu'un

Janvier était arrivé sur la pointe des pieds. Aucun des adolescents ne tenait plus le compte des heures ni des jours. Leur quotidien s'écoulait, bercé par la routine immuable ciselée par Schmidt. Ils s'étaient habitués à leur dortoir au sous-sol, derrière la chaufferie, à leurs repas décalés, aux réveils nocturnes pour les emmener « s'éveiller » dans la forêt. Parfois, l'un d'eux avait un sursaut d'étonnement – *mais comment en sommes-nous arrivés là ?* –, et puis ce sursaut disparaissait quand il se rappelait que tout ça était pour son bien. Pour *leur* bien.

Lazare était heureux. Il aimait flotter, c'était sa véritable nature depuis qu'il était revenu d'entre les morts. Après l'épisode du lac, Schmidt l'avait élu. Bien sûr, il ne pouvait pas le révéler aux autres, il l'avait promis, mais c'était *lui*. Il n'était pas l'élément d'une main, il était la main tout entière, le groupe ne tenait que par lui.

Parfois, au milieu de la nuit, Schmidt venait et, attentif à ne pas réveiller les autres, il l'emmenait. Dehors, dans la forêt, près du lac qui l'avait révélé à lui-même. Durant la montée, Lazare avait toujours le cœur qui battait. Le vertige, l'excitation. Une fois là-bas, Schmidt le faisait s'allonger sur le sol et il lui donnait à boire du chocolat chaud qui le transportait dans des contrées lointaines faites de couleurs vives et de dessins tellement purs que Lazare se réveillait parfois les joues baignées de larmes. C'était leur secret à tous les deux. Lazare était bouleversé à l'idée que Schmidt ait pu voir au-delà de sa carapace, ait pu comprendre qui il était vraiment. Un être exceptionnel. L'élu.

C'était la Saint-Remi, le 15 janvier, ce jour-là l'un des jumeaux Brazorski, qui avait pour prénom Remi, avait eu l'honneur de servir la messe. Il neigeait, de gros flocons doux comme de la soie. Lazare avait passé sa journée à dessiner, sauf après l'heure du déjeuner où il en avait profité pour rejoindre Alice dans la buanderie. Il adorait ses rires, son air charmant, la douceur de sa peau. Elle était tellement... la vie. Une vie amplifiée ces dernières semaines grâce à leur guide. Décidément cet homme était miraculeux.

Ce soir-là, Alice, Olivier et Lilas s'étaient endormis comme des bûches, épuisés par leurs journées à rallonge et le manque de sommeil. Lazare se demandait parfois si Schmidt versait des somnifères dans leurs dîners : ç'aurait expliqué qu'ils soient aussi inertes à partir de 22 heures, alors que lui pétait le feu. Mais en fait non, il n'avait simplement plus besoin de sommeil, d'eau ou de nourriture pour vivre : il était au-dessus de ça.

Il avait mis ses chaussures de randonnée, espérant que Schmidt viendrait le chercher à minuit, comme à chaque fois. Il voulait croire qu'il viendrait, il *sentait* qu'il viendrait. Ils étaient connectés. Aussi quand ce dernier apparut comme par magie, sans un bruit, Lazare ne fut pas surpris. Il se leva et prit son manteau.

L'ascension était compliquée à cause de la neige, mais Lazare s'en fichait. La lune se reflétait sur les sommets bleutés, le lac approchait. Quand ils furent arrivés, Schmidt ouvrit son sac à dos et en sortit le thermos. Il n'y avait plus de cérémonial, plus de grandes paroles, juste le contact du sol et le chocolat. Lazare but avidement. Il se fichait de tout, il voulait juste voler.

Mais l'envol fut différent cette fois-ci. Violent. Brutal. Lazare n'avait rien à quoi se raccrocher, tandis que les loups hurlaient après lui et que la lune menaçait de le dévorer. Schmidt avait disparu et Lazare était seul, à nouveau petit garçon abandonné dans la forêt, à la merci des monstres. Il regarda autour de lui. Le lac nourricier était à présent un gouffre sans fond prêt à l'engloutir. La neige recouvrait son manteau et cherchait à grignoter ses chairs comme de l'acide. Et Schmidt, son ami, son mentor, avait disparu.

Lazare regarda ses mains. Son don. Sa main droite qui pouvait donner vie à n'importe quel dessin, l'emmener dans les hauteurs vertigineuses de la chapelle Sixtine. Ses doigts le narguaient. Ils étaient mus par une force propre, s'il les laissait faire, ils allaient bientôt lui déchiqueter le visage pareilles aux serres d'un vautour. Ils s'enfonceraient dans ses yeux jusqu'à les crever, et ses ongles arracheraient sa peau par lambeaux. Sa main était l'ennemi. Celle qui avait été l'instrument de son talent révélait à présent sa vraie nature, elle ne lui appartenait plus, elle lui voulait du mal, elle allait le détruire. Alors Lazare fit ce qu'il devait faire. Il prit une pierre dans sa main gauche, posa sa main droite sur un rocher et commença à la frapper méthodiquement, jusqu'à ce que les os éclatent un à un.

Les gens s'agitaient dans tous les sens comme des poulets sans tête, les sirènes continuaient à nous défoncer les oreilles, mais Lazare et moi, on restait assis sur le talus pelé, Olivier allongé face à nous. Le petit homme est enfin revenu en courant, il tenait quelque chose serré dans son poing. Lazare lui a fait un signe de tête affirmatif, et il a ouvert sans ménagement la bouche d'Olivier pour y enfourner des cachets. Ce dernier a tenté de les recracher, mais le petit homme lui tenait fermement la mâchoire. Olivier a fini par déglutir, et son bienfaiteur lui a donné une tape dans le dos pour faire passer les pilules.

— Après ce qui t'est arrivé, t'es toujours dans la came, ai-je fait remarquer à Lazare. T'as pas la rancune tenace, toi.

— Dans dix minutes, il pétera la forme. Ou alors il sera mort, a fait le petit homme, sérieux.

Je l'ai regardé, hallucinée.

— C'est pas de la drogue, a enchaîné Lazare, c'est un remontant.

Lorsqu'Olivier a enfin réussi à s'asseoir, il a commencé à hoqueter. Le petit homme lui a à nouveau asséné une grande claque dans le dos, ce qui n'a rien changé du tout. J'ai approché mon visage du sien, il transpirait comme un bœuf mais a réussi à fixer mon regard. J'ignorais ce qu'ils lui avaient filé, mais c'était immédiatement efficace, incroyable. Je me suis levée, les gyrophares approchaient, il était temps de quitter les lieux.

— Allez, mauvaise troupe, on y va ! ai-je dit.

— On va où ? a demandé le petit homme de sa voix bizarrement haut perchée.

Il commençait à me courir, le sbire de Lazare.

— Nous je sais, mais toi, tu vas nulle part, ai-je répondu.

Son petit visage s'est renfrogné d'un coup, on aurait dit un chihuahua à qui on file un coup de pied par surprise. Son regard s'est rempli de buée et… J'ai failli en tomber à la renverse : celui que j'avais pris pour un petit homme écorné par la vie était en fait…

— … Petite Marie ??

La dernière fois que je l'avais vue, elle avait onze ans et pleurait parce qu'elle avait eu sa première vraie « séance » avec Schmidt. C'est pour cette raison que plus tard cette nuit-là on avait décidé d'en finir, avec Alice, Lazare et Olivier. Mais qu'est-ce qu'elle foutait ici ?

À ce moment, un camion de pompiers s'est engouffré sous l'arche et a freiné sec sur la dalle. Bon, on discuterait retrouvailles plus tard. On a soulevé Olivier, moi d'un côté, Lazare de l'autre, Petite Marie trottant derrière nous, et on a filé.

Quand on est arrivés devant l'Audi, Olivier était toujours dans les vapes. J'ai palpé ses poches à la recherche de ses clés, en espérant qu'elles n'aient pas été carbonisées au cinquième sous-sol, dans sa veste restée là-bas.

Mais non, elles étaient là. J'ai ouvert la portière, me suis d'office mise à la place du conducteur. J'étais crevée mais Olivier était HS, je n'aurais jamais confié le volant à Lazare, et je doutais que Marie atteigne les pédales avec ses mini-jambes ; j'en étais réduite à me cogner des heures de route. Lazare et Marie me fixaient, en attendant mes instructions, avec entre eux Olivier qui glissait mollement le long de la carrosserie.

— Bon, vous l'engouffrez ? ai-je gueulé pour surmonter le bruit des sirènes.

— On l'engouffre, a souri Marie.

Elle semblait heureuse de faire partie de l'aventure. L'Audi a bondi quand j'ai mis le contact et j'y ai laissé un bout de pare-chocs.

— Bordel, ma caisse ! a gueulé Olivier à l'arrière.

J'ai jeté un œil dans le rétroviseur : il me fixait, l'œil fou, entouré du roi déchu et de Petite Marie.

— Oh ça va, je fais ce que je peux ! ai-je râlé tout en me battant avec l'embrayage. Mais contente que tu sois de retour !

On a entendu un raclement sinistre quand j'ai accroché une autre voiture en sortant. J'ai pris à droite en direction du périphérique. Le soleil se couchait entre deux nuages. Dans le rétroviseur je regardais Lazare. Il fixait le paysage urbain qui défilait sous ses yeux comme si c'était la plus belle chose qu'il avait jamais vue. Lazare… L'auteur savait qu'il était le roi du parking, il l'avait écrit, nous menant sur sa piste – on aurait même pu s'éviter le passage par Les Peupliers si j'avais su lire entre les lignes. Alors ?

On a pris l'autoroute. J'ai évité de peu la rambarde de sécurité, la voiture s'est redressée dans un crissement sinistre. Je n'allais pas tenir, il fallait que je dorme. Marie était la seule à s'en être rendu compte ; elle s'est tortillée à l'arrière.

— Je vais me mettre à côté de toi, a-t-elle dit en enjambant l'accoudoir du milieu. Je te ferai la conversation, ça t'empêchera de t'endormir.

Elle s'est assise, sa tête n'atteignait même pas l'appuie-tête.

— Commence par m'expliquer ce que tu faisais là, ai-je dit en passant les vitesses avec difficulté.

Marie a souri, avec son petit visage bizarre.

— Là ? a-t-elle demandé avec une innocence feinte.

— Oui, là dans le parking, avec Lazare.

— C'était un hasard.

Ben voyons. Personne ne se retrouve « par hasard » dans le cinquième cercle de l'enfer. Ça m'a agacée. J'aurais dû être émue de la revoir, après tout c'est pour elle que nous avions tué, pour protéger ce qu'il restait de son innocence bafouée. À la place j'avais envie de la frapper : c'était sa voix aigre, sa tête toute rabougrie… et sa proximité avec Lazare.

Elle a ri comme si j'étais follement spirituelle, on aurait dit le son d'un raclement d'ongles sur un tableau noir. Dieu que ce voyage allait être long !

— Ce sont nos chemins qui se sont recroisés par hasard… C'était il y a un an, un an et demi. Je participais à un symposium dans un hôpital parisien, sur la schizophrénie et l'art brut. Des dessins de patients étaient présentés. Parmi eux j'ai vu vos quatre visages…

J'ai jeté un œil par le rétro. Lazare regardait toujours le paysage défiler, ravi de la crèche.

— Pourquoi, il est schizophrène maintenant ?

Marie a ri de nouveau et j'ai serré les dents en attendant que ça passe.

— Non. Il est psychotique paranoïaque, pas schizophrène.

— Alors qu'est-ce que ses dessins faisaient dans ce « symposium » ? Et comment tu sais exactement ce dont il souff…

La fin de ma phrase est morte avant que je l'aie prononcée : je venais de relier les points. La voix du directeur de l'institut-prison des Peupliers a retenti dans ma tête : « Une certaine Marie-Laure. Une petite jeune femme, très efficace au demeurant. »

— Ton vrai prénom… c'est Marie-Laure !

— Oui, tu t'en rappelles ?

— Non, mais le directeur des Peupliers, si. Là, il va falloir me raconter. Comment t'es passée de ce congrès sur l'art brut à infirmière personnelle de Lazare dans sa prison dorée avant de finir dans un parking ?

— Oh, ça… À la fin du colloque j'ai juste abordé le psychologue qui suivait Lazare à la clinique et je ne sais pas… Tout s'est enchaîné.

— Ç'a dû sérieusement s'enchaîner pour qu'il accepte de te recruter comme aide-soignante dans son service. Sacré raccourci.

— Je m'intéresse à la thérapie par l'art, ça l'a convaincu. Au début j'ai juste rendu visite à Lazare. Je voulais savoir… ce qu'il devenait. Pourquoi il était enfermé là-bas.

Sa voix s'était durcie. Elle a jeté un œil peu amène à Olivier, qui gisait à l'arrière, yeux fermés, bouche grande ouverte.

— Il était abruti de médicaments. Incapable de continuer à dessiner. J'ai voulu l'aider, et ils avaient besoin de personnel aux Peupliers.

— Donc tu t'es dit « je vais faire carrière en banlieue ».

— Très drôle. Ça payait bien, mieux que le public. Et surtout je n'avais pas oublié. À Chevrière, ce que Lazare avait fait – ce que *vous* aviez fait – pour moi... Vous m'avez sauvée de Schmidt. De la salle noire...

Ils n'étaient qu'un

La première visite de la salle noire fut pour Alice. Elle suivait Schmidt dans l'escalier menant au dernier étage. Elle était heureuse et exaltée. Pour une fois, c'était elle qui avait le droit d'accompagner celui qui éclairait leurs âmes dans le saint des saints, elle plutôt que Lilas, qui ne leur racontait jamais ce qui se déroulait quand elle allait dans ses appartements.

Une fois dans son domaine, Schmidt s'assit à son bureau et posa le menton sur ses mains croisées. L'air concerné, presque paternel, ennuyé. Alice, debout face à lui, gardait les yeux fixés sur les arabesques du tapis.

— Regarde-moi, dit Schmidt de sa voix douce. Regarde-moi, j'ai dit.

Alice leva timidement le regard.

— Tu comprends pourquoi tu es là. Parce que tu n'en fais qu'à ta tête. Tu n'écoutes pas, tu ne respectes rien.

Alice acquiesça d'un léger signe de tête même si elle n'avait aucune idée de ce dont il parlait. Mais elle ne doutait pas du bien-fondé de ses reproches : Schmidt avait toujours raison, c'était leur guide spirituel et tout ce qu'il faisait était dans leur intérêt. Il soupira légèrement, comme attristé par ce qui allait se passer.

— Regarde ce que nous sommes obligés de faire, dit-il enfin. Un samedi soir. Au moment où nous devrions nous préparer pour aller célébrer saint Thomas d'Aquin dans la chapelle, en communion avec tous...

Alice sentit son estomac se contracter. Elle passa en revue ce qu'elle avait pu faire de si affreux pour mériter un tel accueil : au réfectoire, elle avait filé en douce un morceau de pain à Lazare. Dans les douches, elle avait échangé une de ses barrettes avec une fille de seconde contre quatre minutes de bonheur supplémentaire sous l'eau. À part ça, elle ne voyait pas.

Schmidt lui fit signe d'approcher. Alice fit un petit, pas, puis un second. Schmidt sortit du premier tiroir de son bureau un appareil photo. Un Polaroid vieille école, lourd. Il le lui tendit. Alice le saisit, indécise.

— « Car si le visage est le reflet de l'âme, les yeux en sont les interprètes », dit Schmidt. Bien sûr tu ne sais pas qui a écrit ces mots.

— C'est Cicéron, répondit Alice du tac au tac.

Elle le savait, car il avait posé à Lilas la même question la semaine précédente et cette dernière lui en avait parlé. Schmidt lui lança un petit sourire.

— Tu as de culture. C'est déjà ça... À moins que ce ne soit celle de ta brillante amie...

Alice, prise en faute, se sentit rougir. Bien sûr qu'il avait décelé la supercherie, elle avait été nulle de croire qu'elle pourrait lui mentir. Qu'est-ce qu'elle était stupide !

— Donc avec cet appareil tu vas capturer la noirceur de ton âme, je veux qu'elle transparaisse afin que nous puissions la soigner. Et qu'à l'avenir ton acte d'insolence ne se reproduise pas. Car ce n'est pas tant pour avoir contrevenu aux ordres que tu es ici. Mais tu le sais, n'est-ce pas, Alice ?

Non, Alice ne le savait pas. Mais elle ne pouvait rien dire, elle hocha donc à nouveau la tête.

— Tu es là parce qu'à l'intérieur ton âme est noire. Tu prétends être une colombe, mais au fond tu es un vautour. Tu fais la gentille et les autres se laissent prendre à ton jeu mais ton regard te trahit. Tout à l'heure, tu m'as regardé… avec supériorité. Mépris. Pour qui te prends-tu ? Il faut que tu comprennes ta place dans ce monde. Et que tu apprennes que ta duplicité te mènera à de terribles tourments.

Pas une seconde Alice ne mit sa parole en question. Ce n'était pas possible que Schmidt ait tort ou qu'il invente quoi que ce soit. Il était l'homme le meilleur et le plus généreux qu'elle ait jamais rencontré, il se pliait en quatre pour les aider à surmonter leurs faiblesses et leurs imperfections afin qu'ils s'élèvent spirituellement et deviennent meilleurs. Ils avaient une telle chance de l'avoir ! Elle sursauta quand Schmidt, comme s'il avait suivi son cheminement intérieur, se mit d'un coup à crier.

— Même là tu continues, ton regard te trahit ! Tu crois que je ne sais pas ce que tu penses ? Que tu n'as rien fait de mal et que je suis fou ? Mais quelle arrogance… C'est l'inverse. Tu es pleinement coupable de ce qui t'arrive.

Il lui indiqua d'un geste de la main la porte en bois presque dissimulée entre deux rayonnages de bibliothèque. La porte mystérieuse dont tous se demandaient quels trésors elle cachait.

— Prends le temps de te repentir de ta morgue. Et une fois que ton âme sera purifiée, prends-la en photo. Ensuite, seulement, nous pourrons effectuer l'acte de pardon et repartir sur de nouvelles bases.

Alice se dirigea vers la porte de la salle noire. Elle ne comprenait pas ce que Schmidt attendait d'elle. Elle était contrite. Oui, elle avait fait preuve d'insolence ; oui, ce qu'elle pensait se reflétait dans ses yeux ; oui, il lisait en elle comme dans un livre ouvert ; et oui, elle était prête à tout pour qu'il lui pardonne. Elle poussa le battant.

De l'autre côté se trouvait une pièce monacale de modestes dimensions, avec juste une lucarne qui donnait sur le parc, obstruée par un rideau noir. Il y avait un grand miroir antique aux dorures usées accroché à un mur, une chaise en bois placée au milieu, un petit bureau dans un coin avec une boîte en bois, vide, et un vase contenant un bouquet de fleurs fanées dans une eau croupie. Seule une bougie allumée éclairait *a minima* l'endroit. Et c'était tout. Alice s'assit et entendit la porte se refermer à clé derrière elle. Elle essaya de ne pas paniquer. Schmidt voulait qu'elle prenne en photo la noirceur de son âme, pour ensuite pouvoir la soigner. Mais elle n'avait aucune idée de comment elle allait bien pouvoir faire ça.

Elle tenta diverses poses, attendit suffisamment longtemps, puis toqua à la porte. Schmidt devait attendre puisqu'il ouvrit presque immédiatement. Il fit défiler les photos, une moue déçue au fur et à mesure qu'il regardait les clichés.

— Recommence, dit-il avant de refermer la porte.

Alice attendit. Chercha de nouvelles postures. Essaya de retirer le rideau pour regarder par la lucarne – elle réussit à voir un peu de ciel, c'était tout. Elle savait que Schmidt était allé rejoindre les autres à la chapelle, car elle avait entendu la porte du bureau se fermer et ses pas s'éloigner : cela voulait dire qu'elle en avait pour au moins deux heures à être enfermée dans cette cellule monacale. Elle espérait que la bougie tiendrait assez longtemps : si elle s'éteignait elle serait plongée dans l'obscurité et ne pourrait plus prendre de photos de son âme. L'idée même était blasphématoire et aurait fait bondir le père Marceau. Pourtant si Schmidt pensait que c'était possible ça l'était : il avait toujours raison, il était leur guide. Et soudain elle eut une épiphanie. Le miroir, ce serait le reflet de son être.

Quand Alice sortit de la salle noire bien après le couvre-feu, elle ne révéla rien à ses amis, comme ils ne lui dévoilèrent rien lorsqu'ils y allèrent après elle. Elle ne leur parla pas de l'eau saumâtre qu'elle avait dû se résoudre à boire, ni du vase qu'elle avait utilisé quand l'envie était devenue trop pressante. Sinon, elle aurait dû aussi leur expliquer le regard émerveillé de Schmidt quand il avait regardé les photos. Car elle avait réussi l'impossible : elle avait fait prisonnière la noirceur de son âme sur la pellicule.

La mystérieuse porte obscure dans le bureau de Schmidt. La salle noire. Il voulait nous sauver de nos péchés, rabâchait-il, « améliorer nos aptitudes pour nous permettre d'atteindre notre véritable identité ». Quel ramassis de conneries de la part de ce gourou de pacotille... Il nous avait enchaîné tous les classiques de l'emprise sectaire et on avait galopé comme les stupides adolescents que nous étions. Des cibles de choix en rupture de ban familial, fragiles, isolées, confiantes. Mais ça, on ne le savait pas à l'époque. On y avait tous passé un paquet d'heures, dans la salle noire. Les Polaroid. Les vêtements souillés. Les péchés révélés.

Le GPS m'a indiqué un embranchement, je l'ai suivi docilement.

— En intégrant Les Peupliers et en accompagnant Lazare, je pouvais enfin lui rendre la pareille, le sauver à mon tour..., a murmuré Marie.

— OK.

OK. Toute aide-soignante qu'elle était, elle était aussi givrée que lui. Ou alors c'était simplement le don de Lazare, qui tel le joueur de flûte de Hamelin pouvait emmener les rats et les enfants, les idiots et les purs jusqu'à la mort en les ensorcelant.

— Tu sais que t'y arriveras pas, ai-je dit tout en me concentrant sur la route.

Les lumières des lampadaires tanguaient devant mes yeux.

— Tout ce qui l'intéresse, c'est lui, ai-je continué. Il est comme une lumière dans la nuit, les papillons s'approchent et se brûlent les ailes. Quand il n'aura plus besoin de toi, il t'abandonnera.

— Je ne t'ai pas abandonnée ! a soudain crié Lazare de l'arrière.

Il avait quitté la vitre et me fixait à présent de ses grands yeux bleus via le rétroviseur. *Ben voyons*, ai-je pensé. J'ai accéléré, on n'a rien senti dans la voiture.

— Tu te rappelles ? a continué Lazare. Tu avais une énorme bronchite qui ne voulait pas guérir. J'avais peur que tu y restes.

Je m'en souvenais. On squattait depuis quelques semaines dans un des appartements abandonnés de la tour Prélude. J'étais catatonique, je ne parlais plus. Et puis j'avais commencé à tousser. J'avais d'ailleurs gardé de cette période une toux rauque qui me déchirait les bronches, et un vétérinaire d'Auvergne m'avait expliqué qu'elle était due au nodule que j'avais sûrement développé à l'époque.

— Je suis allé dans une pharmacie pour essayer de tirer des médocs, mais je me suis fait prendre, a poursuivi Lazare.

Il semblait sur le point de pleurer. Mes mains étaient crispées sur le volant, tellement serrées que j'en avais mal.

— Pendant ma garde à vue ça s'est envenimé avec un flic. Je lui ai mis un coup de boule quand ce connard m'a traité de sale nègre. Il m'est tombé dessus avec ses potes. Je me suis défendu… Comparution immédiate. J'ai pris huit mois ferme.

Mon cœur battait la chamade, les larmes embuaient mes yeux. Je refusais de le croire, il mentait forcément. Il m'avait *abandonnée.* Je ne voulais plus qu'il parle, mais il continuait. Une voiture est arrivée comme une balle et nous a doublés par la droite. Vu la vitesse à laquelle j'allais déjà, ça sentait le go-fast. Marie était crispée à mes côtés, son petit bras agrippé à l'accoudoir.

— Quand je suis sorti je t'ai cherchée, mais tu n'étais plus là. J'ai fini par renoncer. Et puis aux Peupliers, j'ai vu un signe… L'incendie… Les couchers de soleil… Je suis revenu à l'Ogre, car je savais que tu viendrais m'y retrouver. Et c'est arrivé…

Les pneus ont crissé sur le bitume quand j'ai pilé pour éviter de rentrer dans la camionnette devant nous. C'était impossible. Tout bonnement impossible.

Ça a réveillé Olivier. Je me suis garée sur la bande d'arrêt d'urgence. J'ai regardé Lazare, Olivier, Marie. Je n'en pouvais plus. Tous les repères qui m'avaient forgée ces dernières années tombaient les uns après les autres, bientôt j'allais apprendre qu'en fait mon père avait été un adorable papa gâteau et que j'avais tout inventé.

— Faut que je dorme, ai-je juste dit.

Je voulais sombrer. Marie a ouvert la portière passager et m'a laissé sa place. Personne ne disait rien, tous me regardaient, même Lazare. J'ai fait le tour de la voiture, je me suis assise et j'ai fermé les yeux.

Ce sont les vibrations de mon portable qui m'ont réveillée. J'ai ouvert les yeux en sursaut, le cou douloureux, la mâchoire bloquée. Le temps que je récupère le téléphone dans ma poche, il s'était tu. Un nouvel appel en absence de Marguerite. La pauvre, elle devait s'inquiéter. Mais si je lui avais répondu j'aurais dû lui expliquer, et c'était trop fou, long, compliqué. J'avais aussi trois SMS de sa part : *TVB ? Donne-nous des news. Comment ça se passe ?* Et deux de Félix. *T'en es où ? Maman s'inquiète peux-tu donner des nouvelles ?* J'ai répondu à Marguerite : *En route pour le pensionnat. TVB. Love love.*

Le soleil s'était levé depuis déjà un bout de temps, un soleil de novembre, rasant la campagne, net, précis, mon préféré. Pendant combien d'heures j'avais écrasé ? Je n'en revenais pas. Olivier, pied au plancher m'a regardée, un grand sourire de Joker accroché à ses lèvres de mourant. Ses pupilles étaient d'immenses lacs noirs, Petite Marie l'avait bourré d'amphétamines.

— Salut princesse, a-t-il dit d'une voix suraiguë et assez flippante. Bien dormi ? Y a des Toblerone à tes pieds si t'as faim. On s'est arrêtés tu ne t'es même pas réveillée, on s'est demandé si tu n'étais pas morte.

Il est parti dans un rire de hyène, les yeux exorbités. Il allait falloir revoir les doses à la baisse.

— On a passé la frontière ?

— On vient de le faire, a répondu Marie à côté d'Olivier, sans croiser aucun douanier.

— Mais attends… Pourquoi on a mis autant de temps à arriver ici ? On est partis hier soir de Paris !

— J'ai préféré passer par l'Allemagne, a henni Olivier. Faut qu'on soit discrets !

Il avait hurlé ce dernier mot. Discrets… Dingues, surtout !

Enfin. J'avais la bouche en papier de verre, je puais comme un vieux lama et j'étais d'une humeur de daube.

À la lumière du jour, toute cette aventure me semblait surréaliste et dérisoire. On faisait quoi là ?

— Je vais reprendre le volant, ai-je dit à la cantonade, le ton léger.

Ni Marie ni Lazare n'ont commenté. Par contre, un nouveau rire fou a retenti. On frôlait les cent cinquante sur une route de campagne, on allait mourir très vite si Olivier ne se calmait pas sur l'accélérateur.

— Donc on va s'arrêter à la prochaine station-service changer de conducteur, ai-je continué gentiment. Et avec un peu de chance, ils auront des douches parce que là c'est pas possible, je m'insupporte.

Je n'ai rien dit sur mes compagnons, qui eux aussi puaient comme des cochons fumés. Chacun son odeur – mais on n'arriverait jamais arriver à désinfecter l'Audi.

Je ne parvenais pas à me sortir de mon rêve, où nous étions tous à une bar-mitsva, celle de La Boissière et nous mangions des anguilles fumées jusqu'à ce que j'en sente une bouger, bien vivante, dans ma bouche. Beurk.

La voiture comportait un GPS intégré qui nous a gentiment permis de trouver une station-service à une cinquantaine de kilomètres.

— On a discuté pendant que tu dormais, a dit Lazare à côté de moi.

Je me suis tournée vers lui. Il parlait d'une voix normale, mais comment accorder du crédit à un type habillé d'un pantalon bouffant, de claquettes et d'un blouson doré ? C'était tellement… spécial qu'il en devenait presque chic.

— Et nos conclusions sont que tu te trompes, a continué Olivier en se retournant vers moi pour donner plus de poids à ses paroles.

— OK, pas de souci, mais regarde la route s'il te plaît, vraiment.

Obéissant, il s'est retourné.

— Donc en quoi je me trompe ?

— Schmidt, il ne peut pas être en vie, a dit Lazare.

— Alors qui est venu se renseigner à notre sujet auprès de Karim ?

— Personne, a commencé Petite Marie. Le Roi d'Akkad… À mon avis il t'a raconté n'importe quoi.

— Pourquoi il aurait fait ça ?

Mais en fait j'avais une réponse possible. Il voulait que je lui promette de revenir avec Félix et je l'avais fait. La voix de Karim a désagréablement retenti à mes oreilles. « Je suppose qu'il tient de son père ses beaux yeux bleus perçants. » Je lui avais filé toutes les infos pour qu'il me balade.

— OK, suivons votre raisonnement… Bon alors si c'est pas Schmidt, qui est derrière tout ça ?

— J'en sais rien, mais c'est pas lui. Je m'en souviens, il était tout à fait mort quand on l'a enterré, a dit Lazare. Et le seul ressuscité dans l'affaire, c'est moi. Point barre.

Je n'étais pas convaincue par l'argument de Lazare. Un, parce que la parole d'un junkie est aussi sûre qu'une promesse électorale. Deux, parce que Schmidt était le seul à tout savoir de nous – dans la salle noire nous finissions par tout révéler. Ah ! et j'allais oublier le troisième argument : parce qu'il était le seul à avoir un mobile. Sauf que… on avait mis un temps fou à creuser sa tombe. S'il avait été vivant on l'aurait quand même remarqué. Retour au point de départ.

Je me demandais à quelles pistes ils avaient pensé tandis que je dormais, bouche ouverte, bave aux lèvres. On avait encore trente kilomètres jusqu'à la station-service.

— Bon… Alors c'est quoi vos hypothèses ?

— Ben en fait la seule option est… toi.

Je n'ai pas pu m'empêcher de sourire. À leur place j'en serais arrivée à la même conclusion.

— Expliquez-moi ça.

C'est Olivier qui s'y est collé, toujours pied au plancher. Ils l'avaient branché sur du deux mille volts et il était surexcité.

— Tu nous parles de ce bouquin qui aurait été diffusé à des milliers d'exemplaires, mais personne n'a pris le temps de vérifier. Si ça se trouve t'en as juste imprimé Un. Ou dix.

— Sauf qu'on a appelé ensemble la maison d'édition suisse…, ai-je objecté.

— Non. *Tu* as appelé. Tu as pu joindre n'importe quel numéro et ton complice nous raconter n'importe quoi.

C'était complètement con.

— Je ne pouvais pas savoir pour les chapitres qui ne me concernent pas, je vous rappelle.

— Oh, ce n'était pas si dur de le découvrir ! On était tout le temps les uns sur les autres.

— OK… Et qu'est-ce qui m'empêchait de venir simplement vous voir ? Salut, je fais une réunion d'anciens élèves ça vous botte ?

— Sauf que c'est toujours ce que tu as voulu faire, non ? Écrire ? Écrire le roman de ta vie ? a dit Olivier.

J'ai soupiré, c'était incroyable ce que trois personnes à moitié timbrées pouvaient inventer le temps d'un petit dodo.

— Qu'importe, a conclu Lazare après un silence. Quelle que soit la vérité, nous sommes à nouveau réunis, et c'est tout ce qui compte.

Non ce n'était pas tout ce qui comptait mais comme aucune autre hypothèse n'était concevable, pourquoi pas celle-là ?

Dix minutes après, Olivier a déporté la voiture vers la sortie en coupant au passage les lignes à fond les ballons. C'était une bonne idée que je prenne le volant après la pause pipi.

La station-service était... helvétique. Immense et déserte, carrelée de blanc, toute propre, avec une gentille dame blonde qui nous a regardés, complètement impassible, comme si on formait un groupe de gens normaux. Un panneau derrière elle indiquait des douches – miracle ! – et ils vendaient même des culottes et des chaussettes propres à côté du lave-vitres. Et des polaires rouges ornés d'une croix blanche, qui iraient à merveille à Olivier et Lazare. Dieu bénisse la Suisse.

On a fait une razzia sur les fringues et pris un accès à quatre douches – dix francs suisses la douche plus quatre francs par serviette, ils ne se mouchaient pas du coude comme aurait dit Marguerite. Mais vu que c'était Olivier qui régalait, j'ai même pris une deuxième serviette et puis encore un polaire pour Marie, tiens.

Les douches étaient un rêve. Un grand vestiaire et quatre cabines, désertes elles aussi, immaculées, avec en prime un fond sonore de musique traditionnelle. Le pied.

— Qui met le minuteur ? a demandé Marie, pince-sans-rire, tout en enlevant sa parka.

On a rigolé. À Chevrière, il y avait un minuteur pour tout. Les douches, c'était quatre minutes, et si on restait plus longtemps, la douche suivante était à l'eau glacée. On le faisait une fois, pas deux.

— Je m'en fous, je vais exploser le chauffe-eau, ai-je répondu en commençant à me déshabiller.

Marie s'est enfermée dans une des cabines, Olivier avait posé un coin de fesse sur un lavabo et à présent il restait là, sans bouger, le regard fixé sur la porte en face de lui. Je me suis approchée, une chaussure à la main, un peu inquiète. Ses sautes d'humeur et de métabolisme – ses « je suis en train de mourir », « je suis complètement défoncé », « je suis hystérique », « je t'aime », « tu m'as abandonné » – m'angoissaient un peu. Je me demandais comment j'allais faire quand il serait en fin de vie, face au lac. Même si par amour Olivier n'était pas d'accord, je ferais peut-être appel à Marcus comme garde-malade.

J'ai claqué plusieurs fois des doigts devant son visage avant qu'il daigne me regarder. Il m'a souri mais j'aurais parié qu'il ne m'avait pas reconnue. Mais qu'est-ce que Marie lui avait filé comme pilules ? Elle avait profité du fait que je dormais pour lui en faire gober d'autres.

— Olivier, ai-je dit doucement. Faut enlever tes fringues là. Une bonne douche chaude, ça te fera du bien.

Il n'a pas bougé. Derrière moi Lazare avait enlevé son manteau bizarre et s'était mis torse nu. Je le voyais dans le reflet de l'immense glace qui courait le long du mur. Il était maigre, il était beau. Sur son avant-bras, le *C* barré d'une croix que nous avions tous les trois formait un dessin clair sur sa peau sombre. J'ai vu sa main estropiée qui pendait, rigide, avant qu'il ne remarque mon regard et qu'il la cache dans son dos. Je lui ai fait un signe pour qu'il m'aide, il a soupiré avant d'approcher.

— Olivier, a-t-il dit fermement. Enlève ta chemise. Maintenant.

Pas de réponse.

— C'est à ton tour de jouer ! a-t-il soudain crié me faisant sursauter. Action ! Tout de suite !

Un éclair fou a traversé le regard d'Olivier et il a essayé de déboutonner sa chemise avant de s'énerver et d'arracher les boutons. J'ai attendu qu'il soit complètement à poil – ses côtes saillantes et les anciennes cicatrices de brûlure m'ont fait mal au cœur –, puis je lui ai pris la main et je l'ai dirigé vers une cabine. Il y avait un distributeur de savon accroché au mur. Je lui ai indiqué d'un geste de la main.

— Tu te laves bien partout, tu te sèches et ensuite tu remets ton caleçon, ton pantalon et le polaire. Compris ?

Il a hoché la tête comme un enfant.

— Tu ne fermes pas la porte à clé d'accord ? Comme ça s'il y a un problème on pourra venir. OK ?

Nouveau hochement de tête. Il s'est placé sous le pommeau, a appuyé sur le bouton. L'eau chaude a jailli, j'ai poussé le battant.

On s'est retrouvés tous les deux avec Lazare, lui torse nu, moi toujours ma chaussure à la main. J'avais passé vingt ans de ma vie à me nourrir de souvenirs de lui, de son visage, de sa peau, de son rire. De ma jalousie, de mon désir, terrible, incandescent. J'en avais fait un mythe, une figure légendaire. Vingt ans à rêver d'un type qui se prenait pour Dieu. L'amour est une putain d'arnaque mais c'est comme ça, ça ne se commande pas. À cet instant j'aurais donné ma vie pour pouvoir le toucher… quand mon téléphone a vibré dans ma poche. Je n'ai pas répondu, mais le charme était rompu. On s'est souri, un peu maladroitement, et puis on est entrés chacun dans sa cabine.

Malheureusement la perfection, même suisse, n'existe pas. L'eau était divinement chaude, mais mon distributeur de savon était vide. J'ai hésité un instant à zapper le nettoyage mais je me sentais tellement sale – à l'intérieur comme à l'extérieur – que j'ai éliminé cette option. Je suis donc sortie toquer, à poil et ruisselante, à la cabine de Petite Marie. Elle ne l'avait pas fermée à clé et le battant s'est ouvert sous ma pression.

Elle était déjà en train de se rhabiller. Elle portait une culotte et un soutien-gorge complètement inutile puisqu'elle n'avait pas de poitrine, et elle enfilait son pantalon sur son tout petit corps. Elle a sursauté, légitimement surprise par mon intrusion. J'ai souri et ébauché un geste d'excuse grotesque vu que j'étais toute nue.

— Le savon, ai-je dit, en tendant le doigt vers le distributeur. J'en ai pas dans ma douche...

Je me suis dépêchée d'appuyer deux ou trois fois sur le bouton-poussoir pour récupérer assez de mousse dans ma paume et je me suis éclipsée pour rejoindre ma cabine, tandis que la chanteuse de yodel continuait à s'époumoner joyeusement dans les haut-parleurs.

Je me suis soigneusement savonnée avant de me rincer tout en essayant d'ordonner mes idées dans ma tête. Je me suis rappelé le visage de Marie quand je l'avais vue dans le parking de l'Ogre de Flandre, elle avait des traces de crasse partout sur les joues, sur le front... Ses mains et ses ongles étaient noirs. Normal quand on dort dans un parking lugubre. Sauf que... quelqu'un a toqué à la porte de ma cabine.

— T'as bientôt fini ? a demandé Lazare.

— Deux minutes !

… sauf que… une fille – pardon, une femme – qui passe plusieurs semaines dans un squat pareil ne porte pas des sous-vêtements immaculés en petite dentelle couleur crème. Enfin à mon avis. Elle était la clé. Il n'y avait pas hasard, pas de « je suis tombée sur les dessins de Lazare à un symposium ». Elle l'avait traqué, retrouvé, et coincé jusqu'à ce que nous arrivions. Elle était en mission… Mais pour qui ?

Je suis sortie de ma cabine, les trois autres m'attendaient. Ils avaient l'air d'une équipe de sauvetage en haute montagne avec leurs polaires aux couleurs du drapeau suisse, c'était mignon. Olivier fixait son reflet dans la glace comme si c'était la plus belle chose qu'il ait jamais vue. Petite Marie a sorti de sa poche des petites pilules bleues et les a tendues à Olivier. Je l'ai arrêtée d'un geste de la main avant qu'il les gobe comme des bonbecs.

— Je pense qu'il a été assez drogué comme ça, ai-je fait remarquer. On va arrêter l'automédication.

— Vu son état, ça ne lui ferait pas de mal, a-t-elle répliqué de sa petite voix aigre. Il a quand même failli crever dans…

— Non, l'ai-je coupée. Fini les cachetons.

On s'est affrontées un instant du regard. Olivier me regardait sans suivre la conversation, Lazare mettait à regret sa veste mordorée dans la poubelle. Finalement, Marie a baissé la main et remis les pilules dans sa poche.

— Bon, a-t-elle fait en cachant sa déception sous un sourire forcé. Mais ce sera *ta* responsabilité si…

— Si rien du tout. Et je déteste ce genre de menaces voilées, alors évite à l'avenir. Allez, on bouge.

Marie a jeté un œil à Lazare pour savoir s'il la soutenait, mais elle n'a rien obtenu en retour ; à la place il l'a ignorée et m'a souri par le biais du miroir. J'avais remporté cette manche, mais vu que je ne savais pas à quel jeu on jouait, ça ne me servait pas à grand-chose.

On est remontés dans la voiture. J'ai pris le volant, et Lazare s'est octroyé d'office la place du mort à mes côtés. J'ai allumé la radio, Bruce Springsteen chantait le blues du New Jersey, je l'ai laissé. J'ai observé Petite Marie dans le rétroviseur. Elle boudait, le visage fermé.

— Donc t'étais aide-soignante. Comment tu t'es retrouvée à participer à un « symposium » ?

Elle m'a fixée dans le rétroviseur avec son petit air méchant.

— Je te l'ai dit, je bossais à l'hôpital où il a eu lieu. C'est quoi, le problème ?

— Que je ne saisis toujours pas pourquoi t'es là, avec nous, dans cette voiture.

J'ai vu son visage commencer à se décomposer et j'ai reconnu la petite fille que j'avais aimée dans le dortoir. Elle a murmuré, la voix tremblante :

— Mais enfin... Tu ne comprends pas ? On est tous ici pour la même raison. Parce qu'on lui a survécu, parce qu'on s'est sauvés les uns les autres... Vous êtes les seuls, dans toute ma vie, à avoir été gentils avec moi... Les seuls ! Vous m'avez protégée de lui ! Vous... Quand vous êtes arrivées Alice et toi, vous étiez là pour moi la nuit dans le dortoir... J'étais si petite... Je veux plus être seule...

Elle a éclaté en sanglots.

— Je veux plus jamais être seule... Jamais...

Ça se tenait. Je me suis sentie mal un instant : je m'obstinais sur une innocente qui aimait simplement avoir des sous-vêtements propres un peu sexy – et qui se raccrochait comme une damnée aux uniques personnes qui un jour avaient remarqué qu'elle existait. Elle me faisait penser à moi – sans les sous-vêtements sexy.

On s'est arrêtés sur le parking de la petite zone commerciale dont je me souvenais, à huit kilomètres de Chevrière. Rien n'avait changé : il y avait toujours le même grossiste en fromage et produits laitiers, la même boulangerie, le même supermarché Migros, et surtout le même magasin de bricolage. Je n'étais jamais entrée dans aucun de ces magasins – à Chevrière toute sortie était interdite –, mais nous étions passés devant en minibus, quand on faisait régulièrement une excursion. Ça, c'était avant que Schmidt décide qu'on ne quitterait plus du tout l'Institut.

Le parking était quasiment vide à cette heure. À cause du détour que nous avait fait faire Olivier, il était déjà 17 h 50, le soleil avait disparu derrière les cimes lointaines et il ne tarderait pas à faire nuit noire. Il fallait aller vite et être efficace, les magasins fermeraient bientôt, les Suisses sont couche-tôt. Mais créer deux équipes avec les bras cassés de la voiture ? Si Olivier y allait, il pouvait nous faire un arrêt cardiaque entre deux rayons. Je ne voulais pas laisser Marie sans surveillance. Quant à Lazare… il était capable de tout, et surtout de n'importe quoi. J'avais l'impression d'être la monitrice d'un camp de vacances pour adultes déficients.

— Vous restez dans la caisse, les mômes, ai-je dit. Pas de conneries, vous vous surveillez mutuellement. Olivier, file-moi ta CB.

— Non. Tu as une liasse de billets, tu n'as qu'à payer !

— Pas question. Tu vas crever et t'en auras pas besoin dans l'autre monde. Je suis pauvre, tu es riche, vive le partage des richesses ! Allez, file !

Il a mollement hésité, avant de soupirer et de me filer sa carte. Il commençait à redescendre, c'était une bonne chose.

— C'est quoi, le code ?

— 3127. Abuse pas, hein ?

— T'as raison je vais te ruiner en reblochons. Allez, je fais vite !

Première étape : Migros. Il ne restait que quelques clients, qui zonaient dans les rayons, laissant filer le temps dans l'espoir de rentrer chez eux le plus tard possible, quand les mômes seraient couchés et qu'ils n'auraient pas à s'en occuper.

Au premier rayon, j'ai pris des bouteilles d'eau et des barres de céréales. Au fond à droite du magasin, il y avait quelques vêtements sur cintres : j'ai attrapé quatre coupe-vent noirs et je les ai balancés dans le caddie. J'y ai aussi mis des lampes torches et deux sacs à dos, deux couteaux suisses, forcément, et des barres de céréales supplémentaires. J'ai pris des paires de chaussettes chaudes, des gants molletonnés et une paire de chaussures de randonnée taille 45 pour Olivier – je ne connaissais pas sa pointure, mais ça devait aller. J'ai ajouté un gros bout de gruyère, un jambon entier et une miche de pain. Avec ça, j'étais parée.

Deuxième étape : le magasin de bricolage. Le vigile m'a gentiment fait remarquer qu'ils fermaient dans cinq minutes. Ça me laissait juste le temps de trouver ce que je cherchais : deux pelles, des sacs-poubelle, des cordes, de l'allume-feu liquide, des briquettes de démarrage et un chalumeau. Le caissier ne m'a même pas jeté un regard, il devait être pressé de rentrer chez lui. J'ai payé au moment où ils commençaient à baisser le volet roulant.

J'ai failli glisser sur le sol boueux, encombrée de mes paquets et de mes pelles. Pendant les quelques minutes où je m'étais absentée, il avait commencé à neiger et le vent avait forci. La tempête approchait.

J'ai ouvert la portière arrière et balancé les sacs de chez Bricomac sur Petite Marie, puis je suis montée côté conducteur. Une fois à l'intérieur – malgré les douches, ça sentait le sale et la fumée –, j'ai sorti les vêtements. Olivier s'étalait à l'arrière. J'ai jeté sur lui les chaussures, les chaussettes et un coupe-vent. Pas de réaction.

— T'es mort ?! ai-je hurlé dans l'habitacle.

Il a ouvert les yeux.

— T'es vraiment conne.

— Bon t'es vivant. Et ne me remercie pas, je t'ai trouvé un ensemble qui sera de plus bel effet.

J'ai ensuite dispatché ce que j'avais acheté dans les deux sacs à dos. Olivier avait raison, j'étais conne : j'aurais dû en acheter quatre. Pourquoi deux ? Aucune idée. J'ai enclenché le contact.

— Y a de quoi manger, ai-je dit en démarrant. Je serais vous je me ferais un sérieux casse-dalle, on va avoir besoin de forces cette nuit. D'ailleurs j'en veux bien un. Lazare ?

— OK…

Il a fouillé dans le sac tout en râlant.

— T'aurais pu trouver du jambon en tranches, là je vais faire comment ?

— Tu vas prendre un des couteaux suisses et puis tu vas couper des tranches.

— Je peux le faire si tu veux, a dit Petite Marie.

Je l'ai foudroyée du regard via le rétroviseur, avant de me rendre compte que je me trompais de cible. C'est donc Lazare que j'ai foudroyé, en lui interdisant d'un geste de faire passer le sac contenant les victuailles à l'arrière.

— T'as pas changé, ai-je râlé en prenant la route. Toujours à te faire servir par les autres.

— Attends, c'est elle qui propose ! a-t-il répondu en reprenant le sac. Et puis je te rappelle que je suis estropié.

— Quand ça t'arrange.

— Ça va servir à quoi, les pelles ? a demandé Marie.

— À en avoir le cœur net.

— On va retrouver le corps de Schmidt… Et la boîte qu'on y a enterrée à ses côtés. Avec dedans quatre objets. Notre signature. Faut qu'on la récupère.

— Et les gros sacs plastique ?

— Tant qu'à faire si on creuse, autant pas creuser pour rien.

Personne n'a répondu. Tout le monde avait compris.

L'Audi vrombissait sur la route déserte. D'une main je conduisais, de l'autre je savourais mon sandwich. Même avec les essuie-glaces au maximum, la visibilité était mauvaise. Les flocons, épais et collants, se multipliaient à vitesse grand V. Le faisceau des phares butait contre un mur blanc, la route et ses bandes blanches étaient devenues quasiment invisibles.

— Maintenant ? a interrogé Lazare, lui aussi les yeux rivés sur la route. Les conditions sont loin d'être optimales, le temps qu'on arrive ça sera pire et le sentier sera difficilement praticable.

Je l'ai fixé, interdite.

— Depuis quand tu utilises ce genre de vocabulaire ?

Il a rigolé.

— Tu me prends pour un débile en fait.

— Je dirais pas débile. Par contre junkie à moitié taré…

— *Complètement taré !* a crié la voix d'Olivier dans l'obscurité.

Le rire de Lazare s'est éteint. Il s'est retourné pour répondre.

— C'est toi qui me dis ça ? Parce qu'il faut être sain d'esprit pour enfermer son plus vieil ami dans une prison pendant *deux ans* ?

La tête d'Olivier a surgi tellement vite entre les deux sièges que j'ai failli nous envoyer dans le fossé. Sous le coup de la surprise, j'ai braqué trop fort, les roues ont dérapé et j'ai réussi avec peine à remettre la voiture dans l'axe.

— Mais enfin Lazare c'est toi qui m'as demandé !

Lazare l'a regardé comme si c'était lui le fou. J'ai cru qu'ils allaient se sauter à la gorge.

— J'ai payé tes dessins une fortune, rubis sur l'ongle, chaque fois que tu débarquais à la galerie, camé jusqu'à l'os ! Sans rien demander en retour. Et j'aurais continué si tu m'avais pas supplié de te sauver !

— Non, a marmonné Lazare, mais son ton manquait de conviction.

— Tu m'as dit que si je ne te sortais pas de là, tu t'immolerais par le feu. Ça te rappelle un truc, ça ?

Olivier hurlait, hystérique.

— Tu t'arrachais la peau jusqu'au sang, tu menaçais de te foutre en l'air ! Donc moi, pauvre con, j'ai trouvé une clinique privée spécialisée dans le traitement des addictions et des troubles mentaux. Parce que oui, t'es complètement taré ! Et j'ai dépensé sans compter pour qu'ils te sortent de ton enfer.

— C'est pas vrai. Et t'es jamais venu me voir.

La voix de Lazare était indécise. Il cherchait à se souvenir, confrontait ce qu'il avait inventé avec ce qu'Olivier lui racontait.

— Non, j'ai *arrêté* de venir de te voir, a dit Olivier d'une voix un peu plus calme. Parce que je ne savais jamais sur qui j'allais tomber. Le Lazare des bons jours, heureux d'être là et de pouvoir dessiner tranquille, ou le paranoïaque persuadé que je l'avais enlevé pour le séquestrer.

Olivier a soupiré et s'est allumé une clope. La flamme a instantanément illuminé son beau visage décharné.

— La dernière fois que je suis venu, a terminé Olivier, tu m'as balancé un cendrier au visage (il a touché machinalement la cicatrice qui lui barrait l'arcade sourcilière) et tu m'as craché que si je revenais tu me tuerais. En me cramant comme une merguez.

J'ai tendu la main vers l'arrière sans cesser de fixer la route, et Olivier a glissé sa cigarette entre mes doigts. Quand je pensais qu'on avait atteint le stade de la dinguerie ultime, la situation montait encore en gamme. Ç'aurait fait un formidable court métrage : quatre personnages en quête d'auteur dans une Audi folle, confessionnal de trois cents chevaux lancé à pleine vitesse dans la tempête du siècle. Très brechtien.

J'ai ralenti jusqu'à quasiment m'arrêter pour vérifier les panneaux de signalisation. Mon cœur a manqué un battement quand j'ai lu Schlamenshluff. En dessous il manquait quelque chose ; le panneau qui indiquait auparavant l'Institut. J'ai engagé la voiture sur la petite route de droite ; dans trois minutes, on dépasserait le pensionnat, puis il faudrait encore un quart d'heure pour arriver au parking d'où partaient les randonnées. Ça nous laissait autant de temps pour nous entretuer.

J'ai accéléré après avoir dérapé sur une plaque de verglas. Nous étions des fantômes, à nouveau réunis. Mais qui nous attendait ? Mon cœur battait vite.

— On y est, ai-je dit bêtement.

À droite après le tournant, se trouvait l'Institut de Chevrière.

Nous sommes passés au pas devant les hautes grilles. Le parc, qu'on discernait à peine grâce aux phares de la voiture, était recouvert de neige immaculée et au milieu trônait le chêne centenaire, *notre chêne*. Celui sous lequel nous nous étions assis, celui où un jeune de quatorze ans s'était pendu à cause de ce que Schmidt lui avait fait subir. La silhouette de l'immense bâtisse du pensionnat était presque invisible au loin, cachée derrière les arbres. Si ce n'était… une petite lumière, comme une étoile, qui brillait au dernier étage à droite. Là où se trouvaient les anciens appartements de Schmidt.

— Regardez ! j'ai dit.

Tout le monde s'est écrasé aux carreaux pendant que je me garais sur le bas-côté.

— Regarder quoi ? a enfin demandé Olivier.

Rien. Le bâtiment était à nouveau plongé dans l'obscurité, plus rien ne brillait dans la nuit. J'avais rêvé…

Ou pas. Je crevais d'envie d'aller voir par moi-même, mais l'endroit était une véritable prison. Les grilles faisaient plus de trois mètres de haut et entouraient l'intégralité du parc gigantesque, même du côté de la forêt. La seule autre entrée, celle des domestiques, était à un kilomètre de là, à l'ouest, et elle était barrée par un portail en fer forgé tout aussi haut.

Finalement nous avions survécu au voyage. Passer devant Chevrière avait calmé tout le monde. Quand nous nous sommes garés sur le parking destiné au départ de randonnées, celui-ci était désert et, miracle, la neige avait cessé de tomber. Ça ne durerait pas, il fallait en profiter.

Quand nous étions à Chevrière et que Schmidt nous emmenait dans ses expéditions nocturnes, nous partions à pied de l'arrière de l'Institut et nous prenions par le chemin du lac. Ce soir, nous allions emprunter le sentier bleu que les promeneurs suivaient l'été, jusqu'à l'intersection avec le calvaire en ruine. Ensuite, il nous faudrait prendre à droite pour retrouver l'ancienne bergerie, en espérant qu'après toutes ces années, dans le noir et le froid, on arrive à s'y retrouver. Ça ne m'inquiétait pas plus que ça : j'avais toujours eu un excellent sens de l'orientation, dans le sable comme dans les marais – mon père y avait veillé. Non, ce qui me faisait peur, c'est ce que nous allions déterrer là-bas. Ou ce que nous ne trouverions pas. Les deux options étaient tout aussi terrifiantes.

Nous sommes sortis de la voiture. J'ai vérifié comme une bonne monitrice scoute que tout le monde était bien équipé, et nous avons commencé à grimper à la lumière des torches. J'étais inquiète à l'idée qu'Olivier ne tienne pas le coup mais nous avons progressé lentement et une fois qu'il a eu trouvé son rythme il a suivi sans trop nous ralentir.

J'avais oublié à quel point le temps changeait vite en montagne, comme en mer. Alors qu'une demi-heure auparavant je conduisais dans une purée de pois, la lune apparaissait à présent, ronde et belle, au-dessus des cimes entourées d'étoiles, éclairant le chemin enneigé comme dans un conte de fées. Un signe peut-être que c'était une bonne chose d'aller faire ce qu'on allait faire, et de clore le dernier chapitre d'un livre qu'on avait malencontreusement laissé ouvert.

La première partie de l'ascension a été facile. J'avais laissé Lazare prendre la tête, suivi de Petite Marie, pour prendre le bras d'Olivier et fermer la marche. L'air de la montagne semblait l'avoir revigoré, car il grimpait sans trop de difficultés, les yeux fixés sur le sommet de la montagne bleui par la lumière de la lune.

On a avancé tranquillement, en silence, durant une petite demi-heure. Lazare avait calé ses pas sur le rythme d'Olivier, ça donnait une jolie balade de campagne nocturne, quatre silhouettes à peine discernables dans la nuit. Seul point qui aurait pu intriguer un improbable promeneur solitaire, les pelles dont Olivier et moi nous servions comme de bâtons.

Finalement, nous sommes arrivés à la hauteur du calvaire qui marquait l'endroit où nous nous détournerions du sentier. Nous avons fait une halte pour qu'Olivier reprenne son souffle, et Lazare a tiré du sac à dos une bouteille d'eau qu'il a fait passer à la ronde.

Les révélations successives dans la voiture nous avaient secoués. J'avais pensé toutes ces années que Lazare m'avait abandonnée à Paris. Lazare s'était construit sur l'idée qu'Olivier l'avait enlevé pour le séquestrer. Alors que dans les deux cas c'était faux : ils avaient tous deux tenté de soigner quelqu'un qu'ils aimaient et ça c'était mal passé. L'enfer est pavé de bonnes intentions – citation non pas tirée de la Bible comme beaucoup le croient, mais d'un saint du XIIe siècle et vulgarisée par Balzac. Schmidt nous l'avait assez rabâché.

Marie ne disait rien. Elle fixait, elle aussi, les cimes des montagnes éclairées par la lune, attendant que le groupe se remette en marche. J'ai indiqué la direction entre les deux arbres derrière le jésus fatigué sur sa croix.

— À partir de maintenant c'est par là. Il faut marcher une dizaine de minutes (j'ai jeté un œil à Olivier) enfin plutôt trente à cause de notre boulet, mais au bout on devrait trouver la bergerie.

J'espérais faire sourire Olivier en parlant de lui comme ça, mais il n'a pas moufté. Lui aussi regardait le panorama, pur et magnifique. Comme s'il n'avait jamais abrité d'atrocités.

— On va bouger, faut pas se refroidir, a dit Lazare.

Tout le monde s'est docilement ébroué avant de se remettre en ordre de marche, Lazare et Marie devant, Olivier et moi derrière.

— T'as pensé au fait qu'il y avait peut-être un comité d'accueil qui nous attendait là-bas ? a chuchoté Olivier.

— Faudrait savoir. Dans la voiture vous m'avez expliqué que j'avais tout manigancé. J'aurais envoyé des gens *en plus* ? Pour quoi faire ?

Olivier a soupiré, gêné.

— C'était une hypothèse des deux autres…

— Et si c'est Dieu lui-même, comme tu me l'as dit, je ne pense pas qu'il ait expédié des anges exterminateurs rien que pour nous.

— On vous entend, a fait la voix de Lazare devant nous. Vous pouvez parler normalement, personne ne nous espionne.

Il s'est retourné, ses dents illuminées par la lumière de nos torches. Il s'est mis à rigoler, de plus en plus fort, à en faire résonner toute la montagne.

— Un comité d'accueil. Et après on dit que c'est moi qui suis paranoïaque ? Elle est… excellente. Vraiment excellente ! C'est toi qui aurais dû te faire enfermer ! Par moi !

J'ai fixé Lazare, un peu inquiète. L'éclair de lucidité qu'il avait eu était en train de disparaître : il recommençait à se convaincre que c'étaient les autres qui étaient malades, pas lui, et tout recommencerait.

Je me suis tournée vers Marie.

— Dis, toi, l'aide-soignante, t'as pas dans tes poches quelques neuroleptiques pour le stabiliser, là ?

— Il veut pas les prendre, a-t-elle répondu, gênée.

— Ça m'empêche de dessiner, a dit Lazare, buté.

— Parce que tu crois qu'on va faire un stage d'aquarelle là ? Non, on va jouer de la pelle, du coup j'ai besoin que tu sois au top. Et là, t'es pas au top. Donc tu veux bien prendre tes pilules ?

Il a fini par hocher la tête comme un enfant récalcitrant. J'ai tendu la main vers Marie, elle a sorti de la poche de son pantalon une petite boîte de médicaments et lui en a donné deux blanches. Je me demandais combien de pilules de couleurs différentes elle avait en stock.

On a recommencé à avancer et suivi la ligne à flanc de montagne. C'est Lazare qui nous a guidés : il était venu bien plus souvent que nous ici. Je l'imaginais, attendu par Schmidt, se faufiler de nuit hors de notre « dortoir », tandis que nous dormions profondément. Lazare s'est arrêté.

— Là ! a-t-il chuchoté en pointant quelque chose devant nous.

La lune et nos torches avaient beau éclairer nos pas, tout ce que je discernais, c'étaient des sapins blancs à perte de vue. Mais en plissant les yeux et en me concentrant, j'ai fini par découvrir une ligne au loin, légèrement de biais, entre les arbres. Le toit de la bergerie. Nous avons avancé en file indienne entre les arbres. La neige fraîche crissait sous nos pas. En entamant la légère descente jusqu'à la petite étable en pierre, j'ai glissé et j'ai dû me rattraper à Olivier pour ne pas tomber.

Le muret n'était plus qu'à un mètre de nous. Une partie de la toiture s'était écroulée et on distinguait l'intérieur par endroits. Un arbre avait depuis longtemps poussé à l'intérieur et ses branches passaient aujourd'hui par le toit crevé.

On s'est arrêtés. À part le bruit de notre respiration, le silence était total. Olivier a pris ma main et l'a serrée, j'ai pris celle de Lazare à mon tour. Il a fini par fermer le cercle en prenant celle d'Olivier, laissant Marie en dehors. On s'est regardés tous les trois : on y était.

— Bon…, a fait Lazare. C'est là que mon talent s'arrête.

Il avait l'élocution légèrement pâteuse, la faute aux médicaments.

— On l'a enterré où déjà ? a-t-il continué en faisant un effort pour articuler.

— Il faut relire le début du livre, ai-je dit. C'est notre boussole.

J'ai enlevé le sac à dos et j'ai fouillé dedans pour en sortir le bouquin corné, taché, mouillé. J'ai fait un geste à Marie pour qu'elle oriente la lumière de sa lampe vers moi et j'ai lu :

Elle pointa le muret à moitié écroulé.

— Là où la gouttière déverse l'eau de pluie au printemps. Ce sera plus facile.

Dans la nuit, ils ne se voyaient presque pas. Lilas s'approchait du mur quand elle sentit une main dans la sienne : c'était celle d'Alice qui s'était déplacée sans qu'elle s'en rende compte. Alice et Lilas, meilleures amies à la vie à la mort. Alice, belle à en pleurer, porta la main de Lilas à ses lèvres.

— Allez, on y va, dit-elle de sa voix parfaite.

Ils s'arrêtèrent tous les quatre face aux pierres, juste en dessous de la croix et du *C* à peine visible qu'ils avaient gravés des mois plus tôt sur l'une d'elles.

J'ai à nouveau regardé Lazare et Olivier. Ce signe nous l'avions gravé un mardi après-midi, – un mardi, comme tous les mardis, où Schmidt était absent. Ce jour-là La Boissière était absent lui aussi et l'Institut était presque livré à lui-même. Les pensionnaires étaient hystériques de joie à l'idée de cette fenêtre de liberté improvisée qui s'ouvrait à eux. On s'était demandé où on pourrait aller : pas question de retourner à la chapelle depuis ce qui s'y était passé. On ne se sentait en sécurité nulle part au sein du pensionnat, même s'il existait des dizaines d'endroits où on aurait pu se cacher. On avait finalement décidé d'aller au Bouscat par la forêt et de nous réfugier dans l'abri quand on aurait trop froid. On avait emmené des munitions, des clopes et de la tequila payées par Olivier. On avait grelotté ensemble dans l'abri qui puait la bête morte, avant de nous avouer vaincus et de ressortir. Et puis il y avait eu un coucher de soleil époustouflant derrière les montagnes, on avait déjà trop bu, on s'était fait des serments d'amour à la vie à la mort, et on avait fini par graver notre symbole sur la pierre. Le *C* pour Chevrière, la croix pour nous incarner : quatre extrémités, un seul centre. Quatre personnes mais une seule âme. Sur nos peaux ç'avait été quelques semaines après, lors d'une nuit de désespoir dont je ne voulais pas me souvenir.

Nous avons orienté nos lampes vers le muret, à la recherche du signe. Marie s'est dirigée vers l'angle droit, Olivier a suivi mon geste indiquant l'autre côté. On s'est espacés de deux mètres chacun et on a commencé à scruter.

— Il était à quelle hauteur ? a demandé Marie tout en étudiant minutieusement le mur.

— Je dirais au milieu, a répondu Olivier.

On a vérifié chaque pierre l'une après l'autre, attentivement. De la buée sortait de nos bouches à intervalles réguliers. Était-il possible qu'avec les années il se soit effacé ? Je commençais à désespérer quand Lazare a crié à côté de moi :

— Je l'ai !

Le signe était là, assombri par les années, mais bien présent. La croix et le *C*. Olivier a saisi une pelle.

— Allez, on y va.

— Vous n'y arriverez pas, a couiné Marie, le sol est gelé.

— C'est pour ça que j'ai acheté de quoi le ramollir.

J'ai sorti les bouteilles d'allume-feu et les briquettes de barbecue.

— Ça va se voir, a fait remarquer Olivier.

— Sans doute, mais le feu ne prendra pas, il mourra vite à cause de la neige. Ce sera juste suffisant pour qu'on puisse creuser. Ça serait vraiment pas de bol que quelqu'un, dans le coin, repère de la lumière et décide de venir découvrir ce qui se passe au milieu de la nuit.

— Personne ne peut nous voir de la vallée. Si ça arrive, c'est qu'on nous attendait, a poursuivi Olivier.

— Eh bien au moins on serait fixés sur *qui* nous attend.

Et sur le pourquoi.

J'ai balancé de longues giclées de liquide inflammable par terre avant de les recouvrir de briquettes allume-feu, puis je les ai noyées à nouveau. J'ai craqué une allumette. Les flammes ont dansé au ras du sol un moment, joyeuses, hypnotisantes. En les regardant ainsi dégeler le sol, je me suis rendu compte que j'étais frigorifiée.

J'ai refait plusieurs fois l'opération, jusqu'à ce que ce soit la terre elle-même qui brûle, le silence juste interrompu par le craquement des étincelles. Le feu, on y revenait toujours…

Quand les dernières flammèches se sont éteintes, j'ai pris une pelle. Le reste du groupe n'était pas vaillant : Olivier était livide, Lazare semblait flotter dans l'air, les yeux flous ; j'ai indiqué à Marie la deuxième pelle – qu'au moins elle serve à quelque chose.

On s'est mises à creuser en silence, côte à côte, concentrées, un coup après l'autre. On ne l'avait pas enseveli profondément – juste assez pour que les animaux ne le déterrent pas. On a creusé, creusé… jusqu'à un moment où il a bien fallu se rendre à l'évidence : il n'y avait rien en dessous. J'avais raison : Schmidt était revenu d'entre les morts ; il n'y était même jamais allé.

— « Lorsque ce corps corruptible aura revêtu l'incorruptibilité, et que ce corps mortel aura revêtu l'immortalité, alors s'accomplira la parole qui est écrite : la mort a été engloutie dans la victoire », a déclamé Lazare en se mettant à rire.

J'ai balancé la pelle par terre.

— Tu crois que c'est le moment pour nous citer les Corinthiens ?

— Je n'en vois pas de meilleur. Il est vivant. Le diable survit à tout.

— On l'a tué ! a crié Olivier. On a passé un temps fou à lui creuser une tombe et pendant ce temps-là il n'aurait pas respiré ? En fait il aurait attendu tranquille, qu'on lui balance des mottes de terre sur la tête, et ensuite une fois qu'on s'est barrés, il se serait extirpé du trou et aurait rampé jusqu'à la vallée ? Impossible.

L'hypothèse était folle et pourtant… Et si c'était la seule possible ?

Lazare regardait le trou vide, fasciné. Il a pris sa pelle à Marie et a commencé à creuser à son tour, avant d'y aller carrément, à quatre pattes, avec les mains. On le regardait sans savoir quoi faire, il était enragé. Je lui ai posé la main sur le bras mais il m'a repoussée avec violence.

— Lazare, arrête, tu vas te faire mal, a dit Marie doucement.

Et là j'ai compris ce qui aurait dû me sauter aux yeux depuis le début : c'était la voix d'une femme amoureuse à en crever. Je voyais encore Marie comme une petite fille apeurée, mais aujourd'hui c'était une femme. Voilà pourquoi elle l'avait suivi dans son parking infernal, juste parce qu'elle l'aimait comme une dingue, comme Alice, Olivier et moi l'avions aimé. Évidemment !

Lazare a continué à fouiller la terre jusqu'au moment où il a rugi :

— J'ai quelque chose !

Je me suis jetée à ses côtés pour creuser. J'avais envie de rire : en fait on n'avait pas cherché au bon endroit, voilà tout, c'était pas grave, on allait le retrouver, on allait… J'ai redoublé d'efforts. Tant pis si je touchais de mes doigts son crâne décharné ou son fémur je… Lazare m'a arrêtée en me posant la main sur le bras. Son regard était triste.

— Il est pas là, a-t-il dit doucement.

— Mais tu disais que t'avais trouvé quelque chose !

— Oui. Ça…

Dans ses mains, il tenait un objet que je n'arrivais pas à distinguer dans l'obscurité. Marie a orienté la lumière de sa torche vers nous. C'était une boîte. Une petite boîte en bois. Une boîte que je connaissais par cœur… mais qui n'avait rien à faire là.

— C'est pas la bonne boîte, ai-je dit. C'est pas celle avec laquelle on l'a enterré.

— Non, celle-là était dans la salle noire, a fait Olivier d'une petite voix.

D'une main tremblante et couverte de boue, Lazare me l'a tendue. C'était moi qui étais venue les chercher : c'était à moi de l'ouvrir. Je tremblais moi aussi en tentant de lever le petit crochet en métal. Une boîte à la place d'un corps, une boîte que nous n'avions pas enterrée, qui n'était pas celle que l'on cherchait… Je me suis arrêtée net en me cognant le front de la paume de la main.

— Mais qu'on est cons...

— Tu nous expliques ? a demandé Olivier.

— Bien sûr, il est vivant et c'est lui qui est derrière tout ça.

Ils me regardaient sans comprendre la logique. J'ai crié.

— L'incendie ! Moins de vingt-quatre heures après qu'on pense l'avoir tué ! C'était pas un accident !

Olivier m'a fixée, je pouvais presque voir les rouages de son cerveau tenter de s'assembler.

— Évidemment, a-t-il finalement dit.

— Ça n'a jamais été nos fringues accrochées trop près de la chaudière qui ont déclenché l'incendie ! C'est lui qui a foutu le feu pour se venger ! C'est lui qui a tué Alice. Il voulait qu'on y passe tous.

C'était sous nos yeux depuis le début. Schmidt avait réussi à sortir de sa tombe et à rejoindre le pensionnat. Et la nuit même il avait essayé de nous faire cramer comme des saucisses, sauf qu'il n'avait réussi qu'un quart de sa mission.

— La Boissière l'a forcément vu rentrer au pensionnat ce matin-là, ai-je continué à voix haute. Il savait. C'est pour ça qu'ensuite à l'hôpital il nous a emmenés à la gare routière. Parce qu'il savait que si on restait Schmidt nous dézinguerait. Il a voulu nous protéger.

— Cette petite pute de La Boissière nous aimait bien après tout, a dit Lazare d'un air réjoui.

— J'ai été transféré dans la journée à l'hôpital de Lausanne, a continué Olivier. Schmidt n'a pas eu l'occasion de m'approcher pour terminer le boulot.

On y était. L'histoire avait enfin un sens. C'était bien Schmidt qui nous attendait. Cette fois-ci, je crois qu'on en était tous conscients : ce serait lui ou nous. Quand j'ai finalement réussi à ouvrir la boîte de mes doigts engourdis, à l'intérieur il y avait quatre objets : un tour de cou en or, un crayon de papier, une mèche de cheveux et un chapelet.

Après avoir rebouché le trou, nous avons repris le chemin que nous avions emprunté à l'aller. À la lueur des torches, les traces de nos pas étaient encore bien visibles dans la neige. Nous sommes descendus en file indienne, sans rien dire. Une chouette a hululé comme pour nous signifier que nous étions sur son terrain.

Quand nous sommes arrivés à la voiture, nous sommes restés là un moment à nous regarder sans savoir quoi faire. Nous étions transis de froid, épuisés et sous le choc. Le diable est immortel. Mais où était-il à présent ? À Chevrière évidemment.

J'ai regardé notre fine équipe. Personne ne savait quoi faire, ils attendaient que je leur dicte la marche à suivre mais je m'en sentais incapable. J'ai pris de la neige et je m'en suis frotté le visage. La morsure du froid sur ma peau n'a pas eu l'effet escompté, j'avais toujours l'impression d'être sur le chemin de la folie.

— Pourquoi maintenant ? a dit Olivier.

— Parce que tu vas mourir et lui voler sa vengeance. Ou qu'il a enfin amassé assez de thunes pour mener son projet à bien. Je ne sais pas. Je. Ne. Sais. Pas.

— Vous êtes en danger, a dit Marie. Mais on peut y aller et le vaincre ; on est nombreux, on peut s'en sortir.

Le chien Dagobert de la bande du Club des Cinq, un peu bêta mais prêt à se faire tuer pour ses amis. C'était touchant.

— Comment savait-il que Lazare était dans son parking ? ai-je demandé en la fixant, ma pelle bien serrée dans la main. C'était écrit dans le bouquin. Il n'y a qu'une seule possibilité… Et c'est toi. Tu es de mèche avec lui.

J'ai brandi ma pelle, prête à lui ouvrir le crâne en deux. Elle a poussé un petit cri et s'est protégé la tête de ses mains, Olivier m'a agrippée pour tenter de me retenir, Lazare n'a pas bougé.

— Calme-toi ! a dit Olivier. Il a juste mis beaucoup de motivation pour nous retrouver. Le Roi d'Akkad ne t'a pas menti, finalement.

J'ai regardé ma montre. Avec tout ça, il était 23 heures. Pas question que nous allions au pensionnat maintenant. Et surtout auparavant je devais relire un passage du livre afin de vérifier une chose. Seule.

— Bon on va aller se poser quelques heures au Formule 1 qu'on a dépassé tout à l'heure, il faut qu'on dorme. On verra la suite demain. Allez, tous dans la caisse, je conduis.

La route est passée comme dans un songe, rythmé par la voix monotone du GPS. « Tournez à gauche dans deux cents mètres » « cent mètres », « cinquante mètres »… Nous nous sommes arrêtés sur le parking presque désert de l'hôtel dont le néon bleu clignotait dans la nuit ; j'avais l'impression que l'aube ne viendrait jamais, que nous resterions coincés dans l'obscurité.

On a embarqué nos affaires, les sacs, les pelles qui auraient pu attirer l'attention d'un curieux jetant un œil à l'arrière de l'habitacle, et on s'est dirigés vers l'entrée déserte.

Une borne automatique nous attendait. Olivier a réservé avec sa carte bancaire le forfait famille-deux chambres communicantes, une avec lit double, l'autre avec des lits superposés, situées au rez-de-chaussée, vue sur le parking. Le temps qu'on ouvre les portes de communication, Lazare s'était déjà allongé sur le lit double et respirait lourdement. Olivier a soufflé et a entrepris d'enlever ses chaussures.

— Va prendre la couchette du bas dans la chambre à côté, lui ai-je dit. Marie prendra celle du haut.

Il m'a fixée, suspicieux.

— Et toi tu vas dormir où ?

— Certainement pas avec le roi taré. Sur le fauteuil, je serai bien, j'ai l'habitude.

Il a hoché la tête en signe d'acquiescement. Tout le monde était trop crevé pour répondre, sauf que moi j'avais dormi des heures dans la caisse et j'étais en pleine forme. J'ai pris une longue douche histoire de me réchauffer, puis j'ai nettoyé au mieux mes vêtements couverts de boue et je les ai fait sécher sur le radiateur. Ensuite je me suis enroulée dans une couette synthétique à la propreté douteuse trouvée dans le placard, je me suis assise dans l'unique fauteuil de la pièce et j'ai commencé à lire le passage qui m'intéressait.

Face à moi, Lazare ronflait. Les murs étaient fins comme du papier : dans la chambre d'à côté j'entendais Marie lutter contre le sommeil en poussant de petits gémissements, tandis qu'Olivier était déjà tombé, sa lourde respiration hachée était celle de l'oubli.

Ils n'étaient qu'un

En combien de temps devient-on fou ? Est-ce qu'on l'est dès la naissance ou alors est-ce que c'était le pouvoir magique de Chevrière ? Olivier s'interrogeait tandis qu'il marchait seul dans le parc. Les arbres qu'il avait trouvés majestueux et reposants lui semblaient à présent menaçants et hostiles. Même le grand chêne lui donnait la chair de poule – il ne pouvait pas s'empêcher d'imaginer Lilas se balancer au bout d'une corde au gré du vent, avec une langue noire énorme dépassant de sa bouche. S'ils restaient là, ça finirait par arriver, il en était certain, elle lui en avait parlé, lui avait dit les mauvais rêves qu'elle faisait où elle finissait par se pendre à l'arbre – et le soulagement qu'elle ressentait à ce moment-là à l'idée que tout allait enfin se terminer. Comme le gamin qui s'était donné la mort après être devenu le nouvel élu de Schmidt. Son sujet d'expérimentation. Sa chose.

S'ils n'avaient plus de contacts avec l'extérieur, ils n'en avaient quasiment plus entre eux non plus. Lazare, depuis qu'il s'était mutilé, passait ses journées à apprivoiser sa main gauche, dessinant encore et encore les mêmes visages jusqu'à en pleurer de douleur. Quelqu'un lui avait trouvé du shit – Olivier soupçonnait un des jumeaux – et il dérivait entre torpeur molle et explosions de colère. Alice continuait à être Alice, souriante, solaire, elle continuait à entourer Lazare de ses bras, à le couvrir de baisers, comme si de rien n'était. Olivier décelait parfois aussi en elle des éclairs de folie, et ça lui faisait peur. Lilas, elle, semblait se retirer du monde peu à peu. Elle qui avait été une combattante, une guerrière s'effaçait. Bientôt, elle disparaîtrait complètement, et le pire, c'est que personne ne s'en rendrait compte. Ils finiraient tous par être engloutis par le néant créé par Schmidt, créé par eux-mêmes.

Olivier alluma une cigarette, caché derrière le bosquet familier. Il était le seul encore debout, encore cortiqué, encore normal... sauf que parfois il avait la sensation inverse d'être le plus fou des fous. Le bruit des pas sur le gravier derrière lui le fit sursauter, et il cacha sa cigarette derrière son dos comme un gamin pris en faute. Mais ce n'était que Lilas et Alice.

Elles se tenaient la main comme elles le faisaient souvent par le passé, quand tout était normal et que le soleil brillait sur leurs vies. Elles le cherchaient.

— Tu es là ! chuchota, Alice, soulagée. On se faisait du souci.

Olivier écrasa un sourire mauvais.

— Où veux-tu que je sois ?

Elle l'entoura de ses bras et il sentit fondre ses maigres défenses.

— Fais pas ton bougon, lui murmura-t-elle à l'oreille. On est là... On protège ton âme comme tu protèges la nôtre...

Olivier voulut répondre, faire une blague, changer de sujet, mais seul un hoquet sortit de sa bouche. C'était trop tard : Schmidt lui avait bien volé son âme. Cette dernière ne lui appartenait plus, maintenant elle était dans les mains de Satan. Alice caressa le pendentif qui ne la quittait jamais et qui représentait l'équilibre du monde.

Et c'était vrai que ce pendentif ne la quittait jamais, parmi les autres chaînes qu'elle portait au cou. Même pas la nuit où nous avions tué Schmidt : c'était une autre chaîne, avec une médaille celle-là, qu'elle avait placée dans la boîte. D'où mon interrogation. Comment un bijou en or pouvait-il rester impeccable après avoir été en proie aux flammes ?

J'ai attendu la presqu'aube, sombrant par intermittence. Quand enfin il a été l'heure, je me suis levée et je suis sortie à pas de loup. La nuit était encore noire à l'extérieur, et le froid mordant. J'ai resserré ma parka autour de mon cou et je me suis dirigée vers la voiture. Direction la gendarmerie de Schlamenshluff, où nous avions passé quelques heures au mois de février de l'année 2004, en attendant que Schmidt vienne nous chercher. L'auteur du livre n'avait écrit aucun chapitre sur ce qui s'était passé là-bas, ce qui me laissait entrevoir quelque chose, mais l'hypothèse était folle, encore plus folle que le fait que Schmidt soit en vie.

À l'époque, novembre était passé, puis décembre et enfin la nouvelle année avait fait son apparition. Alice n'avait nulle part où aller pour les vacances, il ne lui restait que la tante qui s'était débarrassée d'elle en l'envoyant à Chevrière et qui n'avait pas l'intention de la récupérer. Les parents de Lazare ne s'étaient pas manifestés. Quant à mon père, j'avais appris lors d'une de nos conversations téléphoniques que les affaires étaient en pleine expansion, la Libye était son nouveau terrain de jeu. Seul Olivier était rentré chez lui pendant quinze jours et nous ignorions ce qui s'était passé, mais quand il était revenu il était encore plus sombre qu'avant. Une fois où, près de la chaudière, il s'était changé devant moi j'avais vu les traces qu'avait laissées un cilice sur sa peau nue. Le cadeau de Noël offert par ses parents. Bande de tarés !

J'ai démarré, j'ai eu l'impression que le moteur faisait un bruit de tonnerre sur le parking. Donc la gendarmerie de Schlamenshluff.

Début février, nous avions décidé de nous enfuir. Tout s'était passé en dix jours. Mi-janvier nous étions toujours convaincus d'appartenir à une élite et d'avoir une étoile comme guide. Début février nous avions monté un plan presque parfait pour disparaître. Que s'était-il passé entretemps ? Nous avions *ouvert les yeux*. Et le plus drôle – si on pouvait trouver ça drôle –, est que tout était parti d'un cours de philo.

Ce jour-là nous avions étudié le suicide de Socrate. Le cours était aussi passionnant que tous les autres (on ne pouvait pas enlever ce talent à Schmidt, c'était un professeur exceptionnel). Socrate avait été jugé par le tribunal de l'Héliée d'Athènes pour « corruption de la jeunesse et pratique de nouveautés religieuses » et il avait fini par avaler une coupe de ciguë. Tandis que Schmidt nous racontait sa mise à mort orchestrée, mon esprit avait commencé à dériver. Moi qui pensais être une incroyable survivante, je me rendais bien compte que l'idée du suicide était de plus en plus présente dans ma tête. J'y pensais lorsque j'allais m'asseoir sous le chêne du parc ; quand j'allais à la chapelle et que je voyais au loin, de l'autre côté des grilles, les crevasses dans le flanc de la montagne ; quand je sortais du bureau de Schmidt après nos « séances particulières » et que j'imaginais ouvrir une des lucarnes pour me jeter dans le vide.

Ce jour-là donc, en cours, je pensais au poison, et pour une fois je ne m'étais pas demandé si j'avais envie d'en prendre, mais quelle serait ma réaction si Schmidt me le demandait. J'avais découvert à ma grande surprise que je dirais oui, que mes camarades aussi et que ce n'était pas normal. Les mots « corruption de la jeunesse » flottaient dans l'air et là, en une seconde le voile s'était déchiré : je m'étais imaginée raconter ce que nous vivions à Sylvie et sa réaction. Sylvie qui en voulant me protéger m'avait fait sans le savoir basculer d'un monstre à un autre, ça n'avait pas dû arranger son karma déjà pourri. Notre maître nous avait drogués, isolés, poussés à bout et aux pires extrémités. Ce n'était pas un Dieu ; c'était un monstre.

Quand j'en avais parlé le soir même à mes amis, j'avais appris avec stupéfaction qu'Olivier et Lazare, pour des raisons différentes commençaient à ouvrir les yeux. Seule Alice continuait à rêver béatement au château délabré de conte de fées où nous allions continuer à vivre tous les quatre jusqu'à ce que mort s'ensuive et nous avions dû lui expliquer, preuves à l'appui, pour qu'elle admette la réalité. Ça l'avait fait pleurer pendant des heures.

Si nous n'avions pas été unis, nous aurions fait taire nos doutes et nous aurions continué à idolâtrer Schmidt.

Mais ensemble nous avions compris. Nous avions relié les points et le tableau qui nous était apparu était devenu… limpide. Et noir comme la mort. Ce n'était pas tant ce qu'il nous avait fait – chacun se sentait responsable de ce qui lui était arrivé – que ce qu'il avait fait subir aux autres. Olivier avait une peur panique de l'obscurité et pourtant Schmidt l'avait abandonné dans la salle noire pendant des heures, puis dans la forêt, une nuit ; il en était revenu complètement traumatisé. Il avait laissé Lazare se briser la main à coups de pierre sans intervenir avant qu'il soit trop tard. Il poussait Alice à ne plus s'alimenter alors qu'elle était déjà maigre comme un coucou, elle en devenait complètement zinzin. Quant à moi, il y avait mes « cours particuliers ».

Nous ne pouvions nous plaindre à aucun adulte, personne ne nous aurait crus. Donc nous avions décidé de partir. Olivier avait des économies dans lesquelles il pensait pouvoir puiser avant que ses parents s'en rendent compte et Alice nous avait surpris en nous révélant qu'elle avait de l'argent sur un compte en banque dont elle pouvait disposer. Ç'avait été la source d'une énorme engueulade entre elle et Olivier, car c'était ce dernier qui depuis le début de l'année payait tout pour nous au marché noir du pensionnat.

Lazare nous avait convaincus de faire du stop jusqu'à la frontière italienne, puis de poursuivre jusqu'à la Croatie. Nous avions le rêve de plages désertes et de cabanes de pêcheurs abandonnées, de petits boulots dans des restaurants ou sur des bateaux de pêche, d'une vie loin de tout et surtout loin de lui. Si nous l'avions dénoncé – et dans l'hypothèse où quelqu'un aurait accordé foi à nos dires –, nous aurions été séparés, et ça, c'était tout bonnement impossible. J'aurais pu en parler à mon père et ce dernier l'aurait fait tuer sur-le-champ, mais cela signifiait repartir ensuite avec lui, et ça non plus ce n'était pas possible.

C'était un mardi soir. Alice avait prétexté un mal de ventre périodique pour être exemptée de « temps d'intériorité » – la seule excuse qui mettait le père Marceau bien mal à l'aise –, et je l'avais raccompagnée à la chaufferie. De leur côté, les garçons, qui s'étaient proposés la semaine précédente pour aider l'homme à tout faire à s'occuper de la réfection d'une salle de classe désaffectée, avaient obtenu d'être exceptionnellement libérés plus tôt. Nous avions tout prévu : il y avait un endroit derrière les anciennes écuries où il était possible de passer sous les grilles. Ensuite nous marcherions jusqu'à Marbach – une bonne vingtaine de bornes, mais on voulait s'éloigner au maximum du pensionnat. Après ce serait du stop, l'Italie, la Croatie, et enfin la vie.

Au début tout s'était bien passé. On avait réussi à se faufiler sous le grillage sans trop de peine – on avait creusé discrètement les jours précédents pour que le passage soit assez profond. La nuit était tombée, on marchait les uns derrière les autres le long de la route, personne ne parlait. J'avais des papillons dans le ventre à l'idée de ce que nous étions en train d'accomplir : nous étions des héros. Et puis... Une estafette de la gendarmerie s'était arrêtée à nos côtés. Un homme en uniforme nous avait très civilement – on était en Suisse – demandé d'y monter. Quelqu'un nous avait dénoncés en tant que fugueurs, et les Suisses n'aimaient pas ça. La Boissière, ça ne pouvait être que lui encore une fois. Il avait dû nous espionner et découvrir notre plan malgré nos précautions.

Nous avions passé des heures assis sur un banc à l'entrée de la gendarmerie à la merci des courants d'air sans que quiconque daigne nous parler, à part un pauvre adjudant, Flora de son nom de famille. Il nous avait gentiment apporté des bouteilles d'eau et des barres de céréales qu'il avait payées sur ses deniers personnels au distributeur. Il nous les avait filées en douce, s'assurant par-dessus son épaule que son chef ne le voie pas.

J'avais appris de mes années de sable que l'invisibilité est la plus grande des qualités. Quand vous vous faites tout petit, que personne ne vous remarque, vous pouvez observer. Écouter. Apprendre. Vous forger les armes dont vous pourrez vous servir plus tard contre vos ennemis.

Ce jour-là, à la gendarmerie de Schlamenshluff, l'ambiance était festive. Le chef avait invité à déjeuner les membres de la brigade le dimanche suivant et toutes les discussions tournaient autour du menu et des talents culinaires de madame.

L'adjudant Flora, le seul à avoir été gentil avec nous, n'était pas convié mais ça ne gênait personne, au contraire, tous semblaient heureux de le faire se sentir exclu. J'ignorais ce qu'il avait fait pour mériter ce traitement mais je soupçonnais qu'il était simplement moins bas du front que ses collègues. Il était le seul à bosser, à trimballer des dossiers au sous-sol, à taper des comptes rendus à la machine tandis que les autres vantaient les mérites respectifs de la cuisson du lièvre, rôti ou en civet. J'avais pensé, dépitée, que le harcèlement des forts sur les faibles, des méchants sur les gentils, ne s'arrêterait donc jamais.

Olivier avait fermé les yeux, la tête adossée au mur. Lazare avait sorti de sa poche un crayon et un carnet et il dessinait, fasciné par ce qu'il créait. Alice s'était recroquevillée sur le banc, la tête sur les genoux de Lazare, et elle s'était endormie, le sourire aux lèvres. Moi j'avais *écouté*.

Écouté les recettes de cuisine des uns et des autres, et les membres de la brigade se foutre de la gueule de Flora dès qu'il avait le dos tourné. Comment le « moitié homme » (c'était le surnom qu'ils lui avaient donné) tapait tous les comptes rendus, comment il les copiait au carbone, les originaux étant ensuite transférés au service central pour être informatisés. Comment il se dandinait pour aller poser aux archives situées au sous-sol les doubles de ces dossiers.

Ça, c'était la première information capitale – pas le fait qu'il se dandine, mais que les archives soient rassemblées au sous-sol. La seconde, c'était que les toilettes étaient situées juste à côté de ladite salle des archives. J'y avais été trois fois durant les heures où nous avions attendu Schmidt, les deux premières accompagnées par l'adjudant Flora, la troisième toute seule – je connaissais le chemin. Des toilettes basiques, un peu sales, à côté d'un couloir encombré de boîtes de rangements méticuleusement étiquetées grâce à ce cher adjudant.

Je suis arrivée devant la gendarmerie de Schlamenshluff à 6 h 20. Tout était noir. Schlamenshluff, haut lieu du crime, où le commissariat ferme de 19 heures à 7 heures du matin. Il ne me restait plus qu'à attendre.

À 6 h 55, un homme en uniforme d'une trentaine d'années est arrivé à pied. Il semblait fatigué soit par la nuit trop courte qu'il venait de passer, soit par la journée trop longue qu'il s'apprêtait à vivre. Il a jeté un œil intrigué à l'Audi, dont le moteur tournait, et s'est approché tranquillement.

— Madame… vous désirez ?

— Bonjour monsieur, je viens faire une déclaration ! Je ne trouve plus mon portefeuille avec dedans mes papiers d'identité, ma carte bleue… Donc soit je l'ai perdu soit on me l'a volé… Mais pour l'assurance la deuxième option ce serait mieux…

Il m'a regardée gentiment. Malgré son jeune âge, il avait l'air usé, avec de larges cernes sous les yeux. J'aurais parié sur ceux d'un parent dont le jeune enfant ne fait pas ses nuits.

— Je comprends. Venez, je vais prendre votre déposition. Ça ne prendra pas longtemps et vous pourrez transmettre les papiers à votre assureur.

On s'est dirigés tous les deux vers le local obscur. À l'intérieur ça sentait le sapin et le chauffage électrique. Il a allumé la lumière et les néons se sont mis à grésiller au-dessus de nos têtes. La pièce n'avait pas changé, comme si elle avait été figée dans le temps, comme si l'adjudant Flora allait surgir d'un instant à l'autre et nous glisser discrètement des barres de céréales quand ses collègues auraient le dos tourné. L'homme m'a indiqué un siège du geste de la main.

— Mettez-vous confortable, je vais préparer du café. Une petite tasse ?

— Ce serait merveilleux, merci. En attendant, je peux vous emprunter vos toilettes ?

— C'est au sous-sol tout au fond, vous verrez, il y a une flèche. Je vous en fais un double ? Pour moi ce sera un triple. Un bon café italien, vieille école.

Je suis descendue en quatrième vitesse tandis qu'il disparaissait dans la cuisine. Le gars avait beau être mou et mal réveillé, il viendrait bientôt vérifier que je n'avais pas fait un malaise vagal dans la cave. Je n'avais pas plus de cinq minutes – allez, huit, ç'avait l'air d'être un gentleman – avant qu'il descende à son tour.

Je suis arrivée et… ils étaient là. Planqués derrière les décors de la crèche grandeur nature de la commune – quelle étrange idée de les ranger là, mais bon. Les racks, avec leurs cartons soigneusement classés par date, coincés derrière les animaux de la Nativité. J'ai tenté de déplacer l'âne en bois mais il pesait une tonne. Comment allais-je faire pour déménager le bétail sans que mon nouvel ami s'en rende compte ? J'ai reposé l'âne et j'ai fermé les yeux. *Réfléchir. Analyser. Trouver une solution.*

Je suis remontée. Un café fumant m'attendait sur le bureau derrière lequel se trouvait le gendarme. Je me suis assise face à lui en le remerciant d'un geste de la tête, il a allumé son ordinateur qui s'est mis à ronronner mollement.

— Alors, nom, prénom, adresse…

Il m'a posé plein de questions, j'ai répondu n'importe quoi. Il était consciencieux et lent. Quand enfin il a eu fini, il m'a tendu les deux exemplaires à signer, ce que j'ai fait avec un gribouillis incompréhensible. Je me suis levée. Je n'avais toujours pas d'idée géniale pour récupérer le dossier.

— Merci encore, ai-je dit. À mon avis j'ai simplement oublié mon portefeuille à la supérette. J'oublie tout en ce moment…

— M'en parlez pas. Moi aussi, a-t-il répondu d'un ton doux. Les clés, le portable, j'ai même failli oublier le gamin un jour dans la voiture. Sans parler de la cuisine, que j'ai manqué faire cramer deux fois en oubliant d'éteindre la gazinière…

J'ai souri à cet homme merveilleux. Sans le savoir il venait de me donner la solution.

— Je peux… vous emprunter à nouveau vos toilettes ? ai-je dit en me dandinant d'un pied sur l'autre.

Il m'a regardée, quand même un peu surpris.

— C'est depuis la naissance du petit dernier, j'ai la vessie d'un hamster…, me suis-je justifiée.

— Bien sûr. Mais si je peux me permettre… Vous avez pensé à effectuer votre rééducation périnéale ? Ma femme, ça l'a quand même vachement aidée…

— Vous avez raison, ai-je dit en me précipitant vers le fond de la salle, je repousse, je repousse, mais vous avez raison !

Mais plutôt que de descendre, je suis entrée dans la cuisine. De là où j'étais je pouvais voir le dos de mon gendarme, penché sur son téléphone portable en attendant mon retour. La cafetière fumante se trouvait encore sur son socle. La cafetière italienne trônait sur la gazinière éteinte… Et la voix traînante de mon ami en tenue résonnait dans ma tête : « Sans parler de la cuisine, que j'ai manqué faire cramer deux fois en oubliant d'éteindre la gazinière… »

Comme on dit, jamais deux sans trois. J'ai ouvert les placards sans bruit jusqu'à tomber sur une bouteille d'alcool à 90 près de la trousse de premier secours. J'ai ensuite pris plusieurs feuilles de Sopalin que j'ai entortillées sur elles-mêmes, avant de les asperger d'alcool puis j'ai fait un petit tas avec les tortillons, je les ai coincées sous la cafetière et j'ai allumé le feu. Ensuite, j'ai foncé vers le sous-sol.

Je suis descendue à tâtons dans l'obscurité au moment où un « Merde ! » retentissant arrivait à mes oreilles, juste avant que l'alarme incendie se déclenche. J'ai béni le ciel : quoi que je fasse il ne m'entendrait pas. En ahanant, j'ai réussi à déplacer l'âne le long des tables empilées. Pétard, mais quelle idée, ils vivaient à la campagne, ils auraient pu prendre de vrais animaux vivants plutôt que des répliques moches ! Bien sûr, plus tard, les gendarmes découvriraient que des choses avaient été déménagées au sous-sol. Bien sûr, ils se demanderaient si tout ça n'avait pas un lien avec l'explosion de la cuisine. Bien sûr, ils reliraient ma déposition et ne trouveraient pas trace d'Anne-Lise Dumont, le nom que j'avais pris au hasard. Mais d'ici à ce que ça arrive, j'espérais que je serais loin.

J'ai redoublé d'efforts pour aménager un espace suffisamment grand et atteindre le carton qui m'intéressait : celui du premier trimestre 2004.

La fumée de la cuisine commençait à descendre par la cage d'escalier. Le feu, les flammes, encore une fois. Toujours. Et si je me retrouvais piégée ici ? Et si, après avoir échappé au brasier de Chevrière et à celui de l'Ogre de Flandre, je mourais étouffée dans ce sous-sol ? Ce serait complètement crétin. Enfin, j'ai agrippé le carton. À l'intérieur il n'y avait qu'un dossier, le reste n'était que des feuilles simples. Le dossier du 18 février 2004.

Je l'ai mis dans ma parka et je suis remontée en courant ; j'atteignais la dernière marche quand une main puissante m'a attrapée par le bras, et mon cœur a manqué un battement. L'homme m'a tirée sans ménagement vers la sortie. Quand nous sommes arrivés sur le parking j'ai toussé comme une dingue et j'ai regardé le gendarme qui me fixait, l'œil brillant et inquiet.

— Tout va bien ?

— Oui, oui... il s'est passé quoi là ?

— Cette fois c'était la bonne, a-t-il dit au bord des larmes. La cafetière italienne... la gazinière...

Le pauvre, c'était un vrai gentil et j'étais désolée de ce que j'étais en train de lui faire subir mais il était trop tard pour faire machine arrière. Cependant, vu que j'étais responsable je pouvais au moins essayer de l'aider.

— Vous avez qu'à dire que quand vous êtes arrivé c'était comme ça, ai-je dit d'une voix convaincue. Personne ne pourra prouver le contraire.

Silence. Il réfléchissait, moi je me les gelais et je sentais le dossier glisser millimètre par millimètre le long de mon pull.

— C'est... Ils n'y croiront jamais.

— Bien sûr qu'ils y croiront ! Qui inventerait une histoire pareille ?

Il a réfléchi avant de me répondre avec un sourire triste.

— Pas moi en tout cas. Allez-y, a-t-il dit doucement. Je vais dire la vérité parce que je n'aime pas mentir, mais merci d'avoir essayé de me sortir de là.

Puis il s'est éloigné d'un pas pesant vers la porte de la gendarmerie restée ouverte. C'était un homme foncièrement honnête, et on ne peut rien faire contre ces gens-là. Je n'ai pas demandé mon reste. J'ai balancé le dossier sur le siège passager et j'ai démarré.

J'avais laissé mon portable éteint dans la boîte à gants. Quand je l'ai rallumé, j'avais un message. Aujourd'hui, à 7 h 10. La voix de Félix a jailli dans l'habitacle, nette, précise : « Coucou. Avec maman on a discuté... Rappelle-moi. Il faut qu'on parle. » Puis, après un silence : « Je t'embrasse. »

Le monde était en train de se réveiller mais *a priori*, en Auvergne, il ne s'était pas couché. Je me suis concentrée sur la route déserte en essuyant machinalement mon nez qui coulait d'un revers de manche.

« Il faut qu'on parle... » Marguerite avait craché le morceau, j'en aurais mis ma main à couper. Mais pourquoi avait-elle fait ça ? Si cette aventure se terminait mal, j'aurais disparu corps et âme dans le néant et ils auraient continué leurs vies, alors que maintenant ? Maintenant, si je mourais, mon fils aurait pour toujours le sentiment d'avoir loupé notre rencontre. J'ai stoppé la voiture sur le bas-côté, sentant la colère monter en moi. Nous avions gardé le secret toutes ces années, elle n'avait pas le droit de le révéler sans me prévenir auparavant. Comme si c'était le moment...

Dans la maigre liste de mes contacts, j'ai rageusement appuyé sur le nom de Marguerite. Je n'étais pas prête à parler avec Félix, mais j'étais plus que d'attaque à l'engueuler, elle. Elle a répondu à la troisième sonnerie, signe, pour elle qui n'ouvrait jamais les yeux avant 10 heures, qu'il y avait un sérieux problème.

— Lilas ?

— Mais qu'est-ce que t'as foutu ?

— Je... Au moins tu es en vie.

Elle avait adopté ce petit ton réprobateur qui me donnait envie de la claquer. À la place j'ai donné un grand coup sur le volant qui m'a défoncé la main.

— Bien sûr que je suis en vie, bordel !

— J'en savais rien, vu que tu n'as pas daigné donner de nouvelles !

J'ai eu envie de lui hurler : mais pourquoi je t'en aurais donné ?! On n'est pas mariées, je suis adulte, je pars parfois pendant des semaines, ça n'a jamais posé de problème, alors qu'est-ce que tu viens me faire chier !? Mais je connaissais la réponse : parce qu'elle *s'inquiétait*. Réellement. Parce qu'elle m'aimait. C'est plus facile d'imaginer qu'on peut disparaître de la vie des gens sans causer de dommages, que d'assumer le fait qu'il y en aura.

— T'es encore là ? a-t-elle dit d'une voix radoucie.

— Oui.

Silence.

— Tu lui as dit ? ai-je finalement demandé.

— Oui.

— J'ai acheté le livre à la librairie, a-t-elle continué. Je l'ai lu en entier.

— Et Félix ?

— Il l'a lu aussi. Tu les as retrouvés ?

— Olivier et Lazare ? Oui. Et Petite Marie aussi. C'est long, je te raconterai... Au fait, Karim t'embrasse.

Un petit rire de surprise m'a répondu. C'est vrai que c'était incongru, cette mondanité au milieu de tout ce bordel.

— Tu es retournée dans l'Ogre ? Tu y es encore ?

— Non. On est en Suisse. À quelques kilomètres du pensionnat. Pourquoi t'as fait ça ? Pourquoi tu as tout raconté à Félix ?

— Parce que comme ça t'as une raison supplémentaire de te battre et de nous revenir vivante.

La saloperie, elle me connaissait mieux que moi-même.

— OK. N'empêche qu'on va avoir une petite explication de texte quand je vais rentrer.

— Je n'attends que ça.

— Dis à Félix que je l'aime plus que ma vie.

— Je vais avoir du mal, après notre conversation il a pris la voiture et il est parti. Il avait besoin de réfléchir…

— Tu lui transmettras le message quand tu le verras. Et aussi que je lui parlerai à mon retour. Bientôt.

Une voiture est passée en sens inverse avec à son bord un homme en tenue de gendarme qui m'a jeté un œil insistant, jusqu'à ce qu'il me voie avec le portable à l'oreille. Il est reparti satisfait, face à la bonne citoyenne que j'étais qui évitait de conduire en téléphonant. Mais c'était un signal : il était temps que je bouge.

— Je t'aime, tu sais, ai-je dit.

— Je t'aime aussi.

J'ai raccroché. Le dossier avait commencé à s'éparpiller sur le siège passager et des comptes rendus d'intervention s'en étaient échappés. Le premier menaçait de glisser à terre.

`Compte-rendu du 18 février 2004. Gendarmerie de Schlamenshluff.`

`Intervention menée par le capitaine de gendarmerie chef Marcel Bernardin et l'adjudant Thibault Flora.`

Le 18 février 2004, à 03 h 03, le capitaine de gendarmerie Marcel Bernardin et l'adjudant de gendarmerie Thibault Flora se sont rendus à l'Institut de Chevrière, sis route de l'Intyamon 916, 1669 Montbovon, Suisse, sur demande du centre de renfort des sapeurs-pompiers de Schlamenshluff. Un incendie était en cours dans le bâtiment annexe au bâtiment principal. L'incendie est considéré comme étant d'origine indéterminée. Lors de l'arrivée des gendarmes Bernardin et Flora, le brasier était encore actif. Il était circonscrit, mais le toit brûlait encore ainsi que l'intérieur du bâtiment annexe, dans lequel les membres du centre de renfort ne s'étaient pas aventurés, à cause de la fragilité de la structure et des risques encourus.

J'ai fini de lire le compte-rendu, la gorge nouée. J'ai failli continuer ma lecture dans la voiture, mais les mots du gendarme ne cessaient de résonner dans ma tête : « Je vais dire la vérité parce que je n'aime pas mentir, mais merci d'avoir essayé de me sortir de là. » J'avais passé ma vie à mentir, à me méfier de tout et de tout le monde, c'était devenu une seconde nature. Ne jamais dire toute la vérité. Ne jamais faire confiance. Et là je continuais. J'étais allée chercher Olivier et Lazare dans les tréfonds de leur enfer, mais je continuais quand même à mener ma barque seule, persuadée que c'était mon combat, oubliant que nous avions été quatre et qu'à l'époque je leur aurais confié ma vie. Et là, à l'idée de découvrir dans ce dossier ce qui s'était passé à l'époque, seule, je n'ai pas pu. Quoi que j'apprenne, ils avaient le droit de le savoir aussi. J'ai donc refermé le dossier et continué à rouler.

Quand je suis entrée dans la chambre, Marie était déjà réveillée et m'attendait calmement. Elle ne m'a posé aucune question, et s'est contentée d'accueillir d'un sourire les viennoiseries que j'avais achetées sur le chemin. Elle a ensuite disparu dans le hall de l'hôtel pour revenir quelques instants plus tard avec quatre cafés fumants issus du distributeur. Olivier dormait encore, d'un sommeil de mourant. Quant à Lazare, il regardait par la fenêtre, pour changer.

Nous avons attendu qu'Olivier se réveille, Marie d'un côté et moi de l'autre, en le veillant comme des mères au chevet de leur enfant malade. Je me suis surprise à ne pas compter les minutes, les secondes, à attendre simplement qu'il ouvre un œil : l'urgence m'avait quittée. Depuis que j'avais eu Marguerite au téléphone peut-être, et qu'elle m'avait appris que Félix savait, ou encore quand nous avions ouvert la boîte en bois, ou encore… Je ne savais plus. Quand Olivier a enfin ouvert les yeux, Marie lui a tendu un café, je lui ai offert un croissant et j'ai ouvert le dossier pour débuter la lecture.

— Tu nous lis quoi ? a-t-il demandé.

— Les rapports officiels de cette nuit-là. De l'incendie.

— Tu les as eus tout ce temps et tu n'en as pas parlé ? T'es vraiment une…

Olivier s'est arrêté en humant l'air, je devais sentir la fumée fraîche. Il m'a fixée, les yeux ronds.

— Qu'est-ce que t'as fait encore… ?

— Je suis allée chercher les rapports là où ils se trouvaient. Dans les sous-sols de la gendarmerie de Schlamenshluff. Tu te souviens de la fois où on a essayé de s'enfuir et où on s'est fait choper par les flics ? Il y avait…

— L'inspecteur Fleuri, m'a interrompu Lazare tout en continuant à fixer l'horizon au loin.

— L'adjudant Flora.

— Comme tu veux. Il se tapait tout le sale boulot tandis que les autres se foutaient de sa gueule. Il nous avait filé à bouffer.

— Je suis surprise que tu t'en souviennes.

— « Car j'ai eu faim, et vous m'avez donné à manger. » Saint Matthieu. Amen.

— Il copiait tous les rapports et filait les ranger au sous-sol, tout près des toilettes, ai-je expliqué.

— Ça fait vingt ans ! s'est exclamé Olivier. Ils auraient dû tout bazarder depuis le temps !

— C'est vrai, mais j'ai tenté ma chance.

J'ai sorti les pages une à une : c'étaient les photocopies des photos de l'incendie, et ce qui constituait le gros du volume du dossier.

Des photos en couleur, format A5, du lieu au petit matin. Le toit de l'annexe où nous avions dormi durant des semaines était éventré, les murs étaient noirs de suie. Un pan de l'aile droite s'était écroulé. Plusieurs arbres avaient été calcinés. La neige qu'on voyait en arrière-plan, sur les cimes des arbres épargnés, et la colline qui se dressait derrière le pensionnat formaient un contrepoint saisissant au spectacle du bâtiment. Des photos de la chaufferie. Des photos de l'endroit où nous avions vécu. Les photocopies de nos pièces d'identité. Puis j'ai exhumé le document suivant et j'ai commencé à lire. Autour de moi, assis sur le lit, Marie et Olivier n'en perdaient pas une miette. Lazare, lui, s'était posé sur le rebord de la fenêtre, et il fumait, les yeux perdus dans le lointain.

Rapport du centre de renfort des pompiers de Schlamenshluff.

Le centre de renforts de Schlamenshluff a été appelé le 18 février 2004 à 2 h 36 du matin pour un incendie à l'Institut de Chevrière, sis route de l'Intyamon 916, 1669 Montbovon, Suisse. Une première brigade arrivée sur les lieux à 2 h 54 a appelé en renfort deux autres brigades, dont un camion, arrivés sur les lieux à 3 h 10. L'incendie avait déjà détruit la majeure partie d'un bâtiment annexe situé à l'est du bâtiment principal lors de l'arrivée de la brigade 1.

L'incendie a été maîtrisé en tout début de matinée. Par précaution et selon l'article 27-3 de la réglementation helvétique, la brigade 1 a continué à arroser le bâtiment jusqu'à extinction complète. La brigade 1 est entrée dans le bâtiment à 8 h 30, et a accédé à l'origine présumée du sinistre, la chaufferie, située au sous-sol du bâtiment. Le plancher du rez-de-chaussée avait cédé par endroits, rendant l'accès périlleux.

Arrivés dans la pièce touchée par l'incendie, la brigade 1 a découvert une porte en acier fermée qui se trouvait du côté nord de la chaufferie *cf. plan joint correspondant à une annexe servant de remise.* Après ouverture forcée, la brigade 1 a découvert la présence de 2 personnes vivantes, identifiées par la suite :

– Lilas Mélanin, 17 ans

– Lazare Bonaventure, 18 ans

Elles ont immédiatement été prises en charge par la brigade 2 qui les a transportées à la clinique d'Ennerey. Les deux adolescents souffraient de brûlures aux mains et aux bras, de premier et de second degrés. Ils souffraient également de déshydratation. Un autre adolescent, dénommé Olivier Hinguerlot, a été retrouvé brûlé au troisième degré dans les toilettes de l'interétage.

J'ai bu une gorgée de café, froid et trop sucré, avant de continuer.

— Qu'est-ce que tu foutais dans les toilettes ?

— J'en sais rien, je me rappelle même pas. Mon dernier souvenir est qu'on montait les escaliers avec Alice, il y avait plein de fumée… Je me suis évanoui.

— Quelqu'un t'a placé dans les chiottes…

— Plutôt que me sortir ? Ça n'a pas de sens.

— Je te le fais pas dire.

J'ai repris ma lecture.

[sixième document, gendarmerie de Schlamenshluff]

Rapport du 19 février 2004

Il apparaît que l'incendie de l'Institut de Chevrière est d'origine accidentelle, les femmes de ménage ayant l'habitude de faire sécher le linge dans la chaufferie. Deux adolescents ont été retrouvés dans la pièce fermée derrière la chaufferie, transformée en dortoir.

– Lilas Mélanin, 17 ans

– Lazare Bonaventure, 18 ans

Un troisième adolescent, Olivier Hinguerlot, a été retrouvé enfermé dans les toilettes du palier menant au rez-de-chaussée du bâtiment.

À la clinique d'Ennerey, il a été découvert que Lilas Mélanin et Lazare Bonaventure avaient quitté les lieux sans autorisation médicale, et sans qu'ils aient pu être interrogés. Olivier Hinguerlot n'a pu être interrogé lui non plus car ses blessures étant trop importantes, il a dû être transféré à l'hôpital de Lausanne.

L'avant-dernier document était écrit à la main, d'une petite écriture serrée. Ce n'était pas un document officiel, mais une série de points écrits sur une feuille de papier arrachée d'un bloc-notes, certainement issue du chef Bernardin ou de l'adjudant Thibault Flora.

– Selon le surveillant en chef de l'établissement Stanislas de la Boissière, les 3 adolescents restaient au pensionnat pendant les vacances. Cas difficiles en rébellion avec l'autorité, avaient choisi de s'isoler dans le dortoir de fortune. Vérification faite, en effet, pas de verrou à la porte. Pas de plainte des parents. Pas de nécessité d'enquêter plus avant selon la hiérarchie.

– Olivier Hinguerlot a été transféré à l'hôpital de Lausanne. Refus de Bernardin de l'interroger plus avant, pas assez d'éléments.

– Où est Alice ? Question posée par Lazare Bonaventure aux pompiers, elle aurait dû être avec eux dans le dortoir.

Le dernier document était un procès-verbal d'interrogatoire.

[sixième document, gendarmerie de Schlamenshluff]

Rapport du 19 février 2004

La dénommée Alice Fournier, 17 ans, pensionnaire en première à l'Institut de Chevrière, a été auditionnée le 19 février 2004 à 13 h 14. Selon ses dires elle dormait en effet avec ses camarades dans la chambrée derrière la chaufferie. Cependant cette nuit-là elle a préféré s'isoler dans le dortoir principal de l'établissement, presque vide en cette période de vacances.

Elle a expliqué qu'avant qu'elle décide d'aller passer la nuit dans le bâtiment principal, ils avaient fait sécher leurs vêtements près de la chaudière au mépris des règles de sécurité.

J'ai soigneusement reposé la feuille et j'ai fermé le dossier. Mes mains tremblaient.

Elle. Est. Vivante.

— Tu le savais ? a demandé Olivier d'une voix blanche.

— Non.

Pas jusqu'à ce que j'ouvre la boîte. Elle. Est. Vivante.

Je me suis levée avec difficulté pour m'approcher de la boîte en bois qui trônait sur le bureau de la chambre, entre la bouilloire électrique et le pull de Lazare roulé en boule. Je l'ai posée sur le lit. C'était comme une boîte magique qui nous transportait dans le temps, cette nuit-là, près de l'enclos aux chèvres. J'ai sorti la chaîne en or d'Alice avec son symbole infini en pendentif ; elle brillait comme un talisman. Elle n'avait jamais connu les flammes, et pour cause.

J'ai levé la main pour que tous puissent la voir. Olivier et Marie l'ont fixée sans comprendre. Lazare, lui, ne s'est pas retourné. Lui aussi devait déjà savoir, il avait les fulgurances des fous. Et peut-être voyait-il aussi l'avenir depuis qu'il était mort et ressuscité.

— Alice le portait cette nuit-là, ai-je juste dit.

— Je comprends pas, a fait Olivier.

— C'est pourtant simple, a dit Lazare en daignant se retourner vers nous. Schmidt est en vie. Alice est en vie. Nous sommes tous immortels, simplement nous l'ignorons.

Elle est vivante. Elle. Est. Vivante.

Je revivais le train qui nous emmenait à Chevrière. Si jeunes, si folles, fascinées l'une par l'autre. Nous, nos deux mains enlacées alors que nous nous endormions dans l'obscurité du dortoir. Nous, nos odeurs et cheveux mêlés tandis que nous jouions comme des heureuses dans les herbes hautes du parc, cachées par la forêt. Nous, nos déclarations d'amitié à la vie à la mort. Nous, nous promettant de rester pour toujours à Chevrière et de le transformer en gigantesque parc d'attractions magique, d'en faire notre royaume. Nous.

— Pourquoi La Boissière nous a-t-il dit qu'Alice était morte dans l'incendie ? a demandé Olivier.

— Pour la sauver elle aussi de la vengeance de Schmidt.

Je me suis levée, la tête me tournait. Surtout, pourquoi on l'avait cru... ? Quelques toutes petites phrases dans la chambre d'une clinique avaient changé notre vie à jamais. Marie était penchée sur son portable. Elle a levé la tête. Ses yeux étaient cernés de noir.

— Dans Google il y a 4 860 000 résultats pour « Alice Fournier ». On la trouvera pas comme ça.

— Mais elle est où depuis tout ce temps ? Qu'est-ce qui lui est arrivé ? a demandé Olivier.

J'ai rongé le dernier ongle intact qui me restait.

— Elle est vivante... J'y crois pas. Tout ce temps gâché...

— Schmidt est vivant, Alice est vivante, a chantonné Lazare.

Je me suis levée, la fureur me consumait. La Boissière, d'une seule phrase, m'avait enlevé mon amie. Que lui était-il arrivé depuis vingt ans ? Était-elle même encore en vie ?

J'ai remis mes chaussures. Il était temps d'aller à Chevrière.

— Il est pas en état..., a murmuré Marie en regardant Olivier.

Je me suis tournée vers lui. Il était gris cendre, de la sueur perlait sur son front malgré la fraîcheur de l'air. Lazare, lui, avait récupéré la notice de l'hôtel et avait commencé à dessiner nos visages sur les consignes incendie, à nouveau imperméable au monde.

— Il sera toujours mieux que rien comme garde-malade, non ? a-t-elle dit en le regardant à son tour.

Je me suis tournée vers elle, Petite Marie. Elle aussi avait été victime de Schmidt. Elle avait essayé de sauver Lazare de lui-même. Elle nous avait arrachés, Olivier et moi, des flammes du cinquième sous-sol. Même si elle m'horripilait, elle faisait partie de l'équipe à présent. J'ai pris les clés de voiture et je les lui ai tendues, une manière de le lui faire comprendre.

Le soleil voilé d'hiver s'était paresseusement levé au-dessus des cimes et il semblait à présent nous suivre tandis que nous roulions en direction du pensionnat. Bientôt, nous verrions l'immense bâtiment principal émerger par-delà les arbres, puis disparaître à nouveau. Marie avait avancé son siège au maximum et elle conduisait, ses pieds touchant à peine les pédales, concentrée, tendue.

— Quand je pense qu'Alice vit aujourd'hui sa vie quelque part, en étant sûre elle aussi que vous l'avez abandonnée..., a-t-elle dit. C'est vraiment fou. Chacun a cru que les autres l'avaient lâché alors que vous quatre, vous étiez prêts à mourir les uns pour les autres. Quelle ironie...

— J'avais pas pensé à ça.

— Et la Boissière vous a fait croire qu'elle était morte pour la protéger, elle aussi. C'est fou.

— Il était dingue d'elle…

— Qui ne l'était pas ? Elle me consolait la nuit dans les dortoirs… quand je pleurais.

Elle a reniflé.

— Schmidt a commencé à me faire venir dans son bureau en janvier, juste après les vacances de Noël. Il me lisait des histoires. Un jour il a encadré un dessin que j'avais fait et il l'a accroché derrière son bureau… Il me disait que j'étais jolie, et qu'un jour les garçons me regarderaient comme Alice, ou comme toi. Qu'il était un peu comme mon père.

Silence. Je n'aimais pas ce que j'allais entendre ensuite.

— Mais les pères ne font pas ça à leur fille, si ? a-t-elle demandé de sa petite voix.

— Non, ils ne le font pas.

— Quelque part je suis heureuse qu'il soit en vie. C'est fou non ? J'ai envie de le revoir.

Nous approchions. Après le troisième virage nous y serions, nous avions déjà entraperçu par intermittence les anciennes écuries à l'arrière du bâtiment. Mon cœur battait vite. Nous avions été à la merci d'un malade qui nous avait volé notre innocence, mais pour Marie ce n'était pas si simple.

— Je ne suis pas stupide, a-t-elle continué tandis qu'elle abordait l'avant-dernier tournant. Je sais que tout ça était a-normal. Mais je n'arrive pas l'intégrer. Émotionnellement je veux dire. Parce qu'il a été là pour moi, il m'a donné de l'attention, de l'amour. Parce que la société nous dicte des règles, d'accord, mais lesquelles sont en réalité bonnes pour nous ?

Ouh là ! J'ai fermé à regret ma grande bouche, pour la laisser continuer son charabia psycho-analytique. Elle a abordé le dernier virage et nous sommes arrivées face à l'immense parc et à ses grilles fermées. Je lui ai fait signe de ne pas s'arrêter, et un peu moins d'un kilomètre plus loin, je lui ai indiqué un petit chemin de terre tout au bout à gauche, celui qui longeait la propriété. Elle y a engagé la voiture. Elle yoyotait encore sur les rapports complexes qu'elle entretenait intérieurement avec son passé traumatique, et je me demandais si c'était une bonne idée de l'avoir emmenée avec moi.

Comme si Marie avait lu dans mes pensées, elle a lentement remonté la manche de sa parka, dévoilant son avant-bras gauche blanc comme neige, celui d'une poupée. Presque effacé se trouvait un *C* traversé d'une croix. J'en suis restée comme deux ronds de flan.

— Mais c'est quoi, ça ?

C'est tout ce que j'ai trouvé à dire.

— J'avais onze ans, m'a-t-elle dit en me regardant. Onze ans. Et j'étais prête à tout, même à ça, pour appartenir à votre groupe…

— Attends… Tu t'es fait ça toute seule ?

— Tu ne t'en souviens pas ? Je te l'ai montrée pourtant, un jour, après la cantine. Tu m'as serrée dans tes bras, tu m'as dit qu'à présent on était sœurs de sang, tu m'as promis que tu serais toujours là pour moi…

Ça ne m'évoquait rien. Décidément, j'avais le don de faire de grandes promesses et de les oublier aussi sec. Elle nous avait enviés, elle s'était gravé notre signe sur le bras pour faire partie de notre bande et nous avions fait pire que la rejeter, nous l'avions ignorée – moi en tout cas. Je pouvais toujours me raccrocher au fait que nous avions tué Schmidt – ou du moins *cru* le tuer – quand nous avions appris qu'il avait aussi abusé d'elle, mais je savais au fond de moi que c'était du pipeau. On avait voulu le faire disparaître *pour nous*. Marie n'avait été qu'une excuse, un baume hypocrite sur notre conscience.

Marie a garé la voiture derrière un bosquet touffu qui la dissimulait aux yeux du monde. Nous sommes sorties en silence et avons longé les grilles. À travers elles, nous voyions le parc tel qu'il m'était apparu lorsque j'étais descendue du van avec Alice et les autres. Des corbeaux sont passés au-dessus de nos têtes en croassant, comme un mauvais présage. Au bout de cinq cents mètres, nous sommes arrivées face à la porte d'entrée latérale, celle qu'utilisaient à l'époque les employés pour aller au village. Elle était solidement fermée. Je m'en doutais, mais ça valait le coup de vérifier.

— On va passer par l'autre côté, ai-je dit en rebroussant chemin.

— Il y a une entrée ?

— Non, mais du côté des écuries, il y a un endroit... Allons voir s'il est toujours accessible.

Les corbeaux nous suivaient en tournoyant au-dessus de nos têtes. En arrivant à l'angle, nous avons longé les grilles. Le chemin était casse-gueule, des monticules de feuilles et de branchages s'étaient entremêlés au fil du temps, jusqu'à former des enchevêtrements instables. Ça faisait des années que personne n'avait plus pris soin du sentier.

J'ai commencé à compter. Quatre cent onze pas exactement en partant de la gauche. De l'autre côté, il y a en avait six cent trente-sept. De là où nous étions, on ne voyait de l'autre côté que les bosquets derrière lesquels nous nous cachions pour fumer ; bientôt, nous tomberions sur les anciennes écuries reconverties en stockages. Quatre cent six, sept, huit… onze. Je me suis arrêtée et j'ai levé les yeux du sol. Rien ne distinguait cet endroit des autres : une grille aux pointes acérées, un petit chemin puis le mur aveugle des écuries et leur toit en pente.

Marie s'est arrêtée à mes côtés, intriguée, un peu inquiète.

— On fait quoi là ? Passer par-dessus les grilles me semble très risqué. Elles font plus de trois mètres et le métal est gelé… On risque de s'empaler.

Je me suis agenouillée dans la neige durcie et j'ai commencé à creuser. J'ai regretté d'avoir laissé les pelles à l'hôtel.

— Je suis bien d'accord, ai-je dit tout empoignant des paquets d'humus gelé et en les jetant à côté de moi. C'est pour ça qu'à l'époque, je ne passais pas par au-dessus. Mais par en dessous…

J'avais découvert ce passage en décembre, quand le chemin coincé entre les grilles et les écuries était le seul endroit pour me cacher et disparaître. Une simple inclinaison du sol, mais qui laissait apparaître en deux endroits les pointes inférieures de la grille. C'est ce passage que nous avions emprunté pour nous enfuir, avant d'être rattrapés par nos amis gendarmes. On y était. Marie me regardait, les yeux fixes, inutile.

— Tu veux pas m'aider un peu là ? ai-je râlé.

J'ai tiré violemment sur une branche d'arbre qui, au fil des années, s'était enfoncée dans le sol maintenant durci, jusqu'à ce qu'elle casse et me saute au visage. J'ai grommelé tout en la jetant au loin, tandis que Marie s'accroupissait à mes côtés pour enlever elle aussi les paquets de feuilles détrempées par l'hiver.

Nous avons avancé ainsi, silencieusement et régulièrement, le silence seulement interrompu par nos halètements et les croassements de corbeaux qui s'étaient perchés sur les grilles, juste au-dessus de nous, et qui nous toisaient. J'ai balancé une poignée d'humus derrière moi. J'avais les mains gelées, écorchées par les branches. J'ai redoublé d'efforts.

— C'est fou quand on y pense. On a tenté de le buter, on a échoué. Il a essayé de nous brûler vifs, il a raté. Des vrais champions...

J'ai arraché une nouvelle branche.

— J'ai peur de ce qu'on va trouver à l'intérieur, a avoué Marie.

— Moi aussi.

On s'est remises à creuser. Une heure et demie plus tard, nous avions dégagé un espace suffisamment profond pour nous glisser dessous. J'étais frigorifiée malgré l'effort physique, et mes genoux me faisaient mal. Si Marie ressentait la même chose, elle n'en avait rien dit, travaillant consciencieusement à mes côtés. Je lui ai souri et j'ai montré la direction.

— À toi l'honneur !

Elle a regardé le tunnel boueux, pas convaincue.

— Je préfère que tu y ailles d'abord, a-t-elle finalement dit. Je suis beaucoup plus petite, je passerai sans problème alors que toi c'est pas sûr. Je n'ai pas envie de me retrouver bloquée à l'intérieur toute seule.

— T'as raison, ai-je répondu en enlevant ma parka et mon sweat. À la guerre comme à la guerre. Par la tête ou par les jambes ?

On a fixé le trou, comme deux poules face à un couteau. En passant la tête la première, je risquais de bloquer aux hanches et de me retrouver coincée. Par les jambes au moins je pourrais rebrousser chemin. Va pour les jambes. Je me suis assise par terre et j'ai glissé centimètre par centimètre dans le passage que nous avions mis au jour. Je sentais le froid humide s'infiltrer à travers mon pantalon et mon T-shirt, comme une langue glacée ; une énorme blatte effrayée a détalé sur mon bras, fuyant toute cette agitation. J'ai finalement réussi.

— C'est bon ! ai-je haleté en souriant, contente de ma prouesse. À toi ! Passe-moi mes affaires s'il te plaît, je me gèle.

La température avait chuté, le vent avait forci et le soleil du matin avait disparu sous d'épais nuages blancs ; bientôt il recommencerait à neiger.

Marie fixait le passage creusé sans rien dire.

— Bon, tu te magnes ?

Elle a levé la tête, comme si elle découvrait que j'étais là. Elle aussi devait naviguer entre passé et présent. Elle m'a souri et a doucement agité mon manteau… tout en faisant un pas en arrière. Puis elle a commencé à pousser du pied le tas de terre qu'elle avait consciencieusement fait le long de la grille pour reboucher le trou. Je me suis lancée en avant pour l'agripper à travers les barreaux, mais elle était agile et elle a immédiatement sauté en arrière.

— Tu es tellement… loin de la vérité, a-t-elle dit de sa petite voix aigrelette.

Je l'ai regardée, stupéfaite de ma propre bêtise, les mains toujours accrochées aux barreaux de ma nouvelle prison. Depuis le début je le sentais qu'elle était dans le coup mais elle m'avait eue avec ses yeux de chaton ! C'était elle qui nous avait menés tout droit là où elle voulait. C'était elle qui nous avait séparés en disant qu'Olivier n'était pas en état de m'accompagner et que Lazare devait veiller sur lui. Elle et son laïus psycho-pipeau dans la voiture qui m'avaient bouleversée. Et moi, comme une chèvre j'avais couru, étourdie par ma propre suffisance j'avais couru, j'avais étayé ses hypothèses alors qu'elle me menait tout droit à l'abattoir ! C'était *moi* qui l'avais choisie pour m'accompagner ! Mais quelle conne !

— Ç'a été tellement facile de t'amadouer. Il a suffi que je te parle de mon sentiment d'abandon, de Schmidt… Et tu as plongé la tête la première.

J'ai senti mon sang se figer dans mes veines.

— Tu ferais mieux d'y aller, a-t-elle continué. Il fait trop froid ici, tu vas mourir avant d'avoir l'occasion de connaître la fin de l'histoire.

— Et Olivier ? Et Lazare ?

Marie a continué tranquillement à reboucher le trou par lequel j'étais passée, suffisamment à distance pour que je ne puisse pas l'agripper. Elle m'a souri méchamment.

— Tu n'as vraiment rien compris du tout… Eux ne comptent pas. Ils n'étaient qu'un appât. C'est *toi* qu'il attend.

J'ai reculé, les yeux toujours fixés sur elle. Mon dos a cogné le mur des écuries derrière moi. Il était glacé, comme le reste. Elle me fixait, ma parka et mon sweat à la main, ses petits pieds tassant la terre que nous avions mis tant d'énergie à déblayer. J'ai compté jusqu'à trois et j'ai bondi mais elle était plus rapide que moi. À la vitesse de l'éclair elle a sorti une matraque télescopique – ma matraque ! la pute, elle me l'avait volée ! – et m'a balancé un coup sur les doigts alors que je tentais de l'agripper à travers le grillage. J'ai grimacé de douleur. Elle a ri, et a balancé du pied un nouveau tas de terre dans le trou à présent presque rebouché.

— T'es vraiment trop conne… Allez, je te dis. Ne le fais pas attendre encore plus.

J'ai commencé à m'éloigner sans la quitter des yeux, tandis que les premiers flocons tombaient, lourds, poisseux. Quand j'ai fait le tour du bâtiment, elle était encore là, matraque à la main. De l'autre, elle secouait mon portable en riant.

Quand je suis arrivée face au parc, immense, infini, j'ai été saisie de vertige. Il était si vaste que de là où je me tenais je ne voyais même pas les barreaux qui l'encerclaient de l'autre côté. Il n'y avait que du blanc et du vert… Et rien n'avait changé, ou si peu. Le chêne central se dressait comme avant, impérial, immuable, inquiétant. Celui où un adolescent s'était pendu, celui où j'avais hésité à passer une corde, sous lequel nous nous étions tous embrassés à différents moments, pour différentes raisons. Avec Alice lors d'un action vérité, car c'est ce que les filles font quand elles sont délurées. J'avais détesté ça, sa langue dans ma bouche et elle aussi d'ailleurs, et nous avions ri ensuite, tout en nous essuyant les lèvres. Avec Lazare une nuit, et mon cœur avait explosé de joie et de culpabilités mêlées. Avec Olivier parce qu'il voulait à tout prix aimer les filles et que je cherchais à l'aider. Ce chêne avait abrité des générations d'adolescents perdus qui s'y étaient réfugiés et avaient été sacrifiés, et aujourd'hui il était encore là, à me toiser.

Mes pas crissaient sur la neige, m'évoquant le sable de mon enfance.

La plus proche habitation était à des kilomètres. Je pourrais hurler à m'en péter les cordes vocales personne ne m'entendrait. Les grilles se terminaient par des pointes acérées et si j'essayais de les franchir, je m'empalerais et finirais éviscérée comme un vieux poisson. Marie avait soigneusement rebouché le trou par lequel j'étais passée, mais elle n'hésiterait pas à me péter les phalanges à coups de matraque si j'y retournais. J'étais coincée dans la plus improbable des prisons, un château entouré de forêt, alors qu'il gelait et que j'étais en T-shirt. Un piège mortel au pays de l'emmental et du chocolat.

Si je mourais ici, personne n'en saurait jamais rien. Seuls Olivier le mort-vivant et Lazare le fou s'interrogeraient mais Marie leur raconterait un bobard – que j'étais morte, que j'avais fui, qu'un ogre m'avait mangée –, et ce serait la fin de l'histoire. J'étais seule.

Bon. Là où je me tenais, personne ne pouvait me voir du bâtiment central. Même si je n'allais pas mourir de froid – la température avoisinait le zéro et j'étais en bonne forme physique –, je ne tarderais pas à ressentir les premiers effets de l'hypothermie : fatigue, baisse de vigilance, envie de s'allonger sur le sol gelé et de fermer les yeux… Il fallait que je bouge.

Je connaissais le pensionnat comme ma poche, il était impossible d'en sortir, nous avions essayé assez de fois. Mais par contre avions-nous jamais essayé d'y entrer ? J'essayais de me remémorer toutes les possibilités. Le bâtiment principal : mille cinq cents mètres carrés, trois étages, sans compter les caves. L'adjonction plus récente, avec au sous-sol la chaufferie, la buanderie et notre « dortoir ». Les anciennes écuries, douze box. À l'est, après la forêt, la chapelle et son cimetière. Derrière la chapelle, tout au bout, l'antique gymnase délabré – *Mens sana in corpore sano*, comme aimait à le rappeler ce taré de Schmidt, quand nous courions en grelottant à l'aube. Le théâtre dans le bâtiment principal. Et enfin le garage à l'entrée du parc, conçu pour garer une dizaine de voitures. Ça faisait un sacré terrain de jeu…

J'ignorais combien ils étaient de l'autre côté, mais je penchais pour un seul homme – avec Petite Marie en soutien. Je ne l'imaginais pas embaucher des gens pour participer à leur délire malade ; ou alors il avait enrôlé d'autres anciens disciples comme Marie – ça je ne pouvais pas l'exclure. En tout cas on parlait tout au plus de quatre ou cinq personnes. Ça faisait déjà trop.

Soudain, les nuages se sont écartés et le soleil a fait une brève apparition, énorme, lumineux, aveuglant. Ses rayons ont éclairé la forêt qui menait à la chapelle et j'ai su ce que j'allais faire. Le livre, ce foutu bouquin qui m'avait amenée ici, allait être mon guide. Car ce qui comptait n'était pas ce qui se trouvait à l'intérieur : ce qui importait était *ce qui n'y était pas*.

Par exemple, le chapitre quatre. Il n'était pas écrit que Lazare avait caché une clé de la chapelle dans le mausolée de la famille Beaumont, une branche des La Boissière enterrée dans le caveau juste à droite de la chapelle, quand la vénérable institution de Chevrière n'était pas un pensionnat, mais un château privé. Personne ne le savait à part nous deux, et nous avions gardé le secret. Moi parce que j'étais trop heureuse de partager quelque chose avec lui et Lazare sans doute parce qu'il n'y avait pas pensé.

Pour atteindre la chapelle, je devais traverser la forêt. J'ai regardé le soleil qui avait de nouveau disparu derrière les nuages. Il était déjà bas, les heures avaient filé depuis l'épisode de la gendarmerie sans que j'y prête attention. Bientôt il ferait nuit : ce serait un avantage pour moi. Tandis que je m'éloignais vers la forêt, j'ai entendu au loin le rugissement d'une voiture. Mon cœur s'est emballé mais le son s'est éloigné avant de disparaître. Tant pis.

Quand soudain un nouveau bruit a rompu le silence. C'était faible, mais présent. J'ai tendu l'oreille : on aurait dit une musique. Un chant… L'autoradio venant d'une autre voiture passant le long du chemin de terre ? Je me suis précipitée en direction des grilles côté est. Si je courais assez vite peut-être pourrais-je… Je me suis arrêtée net quand j'ai reconnu la voix. C'était celle de la Callas, l'« Ave Maria ». Elle venait du château. Le son, bien qu'assourdi, me vrillait soudain les tympans : « *Prega per chi sotto l'oltraggio piega. La fronte e sotto la malvagia sorte ; per noi, per noi tu prega, prega…* » Je connaissais cette musique par cœur. Elle résonnait continuellement dans le château des sables… j'en avais parlé à Schmidt après une séance dans la salle noire. Ce taré s'en était souvenu.

Les flocons tombaient dru à présent, glissant sur mes bras nus comme d'infimes perles. La Callas a recommencé son « Ave Maria », et j'ai eu envie de me boucher les oreilles. Ils finiraient par m'avoir à l'usure ; j'irais me rendre corps et âme à l'unique condition qu'ils lui tranchent la gorge et qu'elle s'arrête de beugler.

Quand j'étais petite, je n'avais pas le droit de participer aux expéditions nocturnes de mon père dans les sables. En revanche, quand nous avions déménagé en Sologne, j'étais devenue son binôme préféré. Il avait décidé de me dresser pour faire de moi un animal de combat, celle qui deviendrait par la suite son bras droit et enfin son successeur. La nuit, quand l'envie lui en prenait, il me réveillait et m'obligeait à m'habiller pour aller traquer les animaux à la lueur de la lune. Nous ne prenions qu'un couteau de chasse aiguisé et une grosse parka, puis nous nous enfoncions dans les bois à la recherche d'une proie. Mon père ne supportait pas la frustration : si au bout d'une heure nous n'avions pas trouvé de quoi le satisfaire, il commençait à se mettre en rogne. Il décrétait que j'étais responsable de notre échec. Alors, il m'abandonnait. Au milieu de la forêt, terrifiée, seule. Des heures jusqu'à ce que je retrouve mon chemin. Le lendemain il me caressait les cheveux, me tendait la main et me disait juste « Ça va ma princesse ? » Et là tout était oublié.

Ensuite il s'était fait de nouveaux amis, le business reprenait, et les chasses s'étaient multipliées. Cette fois nous partions en escouade, équipés de fusils, et nous abattions les pauvres animaux qui se trouvaient sur notre route. Les biches que mon père faisait livrer par camions étaient leurs cibles préférées. Moi, je suivais en faisant semblant d'apprécier le spectacle alors qu'en réalité je vomissais une fois la partie de chasse terminée. Mais ça, mon père ne le savait pas, persuadé que j'étais comme lui et que je me repaissais de la vue du sang.

J'avais quinze ans quand, à l'orée d'un bois, je m'étais retrouvée face à une biche et son faon. Elle me fixait de ses yeux apeurés mais elle ne bougeait pas, bien décidée à protéger son petit. Je n'avais pas tiré et les avais laissés partir. Malheureusement un ami de mon père m'avait vue… Et il s'était empressé de le lui raconter.

Je l'ignorais, jusqu'à 2 heures du matin cette nuit-là. Les hommes avaient bruyamment discuté au rez-de-chaussée. Mon père était venu me réveiller et m'avait dit de m'habiller. Je pensais à une de ses expéditions nocturnes classiques, mais quand j'étais sortie sur le perron j'avais vu trois autres hommes. Mon père m'avait montrée du doigt, méprisant. Je l'avais déçu, j'avais laissé la biche s'enfuir ! J'avais le cœur trop tendre ! Du coup, pour m'endurcir, cette fois-ci j'allais être… la proie. J'avais une demi-heure d'avance. Si l'un des hommes me trouvait il pourrait faire ce qu'il voulait de moi.

J'avais survécu à cette nuit-là. Mon père avait trouvé l'expérience à la fois pédagogique et divertissante ; il avait décidé de la réitérer. J'avais encore réussi à échapper aux dresseurs – sauf une fois. C'était à cause de cette chasse-là que Sylvie avait décidé de me sauver, et c'était grâce à toutes les autres et à ce que j'y appris – me repérer aux sons et à mes sens, ne pas paniquer – que j'allais m'en sortir.

J'avançais à présent en plein blizzard, une tempête dense et épaisse qui m'en rappelait d'autres similaires à celle-ci. Les flocons de neige bataillaient devant mes yeux. Je progressais à pas comptés dans la forêt ; si je continuais, bientôt je serais perdue au milieu des arbres, leurs dizaines, leurs centaines de troncs semblables au milieu desquels je disparaîtrais. Pour le moment ça allait mais si le rythme ne ralentissait pas, d'ici à demain on aurait de la neige jusqu'à mi-mollet. Il serait impossible de rentrer à Chevrière ou d'en sortir, jusqu'à ce que les services municipaux s'occupent de déneiger la route qui y menait. Ce n'était pas une route principale ; elle ne desservait rien d'autre que le pensionnat. Ça pourrait bien leur prendre deux ou trois jours.

J'avançais, tendue, gelée, angoissée à l'idée qu'une main vienne se poser sur mon épaule et que ce soit la fin du voyage. La chapelle était à deux mille pas du château. Sachant que j'étais partie de l'arrière du bâtiment principal, je pouvais en enlever trois ou quatre cents. Mais comme je marchais à plus petits pas, à cause de la neige, je pouvais en rajouter une cinquantaine… J'ai souri. M. N'Gaye, mon dernier précepteur dans le royaume des sables, aurait adoré ce problème. Il était gentil. Lorsque nous avions été attaqués par les rebelles, mon père avait refusé de l'emmener avec nous et il était mort dans la cour carrée, éventré de bas en haut comme un cochon, tout ça parce qu'il avait trahi en acceptant de donner des cours particuliers à la petite princesse des sables pour nourrir sa famille. Sa fille avait mon âge.

La nuit tombait à toute allure. J'avais bientôt atteint les deux mille pas et je ne distinguais toujours pas les tombes du cimetière qui auraient dû commencer à apparaître sur ma droite. Mon plan, qui m'avait paru ingénieux, ne l'était plus du tout. Tout ça était ridicule. J'aurais mieux fait de sonner à la porte et à l'heure actuelle je serais face à Schmidt, en train de boire un chocolat chaud, Schmidt qui m'enfermerait ensuite dans la salle noire histoire de me faire expier mes péchés de ces vingt dernières années.

J'ai grimpé à l'aveugle une petite butte, perdue entre la tempête et l'obscurité grandissante. Les tombes *devaient* être là, quelque part ! Mais mes pas ne rencontraient aucun obstacle, juste la neige fondue qui me trempait les pieds. J'avais dû mal compter ou partir dans la mauvaise direction sans m'en apercevoir. Concentre-toi ma fille, concentre-toi... Quand mon pied a cogné contre un élément dur, j'ai tendu la main et l'ai plongée dans la neige fraîche jusqu'à rencontrer l'obstacle. Une dalle.

J'ai avancé très lentement entre les sépultures, ce n'était pas le moment de tomber et de basculer tête la première. J'étais presque arrivée, je sentais l'adrénaline pulser dans mes veines. Le cimetière ne comptait qu'une quinzaine de tombes, et le mausolée où Lazare avait l'habitude de cacher la clé était le seul avant l'entrée de la chapelle.

J'ai étouffé un glapissement quand mon genou a heurté le coin acéré d'une tombe, plus haute que ses voisines. La quatrième après le chemin. Je la connaissais bien cette tombe, c'était celle d'Élisabeth née Delormeau, épouse de La Boissière, 1818-1847. Ancienne maîtresse de maison de Chevrière, comme tous ceux qui avaient été enterrés là.

Le souvenir m'a saisie à la gorge. Nous étions assis tous les deux sur cette tombe, Schmidt et moi, en silence. Schmidt m'avait proposé une cigarette, l'air attentif, gentil. J'avais hésité, c'était sans doute un piège mais l'envie était trop grande. Il me l'avait allumée, je revoyais ses lèvres pleines tirer sur le filtre, ses doigts parfaitement manucurés la saisir entre le pouce et l'index. C'était érotique, il le savait, je le savais. J'avais aspiré profondément la fumée qui m'avait fait tourner la tête. La blessure de ma lèvre ouverte, une heure auparavant dans l'ascenseur maudit, collait au papier à cigarettes. Je n'avais rien mangé depuis trente-six heures, nous avions été punis pour... Je ne savais même plus pourquoi, mais je crevais de faim et je n'arrivais pas à réfléchir. À ce moment-là, comme par magie, Schmidt avait fait apparaître un panier en osier dans sa main. Il en avait sorti une nappe à carreaux, et un plat. Tel un prestidigitateur, il avait enlevé d'un geste la feuille d'aluminium qui le recouvrait. Tadaaa ! Il y avait des petits chaussons à la viande, des tomates cerises, des dés de fromage, des tranches de jambon cru et de saucisson savamment agencées pour les faire ressembler à des pétales de roses...

Mes épaules étaient recouvertes d'une infime couche de neige qui ne fondait plus. J'ai avancé lentement en tendant les bras devant moi à l'horizontale, comme un somnambule dans les dessins animés que je n'avais pas le droit de regarder dans ma jeunesse. Le mausolée principal devait être juste à quelques pas droit devant.

Ce jour-là, sur la tombe d'Élisabeth Delormeau je n'avais pas osé me servir. Schmidt m'y avait incitée d'un geste doux de la tête. « Ça reste entre nous deux », m'avait-il chuchoté en me caressant la joue. J'avais pris un petit cube d'emmental, il fondait dans ma bouche, j'avais dû me retenir pour ne pas prendre tous les autres et les enfourner d'un coup, quitte à m'étouffer. J'avais perdu plus de dix kilos depuis que j'étais arrivée à Chevrière. Je lui en étais tellement reconnaissante... Malgré tout ce qu'il nous avait fait subir, juste là c'était l'homme que j'aimais le plus au monde.

Mes mains ont rencontré le mur de pierre. Le mausolée. J'y étais. La neige sur les feuilles accumulées bloquait l'ouverture de la porte – personne n'était venu ici depuis longtemps. J'ai poussé du pied le tas de feuilles. Comme il y a vingt ans, je n'avais pas mangé depuis trop longtemps et la tête me tournait, mais il suffisait que je me concentre pour retrouver le goût salé du fromage sur ma langue.

Schmidt m'avait regardée, attentif, gentil. Il avait touché ma lèvre boursouflée, j'avais grimacé de douleur. Il ne me serait pas venu à l'idée de lui dire non. « Regarde ce que tu m'as fait faire... » avait-il soupiré.

J'ai tiré à nouveau sur la porte du caveau. La serrure était rouillée et je n'arrivais pas à tourner la poignée, mes doigts inertes refusaient d'obéir à mon cerveau.

J'ai commencé à donner des coups d'épaule dans la porte qui résistait. J'ai mis un dernier coup, prête à accepter l'échec, à refaire le chemin à rebours, à trouver un autre plan, quand elle a finalement cédé. Je suis partie en avant et je me suis écorché les mains en tombant par terre.

Un moment j'ai été incapable de me redresser, si fatiguée... *Je pourrais me pelotonner, fermer les yeux...*

Non, c'était le froid qui me faisait penser ça. J'avais commencé, je devais finir. Pour moi, pour Olivier et Lazare, pour casser la gueule de Petite Marie, pour retrouver Alice et voir la tête qu'elle ferait en ouvrant la porte, pour tuer une bonne fois pour toutes Schmidt si j'en étais capable. Ça me faisait un paquet d'objectifs. Je me suis douloureusement relevée dans l'obscurité, en me maudissant d'avoir arrêté de fumer : avec un briquet, tout aurait été différent. Que la lumière soit ! Tant pis.

Le pot de fleurs artificielles se trouvait dans mon souvenir derrière les plaques commémoratives posées à même le sol. À tâtons, j'ai plongé les mains dans les feuilles en plastique couvertes de poussière. J'ai senti une lourde clé dans ma main. Elle était là. Merci Lazare ! Merci.

Je suis désolée d'avoir cru que tu m'avais abandonnée alors que tu étais en prison pour avoir voulu me soigner, désolée de t'avoir laissé dériver jusqu'aux confins de la folie sans que tu puisses te raccrocher à moi. Depuis que je t'ai retrouvé, je refuse de penser à toi parce que j'ai eu le cœur trop déchiré par ton absence. Je préfère imaginer que je t'ai perdu définitivement plutôt que de me dire que je pourrais t'avoir enfin. Je ne suis pas assez forte pour ça. Et quand tout ça sera fini… je ne sais pas.

Je suis ressortie dans la tempête, le vent hurlait au-dessus de ma tête et me fouettait le visage. Je me suis dirigée vers la chapelle où nous nous entassions deux fois par jour comme du bétail dans un enclos trop petit. Ses vitraux scintillaient quand le soleil se levait, formant de magnifiques arabesques colorées au sol jusqu'à la fin de la matinée. J'avais eu tout le temps de les observer, lors des messes ou quand nous étions punis, agenouillés durant des heures sur les dalles inégales. Sainte Marie mère de Dieu priez pour nous pauvres pécheurs… La chapelle avait accueilli nos larmes et nos retrouvailles, nos confessions, nos bacchanales enfiévrées. Et là, elle allait m'offrir les armes pour me battre.

La porte d'entrée était à moins de dix mètres du caveau des Beaumont. Quand j'ai inséré la clé dans la serrure, mon cœur battait à tout rompre, mais elle a tourné sans difficulté. J'ai poussé un soupir de soulagement en refermant la porte derrière moi.

En longeant le mur, je me suis dirigée vers la petite salle voûtée. C'est là que le prêtre conservait son aube, que les enfants de chœur préparaient la messe.

En tâtonnant j'ai trouvé l'interrupteur et la lumière a jailli – je ne risquais rien, la chapelle était invisible du château. Rien n'avait changé. Un bureau en bois rustique et une chaise assortie. Un buffet bas sur la droite avec, posés dessus, des calices, et des missels. À gauche, un portant avec des aubes et des vestes masculines couvertes de poussière. Personne n'était venu ici depuis un sacré bout de temps.

Je grelottais. J'ai enfilé une veste doublée en synthétique deux fois trop grande pour moi avec un crucifix géant imprimé dans le dos ; ce n'était pas seyant, ça puait le vieux, mais c'était sec, et bientôt ce serait chaud.

J'ai ensuite fouillé les tiroirs du bureau. Des feuilles. Des stylos, des trombones, des surligneurs. Miracle, une Maglite digne d'un vigile de centre commercial.

Une bombe insecticide. Tout était resté comme si le père Marceau était mort dans un coin ; peut-être l'était-il d'ailleurs. Un réveil à aiguilles dans un coin marquait 18 h 53. De longues allumettes et deux briquets étaient soigneusement alignés près des cierges immaculés, attendant une prière qui ne viendrait plus : j'ai embarqué le tout. Mon butin était encore mieux que ce que j'avais espéré : avec une lampe torche, un briquet et une bombe insecticide, j'étais toute-puissante.

Je suis revenue dans la chapelle, laissant la lumière du bureau rompre la pénombre environnante. Quand soudain, les deux vitraux de part et d'autre de l'autel ont commencé à luire d'une teinte étrange, comme si des flammes venaient de les éclairer de l'extérieur.

En partant, j'ai jeté un œil distrait aux plaques funéraires qui ornaient les murs et que je distinguais à peine. J'avais passé tellement de temps agenouillée sur les dalles glacées, à lire les noms sur ces plaques pour passer le temps que je pouvais les réciter par cœur : Violette de La Boissière, née du Plassis, 1837-1889. Antoine Mirabeau, 1723-1768. Remi Du Flanquin, 1897-1917… J'aurais pu continuer la litanie ligne par ligne sauf que je me suis arrêtée net. Il y avait une plaque *en plus*. J'ai rapidement compté en long et en large : cinq fois quatre… vingt. Il y avait un mort en plus en bas à droite. Je me suis approchée… C'était gravé : STANISLAS DE LA BOISSIÈRE : 1979-2021. L'épitaphe disait : *Sur Dieu seul mon âme repose paisiblement.*

Stupéfaction. J'imaginais La Boissière en première ligne de nos ennemis et je le retrouvais enterré dans la chapelle : quand je pensais que rien ne pouvait être plus fou, voilà que ça devenait… plus fou.

Quand je suis sortie dans la nuit, la tempête continuait de plus belle. Le vent soufflait tellement que je n'entendais même pas le bruit que je faisais en avançant dans la neige, mais dans ma veste doublée avec capuche de feu le père Marceau je ne craignais plus rien. J'ai fait le tour de la chapelle. Deux spots accrochés dans les arbres illuminaient à présent le côté nord. C'était ça, les lueurs qui avaient subitement animé les vitraux de l'église : l'éclairage automatique du parc à 19 h 00 pétantes, pour que les ouailles allant ou revenant de la messe retrouvent le chemin du sentier dans la nuit. J'ignorais depuis combien d'années le pensionnat était désaffecté, c'était étrange que le système fonctionne encore. Ou alors ils l'avaient rétabli en anticipant notre venue, au choix. En tout cas, cela signifiait que tout le parc était à présent illuminé comme un sapin de Noël : j'étais désormais une cible de choix et n'avais aucune chance de m'approcher sans me faire prendre. Sauf que j'avais un plan.

Derrière la chapelle, la forêt s'étendait jusqu'au bout du parc, un entremêlement dense et peu entretenu, avec à peine un petit chemin invisible sous cette couche de neige. Là, je trouverais un poteau électrique soutenant la ligne principale du domaine. C'était ce poteau qui en 1999 avait été endommagé et tout l'Institut avait alors plongé dans le noir complet après une tempête. Oh ! ça n'avait pas duré longtemps et je doute que quiconque à part moi se soit intéressé à l'histoire que la cantinière avait racontée. Mais j'avais grandi en *regardant*, en *écoutant*. En *comptant*. Tout. Le nombre de battements de cœur. Les secondes pour aller d'un point à un autre. Les pas.

Il y avait trois cent quarante-sept pas du cimetière au poteau par le sentier. Des nombres comme ça, j'en avais des centaines, des milliers dans ma tête qui formaient une typographie sûre de ce qui m'entourait. C'était ma boussole. C'est grâce à eux que j'avais échappé aux chasseurs de mon père ces nuits-là, en Sologne. Presque, sauf une fois.

Schmidt était le seul avec qui j'avais abordé le sujet de mon père et à qui j'avais raconté ce que j'avais subi. Il m'avait demandé de sa voix douce pourquoi je n'avais pas cherché à m'enfuir ou à porter plainte. J'avais ri. Mon père avait des gouvernements dans sa poche, des millions à sa disposition et parmi les chasseurs, il y avait les hommes qui font et défont le monde… On ne s'élève pas contre des gens comme ça.

Le vent du nord collait la neige aux arbres et me permettait de me repérer correctement. Tandis que j'avançais, j'essayais tant bien que mal d'organiser les pensées qui fusaient dans ma tête. Il me manquait une chronologie claire de ce qui s'était passé cette nuit-là. Schmidt avait survécu à ce que nous lui avions fait subir, il était ressorti de sa tombe et avait forcément croisé la route de Stanislas de La Boissière. Le lendemain soir, il avait tenté de nous tuer à son tour en foutant le feu – échec sur toute la ligne. La Boissière, pour nous protéger de la vengeance de Schmidt, nous avait éloignés en nous emmenant à la gare routière. Ensuite… Ensuite ? Que s'était-il passé ?

J'étais presque arrivée aux grilles du parc, dans le noir – pas de spots ici – quand la Callas a recommencé à chanter. Ils devaient avoir des enceintes de malades pour que je l'entende d'aussi loin, malgré le bruit assourdissant de la tempête. Je l'avais presque oubliée, tiens. Je suis enfin arrivée au poteau électrique. C'était une longue et solide tige métallique accrochée à l'aide de câbles en acier à l'arbre qui la soutenait, avec à son sommet, trop haut pour que je l'atteigne, un système bricolé de fils électriques que ni la municipalité ni le pensionnat ne s'étaient donné la peine de mettre aux normes. À environ deux mètres de hauteur se trouvait vissé à l'arbre un boîtier métallique, dont les câbles sortaient en ordre dispersé. Voilà ce que j'étais venue chercher.

Quand j'étais enfant, au milieu des sables, je jouais seule. Mon père interdisait aux rejetons des domestiques de s'approcher de moi. Je crevais de solitude et j'adorais les voir s'amuser dans la cour, cachée trois étages plus haut sur mon surplomb, la peau brûlée par les grands vents. Ils avaient des jeux simples et bruyants, des jeux d'enfants dont j'étais exclue : avec un bouchon ils faisaient le palet d'une marelle dessinée dans le sable ; avec un bâton ils traçaient une frontière à défendre. Et avec un briquet et une bombe insecticide, ils créaient un lance-flammes. La seule fois où ils l'avaient utilisé, c'était sur une fourmilière, qui s'était embrasée immédiatement. J'avais vu la flamme gigantesque sortir de la bombe et carboniser les insectes grouillants. J'avais trouvé ça merveilleux ; les gamins, qui s'étaient pris une sérieuse rouste du majordome de mon père, beaucoup moins. Mais j'avais retenu la leçon. Un briquet plus une bombe sous pression égal un lance-flamme de premier ordre.

J'ai saisi la bombe ANTI-CAFARDS – HYGIÈNE PREMIUM dans ma main gauche et le briquet dans la droite. Je me suis haussée sur la pointe des pieds pour me positionner en direction du compteur électrique bricolé, et… Je n'ai rien fait du tout. Une fois, deux fois, trois fois : le vent éteignait immédiatement la flamme du briquet, à peine avais-je réussi à tourner la mollette de mes doigts gelés. J'ai soupiré de frustration.

La Callas a recommencé à chanter, plus fort… J'ai réessayé, sans succès, comme une gamine qui, sur la pointe des pieds, tente d'accéder au placard à bonbons au risque de s'y accrocher et de le faire tomber. Je n'avais pas le choix. J'ai trempé dans la neige ma main droite, enveloppée du gant que j'avais trouvé à la chapelle, puis je me suis placée dos au vent. J'ai pris une grande inspiration, imploré Dieu en qui je ne croyais plus de m'épargner encore une fois, allumé le briquet et balancé un jet d'insecticide sur la flamme. Une boule de feu a immédiatement jailli, enflammant au passage ma main droite. En haletant, je l'ai orientée vers le compteur électrique. Je n'avais pas plus de cinq secondes devant moi avant qu'il y ait un retour de flamme et que la bombe aérosol n'explose comme une grenade. *Un, deux…* Le feu mettait toute son énergie à pénétrer mon gant mouillé. *Trois…* Il commençait à grignoter la manche de ma main droite. *Quatre…* Quand les flammes ont enfin atteint les branchements électriques protégés par la boîte en fer rouillé, cette dernière a littéralement rebondi avant de partir comme un boulet de canon s'écraser dans la forêt, manquant de me fracasser le crâne au passage. J'ai à peine eu le temps de me baisser ; quand j'ai relevé les yeux, une langue de feu orange courait le long du poteau et venait exploser en feu d'artifice à son sommet.

J'ai plongé mon bras dans la neige fraîche pour éteindre les fibres textiles enflammées qui couraient le long de la manche de la veste. Au-dessus de ma tête, il y a eu un très beau final d'étincelles et soudain… plus aucune lueur au loin, plus de Callas chantant encore et encore le même hymne déchirant. Le noir complet. Je venais de passer la première étape.

La seconde tenait à la rapidité. En longeant les grilles en sens inverse, j'arriverais de nouveau aux anciennes écuries, puis au bâtiment principal. Il n'y avait pas de chemin pour y accéder, les branches des arbres s'étaient enchevêtrées entre les barreaux, leurs racines noueuses se fondant au milieu des souches. Ç'allait être une bonne galère, mais j'avais toujours les grilles en repère.

J'avançais à tâtons en tentant de maîtriser ma respiration. Je refusais d'utiliser la lampe torche, qui aurait trahi ma position. Tout en mettant un pied devant l'autre, je puisais dans mes souvenirs pour tenter de trouver un moyen d'entrer dans le pensionnat – un moyen auquel ils n'auraient pas pensé. Un biais qui n'était pas dans le livre… L'aile ouest. Désaffectée à notre époque, je doutais qu'elle ait été rénovée depuis. La porte y était solide, mais dans mes souvenirs les volets en bois protégeant les fenêtres, beaucoup moins. J'allais tenter. Tout en cheminant, j'essayais encore de comprendre pourquoi j'étais la cible alors que je n'avais pas joué un rôle plus important que Lazare et Olivier.

Pourquoi me pendre en premier ? En quoi étais-je plus coupable qu'eux ?

Je suis enfin arrivée à la limite de la forêt, à l'orée du parc. Le vent hurlait toujours, on n'y voyait goutte, comme aurait dit le père Marceau – qu'il pourrisse lui aussi en enfer pour avoir détourné les yeux de ce que nous subissions. Je ne distinguais rien, mais je savais que le château se dressait à environ cinq cents pas de moi. Quand le rugissement d'un moteur lancé à pleine puissance s'est fait entendre au loin : c'était une grosse cylindrée qui n'en avait rien à faire des limitations de vitesse et qui venait tout droit sur Chevrière.

Je me suis figée et j'ai attendu la suite. Deux phares étincelants ont soudain troué la nuit au loin, en plein dans le tournant qui menait à l'Institut. Ils s'approchaient à toute allure, comme s'ils étaient poursuivis par le diable en personne. L'automobile a bondi sur la grille centrale et l'a littéralement défoncée, entraînant à sa suite le métal tordu dans un crissement, et a fini sa course dans un talus neigeux.

Lorsque j'ai reconnu la voiture, j'ai commencé à courir, le cœur battant. Je suis arrivée, hors d'haleine, au moment où les portières s'ouvraient. Lazare a jailli tel un diable du côté passager tandis qu'Olivier s'extirpait à grand peine du siège conducteur. Lazare a rigolé en voyant mon accoutrement.

— T'as décidé de partir en pèlerinage ?

Je n'ai pas répondu. Les phares de l'Audi me fixaient comme deux grands yeux possédés.

— Le moins qu'on puisse dire c'est que vous êtes doués pour les arrivées discrètes.

— Je te l'avais bien dit, j'étais sûr que cette petite salope nous avait baladés, a ahané Olivier en regardant d'un air attristé sa voiture toute cabossée, dont il a coupé le moteur.

— Mais encore ? ai-je demandé, même si j'avais une idée assez précise de l'identité de la petite salope en question.

— Sainte Marie, priez pour nous, a répondu Lazare après avoir contourné le véhicule.

Il a entouré le maigre torse d'Olivier de son bras pour l'aider à avancer en direction du château. J'ai suivi, ahurie.

— Vous faites quoi là ?

— Ben on y va, a répondu Lazare.

— Vous savez qu'il y a un mec qui veut nous tuer à l'intérieur ?

— Oui, mais pour le moment il est pas là. Il ne reviendra pas tout de suite.

Je me suis placée de l'autre côté pour soulever Olivier. Mes doigts ont touché ceux de Lazare et ça a fait comme une décharge électrique.

— … Et vous savez ça comment ?

— Parce qu'en ce moment même il est en train de rejoindre sainte Marie Petite Salope qui lui a donné rendez-vous à trois quarts d'heures de route d'ici. Elle lui a écrit un SMS en urgence, lui a dit que c'était le bordel, qu'elle avait réussi à nous coincer mais qu'elle ne tiendrait pas longtemps, qu'il vienne avec tout le monde.

Tout le monde… c'était qui ? En tout cas je n'avais pas vu ni entendu « tout le monde » partir, ils avaient dû bouger durant ma petite escapade à la chapelle. Si j'avais su je n'aurais pas pris le risque de finir en torche humaine en jouant avec mon lance-flammes improvisé. Enfin.

— Faut le temps qu'ils y aillent et qu'ils en reviennent, a continué Lazare. Je suis sûr que cette petite merde de La Boissière est avec eux.

— Tu peux l'enlever de l'équation, il est enterré dans la chapelle.

— Ah.

— Yep.

Les pieds d'Olivier raclaient la neige fraîche. J'essayais de réfléchir, mais tout ce que je voyais, c'était qu'ils avaient fait tout ça pour me sauver.

— Vous êtes venus pour moi ? ai-je quand même demandé histoire d'être sûre.

— Non, pour le pape. Maintenant aide-moi, faut qu'on aille chercher deux trois trucs à l'intérieur.

On a commencé à grimper les marches du large perron, à tâtons.

— Pour te résumer, a dit Olivier. La naine est revenue à l'hôtel, elle a attendu tranquille qu'on se remette, on était tous les deux dans les vapes, cette pute a dû droguer nos cafés ce matin.

— Traite pas…

— … Je sais, les putes font un métier respectable et ce n'est pas mon genre d'utiliser ce genre de langage, tout ça, tout ça. Donc la naine nous a sortis un laïus selon lequel elle avait la preuve que c'était toi qui avais écrit le bouquin. Que tu avais tout manigancé. Elle était tout à fait convaincante, elle a dû prendre des cours de théâtre en HP – et elle ne devait pas y résider comme aide soignante. Que t'étais dingue, que ton but, c'était de nous détruire…

On est arrivés en haut du perron. On n'y voyait rien, rien de rien. Même en Auvergne, je n'avais pas souvenir d'avoir été dans une telle obscurité. J'ai sorti la lampe torche de ma poche, et je l'ai braquée sur la serrure de l'immense porte qui nous barrait l'entrée. Olivier s'est mis à rire dans mon oreille.

— À ce moment-là, sans prévenir, Lazare l'a prise et l'a retournée, littéralement retournée (son rire a redoublé à ce souvenir) et ton portable est tombé par terre. T'aurais dû voir la scène…

Le rire de Lazare s'est joint à celui d'Olivier.

— Du coup on l'a un peu secouée, elle est dure au mal, la petite. Elle a fini par lâcher qu'elle avait un peu modifié l'histoire. On a décidé de venir te chercher. Mais avant on s'est servis de son portable à elle pour envoyer un petit message, dire qu'il y avait un changement de programme, que t'avais réussi à t'enfuir d'ici et qu'il raboule ses fesses au loin dans la vallée avec toute l'aide nécessaire. L'autre a répondu « On arrive ».

— Et nous, on en a profité pour venir te chercher.

J'avais lâché Olivier pour tendre la lumière de la lampe vers la serrure. Je m'apprêtais à y mettre de grands coups de latte quand Lazare a simplement abaissé la poignée. La porte s'est ouverte… J'ai ravalé ma fierté.

— Du coup elle est où, Petite Marie ?

— Dans le coffre de l'Audi, pourquoi ?

J'ai jeté un œil derrière moi. Dans la nuit on distinguait à peine la voiture plantée au milieu du parc près du chêne.

On est entrés dans le hall. Il faisait froid, l'absence de vent me piquait la peau. Je me sentais ridicule d'avoir fait sauter les plombs – la lumière nous aurait été bien utile.

— Je ne suis pas un tueur, a résonné la voix d'Olivier dans le noir. Je ne veux pas mourir avec ce poids sur la conscience. On peut pas buter Schmidt.

— Ça t'a pas empêché de vivre pendant toutes ces années, quand tu croyais qu'on l'avait enterré.

— Justement si, et là j'ai une chance d'atteindre le paradis.

J'ai soupiré. Sérieux.

— On doit empêcher Schmidt de nuire à nouveau, a-t-il continué, convaincu, mais on peut le faire sans porter un péché mortel sur nos épaules. On va aller dans son bureau récupérer ses cahiers Moleskine, ceux dans lesquels il notait tout ce qu'il faisait avec nous.

— Parce que tu pense qu'après tout ce temps son bureau est resté tel quel ?

— Pourquoi pas ? Il est vivant je te rappelle. À mon avis il a continué à traumatiser des générations d'adolescents dans son antre. Et tu m'as dit que le pensionnat n'avait fermé ses portes qu'en 2020.

— OK mais… même si on trouve ses carnets, que veux-tu qu'on en fasse ?

— On ira les donner à la police. On portera plainte, il sera arrêté et je mourrai en paix.

Je n'étais pas d'accord avec cette partie du plan. Si Olivier allait chez les flics, il devrait parler de nous, de moi, expliquer la genèse de cette histoire de fou. Or je n'avais pas disparu des radars depuis vingt ans pour réapparaître officiellement aujourd'hui – mon père avait été un homme dangereux, il le restait peut-être encore aujourd'hui. Mais ç'aurait été trop compliqué de le leur expliquer. Du coup à la place j'ai simplement répondu : « OK. » On gérerait ça plus tard.

Un mouvement sur ma gauche m'a fait tressaillir, mais ce n'était que Lazare, qui se dirigeait tranquillement vers la porte donnant sur le grand salon.

— Tu fais quoi là ? ai-je demandé.

— Moi, je vais dessiner ma fresque. Depuis le début, c'est ici qu'elle mérite d'être. Récupérez-moi en partant.

Il a ouvert la porte, et une lueur a envahi l'entrée. Un feu brûlait dans la cheminée du fond, comme s'il l'attendait.

Nous l'avons laissé partir. Cela ne servait à rien de vouloir l'en empêcher, Lazare était habité par sa mission. Et après tout, s'il voulait repeindre les murs de nos visages, pourquoi pas ?

Nous avons pris le couloir menant aux salles d'apparat, jusqu'à l'ascenseur qui menait aux appartements de la direction et qui nous toisait, gueule béante. Nous n'avons même pas échangé un regard et on a commencé à monter les marches une à une. Le silence était assourdissant. J'avais l'impression que depuis que j'avais retrouvé Olivier, trois jours – une éternité – avant, on passait notre temps à monter et à descendre des escaliers ; sauf que cette fois-ci, il avait la respiration bien plus légère que dans le parking, l'air de la montagne devait lui faire du bien. Nous nous sommes arrêtés au premier étage, dans l'obscurité rompue par la lumière de la lampe torche. Devant nous se devinait à peine le couloir principal et ses trente-sept portes, dix-huit à gauche, dix-huit à droite, une au fond.

Le palier du deuxième étage était aussi silencieux que le premier. Nous avons attendu, immobiles, à l'affût, mais aucun son ne nous est parvenu. Je ne ressentais pas non plus de vibrations : *a priori* il n'y avait aucune présence ni humaine ni animale. Les animaux détectent par instinct la présence de congénères ou de prédateurs. Ils appréhendent la peur, l'excitation, la traque. Et moi, j'étais un animal.

J'ai de nouveau touché le bras d'Olivier. Il était temps de monter dans le saint des saints.

La porte en bois massif ouvragé qui fermait l'accès au troisième étage s'est dressée devant nous. Là non plus il n'y avait aucune vibration. La main tremblante, j'ai actionné la poignée, la porte s'est ouverte sans un bruit. J'ai fait un pas, puis un autre. Mes pieds gelés pesaient des tonnes.

Le palier du troisième étage était faiblement éclairé. Les rayons de la lune, projetés par les fenêtres en œil-de-bœuf qui couraient le long du mur de la façade éclairaient de manière sporadique le couloir et sa moquette rouge sang. Nous sommes arrivés devant le bureau de Schmidt.

Ça me faisait quelque chose de revenir ici. La violence des souvenirs me martelait le corps. Le cerveau peut effacer à foison des pans entiers du passé, mais les cellules conservent en elle la mémoire de ce qu'elles ont vécu.

Nous avons poussé la porte. Une odeur d'encaustique, de Vaporub et d'eau de Cologne m'a prise à la gorge. L'eau de Cologne impériale que portait toujours Schmidt... J'ai failli vomir. Olivier aussi a réprimé un haut-le-cœur derrière moi.

La première chose que la torche a éclairée était l'immense chandelier à sept branches qui trônait sur la console de l'entrée. Une très belle menora du XVIIe siècle, chandelier juif incongru dans cet établissement hautement catholique. Mais pas pour Schmidt : comme il me l'avait expliqué un jour, le modèle à sept branches avait été imposé par Dieu à Moïse dans l'Exode. Il appartenait donc à Dieu avant d'appartenir à une religion. Je n'avais pas bien compris le rapport, mais j'avais acquiescé, heureuse qu'il daigne partager un peu de son immense savoir avec moi.

J'ai sorti les allumettes que j'avais trouvées dans la chapelle – le briquet n'avait pas résisté à sa rencontre avec la « bombe anti-cafard – hygiène premium » – et j'ai allumé les cierges. Un, deux. Compter, toujours, pour ne pas perdre pied. Trois.

— Sainte Marie mère de Dieu, a fait Olivier d'une voix blanche.

Je me suis retournée d'un coup, poings serrés, prête à me battre. Un homme était assis sur le siège royal derrière le bureau et nous fixait. Schmidt. Schmidt était là, dans son impeccable costume trois-pièces, les mains posées sur le bureau.

J'ai reculé d'un bond, manquant d'emporter la menora avec moi. Olivier le regardait sans rien dire, les yeux exorbités. « Sainte Marie mère de Dieu », comme il venait de dire. Schmidt nous fixait dans un silence de mort, de ses yeux mi-clos, pareil à un prédateur prêt à bondir sur sa proie. Nous avions l'avantage puisque nous étions deux debout contre un assis, mais son calme n'augurait rien de bon : il avait toujours plusieurs coups d'avance dans sa manche.

Olivier a enfin repris ses esprits. Il a lentement reculé sans quitter notre adversaire des yeux, jusqu'à se placer en sécurité de l'autre côté de la console, dos au mur. On le fixait, il nous fixait… Et il ne se passait rien.

— Il bouge pas, a finalement chuchoté Olivier d'une voix hésitante, comme si Schmidt était incapable de nous entendre.

Je n'ai rien répondu. Olivier avait raison. Il ne bougeait pas… Du tout. J'ai jeté un œil à Olivier qui m'a rendu mon regard.

— Hé oh ! ai-je tenté connement.

Pas de réponse. J'ai avancé d'un pas, un tout petit pas, dans sa direction. Mes oreilles bourdonnaient tellement dans le silence que j'avais l'impression d'avoir collé la tête à une bouche d'aération. J'ai fait un deuxième pas. J'étais à présent à moins d'un mètre du bureau, seulement éclairé par la flamme vacillante des bougies qui laissaient le visage de Schmidt dans la semi-pénombre. Qu'attendait-il ? Des renforts ?

Olivier s'est approché de moi et m'a pris la main. L'heure était venue. Hansel et Gretel face à la sorcière, deux victimes face à leur bourreau. Sauf que la situation avait changé : plus jamais je ne le laisserais nous faire du mal. Et j'ai su que j'allais le tuer, là, maintenant, sans hésitation. Sans armes. De mes mains nues. Pas de victime, pas de plainte en bonne et due forme. Je le ferais moi-même, comme ça Olivier pourrait atteindre son paradis et moi, j'attendrais l'enfer, heureuse.

J'ai lâché Olivier et j'ai bondi par-dessus le bureau, prête à étrangler Schmidt, comptant sur l'effet de surprise. Olivier a avalé un gémissement tandis que je me jetais en avant et que l'arête du plateau de bois massif venait douloureusement me heurter le bassin, me coupant la respiration. Je plongeai en direction de son cou, mes doigts repliés comme des serres mortelles… quand je me suis arrêtée net, me rattrapant de justesse en plaquant mes paumes contre le sous-main usé.

J'ai saisi la statuette en bronze à l'effigie de sainte Ursule posée sur le bureau et je l'ai écrasée de toutes mes forces sur la main gauche de Schmidt. Le presse-papiers s'est enfoncé comme dans un flan. Aucune réaction.

— Il est mort, a dit Olivier comme si je ne l'avais pas remarqué.

— Oui, et ça fait un bout de temps, ai-je continué d'une voix tremblante. Il a été embaumé.

J'ai contourné le bureau pour m'approcher de son visage, tandis que mon compagnon faisait de même de l'autre côté. De près, la peau de Schmidt avait l'apparence d'un gant en latex resté trop longtemps au soleil, luisant et vaguement dégoûtant. Celui qui l'avait gardé en état avait glissé des coques en plastique sous les orbites afin de maintenir la structure en place – ou des yeux de verre. Il avait mis du cœur à l'ouvrage, mais de près on voyait bien que ce n'était pas du boulot de professionnel : les maxillaires avaient été grossièrement cousus à l'aide de fil plastifié transparent, dont les nœuds ressortaient sous les oreilles, lesquelles avaient été scotchées des deux côtés du crâne.

— On s'est vautrés sur toute la ligne, ai-je dit tout en m'éloignant prudemment du cadavre.

À présent que nous savions qu'il était mort, l'état de Schmidt sautait aux yeux. On aurait dit que les mains avaient été façonnées dans du savon, et ses veines bleues, presque noires, traçaient des entrelacs étranges. La tête était bizarrement penchée comme celle d'un prêtre dur de la feuille au confessionnal. Les yeux étaient ceux d'un crocodile sortant à peine la tête de l'eau... Un vrai travail d'amateur, mais d'un amateur motivé.

Il avait dû dans un premier temps l'extraire de la tombe où nous l'avions enterré et le redescendre au pensionnat. Vu l'état du corps, Schmidt n'avait pas passé longtemps dans la terre : ç'avait dû être fait le jour même de sa mort, alors que nous venions de redescendre et que nous mangions comme si de rien n'était à la cantine, ou juste après l'incendie.

Ensuite, dans un lieu discret et propice aux expérimentations frankensteiniennes, il avait dû passer des heures, voire des jours à évider le corps comme un poulet, enlever le sang et les viscères, le blinder de formol, le masser avec du baume d'eucalyptus – c'était donc ça, l'odeur de Vaporub que j'avais sentie en entrant...

— Un sacré acte d'amour envers un putain d'enfoiré. La volonté de transcender Schmidt malgré sa mort, ai-je dit, tout en remarquant une bosse du côté droit du crâne de la momie, là où j'avais lancé la première pierre.

— Mmmmh, a répondu Olivier sans m'écouter, fasciné par le spectacle.

Penché à quelques centimètres de son visage, il observait la peau jaune et huileuse. Il a tendu le doigt pour la toucher d'abord prudemment puis de manière appuyée, enfonçant son ongle dans la chair de sa joue.

— Olivier tu m'écoutes ? Tu veux pas arrêter deux minutes de jouer avec ce cadavre ?

Il s'est détourné à regret.

— Ça me semblait bizarre aussi qu'il ait réussi à sortir de son trou après ce qu'on lui avait mis, a-t-il dit.

— Clair…

Je me suis redressée. Soudain j'y voyais clair, tout prenait sens. Tout avait été écrit dans le livre, simplement nous n'avions pas su lire.

— On aurait pourtant dû le savoir depuis le début, ai-je dit en détournant le regard de Schmidt. Ce qu'il voulait ce n'était pas des esclaves. C'étaient des disciples.

— OK…, a dit Olivier sans me suivre.

— On croyait être les seuls, mais c'était complètement crétin. D'ailleurs il a abusé de Marie dès le mois de janvier. Je parie qu'avec les années il a fait pareil avec plein d'autres élèves, selon les mêmes méthodes tordues. Ce qu'il voulait c'était non pas nous briser, mais que nous l'idolâtrions. Nous, on a résisté parce qu'on était ensemble. Mais l'un de ses autres disciples l'a érigé en dieu…

— Je vois ce que tu veux dire, mais c'est bien fumeux quand même.

— Tu imagines le degré d'adoration qu'il faut pour embaumer quelqu'un et le placer là, comme une relique ?

— Je suis presque triste qu'il soit bien mort..., a déclaré tranquillement Olivier. Sans ça on aurait pu le buter une seconde fois. Enfin, tu aurais pu le défoncer, comme ça j'aurais conservé ma future place à droite de saint Pierre.

J'ai souri. Il fallait qu'on soit sacrément tendus pour conserver notre sens de l'humour en un moment pareil. Mais Schmidt ne méritait que ça.

Olivier ouvrait à présent les tiroirs du bureau un à un, à la recherche des fameux cahiers.

— Ça nous sert plus à rien, ai-je fait remarquer, on va pas aller chez les flics avec cette... momie.

— Au contraire. Schmidt n'est pas l'auteur du livre. Nous reste l'option du disciple... Mais qui est-il ?

Son calme olympien à moins de cinquante centimètres d'un mort, certes embaumé, mais mort quand même, me stupéfiait. Après tout, je l'avais peut-être mal jugé : peut-être avait-il aussi été contaminé, jusqu'à ce que son âme devienne noire. Il a retiré du second tiroir un solide coupe-papier en acier dont il a passé la lame sur son index. Il a ensuite essayé d'ouvrir le premier tiroir, mais celui-ci était fermé à clé. De mon côté je fixais le mur à la recherche d'une explication rationnelle, et je n'en trouvais pas.

Olivier s'est attaqué à la serrure du premier tiroir avec son coupe-papier et a étouffé un grommellement quand la lame a manqué se casser dans la serrure. Il a réattaqué par un autre biais, en l'enfonçant cette fois dans l'interstice entre le bureau et le tiroir.

— J'ai l'impression que ça te réussit, ce petit retour ici, ai-je fait remarquer tandis qu'il s'escrimait comme un forcené.

— Pourquoi tu dis ça ?

— T'as l'air moins mourant qu'avant.

Un éclat de bois a sauté sur le tapis. Je me suis approchée, un peu inquiète.

— Tu veux que je le fasse ? Si tu t'ouvres la main en deux maintenant…

— Je gère. Dis… t'étais sérieuse quand tu m'as juré que tu resterais avec moi jusqu'à la fin, hein ? Rassure-toi, ça ne durera plus très longtemps.

Un autre éclat, plus gros cette fois, a rebondi sur le cadavre de Schmidt.

— Croix de bois croix de fer si je mens j'irai en enfer. Maintenant la question suivante c'est…

— … Est-ce qu'on emmène Lazare ? C'est pas sûr qu'il en ait même envie.

Olivier a failli se charcuter la main avec le coupe-papier. Je m'apprêtais à prendre la relève sur la mission tiroir quand j'ai soudain entendu un petit chuintement du côté de la salle noire, dont la porte était entrouverte. Un tout petit. Olivier n'avait rien entendu, concentré sur sa tâche. Je n'avais pas rêvé, j'avais bien entendu un bruit. Or s'il y avait quelque chose que je savais vu le nombre d'heures que j'y avais passé, c'est que cette pièce était *sans issue*. Quelqu'un était là-dedans et nous observait dans l'obscurité.

J'ai fixé la porte entrebâillée. J'avais le cœur battant, le bouche sèche.

— Olivier, j'ai chuchoté.

— Attends, j'y suis presque… Je vais faire levier par le côté…

— Olivier, j'ai répété.

— Attends ! Je…

Un craquement a retenti quand la serrure s'est enfoncée d'un coup. L'obscurité que j'observais par la porte entrebâillée a un instant changé d'épaisseur. Celui ou celle qui nous observait venait de prendre une autre position.

— Je me suis enfoncé une écharde ! a râlé Olivier tout en observant sa main. Mais je l'ai eu.

Il a passé deux doigts dans le trou laissé par la serrure et a tiré. Le tiroir a suivi en grinçant.

— Viens voir, a dit Olivier, cette fois d'une voix moins assurée. Ils y sont.

J'avais deux options : soit lui révéler que quelqu'un nous observait, soit faire comme si tout dans cette situation de dingue était normal. J'ai fait le tour du bureau à contrecœur, en me forçant à ne pas me mettre à hurler comme une tarée. En prenant un air détaché, j'ai commencé à passer en revue les cahiers Moleskine à rabat, soigneusement rangés en deux piles. À vue de nez, il y a en avait une quinzaine.

Tout en faisant ça, j'observais du coin de l'œil la porte entrouverte. Qu'attendait-il pour se montrer ? S'il voulait nous attaquer, il l'aurait déjà fait. Donc... Pour le moment j'allais faire comme si j'ignorais sa présence. Comme si ce n'était que le fruit de mon imagination. Cette attitude nous donnait un minuscule avantage stratégique : je *savais* qu'il y avait quelqu'un, mais le quelqu'un ne *pouvait pas* être sûr que je savais.

J'ai saisi le premier cahier et je l'ai ouvert. Sur la page de garde, il y avait simplement noté *Fabien*. Des photos Polaroid étaient glissées à la fin – les photos que Fabien lui-même avait prises dans la salle noire, comme nous tous, des photos de la noirceur de son âme. C'était qui, ce Fabien ?

Était-ce lui qui avait été assez dingue pour embaumer Schmidt et le garder dans son sanctuaire, alors que de gentils pensionnaires vivaient leur vie aux étages en dessous ?

J'ai tourné la page suivante. L'écriture déliée de Schmidt, à l'encre noire, courait le long des lignes : *4 septembre 1993. Ce jour nous a amené notre lot de nouveaux élèves. Parmi eux, un se distingue déjà...* J'ai pris le petit paquet de photos et j'ai tendu la première, délavée par le temps, à Olivier. On y voyait un gamin dégingandé au regard sombre, un duvet d'adolescent au-dessus de sa lèvre supérieure, le visage grave face à l'objectif.

— Il te dit quelque chose ? J'ai demandé.

— Jamais vu au bataillon.

J'ai lu la dernière ligne rédigée : *Quand je pense que j'ai perdu plusieurs mois avec cet avorton pleurnichard et sans consistance. Quelle déception.* Pas lui, ai-je dit.

Je suis passée au carnet suivant : *Éléonore. 5 septembre 1995.* Une jeune fille qui, sur les premières photos, souriait de toutes ses dents, radieuse, magnifique. Sur les dernières, elle n'avait plus que la peau sur les os et le regard d'une biche aux abois. Elle non plus ne s'était pas montrée à la hauteur des attentes de la momie qui nous fixait dans la pénombre.

Il n'y avait plus aucun bruit venant de la salle noire et je ne ressentais aucune vibration. Et si j'avais rêvé ?

C'était ça : la fatigue, le stress, l'endroit. J'avais tout imaginé. L'odeur de Vaporub m'était montée au cerveau. Olivier restait là, à mes côtés, immobile, inutile.

— Tu veux pas m'aider ? ai-je râlé en indiquant d'un geste de la main les carnets restants au fond du tiroir.

Olivier s'est saisi à contrecœur du premier de la pile de droite.

— Ces trucs, c'est tellement empli de mauvaises ondes que ça m'étonne qu'ils prennent pas feu spontanément, a-t-il fait remarquer tout en tournant les pages avec un air de dégoût.

Il avait raison : c'était comme si le troisième carnet dont je venais de me saisir me brûlait les mains. J'ai ouvert la page de garde. *Titouan. 5 septembre 2000.* Le carnet n'était rempli qu'à la moitié et il y avait moins de photos que pour les autres… Le chapitre 2 d'*Ils n'étaient qu'un* m'est revenu en mémoire. Alice et Petite Marie dans la salle de bains commune avec Petite Marie qui lui racontait : « Il y avait un gars, Titouan je me rappelle. […] Schmidt arrêtait pas de le faire venir dans son bureau. Personne sait ce qui s'y passait, mais en janvier ils l'ont retrouvé pendu au chêne du parc. »

Voilà pourquoi le carnet n'était pas terminé, parce qu'il s'était pendu. Je l'ai reposé sur le bureau et j'ai saisi le suivant. Olivier n'avait pas bougé, concentré sur la lecture de celui que je lui avais donné.

L'air devenait irrespirable. La gorge me grattait et des rigoles de sueur me coulaient le long du dos malgré le froid. Schmidt avait eu raison sur un point : ces photos avaient capté nos êtres, nos douleurs et notre destruction. Olivier a reposé le carnet qu'il lisait sur le bureau. Dans les ombres créées par les flammes des bougies, il semblait beige et luisant, presque aussi mort que Schmidt.

— Ça va ? ai-je demandé.

— La fille de ce carnet... Elle s'appelait Inès, a-t-il murmuré d'une voix lasse. Il a cru en elle, en ses capacités, mais elle l'a *déçu*.

Il a ricané, amer.

— Pourtant elle y mettait de la bonne volonté pour lui plaire, Inès, mais ce n'était pas assez pour Schmidt. Il lui a fait faire des trucs... C'est pas possible de faire subir ça à une gamine.

Il a soupiré.

— Tu crois qu'elle s'en est sortie ?

Je n'ai rien répondu. Nous savions tous les deux que ça n'avait pas été le cas. Elle avait dû se foutre en l'air peu de temps après, ou devenir complètement zinzin. Nous, nous avions survécu, car nous étions quatre, parce que Schmidt avait été trop gourmand en nous sélectionnant. Quatre d'un coup, plus âgés que ses proies précédentes. Schmidt avait eu besoin de défi, il avait « trop pris la confiance » comme aurait dit Félix. Ça lui avait été fatal.

J'ai capté un imperceptible mouvement du coin de l'œil, dans l'obscurité de la pièce. OK, je n'avais donc pas été victime d'hallucinations. Quelqu'un nous observait, c'était sûr, et la bête commençait à s'impatienter.

J'ai saisi les cahiers et je les ai fourrés dans les poches du blouson du père Marceau. Olivier m'a regardée.

— Tu fais quoi ?

Qu'est-ce que je pouvais lui répondre ? Ma main droite a saisi sainte Ursule, même si j'avais conscience qu'elle ferait une arme médiocre… Quand soudain la voix d'Olivier a explosé dans mes tympans.

— Je vais crever, a-t-il croassé.

Alice se tenait face à nous, mais une Alice qui n'aurait pas vieilli, l'Alice de nos dix-sept ans. Le même visage, la même coupe de cheveux, la même silhouette… Les mêmes vêtements. Elle portait le pantalon rose délavé qu'elle avait la nuit de la mort de Schmidt, et le petit pull bleu qu'elle aimait mettre avec. Elle nous a souri.

J'ai fait un pas dans sa direction. Je voulais la prendre dans mes bras, la serrer à l'étouffer.

— Alice ? ai-je dit d'une petite voix.

C'est à ce moment-là que j'ai remarqué la hache qu'elle balançait négligemment dans sa main gauche. Elle ne souriait pas. On s'est fixés un moment tous les trois, Olivier et moi entourant le corps momifié de Schmidt, protégés par un pauvre bureau en bois. Alice avait toujours ce regard bleu cobalt qui hypnotisait les hommes, ce regard qui semblait vous transpercer jusqu'à l'os, n'être destiné qu'à vous. Mais aujourd'hui il était empli de haine.

— Alice ? a gémi Olivier.

— Salut, Olivier, a-t-elle répondu et j'ai cru qu'il allait s'évanouir, là maintenant, et je n'étais pas loin de faire la même chose.

Elle a fait un pas, ses lèvres se sont retroussées comme celle d'un animal, un prédateur face à ses proies, coincées dans leur coin, à sa merci.

— Salut… Alice, a-t-elle dit. Ça fait longtemps que je t'attends.

Olivier nous a regardées tour à tour, comme s'il avait mal entendu. Et toutes les grandes théories de mon père, les ennemis, la patience, la chasse, se sont écroulées d'un coup.

J'ai balancé le presse-papiers en direction d'Alice qui, surprise, ne l'a pas évité. Sainte Ursule l'a atteinte à la cuisse gauche – et elle a poussé un rugissement tout en se pliant en deux. Olivier n'avait pas bougé, transformé en statue de sel.

— Cours ! lui ai-je hurlé dans l'oreille en le poussant en direction de la porte. Mais cours, bordel !

Il s'est réveillé et a détalé comme un lapin ; moi, j'étais bloquée par Schmidt. Alice commençait à se redresser. J'ai sauté par-dessus le bureau et j'ai couru.

Olivier était invisible. Pas question de prendre l'ascenseur, ne restait donc que les escaliers. J'ai dévalé les marches comme une malade, j'avais l'impression de voler… Sauf qu'au tournant sur le palier du deuxième étage, je suis entrée en collision avec Olivier qui tentait tant bien que mal de descendre à son rythme. Il s'est écrasé contre le mur et j'ai dû le retenir par le col pour l'empêcher de dégringoler dans la volée de marches suivante. J'allais reprendre notre course folle quand l'instinct m'a stoppée net. À la place je l'ai fait se retourner comme une toupie et je l'ai dirigé vers le couloir qui menait aux dortoirs.

— On va prendre les escaliers de service de l'autre côté ! ai-je chuchoté.

On a commencé à avancer sans faire de bruit dans le couloir principal, j'espérais qu'Alice avait descendu les escaliers jusqu'en bas… Et c'est à ce moment-là que la lumière des néons a jailli, nous aveuglant subitement.

— Les cons, ils ont un générateur ! ai-je crié en poussant mon cancéreux devant moi.

Rien n'avait changé, les murs lépreux, les portes ouvertes avec des vitres cassées donnant sur les pièces vides, les toilettes, les douches, les placards. À droite le dortoir des filles, sans issue. À gauche, celui des garçons qui donnait au fond sur le palier avec le bureau des surveillants, et derrière ce bureau l'escalier de service, celui que nous utilisions pour nos virées nocturnes, avant que Schmidt ne nous transfère dans l'aile privée, près de la chaudière, où Alice aurait dû mourir, et où elle était peut-être morte avant de renaître de ses cendres et de nous poursuivre, une hache à la main. Étant donné ce que je venais de voir, j'étais prête à tout accepter comme explication.

J'ai jeté un œil derrière nous. Personne. Ça ne voulait rien dire : si Alice avait le don de renaître à l'âge de dix-sept ans, elle avait peut-être aussi le don d'ubiquité. J'ai secoué la tête pour reprendre mes esprits : je devenais complètement givrée. En passant devant une des fenêtres, j'ai vu le parc. Il scintillait à présent de mille feux, comme un décor de conte de fées, avec au milieu la voiture plantée là, coffre fermé – à l'intérieur, Petite Marie devait commencer à trouver le temps long. Des lampions de fête foraine avaient été accrochés aux arbres, y compris au chêne centenaire qui nous toisait de loin, comme s'il se préparait à accueillir un mariage. C'était comme si une bonne fée cinglée avait exaucé un vœu commun vieux de vingt ans, celui que nous avions formulé toutes les deux, de vivre au pensionnat pour toujours et de le transformer en château des merveilles. Dans ma tête résonnait la phrase « Méfie-toi de ce que tu souhaites ».

On n'avait pas le temps de s'appesantir. On a déboulé dans l'ancien dortoir des garçons ; Olivier, hors d'haleine, soufflait à mes côtés comme une vieille locomotive. Là non plus rien n'avait changé : les lits faits au cordeau avec les draps usés, les malles au bout des matelas, les…

On s'est arrêtés en même temps, Olivier et moi, face à la quatrième malle, en se rentrant dedans. Elle était au pied du lit superposé où Olivier et Lazare avaient dormi les premières semaines.

Sur la malle qui avait servi de commode à Olivier – il dormait en bas –, se trouvaient rangés en un ordre militaire un bonnet bleu marine brodé du logo Saint James, une gourde en métal gris cabossée, un recueil de nouvelles de Maupassant et une boîte de mouchoirs. Quelqu'un avait soigneusement remis toutes ses affaires en place, comme s'il n'avait jamais quitté l'établissement.

— Je vais crever, a de nouveau chuchoté Olivier.

— Moi aussi, ai-je répondu.

La lumière rétablie nous empêchait de jouer à cache-cache, mais elle avait au moins un intérêt : on voyait où on allait. On a bifurqué vers la droite, jusqu'au bureau du surveillant, au bout du couloir. Juste avant la sortie, je me suis arrêtée brusquement face à l'immense mur couvert de papiers et de photos punaisés sur un panneau en liège qui courait du sol au plafond, et Olivier m'est à son tour rentré dedans. J'ai pointé du doigt un cliché.

— Là !

Les photos de classe s'étiraient année après année, depuis la nuit des temps jusqu'en 2020. L'une datée de 2004-2005 montrait Petite Marie, souriante, au milieu de ses camarades. Sur une autre de la même année, on pouvait voir Alice. Sur les deux, Stanislas de La Boissière posait fièrement à droite, dans son rôle de directeur de l'Institut.

— Pétard ! a dit Olivier. Elles ont continué leurs études ici, sous la coupe de La Boissière.

— Y a pas que ça…, ai-je dit en me penchant pour voir de plus près les photos des années plus récentes. Regarde…

Les années suivantes, deux adultes posaient fièrement à gauche et à droite des élèves aux sourires figés : Stanislas de La Boissière et Alice Fournier. Elle n'avait jamais quitté les lieux. Comme La Boissière avant elle, elle était passée du statut d'élève à celui d'encadrant. Elle était passée de l'emprise de Schmidt à celle de La Boissière. Il ne nous avait pas fait croire qu'elle était morte pour la protéger mais pour la garder avec lui. C'était fou.

Olivier m'a poussée en avant et on est repartis. Ce n'était pas parce que Alice n'était nulle part en vue qu'elle n'allait pas réapparaître soudain, sa hache à la main. On a filé vers l'escalier de service, et on commençait à descendre la dernière volée de marches menant à la cuisine quand Olivier s'est mis à suffoquer.

— Faut que… je… m'arrête…, a-t-il hoqueté en se tenant au mur.

Il était à bout. Ça ne servait à rien de le pousser et de le presser, sa monture n'irait pas plus loin pour le moment.

— Tu choisis toujours ton moment, ai-je pesté en jetant des coups d'œil de coucou fou en haut et en bas des escaliers.

— Désolé, fais... pas exprès... C'est... la... fin.

Il fallait qu'on trouve un endroit qui n'était PAS dans le livre. Une cachette temporairement sûre où Olivier pourrait se remettre un peu, avant... Avant quoi ? La bataille finale, mais contre qui ? Nos retrouvailles avec Alice mais pourquoi ? Mon cerveau faisait des nœuds.

— Non c'est pas la fin, ai-je chuchoté à son oreille pour le faire revenir parmi les vivants. La fin, ce sera quand *on* l'aura décidé. OK ?

Il m'a souri.

— OK, a-t-il répondu en me caressant la joue.

Je lui ai souri en retour : j'avais trouvé le lieu où nous pourrions nous réfugier. J'ai pris sa main et lentement, en silence, nous avons remonté les escaliers jusqu'à l'entresol.

Le palier menait à deux endroits opposés : au nord, les anciennes salles de classe scientifiques du collège et du lycée. Au sud, les salles de réception, qui n'étaient jamais utilisées, sauf lorsque des parents importants se donnaient la peine de venir voir comment se portaient leurs rejetons. À petits pas, nous avons avancé dans le couloir menant au nord. Un lieu que nous avions exploré de fond en comble tous les quatre à l'époque et qui recélait bien des cachettes. Mais il y avait un espace qui n'avait appartenu qu'à Olivier et moi, une pièce dont ni Alice ni Lazare n'avaient eu vent.

Nous nous apprêtions à nous enfoncer dans les ténèbres – ici les néons ne fonctionnaient pas, le générateur n'était sans doute pas assez puissant pour éclairer tout le bâtiment – quand la Callas a repris au loin ses longs sanglots santamariesques. J'ai dû faire un effort surhumain pour ne pas me laisser déconcentrer. J'ai compté les pas – soixante-dix-sept jusqu'à la porte de droite. Quarante-huit jusqu'à l'embranchement. Puis enfin dix-neuf jusqu'à la porte qui m'intéressait.

Olivier m'a arrêtée en chemin.

— Attends, a-t-il chuchoté.

Il a essayé d'ouvrir une des portes, celle qui menait à la salle de chimie. Fermée à clé. Il a tenté d'ouvrir celle d'en face, salle de chimie elle aussi, fermée à clé. Portes suivantes, fermées à clé.

— Ça sert à rien de continuer, a-t-il dit en s'étouffant pour ne pas tousser trop fort. Tout est fermé. Ça mène à rien.

— Tss, mécréant, tu devrais avoir plus confiance, ai-je dit à voix basse en continuant. L'important, je te l'ai déjà dit, n'est pas ce qui est dans le livre, mais ce qui n'y est pas. Au bout de cette aile, il y a quoi déjà ?

— Rien.

— Tsst, mauvaise réponse. Il y a quoi ?

Son regard s'est enfin illuminé. Il avait mis le temps, à croire que la maladie lui avait quand même ramolli le cerveau.

— Le passage qui mène au théâtre. Il n'est pas dans le livre parce qu'Alice ne le connaissait pas ! a-t-il dit.

— Voilà. Et puis…

J'allais continuer quand un éclair a déchiré le ciel au loin : un orage de neige, manquait plus que ça. Quatre secondes plus tard, le tonnerre a fait trembler les murs : il était tout près. On était arrivés au bout des soixante-dix-sept pas. La porte de droite, celle qui nous intéressait, était elle aussi fermée à clé. Pas de souci.

— On fait quoi maintenant ? a chuchoté Olivier.

— On attend que ça gronde à nouveau.

Un autre gigantesque éclair a illuminé le couloir obscur. J'ai compté quatre secondes, et j'ai balancé un énorme coup de pied dans la serrure de la porte, pile au moment où le tonnerre faisait à nouveau vibrer le bâtiment. Le temps que le bruit s'éloigne, on avait poussé le battant et on était passés de l'autre côté.

— Bien joué, a soufflé Olivier.

— Je te remercie, ai-je répondu.

Ici c'était le noir complet. Aucune fenêtre ne donnait sur l'extérieur. Nous avons continué d'avancer ; je sentais la peur irrationnelle d'Olivier face à l'obscurité. J'ai commencé à compter à voix basse.

— Quarante, trente-neuf, trente-huit…

Comme les hypnotiseurs pour endormir leurs patients et les projeter dans le passé – et c'est un peu ce que nous faisions. Nous avancions lentement dans le noir. Si je ne détournais pas son attention rapidement, Olivier se concentrerait sur sa souffrance et refuserait d'avancer.

— Tu te souviens des pièces de théâtre ? ai-je demandé tout en continuant à faire le décompte dans ma tête. C'était le moment que Mlle Bertin attendait comme une dingue : les présentations de ses chefs-d'œuvre. Tu te rappelles la première ?

— Lazare était magnifique sur scène, a répondu Olivier en haletant.

— C'est vrai. Mais, maintenant on peut le dire, Alice jouait comme une patate.

Douze, onze, dix… On approchait.

— À ce sujet… Est-ce qu'on en parle, du fait que non seulement elle n'a pas vieilli, mais qu'en plus elle t'a appelée Alice ?

— La cryogénisation a dû lui geler le cerveau.

J'étais arrivée au bout de mon second décompte. J'ai tâtonné autour de moi, trouvé le mur granuleux à ma droite et commencé à le suivre du bout des doigts. Si mes pas étaient exacts trois portes devaient se trouver près de moi, une à gauche, une en face, une à droite. Les deux premières menaient à des cellules d'isolement – tous les élèves de Chevrière y étaient passés à un moment ou à un autre. C'était la troisième qui m'intéressait.

C'était à la veille des vacances de la Toussaint. Au dernier moment, Mlle Bertin avait donné à un des jumeaux Brazorski le rôle dévolu à Olivier dans sa nouvelle création, celui de Nathanaël. Même si Olivier avait fait mine d'être indifférent, il en avait été profondément blessé. Lui et moi, les deux exclus, nous avions donc regardé le début de la pièce des coulisses, avant de craquer. Alors on était partis. On avait commencé à fureter alentour – pour une fois personne ne nous surveillait, tout le monde admirait l'œuvre de la prof de français –, et c'est comme ça que nous avions découvert le passage. C'était un couloir sans serrure transformé en débarras – vieux décors peints sur des panneaux de bois, accessoires divers, arbre de Judée en papier mâché… – et ce corridor allait du théâtre à… là où nous nous trouvions à présent. Et était collé aux cellules d'isolement.

Quand Olivier y était puni – ça, c'était avant que nous ayons droit à la salle noire –, je m'introduisais dans le couloir et je m'asseyais de l'autre côté. Je tapotais contre le mur, Olivier était réconforté par ma simple présence et réciproquement quand j'étais punie à mon tour. Nous n'avions jamais partagé ce secret avec Lazare ou Alice. Parce que nous l'avions découvert ce soir-là, tous les deux, exclus. Parce qu'ils étaient ensemble et que nous étions deux solitudes.

— Je l'ai, a dit Olivier à mes côtés.

J'ai tâtonné jusqu'à toucher sa chemise – elle était trempée de sueur – puis j'ai suivi son bras jusqu'à toucher à mon tour la poignée. Elle n'avait pas plus de serrure que par le passé. J'ai posé ma main sur celle d'Olivier. « [...] *piene di grazia, eletta Fra le spose e le vergini ei tu* », chantait la cantatrice.

— Trois, deux, un...

Nous avons tourné la poignée. La porte s'est ouverte, et un courant d'air glacé nous a saisis. Refermant derrière nous, Olivier s'est écroulé par terre. Je me suis assise à ses côtés. Moi aussi j'étais au bout du rouleau, trop de tout et n'importe quoi.

J'ai sorti de ma poche la boîte d'allumettes récupérée dans la chapelle et j'ai craqué la première.

L'endroit était vide. Disparus les costumes, les ailes des anges rafistolées et les feuillages en papier Canson. En me souvenant du sous-sol de la gendarmerie du commissariat avec sa crèche en carton-pâte, je me suis fait la réflexion que Mlle Bertin avait dû offrir ses services à la municipalité depuis la fermeture du pensionnat et transférer son bestiaire au sous-sol de la gendarmerie. Olivier a pointé du doigt un petit pan de mur où se voyait encore un *C* traversé d'une croix, avec marqué au-dessus *O & L*. C'est lui qui l'avait gravé une nuit où il m'avait tenu compagnie alors que j'étais en détention. *O & L*. Lui et moi.

L'allumette me brûlait les doigts. Je l'ai jetée à terre, nous noyant de nouveau dans l'obscurité.

— Il va être répétitif, ce jeu, a dit Olivier.

Je n'ai rien répondu. À la place j'ai sorti les cahiers en Moleskine que j'avais embarqués dans le bureau de Schmidt, je les ai ouverts à terre, puis j'ai craqué une nouvelle allumette.

— Que la lumière soit.

Olivier s'est emparé du premier cahier.

— « Gwendoal, septembre 1985 », a-t-il lu avant de prendre les Polaroid.

Il m'en a montré un, puis est passé directement à la fin du cahier.

— Il est parti de son plein gré à la fin de l'année scolaire. Schmidt s'en désintéressait, Gwendoal n'était pas à la hauteur. Hauteur de quoi, j'en sais rien, mais il ne l'était pas.

— Au revoir, Gwendoal.

Avec dextérité, Olivier a arraché des pages au cahier et les a roulées en boule pour former un petit monticule sur la terre battue, monticule dans lequel j'ai jeté l'allumette avant qu'elle ne s'éteigne. Les feuilles ont immédiatement pris feu. Olivier a ensuite déchiré la couverture en bandelettes et les a placées sous le foyer.

— Faut que je te dise un truc…, a dit Olivier, un peu honteux. Je lui en avais parlé. D'ici.

Je l'ai regardé en soupirant. Toutes ces années après, on n'était toujours pas capables de se dire la vérité immédiatement quand on parlait de Lazare.

— J'y crois pas. Tu es venu ici, comme avec moi, pour lui chuchoter des mots doux quand il était au cachot !

— En fait on s'en fiche, a rétorqué Olivier, piqué au vif. L'important c'est qu'il sait. Et quand ils seront revenus de leur petite escapade après avoir compris qu'on les a envoyés loin d'ici, ils le choperont en train de faire sa fresque. Et il leur dira.

— Il ne s'en souviendra pas. Il y a tellement d'endroits qu'on aurait pu choisir... Mais tu n'aurais pas dû lui en parler à l'époque. C'était notre endroit, à toi et moi. Pas à lui.

— Ç'a encore une importance aujourd'hui ?

— Non. Mais quand même.

Lazare. Dès notre sortie du bureau de Schmidt nous aurions dû nous précipiter pour le récupérer, au lieu de quoi nous avions agi comme des poulets sans tête, à courir n'importe où. À notre décharge, la vision d'Alice aurait secoué n'importe qui et à présent il était trop tard pour partir à sa recherche, la cavalerie avait dû revenir. Tout en parlant, Olivier entretenait le faible foyer avec les pages du carnet consacrées à Gwendoal, l'écriture de Schmidt disparaissant ligne après ligne sous nos yeux. J'ai regardé la pile de cahiers posés entre nous. On en a pris chacun un. Celui que je tenais dans la main n'était pas empli jusqu'à la fin : c'était l'un des nôtres. J'ai ouvert à la première page : *Olivier Hinguerlot.* Je lui ai tendu le carnet : il a pris les Polaroid sans les regarder et les a jetés dans les flammes. Les photos se sont tordues et gondolées avant de disparaître. Il a ensuite ouvert le cahier en deux et l'a posé sur le petit foyer, feuilles en bas. Le brasier a crépité, heureux d'être nourri.

— Tu ne voulais pas savoir ce qui était écrit ? ai-je demandé, curieuse.

— Certainement pas. Pourquoi, toi, tu lirais le tien ?

— Non.

J'ai ouvert celui que j'avais pris. À la première page, à l'encre noire se trouvait un nom, comme dans tous les autres carnets : *Stanislas de La Boissière. 9 septembre 1995.*

On y était. J'ai tendu la photo à Olivier. Celle d'un ado dégingandé à la chevelure rousse flamboyante. Le regard triste et vide. Olivier, sans rien dire, m'a tendu un cliché qu'il venait de tirer d'un autre cahier. Toujours Stanislas, plus grand, le regard plus dur. En extrapolant, on aurait presque pu voir un demi-sourire esquissé sur ses lèvres fines.

— Le veinard, il a eu droit à deux Moleskine, a fait remarquer Olivier tout en feuilletant le carnet.

— Le spectre de Chevrière… La Boissière a fait toutes ses études ici. Schmidt a eu tout le temps de le former, et ensuite… il est devenu son bras droit. Son premier apôtre.

J'avais le premier cahier par ordre chronologique. J'ai survolé rapidement tous les passages, semblables aux nôtres. La salle noire. Le confessionnal. La drogue près du Bouscat. Sauf que La Boissière était un bon élève, lui. Il ne s'était pas rebellé. Il avait été une cible parfaite pour Schmidt, un élève assidu, prêt à tout pour satisfaire son maître. Quel meilleur disciple que celui qui un jour serait destiné à reprendre les lieux ? Avec cette cible-là, Schmidt avait visé juste.

— Regarde, a dit Olivier.

À la fin du second carnet consacré à La Boissière, l'écriture fine et élancée laissait place à une écriture différente, presque enfantine, un peu hachée. Olivier a commencé à lire à haute voix.

— « Aujourd'hui Stephen est mort. Massacré par des bêtes enragées. »

— C'est pas sympa pour nous, ça.

— Me déconcentre pas, c'est déjà pas facile à déchiffrer. Je reprends : « … massacré par des bêtes enragées. J'ai hésité à les tuer de mes propres mains pour ce qu'ils avaient fait. »

— On l'a échappé belle.

— Tais-toi, je te dis ! Donc : « J'ai hésité à les tuer de mes propres mains pour ce qu'ils avaient fait mais je me suis ravisé. Ce n'est pas ce que mon maître aurait voulu. Non, il aurait souhaité que je perpétue son œuvre. »

— Non mais sérieux !

J'ai levé les mains en signe d'apaisement face au regard courroucé d'Olivier.

— Attends, ce bulot pensait pouvoir faire la même chose que Schmidt ? Les mômes ont dû lui rire au nez. Ç'a dû être beau, tiens.

— Clair. Bon je continue : « J'ai sauvé Alice, la pure, la douce Alice, une victime de ces bêtes. Je me suis débarrassé des autres. À présent je vais offrir à mon maître une sépulture décente. » Voilà.

— L'embaumer et le coller dans son bureau durant toutes ces années alors que la vie continuait au pensionnat, c'est lui offrir une sépulture décente ?

— Ça a dû lui sembler une bonne idée. Mais vu qu'il est enterré à la chapelle, c'est pas lui non plus qui nous attend… C'est à devenir dingue.

J'ai acquiescé d'un signe tête. J'essayais de remettre les choses en ordre. Schmidt était mort. Stanislas était mort. Il était impossible qu'Alice ait imaginé un plan aussi tordu toute seule. Il y avait donc quelqu'un d'autre derrière tout ça… Mais qui ? Si c'était un autre disciple il devait être dans les carnets. La Callas a recommencé à chanter…

Et là j'ai soudain tout compris. Je faisais fausse route depuis le début, tout était limpide, si seulement je n'avais pas été aveuglée par les apparences ! Mais maintenant il était trop tard. Une immense lassitude m'a envahie. Maintenant que j'avais découvert qui était le chasseur, je savais qu'il était inutile de se cacher ou de fuir. Il était trop fort, trop rusé, trop cruel.

Olivier a posé les cahiers sur le feu pour le raviver. Je me suis levée lourdement, la tête me tournait.

— Pourquoi tu te lèves ? a-t-il demandé.

— *On* se lève. On va au théâtre. Ensuite on essaiera de sortir de là, de choper Lazare et de filer.

Mais c'était des mensonges encore et toujours. On était tombés – moi la première – dans un piège à la fois tordu et grossier, et face à un adversaire tel que lui on n'avait aucune chance. Si ce n'était pas là, ce serait au réfectoire, à la bibliothèque, dans un couloir. Mais on se ferait prendre, c'était sûr.

Olivier s'est levé à son tour et m'a suivie. On s'est dirigés vers la porte du fond, qui donnait sur le théâtre. Je l'ai poussée.

Un million de petites lumières nous ont éblouis. Sur les murs, aux plafonds, des guirlandes lumineuses de fête foraine de toutes les couleurs avaient été accrochées et scintillaient en jaune, bleu, rouge, me faisant penser à un bal musette sous acide. Sur la scène où tant de scènes bibliques avaient été déclamées se trouvait à présent… un manège. Un adorable carrousel d'une dizaine de chevaux de bois au toit en toile bleu vif, dont je pouvais voir le mécanisme rudimentaire sous le plancher usé. Au-dessus, à six mètres du sol, une tête de clown accrochée souriant de ses gigantesques dents nous toisait. Il lui en manquait deux du côté droit, une autre pendait de sa mâchoire de papier mâché comme s'il venait de vomir. Flippant.

J'ai avancé d'un pas. Les rangées de gradins avaient disparu. À la place, sur la gauche, avaient été installés un stand bricolé avec une vieille machine de barbe à papa et un chariot à pop-corn avec son auvent à rayures rouge et blanc. De l'autre côté, un chamboule-tout et un tir à la carabine sans carabine encadraient un coup de poing forain des années cinquante.

Un antique jeu de glaces déformantes occupait une partie de la longueur du mur opposé à la scène. Les ombres des silhouettes en bois se découpaient distinctement, accrochées à leurs ressorts branlants. L'endroit sentait un mélange de sueur, d'encens, de moisi et de sucre chimique périmé.

Alice s'était donné un mal de chien pour apporter une atmosphère joyeuse à l'endroit, et avait échoué. Le clown semblait prêt à nous dévorer. Les peluches du chamboule-tout nous fixaient de leurs yeux de plastique recouverts de poussière, telle une armée d'aveugles prêts à nous sauter dessus. Un royaume enchanté et terrible, notre royaume, celui qu'on s'était promis de créer toutes les deux après avoir découvert ce qu'on pensait être l'Éden.

Le manège a commencé à se mettre en branle. La première chose que j'ai vu apparaître lors du premier tour a été Lazare, sur un cheval de bois. Il nous souriait, d'un sourire fixe et mort. J'ai étouffé un gémissement ; à peine l'avais-je retrouvé que je venais de le perdre... J'ai fermé les yeux un instant, tout ça était de ma faute, c'était à cause de moi qu'il était venu ici, à cause de moi qu'il était mort, encore une fois...

Quand la voix que j'aurais reconnue entre mille a résonné dans la salle.

— Bonjour, ma chérie. Comment vas-tu ?

Il n'avait pas changé, ou si peu. C'était à présent un homme mûr, mais il gardait son port de tête sec et supérieur, altier, le même que le mien. À présent, il tenait à la main une canne en bois finement ouvragée sur laquelle il s'appuyait. Mais à part ça c'était le même... L'homme qui était venu chercher après nous au royaume d'Akkad, dans l'Ogre de Flandre n'était pas Schmidt, mais mon père. Un homme d'un certain âge aux yeux bleus... J'étais tellement obnubilée par *l'autre* que je n'y avais même pas songé alors que si je m'étais donné la peine de réfléchir... Le morceau de la Callas était *sa* chanson, celle qu'il faisait résonner encore et encore dans notre palais des sables. Cette traque portait sa signature depuis le début et je n'avais rien vu.

Mon père m'a souri. Je lui ai souri en retour, mécaniquement. On y était. Il s'est avancé, ses pas ne faisaient pas plus de bruit qu'un souffle sur le parquet. Il s'est arrêté à un mètre de nous.

— Tu n'as pas répondu à ma question. Comment vas-tu ?

— On ne pourrait mieux.

— Le temps a fait son œuvre sur toi, a-t-il dit en me détaillant d'un œil critique comme il aimait le faire à l'époque.

— Je peux te retourner le compliment. Vieux. Décrépi. Affaibli.

Il a ri, de son rire mauvais et sombre.

— Détrompe-toi sur ce dernier point. Mais je vois qu'avec les années tu t'es enhardie. Il va falloir que je remédie à ça…

Le manège a fait un tour complet et le corps de Lazare est réapparu. Il a soudain hoqueté sur son cheval. Il était vivant ! Mal en point, mais vivant. Je me suis élancée vers les marches menant à la scène… avant de m'arrêter net quand j'ai vu apparaître Alice, hache à la main, de l'autre côté des marches.

— Bravo, ai-je dit à mon père. Cette fois-ci tu t'es surpassé. Un tel machiavélisme…

— Je te remercie. Un compliment venant de toi, ça me touche.

— Pourquoi maintenant ? ai-je demandé.

— Parce que tu as été vigilante durant toutes ces années, ma chérie… Mais pas suffisamment.

« Ma chérie ». Ces deux mots ont fait saigner mes oreilles.

— Pourquoi te donner tant de mal ? Je n'en vaux pas la peine.

— Parce que tu m'appartiens, Lilas. C'est comme ça. Et puis en vieillissant je suis devenu sentimental. Je m'ennuie. Te retrouver est devenu un… hobby. Une marotte.

J'ai éclaté de rire.

— Une marotte, comme c'est charmant ! Mais tu n'as pas oublié un petit détail ? La vérité, c'est plutôt que ça fait vingt ans que toi et tes amis crevez de peur en fait. Ç'a dû te miner d'avoir cette épée de Damoclès au-dessus du crâne. Et si Lilas réapparaissait soudain ? Si elle révélait à tous ce qu'elle savait ? Quand j'étais petite fille, si j'avais parlé personne ne m'aurait crue, mais maintenant…

— C'est vrai. Mais contrairement à ce que tu crois ce n'est pas le principal.

Il s'est avancé d'un pas, je me suis recroquevillée, terrorisée comme avant.

— *Tu m'appartiens*, a-t-il sifflé.

Il a soudain levé les yeux au ciel, théâtral.

— Dieu que je t'ai cherchée !

— Ne mêle pas Dieu à tout ça s'il te plaît.

Il a ri.

— Te voilà donc croyante ?

— Je crois en moi, c'est déjà bien assez.

— Brave fille… Finalement je ne t'ai pas si mal élevée que ça.

J'ai soupiré bruyamment – mon père avait toujours détesté ça. Il a émis un rictus de mépris qui m'a donné envie de recommencer.

— Tu as fait une erreur, a-t-il continué. Traduire l'œuvre intégrale du célèbre Abdourahmane Kollie il y a deux ans. Tu as toujours eu un style… inimitable, bien que discutable. Tes références au royaume des sables… Ça m'a intrigué. Alors j'ai fait des recherches sur la traductrice, une certaine *Alice Fournier*. Un nom surgi de ton passé. Et qu'est-ce que j'ai trouvé ? Rien. Tellement rien, aucune existence nulle part, que c'était forcément toi. Quand j'ai su que tu étais là quelque part, vivante, quelle joie ça a été… Tu ne pouvais plus m'échapper. Je pouvais commencer la traque.

— La traque… Mais tu n'avais donc rien de mieux à faire ? Une vie à mener ? Des gens à torturer ?

Alice s'était rapprochée de nous, j'entendais son souffle mais je ne voulais pas la regarder. Lazare a entamé son troisième tour de manège. Sa tête bringuebalait sur son menton. J'ignorais ce qu'ils lui avaient fait, ça me vrillait les entrailles. S'il n'avait pas bougé lors du tour précédent, je l'aurais vraiment cru mort. Si on ne faisait rien, ça n'allait pas tarder.

Mon père a reculé de quelques pas. Ensuite il a commencé à tourner autour de nous, assez loin pour qu'on ne puisse rien faire contre lui, assez près pour nous terrifier.

— Tu t'es enfuie, Lilas. Tu m'as quitté. Et, tu devrais le savoir, on ne me quitte pas. Souviens-toi de ta mère…

Il avait donc tué ma mère, un détail de plus à ajouter à ma bio. Je me suis retournée pour le suivre des yeux ; il était maintenant à côté d'Alice. À présent que je pouvais la regarder sans être complètement flippée, je me rendais compte de mon erreur : elle avait vieilli, comme nous, mais la coupe de cheveux, les vêtements, m'avait donné de loin l'illusion de voir une adolescente. Elle n'était pas revenue d'entre les morts, c'était déjà ça.

— Comment vous êtes-vous alliés ? ai-je demandé pour meubler le silence…

… Et me donner le temps de réfléchir. La Boissière était mort. Petite Marie était enfermée dans le coffre de l'Audi. Je ne voyais nulle part les sbires de mon père, mais je n'imaginais pas qu'il soit venu sans eux. Ils devaient se cacher quelque part, dans l'ombre, attendant ses ordres pour nous sauter dessus, quand il aurait terminé sa grande tirade, exercice de style dont il avait toujours été friand. De notre côté on avait : Olivier, mon cancéreux mourant, et Lazare, gravement blessé, qui tenait par miracle sur son cheval de bois. Pas terrible comme équipage.

— Quand tu t'es enfuie d'ici il y a vingt ans, la première chose que j'ai faite a été de venir et de tenter de te retrouver. C'est à cette occasion que j'ai rencontré ta charmante amie. Quand j'ai lu ta traduction, je l'ai recontactée, pour tenter de comprendre pourquoi tu avais utilisé son nom. C'était stupide de ta part d'ailleurs.

— Tu as pris mon nom, a dit Alice, et sa voix pure et cristalline a rebondi à l'infini dans le théâtre. Tu as volé ma vie.

— Au contraire ! Je te croyais morte (je l'ai vue tressaillir imperceptiblement), c'était ma manière de te rendre hommage. De te maintenir en vie, quelque part. Juste pour moi. Rien de plus.

Alice m'a fixée sans expression. Transparente. Vide de l'intérieur.

— Stanislas nous a dit que t'étais morte, ai-je répété. C'est pour ça qu'on s'est barrés.

— Tu racontes n'importe quoi, a-t-elle finalement dit en détachant distinctement les syllabes.

— Et pourtant… C'est bien ce qui s'est passé. Il a suffi à La Boissière de quelques toutes petites phrases… Notre seul tort a été de le croire sur parole.

Lui, l'infâme suppôt de Schmidt.

Mon père continuait de tourner autour de nous, le bruit de sa canne résonnait à chaque pas sur le parquet. Je ne pouvais pas à la fois garder Alice et sa hache dans le viseur et mon géniteur. J'ai choisi Alice.

Nous deux riant sous la pluie. Nous deux pelotonnées sur sa couchette, emmitouflées dans les couvertures rêches de nos deux lits. Nous deux courant dans la forêt. Alice et Lilas.

— Alice… C'est vraiment ce qui s'est passé, je te jure.

— Et Lazare ? Tu es partie avec lui. Mon amoureux. Tu. As. Pris. Ma. Vie.

— C'est vrai. Mais encore une fois c'était une idée de La Boissière, c'est lui qui nous a convaincus de nous enfuir ensemble. Parce qu'il te voulait pour lui tout seul.

Olivier a fait un léger mouvement à mes côtés, mais un regard de mon père l'a arrêté net. Il avait toujours eu cet effet-là sur les gens. Quant à Lazare, il s'était légèrement redressé. Il était attaché au mât qui tenait le cheval de bois, il tournait, tournait sans relâche aux sons de la musique de fête foraine et des accents déchirants de la Callas mais il commençait à reprendre ses esprits. Je le voyais se redresser peu à peu. Un instant, mon père a lui aussi perçu un mouvement – une vibration –, j'ai vu son visage se tourner légèrement vers le carrousel.

— Pourquoi as-tu accepté de participer à tout ça ?! ai-je soudain crié pour recentrer leur attention.

Alice m'a regardée comme si j'étais crétine.

— Mais pour l'argent, enfin ! Regarde autour de toi, notre royaume tombe en ruine ! Grâce à l'argent de ton père je vais pouvoir empêcher cette… atrocité (sa lèvre supérieure s'est plissée en une moue de dégoût) de voir un jour… un hôtel cinq étoiles, un haras… C'est ridicule.

J'ai à nouveau éclaté de rire.

— Parce que tu crois qu'il va te payer ? « Comme convenu » ? Mais enfin, Alice, il vient d'avouer avoir assassiné ma mère ! Tu déraillles complètement, c'est l'air des montagnes qui t'a rendue neuneu ? Quand il aura obtenu ce qu'il veut, soit il te laissera crever ici, soit il te tuera. Mais jamais (je me suis brusquement approchée, elle a reculé d'un pas, surprise, avant de reprendre sa position), tu m'entends, jamais il n'honorera votre accord ! Cet homme n'a pas de morale ni d'honneur. C'est un chien galeux du désert !

Un coup de canne en plein visage m'a coupé la respiration. Le vieux n'avait pas perdu de sa force, ni de sa rapidité, je ne l'avais même pas anticipé. J'ai touché ma joue meurtrie pour estimer l'ampleur des dégâts : une profonde estafilade marquait ma pommette gauche sur trois bons centimètres. Pourtant je n'avais même pas mal : j'avais trop peur et j'étais trop en colère pour ça.

— Il va vraiment falloir que je te reprenne, a-t-il dit d'une voix glaciale. Mais nous aurons tout le temps là-bas.

— Là-bas où ? n'ai-je pu m'empêcher de demander.

Il a souri, et ses yeux ont révélé tout leur éclat malveillant.

— J'ai un nouveau palais des sables, a-t-il dit. Plus à l'est que le précédent. Nous y serons bien…

Quand une série de bruits sourds a résonné de l'autre côté de la salle, près de la porte principale. Mon père avait bien amené ses chiens de l'ombre.

La voix d'Olivier s'est soudain fait entendre dans le théâtre.

— Vous ne pouvez pas enlever une adulte contre son gré. Et qu'allez-vous faire de nous ? Deux témoins à faire disparaître en Suisse, rien que ça !

Il était convaincu, mais il ne connaissait pas mon père, il ignorait son pouvoir et sa rage. Il croyait encore aux règles de la société, au respect de l'humain. Nous avons échangé un regard, mon père et moi, un regard de complicité qui m'a glacé le sang. Il savait que je savais : que les règles de l'univers ne s'appliquaient pas à lui. Si je disparaissais, personne ne me rechercherait. Et qui croirait un fou échappé d'un parking et un mourant s'ils allaient voir la police pour parler de l'Institut et de ce qui s'y trouvait ? Personne ! Car je n'existais pas – je n'existais plus. C'était un plan parfait.

Mon père ne s'est même pas donné la peine de répondre à Olivier. Il a juste tapoté le sol de sa canne en signe d'agacement. Alice le regardait, nerveuse. Ce que je lui avais dit devait tourner dans son cerveau abîmé. Elle avait été une pièce de l'échiquier, mais à présent elle se rendait compte qu'elle n'avait été qu'un pion sans importance et qu'elle allait bientôt se faire éjecter du jeu. Mon père a tendu sa canne vers moi, le bout touchant ma poitrine.

— Il est temps d'y aller, ma princesse, a-t-il dit doucement – presque amoureusement. Tu verras, on sera bien là-bas. Comme avant.

— Et tu vas faire ça comment, hein ? Tu vas m'enfermer dans ton nouveau palais ? Tu vas avoir du mal à me tenir en laisse…

Un instant, la vision de moi-même, abrutie de médicaments, bavant allongée sur un lit à baldaquin m'a traversé l'esprit, et j'ai su que c'était exactement ce qui allait se passer. J'étais sa chose, je lui appartenais. Ce ne serait pas si compliqué que ça.

J'ai hésité sur la conduite à tenir. Je pouvais me débattre, l'attaquer. Mais ses chiens de l'ombre me déchiquetteraient si je tentais quoi que ce soit. Alors j'ai hoché la tête en signe d'assentiment.

— Allons-y, ai-je dit. Tu as raison, il est temps.

J'ai jeté un dernier regard à Alice, qui avait passé toutes ces années enfermée dans ce pensionnat, avec Stanislas de La Boissière. Tout ça à cause de quelques petits mots, d'un côté comme de l'autre, que nous avions pris pour argent comptant et qui avaient changé nos destinées.

— Et notre accord ? a demandé Alice d'une voix mal assurée.

— Oh n'ayez crainte je le respecterai, a répondu mon père. C'est d'ailleurs déjà fait. Les travaux commenceront comme prévu ces prochaines semaines.

J'ai souri quand j'ai compris. Je ne pouvais m'empêcher d'admirer le machiavélisme du vieil homme.

— Tu avais tout prévu… Le groupe Eisenberg, ai-je dit. Celui qui a racheté le pensionnat en vue de le transformer en « centre de réflexion ». Je me rappelle maintenant d'où je connaissais le nom : c'était celui du « groupe de chasse » auquel tu appartenais en Afrique, n'est-ce pas ? C'est ça, votre fameux *think tank* ? Vous allez vous retrouver pour parler de vos bons vieux pillages et élaborer de nouvelles guerres ?

Il m'a souri en retour. Deux sourires identiques qui se faisaient face.

— Il y a de ça…

Alice était stupéfaite. Elle a ouvert la bouche pour dire quelque chose, mais un simple regard de mon père l'a fait taire. Jolie, ravissante, stupide Alice…

— … C'est moi qui ai racheté ce lieu, a dit mon père, heureux.

Il s'est tourné vers Alice qui le fixait, stupéfaite.

— J'avais besoin d'être sûr de votre… coopération. Mais en fait cela n'a pas été nécessaire. Mademoiselle voulait tellement sauver son château en ruine. Et revoir ses anciens amis… La trahison est toujours le berceau de la haine…

Il a tendu un doigt négligent vers elle.

— Elle n'a été que trop heureuse de m'aider. C'est même elle qui a eu l'idée du livre.

Le léger froncement de sourcils d'Alice a confirmé ce que je soupçonnais.

— C'est faux, ai-je répondu. C'est *ton* idée. Qui d'autre pourrait penser à un truc aussi cinglé ?

Son rire d'ogre m'a répondu. Et le carrousel continuait ses tours… Mais Lazare n'était plus sur son cheval. Il avait réussi à se défaire du lien qui le reliait à l'armature de bois. Intéressant.

— Peut-être qu'en effet l'idée vient de moi, je ne sais plus…, a dit mon père.

Mais son regard démentait ses propos, bien sûr que ça venait de lui. J'ignorais ce qu'avait prévu Lazare – ni même s'il avait prévu quelque chose. Mais ce n'était pas le moment de bouger, c'était plutôt celui de me lancer dans une discussion à bâtons rompus avec mon géniteur.

— Si, tu sais, ai-je dit. Tu as mis en place ma traque avec la même minutie que lorsque tu mettais en place tes coups foireux en Afrique. Tu as échafaudé un plan. Tu as créé des pièges. Tu as tout prévu.

Mon père avait toujours été sensible à la flatterie et ça n'a pas loupé, il s'est rengorgé comme un vieil oiseau déplumé.

— J'avoue, c'est vrai. J'ai le temps à présent. Comme je te l'ai dit je suis vieux et je m'ennuie. J'ai essayé des méthodes plus… classiques, mais je ne t'ai pas trouvée. Très frustrant. Ma seule piste était ton éditeur. Mais le pauvre n'a rien pu me dire… Seulement qu'il avait retrouvé parfois sur un quai de gare une femme aux cheveux rouges et qu'il rémunérait son travail en liquide, mais qu'elle ne travaillait plus pour lui.

J'ai frissonné à l'idée de ce qui aurait pu arriver à Marguerite si j'avais pris un autre contrat, si mon père l'avait traquée jusqu'en Auvergne, s'il avait découvert Félix… Et j'ai béni mon éditeur, qui lui avait menti en lui disant que j'avais cessé notre collaboration. Un saint homme, que je couvrirais de chocolats si je m'en sortais vivante.

— J'ai vite compris que tu n'avais plus de lien avec le pédé. J'ai mis plus de temps à retrouver le dessinateur fou et à mettre en place sa surveillance.

Il a détourné le regard vers le manège pour le voir faire un nouveau tour. Dans quelques toutes petites secondes il se rendrait compte que Lazare n'était plus dessus. Il fallait que je l'en empêche. Je me suis brusquement avancée vers lui, m'arrêtant à quelques centimètres de son visage, bloquant sa vision périphérique.

— Tu avais vraiment tout prévu, c'est impressionnant. Mais ce livre…

— Il a été très facile à écrire, lorsque ton « amie » m'a donné les carnets de votre ancien directeur.

— C'est faux, à nouveau. Tu n'as pas écrit une ligne.

Un nouveau coup de canne, cette fois-ci à la tempe, m'a sonnée. J'ai lancé mon poing pour lui rendre la pareille mais il a été plus rapide que moi, et la canne a lourdement cogné ma main serrée. Salopard. Il a quand même prudemment reculé d'un pas.

Je me suis tournée vers Alice.

— Et ce n'est pas toi non plus qui l'as écrit. Parce que… Ce n'est pas notre passé qui est raconté. Il y a les faits, les atmosphères, mais… il n'y a pas nous deux.

— Lilas, arrête.

J'ai coupé mon père d'un geste et j'ai enchaîné avant qu'il ait le temps de me frapper à nouveau.

— C'est bon tu m'as retrouvée, c'est ce que tu voulais ! Alors laisse-moi parler deux minutes avant de m'emmener. C'est possible ça ?

Il a fini par acquiescer d'un signe de tête. Dans ma phrase, telle que je l'avais formulée, j'avais accepté de partir avec lui. Ça m'offrait un peu de répit. J'ai regardé à nouveau Alice. La toujours ravissante Alice, presque dans la même tenue que celle où je l'avais laissée, comme figée dans le temps. Celle avec qui j'avais imaginé mon avenir, qui m'avait donné confiance en moi, qui m'avait rendue heureuse, qui m'avait défendue, qui m'avait aimée.

— Je sais que ce n'est pas toi parce que…

— Je suis trop idiote pour rédiger un bouquin, c'est ça ? a-t-elle craché.

— Non, parce qu'il y a tout ce qui n'est pas écrit. Notre complicité, notre amour l'une pour l'autre, notre joie de vivre, nos fous rires, nos promesses. Ce n'est pas

Schmidt qui nous l'a dérobé, c'est Stanislas, juste parce qu'il te voulait toute à lui.

— Il m'aimait, a-t-elle finalement dit de sa voix d'enfant. Le seul. Il m'a aimée jusqu'à la fin…

Elle a fait un large geste, bizarre, avec sa hache.

— On s'est mariés à ma majorité. Et ici c'est devenu… chez moi. Il m'a tout légué quand il est mort.

Un petit hoquet de pleurs est sorti de sa bouche.

— Ici… C'est tout ce que j'ai. Tout ce qu'il me reste…

Elle a regardé mon père, un éclat de glace dans les yeux.

— Tout ce qu'il me restait.

— Faux. Tu nous as nous. Nous ne formons toujours qu'un. On est revenus pour toi, Alice ! Et plus jamais on ne t'abandonnera tu comprends ? Plus jamais !

Avais-je rêvé ou une larme venait-elle de perler sur la joue de mon ancienne amie ? Mon père a émis un reniflement de mépris –, il avait toujours détesté les manifestations d'émotion et la récréation était terminée.

— Tout ça est dégoulinant de niaiserie. Non, en effet ce n'est pas cette jeune femme qui l'a rédigé, c'est l'autre fille qui l'a mis en forme.

Petite Marie, qui avait dû passer des heures à se délecter des cahiers de Schmidt avant d'exercer sa prose et de rédiger le livre. Elle avait toutes les clés en main pour l'écrire, elle avait vécu certaines scènes et les autres étaient tracées en longues lettres élégantes dans les Moleskine maudits de *l'autre*. Qu'elle crève dans le coffre !

— Mais c'est moi qui ai donné l'esprit du livre, a inutilement complété mon père.

En fait il n'avait jamais grandi. Il était resté l'enfant tyrannique, tout-puissant, qui veut que tout tourne autour de lui et qui ne supporte pas qu'on lui vole son jouet – moi en l'occurrence. Il aurait dû être pape, ou empereur.

— Et ensuite nous avons dû attendre…, a-t-il ajouté. En espérant que tu tomberais dessus. Après ce n'était plus qu'une question de temps. Et telle une fleur du désert, tu es arrivée…

Un infime mouvement près du tir à la carabine a attiré mon attention. Lazare. J'ai soupiré bruyamment et j'ai fait un bond juste à temps pour ne pas me reprendre un coup de canne.

— Bon, tu me le montres, ton nouveau palais ? ai-je dit pour garder son attention.

— Avec plaisir. Mais ne te hâte pas, nous ne sommes pas pressés.

Oh, oh… Ce n'était pas son genre ça. Il avait encore une carte truquée dans sa manche.

— Pourquoi, on attend encore quelqu'un ?

— Tu ne crois pas si bien dire.

Le chamboule-tout a émis un craquement quand Lazare s'est glissé derrière, mais j'étais la seule à m'en être rendu compte. Olivier n'avait pas bougé depuis sa sortie. Fixe, immobile, c'était comme s'il avait été gelé sur place. Alice non plus ne bougeait pas, dépassée par la situation. Qu'avait-elle imaginé ? En tout cas pas ce qui était en train d'arriver.

— Là, je donne ma langue au chat, ai-je finalement répondu. Schmidt est mort, son cadavre nous surveille du troisième étage. La Boissière est mort, lui aussi – paix à son âme de taré. Donc qui ? Mlle Bertin ? Le père Marceau ? Un des jumeaux Brazorski ? Ma mère ?

Cette fois-ci encore j'ai été plus rapide et le pied de la canne s'est écrasé lourdement au sol sans me toucher. J'ai commencé à me diriger vers la sortie, à reculons, sans quitter des yeux mon père. Il avançait face à moi, pas à pas, sa canne martelant le sol en rythme.

Il a éclaté de rire et j'ai su que ce n'était pas une carte, mais un carré d'as qu'il me réservait.

— Ma chérie… Tu crois que j'aurais fait tout ça juste pour toi ? Une *fille* ?

Il était à deux mètres de moi. Je lui ressemblais tellement… Le même regard. Le même nez. Par miracle Félix n'avait rien de commun avec son grand-père ni avec son géniteur. Félix…

Son rire a redoublé quand il a vu à mon regard que je venais de comprendre. Quand j'ai parlé, j'avais du sable dans la bouche. Les paroles de Karim résonnaient dans ma tête, celles qu'il avait prononcées dans l'ascenseur de l'Ogre de Flandre.

« Quelqu'un est venu demander après vous… Un homme d'un certain âge, avec des yeux clairs. Il y a quelques mois… » Ma voix, inquiète : « Tu lui as parlé de l'enfant ? » Sa réponse : « J'en ai peut-être fait mention. Tout a un prix dans ce monde, surtout les informations ! »

Karim avait dit à mon père qu'il avait un petit-fils. C'était *ça* qui avait vraiment tout déclenché.

— Eh oui, a dit mon père. J'attends ton fils. Mon petit-fils. *Félix.* Avec les gènes qu'il a, d'un côté comme de l'autre, je suis sûr qu'il sera un parfait héritier. Tout à l'heure, la naine a juste eu à envoyer un message de ton portable et le petit chéri s'est précipité. Il nous donne de ses nouvelles régulièrement de la route. Il devrait être là dans quelques heures.

Je n'ai rien pu répondre. Le sang battait contre mes tempes. Félix...

Il n'y avait aucune issue. Mon fils allait venir, et mon père nous emmènerait comme de nouveaux trophées, dans un pays en guerre, où nous disparaîtrions corps et âme. Il se ferait une joie de briser Félix – et ce ne serait pas long. Félix, avec son âme pure et solaire, ne résisterait pas longtemps à sa confrontation avec le mal. Je devais... je devais... Je ne savais plus ce que je devais faire. Je voulais mourir, là, maintenant, me sacrifier pour le sauver, mais il était trop tard, c'était moi qui l'avais entraîné tout droit ici et maintenant...

Je me suis reprise. Sauf que Félix était comme Marguerite. Il *sentait* les choses. Il avait forcément flairé le piège, évidemment, il avait tout compris, il n'allait pas se jeter comme ça dans la gueule du loup... Après avoir lu le livre, après que Marguerite lui eut dit que j'étais sa véritable mère, il avait décidé de venir. Donc quand il avait reçu le SMS de Petite Marie, il était déjà parti depuis plusieurs heures en direction de la Suisse. Il allait nous sauver. Je me raccrochais à cette idée.

— En l'attendant nous n'allons pas rester ici dans cet endroit sordide, a dit mon père. Nous allons nous restaurer. La table a dû être dressée dans une des salles d'apparat. J'ai demandé qu'on nous serve du chevreuil, tu as toujours adoré ça quand tu étais petite.

— Non, au contraire j'ai toujours trouvé ça dégoûtant, et terriblement cruel.

— Vraiment ? Ce n'est pas le souvenir que j'en ai. Allez, il est temps.

Il a claqué des doigts de manière grandiloquente, deux hommes sont apparus près de l'entrée principale comme par magie, où se trouvait le jeu de glaces déformantes. Ils avaient assisté à toute la conversation, tapis dans l'ombre. Blancs, crâne rasé, massifs, musclés. Des racailles sans envergure, pas des professionnels, ça se voyait à leur attitude et à leur manière de se tenir.

— Tiens tu as changé de chiens de garde, ai-je dit.

— Eh oui, que veux-tu en Europe le petit personnel n'est plus ce qu'il était.

J'ai regardé Alice. Elle était toujours plantée là, sa hache inutile à la main, sonnée. Ce que j'avais pris pour des yeux vides étaient ceux de la petite fille abandonnée par les siens qui venait de passer vingt ans dans un royaume en ruine, car elle n'avait nulle part d'autre où aller. Une petite fille qui, comme nous tous, avait un jour pensé qu'elle ne faisait qu'un avec ses amis.

Alice m'a regardée en retour et soudain il n'y avait plus qu'elle et moi. J'ai soufflé : *Alila. Toi et moi*, et ces mots ont paru flotter dans les airs avant de se poser sur sa joue. Olivier s'est approché d'elle et lui a doucement tendu la main. Elle a hésité et finalement elle l'a prise.

Ils n'étaient qu'un.

Je me suis retournée vers mon père.

— Je crois que le chevreuil va attendre un peu.

C'est à ce moment-là que le rideau derrière les attractions s'est soudain embrasé. Lazare Lucifer, le porteur de lumière, est apparu à côté du chamboule-tout. Il semblait en sale état, la main estropiée qui tenait son ventre était rougie de sang. Il a levé un poing en signe de victoire, de l'autre il tenait un briquet.

Le feu s'est propagé immédiatement aux décorations de papier crépon accrochées au mur. Les deux sbires de mon père se sont précipités vers nous, tandis que ce dernier pointait une arme sur moi.

Je me suis figée. Mon père savait tirer et il n'hésitait pas. Si je mourais maintenant, il emmènerait Félix et il le détruirait. D'un autre côté si je mourais maintenant il n'aurait plus aucune prise sur mon fils, plus aucune monnaie d'échange… Félix serait libre.

J'ai souri, apaisée. On y était, enfin. Mon père m'a souri en retour, lui aussi savait. J'ai envoyé un dernier baiser à Olivier et Alice. Il a tiré…

… au moment même où Alice lui balançait de toutes ses forces un coup de hache sur le bras. L'arme n'avait pas été aiguisée depuis Louis XV, mais le choc a dévié le tir et le pistolet est tombé à terre. Mon oreille sifflait du bruit du coup de feu. Les deux crânes rasés ont regardé mon père, puis moi, puis mon père, puis moi, attendant des ordres.

Je ne leur ai pas laissé le temps de réfléchir. J'ai balancé un coup de poing dans le visage de mon géniteur. Un des sbires m'a poussée violemment à terre tandis que l'autre m'attrapait par les cheveux. Olivier a saisi la hache d'Alice et l'a attaqué au genou – l'autre l'a envoyé valdinguer comme un vulgaire fétu de paille. J'ai crié :

— Récupérez Lazare ! Fuyez !

Je ne savais pas s'ils m'avaient entendue. La fumée s'épaississait à chaque seconde. J'ai vu le chauve hésiter. C'était une chose d'être grassement payé pour récupérer la fille rebelle d'un richard, c'en était une autre de risquer sa vie dans un incendie. Je me débattais, il me maintenait à terre, j'ai mordu à pleines dents son gros bras tatoué et il m'a lâchée en poussant un glapissement de lapin.

Un coup violent m'a clouée au sol : mon père venait d'enfoncer sa canne dans mon abdomen. Son visage, que je distinguais à peine, était déformé par la rage. Il s'est approché, prêt à me dévorer, mais j'ai soudain tendu mes doigts tordus comme des griffes et je l'ai saisi à la gorge. J'ai serré de toutes mes forces, comme si ma vie en dépendait, et c'était le cas. Ses yeux ont commencé à se révulser, il me lacérait les mains mais j'étais la plus forte, je ne lâcherais pas. Pour tout ce qu'il m'avait fait et voulait me faire, pour mon fils à sauver, pour ma mère qu'il avait tuée.

— Crève, connard, ai-je dit, et j'ai enfoncé encore plus profondément mes ongles dans son cou, jusqu'à sentir ses tendons céder et sa trachée exploser.

Il a finalement cessé de lutter. Ses yeux se sont agrandis et figés, juste avant qu'il tombe de tout son poids sur moi et m'écrase.

Je n'arrivais plus à respirer, il m'étouffait. J'allais mourir. Enfin.

C'est la neige qui m'a fait reprendre conscience, la neige qui mouillait mes vêtements et me gelait la peau. J'ai toussé encore et encore, jusqu'à tourner la tête et vomir je ne sais quoi. Une main me caressait doucement les cheveux. Quand j'ai arrêté de voir trouble, j'ai reconnu celle d'Alice.

Nous étions dans le parc, à une vingtaine de mètres du château en flammes. Alice était assise par terre, ma tête posée sur ses genoux. À nos côtés, allongé, Olivier regardait fixement le ciel noir. Un instant j'ai cru qu'il avait passé l'arme à gauche, encore une fois, mais de la buée sortait à intervalles irréguliers de sa bouche. Lazare n'était nulle part en vue.

— Lazare ? ai-je demandé.

J'avais l'impression qu'on avait bourré ma gorge de gravier.

— Il est allé sortir Petite Marie du coffre, a répondu Olivier sans quitter des yeux l'obscurité illuminée par les flammes. Il est pas si mal en point que ça *a priori*. Je crois qu'il a pris un coup de couteau, mais dans le gras.

— Les chauves ?

— Ils sont partis sans demander leur reste, a continué Alice de sa voix rieuse.

— Mon père ?

— À l'intérieur.

J'ai fermé les yeux. Alors tout était pour le mieux. Alice chantonnait, je sentais ses doigts parcourir mes tempes tels des papillons. J'ai souri. Elle a arrêté de chanter.

— Tu sais, a-t-elle chuchoté, je n'ai pas été malheureuse ici. Stanislas m'a bien traitée. Il m'aimait. Et puis il y avait les enfants… On n'en a pas eu à nous mais on les a vraiment aimés. On leur a donné tout ce qu'ils n'avaient pas chez eux.

— Pas de salle noire ?

— Pas de salle noire. Pas de messes ni d'isolement. Pas de séance dans la forêt. Juste des jeux et des rires.

Stanislas avait été embarqué du côté sombre de la force par Schmidt ; il en avait été sauvé par Alice. C'était au moins ça. La main d'Alice s'est posée un instant sur ma joue, j'ai tourné la tête pour y déposer un baiser.

— Ton royaume part en fumée..., ai-je dit.

— Je préfère ça plutôt qu'il soit transformé en hôtel cinq étoiles.

Silence. Le contact de ses doigts sur ma peau était merveilleux. Je découvrais à quel point ça m'avait manqué.

— Te croire morte m'a déchiré le cœur, je ne m'en suis jamais remise, ai-je murmuré. Tu étais mon double... Jamais je ne t'aurais laissée là si j'avais cru un seul instant que tu étais vivante. Mais Stanislas nous a dit que tu avais péri dans les flammes en essayant de nous sauver. Je l'ai cru parce que je savais que tu l'aurais fait.

Silence. Ses doigts ont commencé à voleter sur mes cheveux.

— Et je devais fuir mon père. Tu peux comprendre pourquoi maintenant que tu l'as rencontré...

Elle a soudain suspendu son geste, j'ai ouvert les yeux. Elle fixait le château en flammes.

— C'est comme ça que ça devait finir, non ? Dans les flammes, a-t-elle fait remarquer, et le son cristallin de sa voix m'a bouleversée.

— Oui. Le feu est au centre de tout, il détruit et il purifie. C'est comme ça.

— Tu sais, Petite Marie... On l'a élevée, Stanislas et moi. Elle aussi a cru que tu m'avais volé ma vie, mon nom, Lazare. C'est pour ça qu'elle a fait tout ça. Parce qu'elle pensait que c'était important pour moi.

— Justement Lazare… Tu n'as pas eu envie de le rejoindre quand tu as su où il était ?

— Non… J'ai passé vingt ans avec Stanislas, c'est devenu lui, l'homme de ma vie. Lazare était à toi, même à l'époque c'est avec toi qu'il aurait dû être. C'est pour ça que je t'en ai tant voulu quand vous êtes partis tous les deux. Car c'est ce qui aurait dû arriver depuis le début, et ça m'a fait mal.

J'ai de nouveau fermé les yeux. Je voulais demander où était Félix mais j'ai sombré avant.

Quand je me suis réveillée, Félix conduisait calmement sa Clio, les mains posées à « dix heures dix », gauche et droite diamétralement opposées sur le volant. Je ne me souvenais de rien, j'ignorais même comment j'étais passée du sol gelé du parc au siège passager de sa voiture. Mais j'étais là, et lui aussi. Sur la banquette arrière, assis au milieu, se tenait Olivier dans sa position préférée, les yeux fermés, bouche entrouverte, sa respiration sifflante irrégulière. Et derrière nous les flammes engloutissaient enfin Chevrière dans un gigantesque brasier.

J'ai posé la main sur le bras de mon fils, il a tressailli. J'avais à la fois tant de choses à lui dire et aucune ; c'était un nouveau chapitre qui s'ouvrait à nous. Un chapitre où je n'aurais plus besoin de mentir, où la vérité coulerait de source… S'il acceptait de me parler un jour.

— Je t'aime tellement, ai-je juste dit. Mon fils… Tu es un miracle.

— Je sais.

Il a souri.

— On a lu le livre, avec maman. C'est horrible tout ce qui t'est arrivé. Et puis elle m'a raconté l'après… Le squat. Ma naissance… Que tu l'avais choisie comme mère et que ç'avait été le plus beau cadeau que tu aurais pu lui faire, et que ça t'avait brisé le cœur mais que tu n'avais pensé qu'à ce qui serait le mieux pour moi. Que tu m'aimais à la folie, mais ça, je le savais déjà.

Silence.

— Quelque part je crois que je m'en doutais, a-t-il finalement murmuré.

Il a ri, de son rire doux et calme.

— Je te ressemble quand même beaucoup…

J'ai souri, surprise. Je ne l'avais jamais remarqué.

— Quand j'ai reçu ton SMS, j'étais déjà en route pour venir ici. J'ai tout de suite su qu'il ne venait pas de toi.

— Pourquoi ?

— Ben tu signes toujours « love love », et là il n'y avait rien. J'ai essayé de te joindre mais tu ne répondais pas. Du coup je me suis dépêché de venir, j'étais inquiet. Quand je suis arrivé, le château était en flammes et tes amis m'ont dit qu'on n'allait pas attendre les pompiers, qu'il valait mieux filer. Je n'ai pas posé de question, j'ai suivi leurs ordres.

D'une petite voix, il a continué :

— J'espère que j'ai bien fait ?

— Bien sûr.

Il a hésité avant de continuer.

— Rassure-moi, il n'y a pas eu de blessé dans l'incendie ?

Il voulait dire mort mais il n'a pas osé. Il a détourné un instant le regard de la route pour me fixer et je l'ai regardé droit dans les yeux.

— Personne, évidemment.

À part ton grand-père, qui a enfin rejoint les flammes de l'enfer et c'est pas trop tôt.

— Où sont les autres ? ai-je demandé.

Lazare et Alice étaient à nouveau réunis. Malgré ce qu'elle m'avait dit, elle l'avait aimé aussi. Ils avaient peut-être décidé de partir ensemble et ça me ferait pleurer, mais c'était possible.

— Juste derrière, m'a répondu Félix.

Je me suis douloureusement redressée sur le siège pour regarder dans le rétroviseur : l'Audi nous suivait, toute déglinguée, mais elle nous suivait. Je ne pouvais pas distinguer qui était à l'intérieur. Comme si mon fils avait deviné mes questions il a dit :

— Ils y sont tous les trois. Le monsieur métis aux yeux bleus, la jolie femme blonde qui m'a dit qu'elle s'appelait Alice et une toute petite dame. D'après ce que j'ai compris, tout le monde veut venir vivre avec nous en Auvergne. C'est maman (il a hésité), Marguerite (il a hésité de nouveau), non, maman, qui va être surprise. Mais bon, ça va, entre les maisons et les granges, il y a de la place…

Pas question que Petite Marie vive avec nous, si elle voulait rester elle n'aurait qu'à aller se planquer chez les hurluberlus des collines. Elle avait beau avoir fait tout ça par amour, j'aurais deux trois trucs à lui dire à notre arrivée. Quant à Alice, Lazare et Olivier… nous étions de nouveau réunis, à ne faire qu'un. Je respecterai ma promesse et veillerai sur Olivier jusqu'à son dernier souffle. Et si Marcus voulait nous rejoindre, libre à lui ; plus on est de fous plus on rit.

Mon père était enfin mort. Les pompiers trouveraient sa dépouille dans les décombres, le nouveau propriétaire de Chevrière venu visiter son château, et ils concluraient à un tragique accident, le dernier d'une longue lignée. Le corps de Schmidt, s'ils retrouvaient ses restes ? Ils découvriraient, magie de la police scientifique, qu'il était mort depuis vingt ans. La tragique disparition du directeur du pensionnat ne serait jamais résolue, mais je doutais que quiconque s'y intéresse vraiment.

J'ai souri à mon fils, ma merveille, le miracle de ma vie. Il m'a rendu mon sourire. Olivier a émis un hoquet à l'arrière. J'ai regardé la route : la suite nous attendait.

Remerciements

Merci à…

L'équipe fantastique de Calmann-Lévy, en particulier Philippe Robinet, *the boss*, et au soutien et à l'enthousiasme indéfectibles de Caroline Lépée, éditrice hors pair.

Olivia de Dieuleveult, mon agent, sans qui ce roman n'aurait pas vu le jour.

Charlotte Lefèvre, qui m'a aidée à donner au livre la forme qu'il a aujourd'hui.

Laurent, mon amoureux.

Charlotte, Léonard et Milla, mes merveilles.

Barbara, ma super sœur.

Madame Mère. Je crois que ce livre t'aurait plu.

De la même autrice

Rock Star, Robert Laffont, 2008
Les Cibles du manchot, Robert Laffont, 2009
Randy Welcome, Robert Laffont, 2012

DÉCOUVREZ UN CHAPITRE TOTALEMENT INÉDIT !

Prolongez votre immersion dans l'univers si particulier de *Car un jour de vengeance* grâce à notre contenu bonus exclusif. Découvrez un chapitre supplémentaire spécialement écrit pour vous, et une vidéo d'Alexandra Julhiet apportant son éclairage sur les coulisses de son écriture.

Scannez le QR code

Suivez les instructions

Découvrez le chapitre inédit

Photocomposition PCA

Achevé d'imprimer en avril 2023
par CPI BRODARD & TAUPIN (72200 La Flèche)
pour le compte des Éditions Calmann-Lévy
21, rue du Montparnasse, 75006 Paris

PAPIER À BASE DE FIBRES CERTIFIÉES

CALMANN LEVY s'engage pour l'environnement en réduisant l'empreinte carbone de ses livres.
Celle de cet exemplaire est de :
600 g éq. CO_2
Rendez-vous sur
www.calmann-levy-durable.fr

N° d'éditeur : 4904222/01
N° d'imprimeur : 3052723
Dépôt légal : mai 2023
Imprimé en France.